KNAUR

CHRISTIAN HANDEL
ANDREAS SUCHANEK

SPIEGEL STADT

TRÄNEN AUS GOLD UND SILBER

Roman

KNAUR

Besuchen Sie uns im Internet:
www.knaur.de
Facebook: https://www.facebook.com/KnaurFantasy/
Instagram: @KnaurFantasy

Aus Verantwortung für die Umwelt hat sich die Verlagsgruppe Droemer Knaur zu einer nachhaltigen Buchproduktion verpflichtet. Der bewusste Umgang mit unseren Ressourcen, der Schutz unseres Klimas und der Natur gehören zu unseren obersten Unternehmenszielen.
Gemeinsam mit unseren Partnern und Lieferanten setzen wir uns für eine klimaneutrale Buchproduktion ein, die den Erwerb von Klimazertifikaten zur Kompensation des CO_2-Ausstoßes einschließt.
Weitere Informationen finden Sie unter: www.klimaneutralerverlag.de

FSC www.fsc.org MIX Papier aus verantwortungsvollen Quellen FSC® C014496

Originalausgabe Juni 2023
Knaur Taschenbuch

Ein Imprint der Verlagsgruppe
Droemer Knaur GmbH & Co. KG, München

Redaktion: Hanka Leo
Covergestaltung: Alexander Kopainsky
Coverabbildung: Collage unter Verwendung von Motiven von Shutterstock.com
Satz: Adobe InDesign im Verlag
Druck und Bindung: GGP Media GmbH, Pößneck
ISBN 978-3-426-52943-0

2 4 5 3 1

PROLOG

Morgendlicher Nebel umwogte die Bäume hinter dem Haus.

Der Anblick ließ Imgard lächeln. Als hätte jemand ein Gespinst aus flüssiger Seide über die Landschaft gegossen, eingerahmt in ein Gemälde aus gefrorener Zeit.

Sie nahm die schwere Porzellankanne mit ins Wohnzimmer und stellte sie auf ein Stövchen. Ein Fingerschnippen genügte und das winzige Teelicht loderte.

Im Alltag verzichtete sie weitgehend auf Magie, doch ab und an genoss sie die damit einhergehenden Annehmlichkeiten. In den kurzen Augenblicken, die Erinnerungen bargen.

Im Schneidersitz sank sie auf die Kissen neben dem kniehohen Tisch, goss den dampfenden Tee in die Tasse. Unweigerlich musste sie lächeln. Die bunten Striche aus wasserfester Farbe auf dem Porzellan zeigten einen Jungen, der die Hand seiner Großmutter hielt. Dünne Linien waren über das Gesicht der Großmutter-Figur verteilt.

Damals hatte sie gefragt: »Was soll das denn darstellen?«

Daraufhin hatte ein neunjähriger Max mit gewichtiger Miene erklärt: »Das sind deine Falten.«

Ein Stück Porzellan war abgesprungen, doch sie liebte die Tasse innig. Sie war das Symbol vergangener Tage, die weitaus unbeschwerter gewesen waren.

Der Duft des Lavendeltees stieg ihr in die Nase. Andere tranken den Tee, damit er ihnen beim Einschlafen half.

Imgard hingegen genoss es, damit in den Tag zu starten. Als sei sie der lebende Spiegel eines gewöhnlichen Menschen.

»So viele Dinge sind im Fluss«, murmelte sie zu sich selbst und wunderte sich darüber, wie schwer ihre Stimme klang.

Sie nippte an dem Tee, nahm sich Zeit, leerte die Tasse. Stellte sie zurück auf den Tisch und widmete sich ihrer Aufgabe.

Mit langsamen Bewegungen schraubte sie den Verschluss vom Füllfederhalter und begann zu schreiben. Außer dem Kratzen der Metallfeder und dem Klacken des Sekundenzeigers der Standuhr herrschte Stille. Die Linien aus Königsblau sickerten in das Papier. Immer wenn sie einen Satz mit einem Punkt beendet hatte, glitt ein goldener Schimmer über die Worte – und sie verschwanden.

An einem anderen Ort, in einem Tresor, lag ein ledergebundenes Buch. Mit jeder Zeile, die hier verblasste, füllte sich dort eine weitere. So schrieb sie und schrieb, während die Feder kratzte und die Standuhr tickte.

Eine Stunde verstrich. Das letzte Wort fand seinen Platz, der letzte Punkt wurde getupft. Sorgfältig schraubte Imgard den Verschluss auf den Füllfederhalter. Damit blieb nur noch eines zu tun.

Die pastellrosa Dose mit den Tränen war sicher, nur eine hatte sie entnommen. Jetzt musste sie die Träne füllen. Leise intonierte sie Worte, ihre Finger verwoben uralte Magie. Die Verbindung entstand.

Doch bevor sie es beenden konnte, erklang ein Knall. Die Eingangstür flog auf.

»Du hast mich belogen.« Die tiefe Stimme kündete von Wut. »Gib mir den Schlüssel!«

»Was du suchst, wirst du niemals finden«, sagte sie. »Diese Macht ist nicht für deine Hände bestimmt.«

»Du bist genau wie sie! Ihr seid der Untergang für jedes Glück.«

»Meine Fesseln habe ich abgestreift und ich gebe niemandem die Macht, sie anderen überzuwerfen.«

»Dann hole ich sie mir einfach selbst. Wenn deine Bindung gelöst ist, liegt der Schlüssel frei.«

Sie wollte noch etwas sagen, doch es war zu spät. Ein Dolch flog heran, die Klinge schimmerte im Licht, bohrte sich lautlos in ihren Körper.

In ihr Herz.

Imgard kippte nach hinten, ihre Hand erschlaffte. Der tropfenförmige Kristall, der ihre Erinnerung aufgenommen hatte, fiel herab, kullerte unter die Couch.

Schritte entfernten sich.

Mit brechendem Blick sah sie in die Höhe. Vor dem Fenster hatte sich der Nebel zurückgezogen. Das Blau des Himmels war ein wunderschöner Anblick.

Sie hauchte ihren letzten Atem aus.

Und ließ diese Welt hinter sich.

1. KAPITEL

MAX

Einige Tage später

Mit einem Quietschen fiel das Gartentor hinter ihm ins Schloss. Max lehnte sich dagegen, ließ den Blick über das alte Herrenhaus in Grunewald wandern, in dem er so viele glückliche Jahre verbracht hatte. Die stuckverzierte Fassade, die gepflegten Beete, dahinter das weite Grundstück, auf dem dichter Nebel wallte.

Es war gerade mal sechs Uhr und die Morgendämmerung zog herauf. Es war noch recht frisch, obwohl der Tag wieder Wärme versprach. Hinter den Fenstern des Hauses brannte kein Licht. Ein schrecklicher Anblick. Dieses Haus war für ihn stets ein Sinnbild für Wärme und Geborgenheit gewesen, jetzt war es nur noch kalter, toter Stein.

Max zog den Trolley hinter sich her in Richtung der Eingangstür und das Rattern der Räder auf den Platten hielt seine Gedanken an das Gestern fern.

Er zog das braungelbe Luftpolsterkuvert aus der Jackentasche und pfriemelte den Schlüssel draus hervor. Er glitt in das Schloss, als hätte er nur darauf gewartet, dass Max endlich hier auftauchte und die Tür aufsperrte.

Es klackte, ein kurzer Ruck und der altbekannte Geruch von Lavendel und Küchenkräutern stieg ihm in die Nase, als er das Herrenhaus betrat.

Seine Großmutter hatte dies zeit ihres Lebens vorbereitet, ihr Anwalt hatte genaue Anweisungen erhalten. Nachdem die Polizei ihre Arbeit getan und den Tatort freigegeben hatte, war eine Putzfirma hier durchmarschiert, wie Max an den gebohnerten Dielen des weitläufigen Wohnzimmers sehen konnte, das sich direkt hinter dem kurzen Flur erstreckte.

Die notwendigen Unterlagen waren Max zugestellt worden, alles war geklärt. Das hier war jetzt sein Haus. Nicht, dass er es je gewollt hatte. Er hätte alles gegeben, um seine Großmutter zurückzubekommen.

Seltsam. Obwohl er gewusst hatte, dass sie den Papierkram vorbereitet hatte, war er davon ausgegangen, dass sie ewig lebte.

Er stellte den Koffer ab, schälte sich aus der Jacke und hängte sie an einen Haken an der Wand. Bei jedem Schritt knarzten die Dielen. Das heraufziehende Tageslicht verwickelte die Pflanzen und Möbel in ein Schattenspiel.

Max kickte seine Schuhe beiseite und trat ins Wohnzimmer. Alles hier wirkte so vertraut und jetzt doch so fremd. Dieser Ort hatte seine Seele verloren. Der Gedanke ließ die Schatten unweigerlich bedrohlicher wirken.

Er betätigte den Lichtschalter. Hier fehlte es an menschlicher Wärme, die in seiner Erinnerung untrennbar mit diesem Haus verknüpft war. Mit einem Gesicht, auf dem stets ein Lächeln lag. Einer gut gefüllten Keksdose und einem Tropfen Honig im Tee.

Mit einem Seufzen sank er auf die Couch, um ihn herum breiteten sich Leere und Stille aus. Genau wie in seinem Inneren.

Es war niemand mehr da.

Sein Blick fiel auf die Bilderrahmen gegenüber der Couch. In ihnen steckten Fotografien, die glücklichere Zeiten zeigten. Nach dem Tod seiner Eltern – da war er so jung gewesen, dass er sich selbst nicht an sie erinnern konnte – hatte seine Großmutter alles getan, Vater und Mutter und beste Kuschelfreundin zu sein.

Bei dem Gedanken grinste er traurig. Ja, so hatte er seine Großmutter genannt. Sie hatte einem naseweisen Siebenjährigen versprechen müssen, dass sie immer seine Kuschelfreundin bleiben würde. Und weil die Helden in jedem Buch auch einen vierbeinigen Freund hatten, war es völlig normal gewesen, dass nach dem gemeinsamen Besuch der Hunderettung sein Rucksack gebellt hatte. Er hatte den Mischling Flummi eingesteckt, und er war tagelang wütend auf seine Großmutter gewesen, weil sie ihn zurückgebracht hatte.

Bis heute hatte Max nicht so ganz begriffen, warum sie ihn auf das Internat in der Schweiz geschickt hatte. Berlin hatte doch gute Schulen. Aber immerhin hatte er dort René kennengelernt.

Unweigerlich wurden seine Wangen heiß bei dem Gedanken an den Jungen, mit dem er sich das Zimmer geteilt hatte. Und später das Bett. Die ersten zaghaften Küsse, das Ausprobieren mit allen zugehörigen Katastrophen.

»Wir sollten noch aufräumen«, hatte er im Halbschlaf genuschelt, eng an René gekuschelt.

»Ist doch unser Zimmer. Machen wir morgen.«

So waren sie eingeschlafen. Am kommenden Morgen war er natürlich auf dem Kondom ausgerutscht, durch das halbe Zimmer gesegelt und hatte dabei das Regal abgeräumt. Das hatte ihm den Spitznamen Chaos-Max eingebracht.

Er und René waren zwei Jahre ein Paar gewesen. In den Sommerferien hatte Max – nach wochenlangem Überlegen – seiner Großmutter alles erzählt. Vor Aufregung hatte er sein Outing quasi herausgeschrien. Sie hatte ihm einen Kuss auf die Stirn gegeben, ihm gesagt, dass Liebe immer in Ordnung sei, und dann einen Lavendeltee gemacht.

Fahrig wischte Max die Tränen beiseite. Verdammte Erinnerungen. Überall in diesem Haus lauerten sie. Bilder mit lachenden Gesichtern, Gerüche, die an schöne Augenblicke erinnerten. Es fiel ihm schwer, die Treppen nach oben zu steigen, um sein altes Zimmer zu betrachten.

»Weglaufen bringt nichts«, hatte seine Großmutter einmal traurig geflüstert. »Irgendwann holt die Vergangenheit einen ein und schlägt aus den Schatten zu. Also bereite dich vor und dann stelle dich der Herausforderung.«

Sie hatte eindeutig noch nie eine Matheklausur in einem Schweizer Internat geschrieben. Da half keine noch so gute Vorbereitung.

Max stieg über die quietschende Treppenstufe, wie er es früher immer getan hatte, um heimlich noch ein wenig neben der Couch zu sitzen. Es gab eine kleine Lücke zwischen Couch und Wand, in der er abends – total unauffällig – Milch und Kekse unter einer Decke versteckt hatte. Wenn dann Bettgehzeit war, hatte er überlaut gegähnt, war nach oben gestampft, nur um kurz darauf wieder nach unten zu schleichen. Hier hatte er sich dann zusammengekauert, Kekse geknabbert und den Film mitgeschaut, den seine Großmutter gerade laufen ließ. Es war natürlich stets ein Kinderfilm gewesen. Und sie hatte ihn total gar nicht bemerkt, wie er laut knabbernd und trinkend in seinem »Versteck« gesessen hatte. Am nächsten Morgen war er dann in seinem Bett aufgewacht.

Er musste erneut Tränen wegwischen.

Sein Zimmer hatte noch immer einen Teenager-Touch, obwohl er die zwanzig längst überschritten hatte. Nach dem Internat war er nach Mannheim gegangen, um dort BWL zu studieren. Bereits nach einem Semester hatte er abgebrochen. Zahlen waren einfach nichts für ihn. Stattdessen hatte er ein Kunststudium in Karlsruhe begonnen. Er wollte ins Produktdesign und der Start war geglückt. Nicht zuletzt dank Stefan. Nach der Probezeit in Frankfurt kam die feste Stelle und bei der feuchtfröhlichen Feier war aus dem Junior-Chef sein Liebhaber geworden. Stefan. Irgendwie war alles perfekt gewesen.

Max blieb im Türrahmen stehen und betrachtete die alten Poster. Da waren Sänger, auf die er eine Zeit lang gestanden hatte. Auch ein paar Schauspieler. Der Schreibtisch war bedeckt mit kreativem Chaos, die alten Klamotten noch immer in den Schubladen des Sideboards. Sein Ex hätte es gehasst. Bei Stefan musste penible Ordnung herrschen, und die letzten Jahre hatte Max geglaubt, ihm selbst sei das auch wichtig. Damit ihm niemand nachsagen konnte, er habe sich hochgeschlafen, hatte er sich doppelt so sehr ins Zeug gelegt wie seine Kollegen. Stefan war stolz auf ihn gewesen. Ein bitterer Geschmack stieg in Max auf. Er setzte sich nachdenklich auf sein altes Kinderbett und starrte in das Bücherregal, von dem ihm die schwarzen Rücken der Jugendbuchkrimis entgegenblitzten, die er mit zwölf oder dreizehn gelesen hatte. Auf dem Regal standen zwei Fotos: eines von ihm und seiner Großmutter, das andere von ihm und Robin, seiner besten Freundin seit Kindertagen.

Weihnachten, Silvester, ein paar Wochen im Sommer – er hatte viel Zeit hier verbracht, aber nie genug, um groß etwas zu verändern. Irgendwann war sein Lebensmittelpunkt gewandert und das Leben hier zurückgeblieben.

Anfangs hatte er sich schlecht gefühlt, doch seine Großmutter schien sogar froh darüber gewesen zu sein. Immer wenn er die Sprache darauf gebracht hatte, doch auch hier in Berlin – dem kreativen Mekka in Deutschland – einen

Job suchen zu können, hatte sie abgewunken. Berlin sei ganz wunderbar für Urlaub, doch er solle sein Glück dort draußen suchen. Außerhalb der Hauptstadt. Als berge Berlin in den Schatten von morgendlichem Nebel und Dämmerung eine Gefahr, die ihn verschlingen wolle. Und Max hatte genickt, denn er hatte ja Stefan in Frankfurt.

Doch das Schicksal hatte wie so oft andere Pläne. Stefan jettete beruflich durch die Welt und hatte dort eine Menge Spaß, von dem Max nichts gewusst hatte. Bis einer seiner Lover plötzlich vor der gemeinsamen Tür gestanden hatte. Es gab Drama, laute Worte, Flehen und Tränen. Und Max begriff, dass er sich in dem Einerlei namens Routine viel zu lang von Stefan hatte lenken lassen. Er hatte das eigene Leben dem seines Partners angepasst, ohne es zu merken. Mit dem Ende der Beziehung hatte es auch in der Firma nicht mehr richtig funktioniert und schließlich war Max – mit einer großzügigen Abfindung – gegangen. Wenigstens das war ihm von seinem Ex geblieben: einige Zehntausend Euro nach fast zwei Jahren Beziehung.

Nach seinem Auszug bei Stefan war er erst mal im Gästezimmer einer Arbeitskollegin untergekommen. Und so hatte er die letzten zwei Wochen in einem Zimmer verbracht, das kaum größer als ein Schuhkarton war, und sich gefragt, was er mit seinem verkorksten Leben anstellen sollte. Seine Freunde in Frankfurt waren Stefans Freunde gewesen. Seine Lieblingscafés waren die, in denen er mit Stefan immer gewesen war.

Und er hasste es, nachts allein im Bett zu liegen. Kein warmer Körper mehr neben sich. Wen er nicht vermisste, war Stefan. Der Arsch konnte ihm gestohlen bleiben. Max war frei, tausend Wege lagen vor ihm. Doch welchen sollte er nehmen? Wohin wollte er überhaupt?

Während er mit hinter dem Kopf verschränkten Armen auf dem schmalen Bett gelegen und an die Decke gestarrt hatte, hatte er sich gefragt, ob nun endlich doch die Zeit gekommen war, zurück nach Berlin zu ziehen, zu seiner Großmutter. Die wurde schließlich auch nicht jünger.

Dann war vor drei Tagen der Anruf gekommen. Ein Überfall, hieß es, und seine Großmutter sei tot. Die Polizei ermittele, doch bisher gebe es keine Spuren.

Der Brief seiner Großmutter, den der Anwalt ihm hatte zukommen lassen, hatte ihm endgültig den Boden unter den Füßen weggezogen.

Lieber Max,

wenn Du das hier liest, weile ich nicht mehr an Deiner Seite. Ich hoffe, das Schicksal hat uns viele gemeinsame Jahre beschert und ich bin im hohen Alter - also dem richtig, richtig hohen Alter - friedlich eingeschlummert. Das Haus und alle meine weltlichen Besitztümer gehören damit natürlich Dir. Das Wichtigste ist ein Schließfach, in das Du bitte einen Blick wirfst, sobald Du bereit dazu bist. Ich hoffe, Du hast Dir ein schönes Leben aufgebaut. Eines voller Freiheit und Abenteuer und einem Mann, mit dem Dich Liebe verbindet.
Ich werde Dich auf jeden Fall immer lieben. Über jede weltliche Grenze hinaus.

Deine Kuschelfreundin.

Der Gedanke an den Brief erzeugte neue Tränen, der Verlust Übelkeit. Am liebsten hätte er das Haus von oben bis unten geputzt, leider war das ja schon geschehen. Also schleppte Max seinen Koffer nach oben, schlüpfte in Jogginghose und Hoodie, warf sich vor den Fernseher und versank in Selbstmitleid.

So vergingen die nächsten beiden Tage. Die notwendigen Einkäufe rissen Max nur für wenige Stunden aus der Abgeschiedenheit. Sein Bart wurde von einem Zwei- zu einem Dreitagebart, er trieb durch die Stunden.

Bis es klingelte.

In Erwartung des Pizzalieferanten schlurfte er zur Tür. Fast wie in Trance drehte er den Schlüssel und öffnete.

»Wow, Maximus, du siehst aus wie ein Oger! Du weißt schon, groß, grün und schmutzig. Wobei schmutzig wirklich kein Kompliment ist.«

»Ro... Robin?«

Sie stand vor ihm, die Lippen geschürzt, mit einem mitleidigen Ausdruck im Gesicht. In der Hand hielt sie eine Chipstüte. Selbst in Jeans und Rollkragenpulli wirkte sie elegant und voller Energie.

»Weißt du, ich dachte: Der arme Max braucht ein oder zwei Tage, aber dann meldet er sich bestimmt bei seiner *ehemals* besten Freundin. Die Chipstüte lag schon bereit. Wie in alten Zeiten.«

»Es tut mir leid.« Er machte einen Schritt beiseite.

Robin betrat das Haus und rümpfte die Nase. »Hast du den Internatsmief irgendwie aus der Vergangenheit mit hierhergebracht?«

Max blieb mit hängenden Schultern unschlüssig im Flur stehen. »Tja.«

»Ach, Maximus.« Robin warf die Chipstüte ins Wohnzimmer und zog ihn in eine Umarmung. »Ich hab dich vermisst. Und es tut mir leid.«

»Danke.«

»Und jetzt geh duschen, sonst umarme ich dich nie wieder. Ich verstecke in der Zwischenzeit dieses ganze ungesunde Zeug. Glaub nur nicht, ich lasse dich ohne Aufsicht an die Chipstüte!«

Max konnte den Anflug eines Lächelns nicht unterdrücken. »Danke.«

»Nicht dafür. Ist Stefan oben? Hat er mitgemacht bei dieser Kalorienorgie?«

Max verdrehte die Augen. »Bei Orgien vermutlich ja. Aber ohne mich. Und ohne Kalorien.«

»Was?«

»Er hat mich betrogen und das nicht nur einmal. Ich hab Schluss gemacht.«

»Wann?«

»Vor ein paar Wochen. Gekündigt habe ich übrigens auch. Oder, na ja, einen Aufhebungsvertrag unterschrieben.«

Das brachte ihm einen Rippenstoß ein. »Und wieso erzählst du mir das nicht? Ich dachte, die Funkstille ist wegen deiner Großmutter. Das Zugticket hatte ich schon gebucht, bis ich dank unserer gegenseitigen Standortfreigabe bemerkt habe, dass der Herr auf dem Weg hierher ist!«

»Es ist alles scheiße.«

»Hm. Na gut, ich kann dir gerade nicht böse sein. Nicht in diesem Zustand. Abgesehen davon: Sei froh, dass du den Fuzzi los bist. Der war eh nicht gut genug für dich.« Robin ging zur Couch, öffnete die Tüte, zog einen einzelnen Chip heraus und legte ein Gummibärchen darauf. »Hier, für einen letzten Endorphin-Kick und zum Abgewöhnen.«

Max öffnete den Mund und schob das Gummibärchenchip hinein. Die Geschmacksexplosion in seinem Mund rüttelte ihn ein bisschen wach. »Ich geh duschen.«

»So ist's recht.« Robin stemmte die Fäuste in die Hüfte. »Und ich werde hier – ausnahmsweise – das Gröbste beseitigen. Später will ich alles wissen. Über Stefan und … na ja, allem eben.« Die letzten Worte klangen traurig.

Robin und er waren seit Kindertagen befreundet. Sie hatte seine Großmutter ebenfalls gemocht. Er fühlte sich schuldig, dass er sich nicht bei ihr gemeldet hatte.

»Manchmal kommt das Leben dazwischen«, murmelte er und schlurfte ins Bad.

»Ich habe genau die richtige Idee, wie wir dich wieder in die Spur bringen«, rief sie von unten.

»Spuck's schon aus!«, rief Max zurück.

Ein paar Stunden später bekam er die Antwort – in ihrer ganzen Wucht und Vielfalt.

2. Kapitel

»Dein Ernst?«

Max blickte skeptisch auf die Fassade des Siebzigerjahre-Baus. Der Putz bröckelte von der Wand, und das Giftgrün darunter lud nicht unbedingt dazu ein, hier zu verweilen, geschweige denn, eine Party zu feiern.

»Vertrau mir, Maximus«, sagte Robin und setzte diesen elenden Femme-fatale-Blick auf, der jeden Hetero in die Knie zwang.

Max zuckte mit den Schultern. »Ist ja nicht so, als hätte ich was Besseres vor.«

»Charmant«, parierte Robin. »Los, stell dich nicht so an, du brauchst einen Tapetenwechsel!«

Und wenn diese Tapete in einem heruntergekommenen Bau in Friedrichshain hing, war das halt so. Sie reihten sich in eine kunterbunte Schlange ein. Vor ihnen standen Teenager, Leute in den frühen Zwanzigern und auch die ältere Fraktion, zu der jeder über dreißig gehörte. Mit ihren Mitte zwanzig waren Max und Robin hier offenbar nicht ganz falsch.

»Jetzt lächle wenigstens mal kurz«, forderte Robin ihn auf. »Die Frau dort vorne wäre beinahe davongelaufen, als du sie angestarrt hast.«

Unweigerlich lachte Max auf. Ja, das konnte Robin: die Schwere eines Tages vergessen machen. Irgendwie wirkte bei ihr alles leicht. So war sie schon immer gewesen. Als sie sich vor fünfzehn Jahren kennengelernt hatten, hatte ihm ein anderer Schüler aufgelauert. Robin hatte dem Typ eine Ohrfeige verpasst, und seitdem war sie seine beste Freundin. Max musste bei dem Gedanken schmunzeln.

Sie erreichten die Tür, wo zwei grimmig dreinblickende Männer mit breiten Schultern und fast ebenso breiten Hüften standen. Sie trugen Schnauzbärte und Kleidung im Peaky-Blinder-Style: weißes Hemd, Krawatte, darüber eine karierte Weste und ebensolche Hosen.

»Hat diese Party ein Motto?«, fragte Max und schaute zweifelnd an seinem bestenfalls legeren Outfit hinab.

Robin grinste breit. »Wart's nur ab.«

Die schrankgroßen Männer musterten sie eingehend, schließlich deutete einer ein Nicken an. Die Tür wurde geöffnet, dahinter wartete ein Vorhang. Max teilte ihn und sah sich Auge in Auge einer Dame gegenüber, die offenbar dem *großen Gatsby* entsprungen war. Ihr silbernes Kleid mit der schwarzen Schärpe fiel gerade bis zum Knie. Die Arme steckten in Seidenhandschuhen, die bis zum Ellbogen reichten. Sie stand an einem Tisch und lächelte ihnen sphinxhaft entgegen.

»Willkommen im Twenty-Heaven«, hauchte sie und Max hätte schwören können, dass violetter Nebel aus ihrem Mund aufstieg.

Er blinzelte. »D…danke.«

Sie reichte ihm eine kleine Karte aus gestärktem Papier, auf der eine Nummer stand.

Robin nahm ebenfalls eine entgegen und schob Max weiter. »Danke.«

»Was sollen wir mit der Karte?«

Ohne ein Wort führte ihn seine Freundin durch einen schmalen Gang und eine Treppe hinunter bis zu einem Raum, der einem Modekaufhaus aus den 1920ern entnommen schien. Sie betraten ihn durch eine Flügeltür, von der sich zwei Rundtreppen in die Tiefe wanden. Dort standen Tische mit Schals, Schuhen und ausgelegten Hemden. Modepuppen ringsum waren mit Anzügen im Stil der damaligen Zeit bekleidet. Auf einigen saßen Hüte und Schirmmützen.

»Sollen wir hier jetzt was kaufen?«, fragte er.

Robin winkte ab. »Wir suchen uns etwas aus, und am Ende der Party geben wir es zurück.«

»Echt jetzt?« Während Max noch mit großen Augen die Auslagen betrachtete, begann sie bereits mit der Auswahl. Überall standen kleine Grüppchen herum, die es ihr gleichtaten.

Kurz darauf fand sich Max mit allerlei Kleidungsstücken auf den Armen wieder. »Das ist jetzt ein Joke.«

»Eintritt im Partysaal nur in passender Garderobe.«

Er fuhr sich über die Wangen, die er erst am Nachmittag auf Robins Wunsch hin rasiert hatte. »Hättest du mir gesagt, wohin wir gehen –«

»… wärst du gar nicht mitgekommen«, unterbrach ihn Robin. »Zu müde, keine Lust, ungewaschen.«

»Stimmt alles.« Also fast.

Ein paar Minuten später trug er Anzughose, Hemd und sogar einen Hut. Die Armmanschetten funkelten, und Max war, als stiege goldener Nebel von ihnen auf.

»Was ist das?«, fragte er.

»Was ist was?« Robin zog gerade ihr Hemd straff und schob ihr rotes Haar unter den Hut. Heute wollte sie eindeutig eher ihren maskulinen Teil präsentieren.

»Ich …« Der Nebel war fort. »Ach, nichts.«

Wie kam es, dass die Hose perfekt saß, das Hemd wie angegossen? Max trug nie Hüte, doch dieser Hut rundete das Bild passgenau ab.

»Wollen wir?«, fragte Robin.

Max stolperte ihr einfach hinterher. Sie verließen die

Garderobe durch eine Flügeltür am unteren Ende der gewundenen Treppen.

Was dahinter auf sie wartete, ließ ihn erstarren. Es war unmöglich zu begreifen, dass außen am Gebäude schmucklose Fassaden in fader Einheitsbauweise emporwuchsen, während hier drinnen die Zwanzigerjahre des vergangenen Jahrhunderts lebendig geworden zu sein schienen.

Männer und Frauen standen auf der Tanzfläche und bewegten sich im Takt eines Charleston, wie ihn auch seine Großmutter so geliebt hatte. Über ihnen schimmerte ein Kronleuchter, an den Wänden zogen sich eigenartige Bemalungen hinauf. Auf der Bühne stand eine Frau in langem Kleid und Hut, das geschminkte Gesicht von in Wellen gelegtem Haar eingerahmt. Sie sang.

»*This World or their World.*
A Glimpse of Golden Haven …«

Die Stimme der Sängerin war samtig und rau, zog Max sofort in ihren Bann.

An der Bar gegenüber saßen illustre Gestalten, betrachteten die Tanzenden und tranken Cocktails. Ein wenig abseits der Tanzfläche gab es kleine Erker, in die man sich zurückziehen konnte. Max sah dort zwei Männer, die sich küssten. Wie gern wäre er jetzt einer der beiden gewesen.

Vor dem Erker daneben waren die Vorhänge zugezogen, nur die Beine einer Frau lugten hervor.

»Na, was sagst du jetzt, Maximus?« Robin grinste breit.

Er ließ seinen Blick nach oben wandern. Der Raum nahm vier Stockwerke ein, auf allen Ebenen sah er Balkone und Sitzgelegenheiten, und auch dort wurde getanzt.

Die Kleider der Frauen glitzerten geheimnisvoll im Licht des Kronleuchters, an den Wänden leuchteten Farbstreifen.

»Das ist wie eine andere Welt«, hauchte er.

»Suchst du uns mal einen Platz«, bat Robin. »Ich sorge für Flüssignahrung.«

Glücklicherweise erhob sich genau in diesem Augenblick ein Pärchen von ihren Sitzen. Max warf sich förmlich auf einen der frei gewordenen Plätze und legte kurzerhand den Hut auf den zweiten. Sein Blick wurde wie magisch von der Tanzfläche angezogen.

Er sah leidenschaftliche Blicke, Körper, die sich eng aneinanderschmiegten. Die Musik umgab alles wie ein weicher Kokon aus flüssigem Honig.

»Hier.« Robin hielt ihm ein Glas hin.

Max zuckte zusammen und nahm es entgegen. Ein Schluck und er hustete. »Was ist das?«

»Ein Cocktail namens Three Mile. Irgendwas mit Rum, Cognac, Zitronensaft und Grenadine.«

»Der Fruchtanteil ist doch eher Alibi«, sagte Max, trank noch einen Schluck.

Er hatte sich schon lange nicht mehr so locker gefühlt, richtiggehend beschwingt. Automatisch wippte sein Körper im Takt der Musik.

»Der Kerl dort schaut ständig zu dir herüber«, sagte Robin.

Max blickte verwirrt von seinem Cocktail auf. »Was hast du gesagt?«

»Na, der Kerl dort.« Sie zwinkerte.

»Another World, another Life.
A Glimpse of Freedom …«

Max drehte den Kopf und entdeckte einen Kerl mit kräftigen Schultern und Dreitagebart. Mit seinem dunklen Haar und der lässigen Kleidung war er vom Typ her ein Anti-Stefan und damit genau das, was er jetzt brauchte. Als sich ihre Blicke trafen, zwinkerte der Fremde ihm zu.

Max hätte nicht sagen können, wann er aufgestanden war. Irgendwie bewegten sich seine Beine und trugen ihn durch die tanzende Menge. Körper wiegten sich eng umschlungen neben ihm, manchmal zu zweit, manchmal zu dritt, nur selten allein.

Der Fremde hob eine Augenbraue, als Max endlich vor ihm stand.

»Du bist neu hier.« Es war eine Feststellung, keine Frage.

Max zuckte mit den Schultern. »Sieht man mir das so deutlich an?«

»Du bist überarbeitet und müde, *das* sieht man dir an.«

Klasse, ging es Max durch den Kopf. Er lachte bitter. »Stimmt, ich bin zum ersten Mal hier.«

Der Blick des Fremden fiel kurz auf die goldenen Manschetten. »Auf der Party oder in der Stadt?«

»Beides. Irgendwie. Ich wohne in Grunewald … also jetzt.« Wie sollte er ihm über die Lautstärke hinweg den Roman seines Lebens erzählen? »Ich hab früher schon mal hier gewohnt«, fügte er dann hinzu, unsicher, was er sagen sollte.

»Verstehe.« Sein Gegenüber musterte ihn. »Irgendwie. Du bist einer von den Braven, oder?« In den braunen Augen funkelte es provozierend.

Max spürte, wie es in seinem Bauch zu prickeln begann. »Brav«, sagte er leichthin. »Nicht in jeder Situation.«

Hitze kroch ihm den Hals hinauf, doch er hielt dem

Blick des Fremden stand. Irgendetwas hatte dieser an sich, das die düsteren Wolken in seinem Geist vertrieb. Max wollte ihn an sich ziehen, seine Lippen spüren, seinen Körper berühren, ihn …

Der Fremde grinste, als könnte er seine Gedanken lesen. »Ich bin Lenyo.«

»Maximilian. Max.«

»Und wie gefällt es dir hier, Maximilian Max?«

Kurz linste Max nach links, wo eine zierliche Blondine eine attraktive Brünette an der Perlenkette zu sich zog und küsste.

»Es ist … interessant«, stotterte er.

Lenyo lachte. »Interessant?«

»Nein … wirklich. Ich habe noch nie so viel Zwanzigerjahre-Zeug gesehen. Alles wirkt so echt, als wären wir durch die Zeit gereist.«

»Sie waren schon damals gut darin, ihre Ängste mit Partys zu übertünchen.« Plötzlich klang Lenyo bitter.

Max blinzelte. »Was?«

»Nichts, alles gut. Ich habe ein paar schwere Tage hinter mir.« Er zögerte. »Es gibt noch viel mehr zu sehen.«

»Was denn? Hey, wo willst du hin?«

Lenyo hatte sich abgewandt und tauchte tiefer in die Menge ein. »Komm einfach mit, Stadtrandkerl.«

Um ihn nicht zu verlieren, setzte Max sich in Bewegung. Ein Blick über die Schulter verriet ihm, dass Robin noch immer an der Bar saß und mittlerweile an seinem Cocktail nippte. Als er kurz zögerte, nickte sie ihm auffordernd zu. Wie immer kam Robin ganz gut allein klar.

Beinahe wäre Max gegen die erste Stufe einer Treppe gestolpert, die Lenyo soeben erklomm. Er folgte ihm und wich dabei den Entgegenkommenden aus.

»Na, was sagst du jetzt?« Lenyo trat auf einen der Balkone und machte eine ausladende Armbewegung, die alles unter ihnen einschloss.

»Das ist … wow.«

Der Raum entpuppte sich von hier oben als riesiger Dom, dessen Wände mit Graffiti verziert waren. Was von unten wie seltsame Striche gewirkt hatte, bildete nun ein Gemälde aus Fabelwesen. Die zahlreichen Kristalle des Kronleuchters besprenkelten die Tanzenden mit mosaikartigen Reflexionen.

Max hat noch nie zuvor etwas Derartiges gesehen und fühlte sich eins mit allem. Als sei er eine Note, ein Ton der allgegenwärtigen Musik.

Er spürte, wie Lenyo hinter ihn trat, und sah, wie er die Hände zu Max' beiden Seiten auf das Geländer legte. An seinem linken Handgelenk trug er eine Ledermanschette.

Max hielt ganz still. Er wagte nicht, sich zu bewegen. Lenyo kam näher. Sein Duft stieg ihm in die Nase, leicht minzig und mit einer Spur Rosmarin.

Irgendwie entspannte ihn das. Er atmete tief ein und ließ den Rücken ein bisschen zurücksinken, bis er wie zufällig – *ja, klar* – Lenyos Brust berührte.

Das fühlte sich gut an.

Er begann, im Takt der Musik zu wippen.

»Kommst du denn öfter hierher?«, fragte er schließlich.

Statt zu antworten, drückte Lenyo ihm die Lippen in die Halsbeuge, zuerst sanft, dann fester. Und er kam noch näher. Max spürte die Hitze, die von ihm ausging. Er hielt den Atem an, auch, um jetzt bloß nichts Dummes zu sagen. Ein Gedanke an Stefan durchzuckte ihn, doch Max schüttelte ihn ab, das hatte der Mistkerl nicht verdient. Sie waren nicht mehr zusammen und das, was Lenyo machte … Was Lenyo machte. Das sanfte Saugen an seinem Hals, der leichte Druck seines Unterleibs an seinem Hintern – beides sorgte dafür, dass es in Max' Hose ziemlich eng wurde. Schnell griff er selbst nach dem Geländer und klammerte sich daran.

Doch in dem Moment, in dem er den Kopf zurücksinken ließ, um sich an seine attraktive Clubbekanntschaft zu drücken, wich diese vor ihm zurück.

»Was …?«

Er spürte, wie sich Lenyo versteifte, dann hektisch von ihm zurückwich.

Hatte er etwas falsch gemacht? Max drehte den Kopf, sah Lenyo an.

Auf dessen Gesicht gab es nur einen Ausdruck: Schock.

»Alles in Ordnung?« Er folgte dem Blick des anderen schräg hinunter zur Flügeltür. Unter den Partygästen dort war Unruhe entstanden. Max versuchte, mehr zu erkennen, aber das war in dem Gewusel unmöglich. »Was ist denn los?«

»Tut mir leid, ich muss weg.« Lenyo klang jetzt völlig anders. Von seiner Unbeschwertheit und seinem Lachen war nichts geblieben. »Such nach deiner Freundin und verschwinde.«

Ohne ein weiteres Wort drehte er sich um und drängte sich zwischen den Menschen hindurch in Richtung Treppe.

Max starrte ihm ein paar Sekunden lang hinterher. »Warte, wohin willst du?«, rief er viel zu spät.

Lenyo sprang bereits die Stufen hinunter, rempelte ein Pärchen grob beiseite. Max überlegte drei weitere kostbare Sekunden, dann setzte er ihm nach. Er hatte ihn auf zwei Armeslängen eingeholt, als am unteren Ende der Treppe ein Typ auftauchte, der nach Ärger aussah: bullig, in Lederhose und Muskelshirt. Es wirkte, als wolle er den Clubbesuchern den Weg versperren.

In einer geschmeidigen Bewegung holte Lenyo aus und donnerte die Faust gegen das Kinn des Bullen. Der stolperte, taumelte und versuchte, nach ihm zu greifen. Lenyo wich geschickt aus, die Hände des Grobians verfehlten ihn. Stattdessen streiften sie Max, griffen nach dessen Kleidung und zerrten ihn daran zu sich. Max entwich ein erschrockener Laut.

»Shit!«, hörte Max Lenyo rufen.

Das Gewicht des Bullen drückte ihn zu Boden. Beißender Atem drang in Max' Nase, vermischte sich mit dem Geruch von Schweiß. Ein weiterer Schlag erklang, das Gewicht verschwand, und der Kerl war außer Gefecht gesetzt. Ächzend setzte sich Max auf.

Mit panischem Gesicht kam Robin herbeigerannt. »Was ist hier los?«

Lenyo betrachtete Max mit einem entsetzten Blick. »Er hat dich markiert.«

»Das ist ja ekelhaft!«

»Sein Geruch umgibt dich noch mindestens eine Stunde«, sagte Lenyo hastig. »Dadurch können die anderen dich finden.«

»Wovon redet er?« Robin rümpfte die Nase. »Na ja, mit dem Geruch hat er recht.«

Jetzt nahm auch Max den Schweißgestank wahr, der plötzlich an ihm haftete.

»Ihr kommt mit mir«, sagte Lenyo bestimmt. »Der Kerl weiß, dass du in meiner Nähe warst. Die nehmen euch mit, foltern euch und dann landet ihr als blutige Kadaver im nächsten Rinnstein. Und falls sie dich nicht finden« – er deutete auf Max, dann auf Robin –, »halten die sich an dich. Die haben euch garantiert zusammen gesehen.«

»Hat er gerade *Kadaver* gesagt?« Robin schluckte.

»Los!« Lenyo bedeutete Max, ihm zu folgen.

»Dort hinten gibt es nur den Zugang zum alten U-Bahn-Tunnel«, sagte Robin.

Max rannte Lenyo bereits hinterher. Die Worte *Blut, Folter* und *Kadaver* hatten ihm gereicht. Erst einmal raus hier, dann konnten sie weitersehen.

Immer wieder rempelten sie andere Besucher an. »Sorry, tut mir leid.«

Vor ihnen tauchte eine graue Metalltür auf. Lenyo schlüpfte hindurch, Robin und Max hinterher.

»Hallo, können wir zuerst mal erfahren, was eigentlich los ist?«, fragte Robin.

»Nein«, stellte Lenyo klar. »Das dauert zu lange. Wir müssen abhauen, jetzt. Und macht die goldenen Manschetten ab, dann fallt ihr nicht so auf.«

»Was soll das denn heißen?« Max zog seine aus dem Hemdaufschlag. Der goldene Schimmer kehrte zurück und verblüfft bemerkte er, dass er wieder seine Alltagskleidung trug. »Was … wie?«

»Hier entlang«, wisperte Lenyo.

Sie liefen in den Stollen, eine weitere Treppe hinunter. Max hielt das für eine ziemlich dumme Idee, doch sein verräterischer Körper überließ sich dem Fluchtinstinkt. Zu dritt stolperten sie durch die Schwärze. Sie tauchten ein in einen Schacht, der sich als Gleisbett eines stillgelegten U-Bahn-Tunnels entpuppte. Jedenfalls hoffte Max, dass er stillgelegt war.

Gerade wollte er sein Smartphone aus der Tasche ziehen, als in Lenyos Hand etwas aufleuchtete. Eine Phiole lag darin. In ihr schimmerte eine blaue Flüssigkeit.

»Wow«, sagte Robin. »Was ist das?«

»Bakterien«, erklärte er kurz angebunden.

Max glaubte ihm kein Wort. Da er jedoch Stiefelschritte

hinter sich vernahm, war jetzt offenbar wirklich keine Zeit für Diskussionen. Im Schein der Phiole bestand wenigstens nicht die Gefahr zu stolpern.

Die Wände zogen vorbei, im Zwielicht sah er Kabelstränge. Der allgegenwärtige Geruch von Gummi erinnerte ihn an die zahlreichen U-Bahn-Haltestellen Berlins. Mittlerweile brannte seine Kehle, er keuchte laut. Robin ging es ähnlich. Einzig Lenyo schien Leistungssportler zu sein, er wirkte kein bisschen angestrengt.

»Dort vorne.« Er deutete auf den Bahnsteig, der im Licht auftauchte.

Die Station lag verlassen vor ihnen, als sie sich aus dem Gleisbett nach oben zogen auf alte, staubbedeckte Steinplatten.

»Er hat uns gleich eingeholt«, sagte Lenyo. »Der Ausgang ist zu weit weg. Wenn ich das Portal nicht öffne, ist es zu spät.«

»Was meinst du mit ›Portal‹?«, fragte Max.

Robin rang nach Luft und stemmte sich mit den Händen an den Knien ab, schaffte es aber dennoch, ihm einen eindeutig zweideutigen Blick zuzuwerfen. Sie ging wohl davon aus, dass sie es hier mit einem Verrückten zu tun hatte. Immerhin hätte das bedeutet, dass es gar keinen Verfolger gab. Aber Max hatte die Schritte doch auch gehört?

Er starrte auf die leuchtende Phiole und begriff instinktiv, dass Lenyo sie weder auf den Arm nahm noch den Verstand verloren hatte. Etwas umgab dieses Licht, genau wie die Manschetten. Eine Kraft, die fremd war. Und voller Hoffnung.

»Da!« Robin deutete in den Gang.

Ein Schatten bewegte sich auf sie zu, unsichtbare Augen warfen ihren tödlichen Blick auf Lenyo, fixierten schließlich Max. Er konnte es spüren. Sein Innerstes verkrampfte sich, Angst ließ jeden Muskel seines Körpers erstarren.

Lenyo warf etwas in die Höhe: ein schillernder Tropfen, wie aus Glas gegossen. Er blitzte auf, schickte Goldfäden in alle Richtungen. Ein *Riss* entstand in der Luft.

Max starrte gebannt darauf. Hatte ihm jemand etwas in den Cocktail gemischt? Bildete er sich all das lediglich ein?

Ein schwappendes Geräusch erklang aus dem Riss, leuchtender Nebel stieg von den Rändern auf.

»Wenn ihr am Leben bleiben wollt, folgt mir«, sagte Lenyo. »Es ist eure einzige Chance.«

»Dort durch?« Robin klang skeptisch. »Ich springe doch nicht in einen Riss, der mitten im Raum schwebt.«

»Er wird nicht mehr lange offen bleiben.«

Das Flimmern aus dem U-Bahn-Tunnel kam näher und näher.

»Los!«, brüllte Lenyo.

»Komm schon.« Max packte Robin am Arm.

»Das ist doch total …«

Was auch immer Robin sagen wollte, sie bekam nicht mehr die Gelegenheit, ihren Satz zu beenden. Die Dunkelheit des Tunnels selbst sprang auf sie zu wie ein Raubtier. Noch in der Luft *verdichtete* sie sich und die flimmernde Schwärze nahm die Gestalt eines bulligen Mannes an, der Robin zur Seite stieß, gegen Lenyo prallte und mit ihm zu Boden ging.

Max spürte einen schmerzhaften Stich und blickte verwirrt an sich herunter. In seinem Shirt klaffte ein Riss. Blut drang daraus hervor.

»Max!«, brüllte Robin.

Lenyo rappelte sich auf, trat dem Fremden in den Unterleib und griff dann nach Max, zerrte ihn in die Höhe. »Wir springen gemeinsam, mach mir nicht schlapp.«

Aus schreckgeweiteten Augen sah Max zu ihm auf. Ein besorgter Ausdruck lag in Lenyos Blick.

Robin schrie auf, als ihr Gegner sich wieder erhob.

»Los!«, rief Lenyo.

Robin stolperte in den wabernden Riss, der sich an den Rändern bereits zusammenzog.

Max spürte Lenyos festen Griff. Gemeinsam sprangen sie.

3. KAPITEL

Zwei Herzschläge lang glaubte Max, durch einen von Blitzen durchzogenen Nachthimmel zu fallen. Dann presste ihm der Aufprall auf die Steinplatten der U-Bahn-Station die Luft aus der Lunge. Nein, nicht nur der Aufprall – Lenyo begrub ihn mit seinem ganzen Körpergewicht unter sich. Das Stechen in seinem Brustkorb drohte ihn zu zerreißen. Einen Moment lang starrten sie sich an, dann rollte sich Lenyo von ihm herunter und Max sog gierig Luft in die Lunge.

Das Stechen verschwand nicht. Vorsichtig tastete er seine linke Seite ab. Sein T-Shirt klebte warm und feucht an ihm. Die Wunde! Noch ehe seine Fingerspitzen den Schlitz im Stoff und die darunterliegende Verletzung berühren konnten, zuckte er zurück. Jemand hatte ihn verletzt. Ihr Verfolger!

»Wo sind wir hier?«, drang Robins Stimme wie durch Watte zu ihm. »Was war das gerade?«

»Wir müssen hier weg«, entgegnete Lenyo. Er beugte sich über Max und streckte ihm die Hand entgegen. »Kannst du aufstehen?«

Max versuchte, sich hochzustemmen, doch sobald er sein Gewicht verlagerte, explodierte der Schmerz. Gleißende Lichtfunken tanzten vor seinen Augen.

»Max«, drängte Lenyo.

»Was ist mit ihm?« Robin schob Lenyo beiseite und kniete sich neben Max auf den Steinfußboden. Als ihr Blick auf sein T-Shirt fiel, wurde sie kalkweiß. »Was ist passiert?«

Max versuchte sich an einem schiefen Lächeln. »Unser Verfolger hat mich erwischt.«

»Shit!«

Lenyo ging neben ihm in die Hocke und drückte einen dunklen Stofffetzen auf die blutende Wunde. Max schrie auf, dann hatte er das Gefühl, dass der Schmerz etwas schwächer wurde.

»Kannst du ihm helfen?«, fragte Robin.

»Das tue ich gerade.« Lenyo konzentrierte sich auf Max, seine Stimme war rau. »Press das Einstecktuch auf die Wunde. Und beiß die Zähne zusammen. Das wird jetzt wehtun.«

Ehe Max fragen konnte, was er meinte, schob ihm sein Gegenüber den Arm unter die Schulter.

»Hilf mir«, bat Lenyo Robin, die ihm sofort zur Seite eilte.

Gemeinsam gelang es ihnen, Max auf die Füße zu bekommen, während dieser damit zu tun hatte, die Lippen aufeinander und das Stoffbündel auf seine Wunde zu pressen.

Lenyo zog ihn Richtung Treppenaufgang. »Wir müssen hier weg«, wiederholte er. »Ehe die Jäger auftauchen.«

»Jäger?«, stieß Max zwischen zwei Atemzügen hervor.

»Später.«

Es dauerte eine gefühlte Ewigkeit, bis sie sich die beiden Treppen hochgequält hatten, die aus der U-Bahn-Station ins Freie führten. Als kühle Luft sein Gesicht streifte, atmete Max erleichtert auf. Dann blinzelte er überrascht. Es kam ihm ungewöhnlich dunkel vor. In Berlin gab es nicht viele Ecken, die man als stockfinster bezeichnen konnte. Diese gehörte dazu.

»Was jetzt?«, fragte er.

Robin strich ihm eine schweißnasse Haarsträhne aus

der Stirn. »Wir bringen dich in die Notaufnahme. Und falls es dir hilft, du stinkst überhaupt nicht mehr.«

»Die Passage hat die Markierung getilgt«, sagte Lenyo. »In die Notaufnahme können wir aber leider nicht.«

»O doch.« Robin klang fest entschlossen. »Du musst ja nicht mitkommen, die Landsberger Allee ist gleich dort hinten.«

Lenyo löste seinen Griff, und Max vermisste sofort den starken Arm. Lenyo verschwand allerdings nicht in der Nacht, sondern durchsuchte hastig seine Taschen. »Das ist zu gefährlich, dort könnt ihr nicht hin. Ich bring euch jetzt zu jemandem, der Max helfen kann, einverstanden? Und morgen dann nach Hause.«

Robin öffnete den Mund, zweifellos um Lenyo in aller Deutlichkeit zu sagen, was sie von seinem Vorschlag hielt, doch Max war schneller. »Nicht streiten, okay? Mir geht es gerade wirklich nicht gut. Es wäre ganz cool, wenn wir uns darauf konzentrieren könnten.«

Auf Robins Gesicht zeichnete sich Sorge ab. »Aber meinst du nicht, ein Krankenhaus …«, begann sie, doch Max schüttelte den Kopf.

»Dein Freund kann mir wirklich helfen?«, fragte er Lenyo, der aussah, als habe er ein sehr schlechtes Gewissen.

»Kein Freund. Meine Schwester.«

»Ist sie Ärztin?«, fragte Max.

»So etwas Ähnliches.«

»Und wo ist deine Schwester?« Robin klang resigniert.

»In Mitte.«

»In Mitte?!« Ihr Griff um Max' Oberkörper wurde fester. »Und wie sollen wir schnell genug dort hinkommen?«

Lenyo hob eine Braue. »Wir fahren.«

Durch die Dunkelheit schleppten sie sich in Richtung einer Straßenkreuzung. Max drückte immer noch das zusammengeknüllte Einstecktuch auf die Wunde. Es war inzwischen durchtränkt, aber immerhin schien die Wunde nicht mehr so stark zu bluten.

»Schaffst du es allein mit ihm bis zur Straße?«, fragte Lenyo Robin.

»Klar.« Sie klang nicht so überzeugt, wie Max es von ihr gewohnt war.

»Dann organisiere ich uns eine Droschke.« Er drehte sich um und eilte davon.

»Droschke?«, sagte Max. »Sind das nicht diese offenen Pferdekutschen?«

Robin schnaubte. »Ich glaube, er hat einfach nur ein Taxi gemeint.«

»Dann hätte er doch Taxi gesagt.«

»Früher nannte man Taxis Motordroschken. Berlin war voll davon.«

Auf seinen verblüfften Gesichtsausdruck hin zuckte Robin mit den Schultern. »Lesen bildet, Maximus. Solltest du auch mal versuchen.«

Max erwiderte ihren Blick zweifelnd. »Früher! Wann soll das denn gewesen sein? Und überhaupt: Wer spricht heute noch so?«

Robin ging nicht darauf ein. »Max …« Sie suchte nach Worten. »Irgendetwas ist nicht in Ordnung hier.«

»Glaubst du, das habe ich nicht bemerkt? Irgendein Assi hat auf mich eingestochen!«

»Das meine ich nicht.« Sie deutete nach rechts, wo sich die Konturen eines Altbaus aus der Dunkelheit schälten. Nur aus einem einzigen Fenster im zweiten Stock drang flackerndes Licht.

»*Du* hast uns in diese Gegend geschleppt«, erwiderte er.

»Nicht hierher.«

Max wurde kalt. »Wie meinst du das?«

Robin seufzte. »Kaum Straßenbeleuchtung. Keine anderen Menschen. Und … riechst du das nicht?«

Max schnupperte. »Ich riech nichts.«

»Eben.«

Er holte tief Luft und seine Augen weiteten sich. Robin hatte recht. An den meisten Tagen roch Berlin nach Großstadt: nach abgestandener Luft in engen Straßenzügen, den Abgasen aus den Fabriken, an manchen Ecken nach verrottendem Müll oder Urin. Jetzt hingegen roch es frisch, fast süßlich.

»Seltsam.«

Knatternde Motorengeräusche rissen ihn aus seinen Gedanken. Auf die Kreuzung vor ihnen bog ein dunkler Wagen ein. Die Scheinwerfer warfen klägliche Lichtkegel auf die Straße. Selbst das Abblendlicht des Corsas seiner ehemaligen Mitbewohnerin war greller gewesen.

Lenyo trat an den Wagen und sprach mit dem Fahrer. Noch während Max seine Anstrengungen verdoppelte und sich mit Robin zum Straßenrand vorkämpfte, öffnete er die hintere Wagentür und machte Platz.

Der Wagen sah aus, als habe man ihn der Filmkulisse eines Historiendramas entwendet: kantiges Design, schwarz lackiertes Blech, dünne Reifen, durch deren Speichen man hindurchsehen konnte wie durch die eines Fahrrads. Da sollten sie einsteigen? Die Wunde in Max' Seite schmerzte allerdings zu sehr, als dass er mit Lenyo hätte diskutieren wollen. Ächzend ließ er sich auf die Rückbank des Wagens fallen. Der Droschke. Ledergeruch füllte den Innenraum aus. Robin und Lenyo stiegen hinter ihm ein.

»Los«, forderte Lenyo den Fahrer auf, kaum dass er die Tür zugezogen hatte.

»Immer mit der Ruhe!«, erklang es behäbig, doch der

Wagen setzte sich ruckartig und knatternd in Bewegung. Max linste nach vorn, konnte auf dem Fahrersitz jedoch nur einen dunklen Umriss erkennen. Die Stimme hatte männlich geklungen.

»Blutet es noch?«, fragte Lenyo.

Max hob vorsichtig den Stoff an. »Ich glaube nicht.«

»Blut?«, erklang es ungehalten von vorn. »Wenn ihr ma det Leder versaut, jibt's Ärger, verstanden?«

»Schon gut«, erwiderte Lenyo abweisend. Dann wandte er sich an Robin. »Lass mich mal rüber. Ich schau mir das näher an.«

Aus seiner Anzughose holte er wieder die Phiole mit der schimmernden Flüssigkeit. Dann machte er sich daran, mit Robin Plätze zu tauschen.

»Ey«, erscholl erneut die empörte Stimme des Taxifahrers. »Macht ma keene Fisimatenten hier drin!«

Im türkisfarbenen Licht, in das die Phiole den hinteren Teil des Wagens tauchte, sah Max, dass sein Begleiter genervt die Augen verdrehte. »Fahren Sie einfach. Keine Fragen und Sie bekommen bei Ankunft das Doppelte.«

»Solange –«

»Ihrer Droschke passiert schon nichts. Entspannen Sie sich.«

Das schien dem Fahrer zu genügen.

Lenyo wandte sich Max zu und beleuchtete die Verletzung mit der Phiole. Er sog scharf die Luft ein.

Max wurde schlecht. »Das klingt nicht gut.«

»Alles in Ordnung.« Lenyo schenkte ihm ein aufmunterndes Lächeln. »Richtig tief ist es nicht.«

»Das soll mich wohl beruhigen?«

Robin warf ihm über Lenyos Schulter hinweg einen Blick zu. »Sicher, dass du nicht doch in die Notaufnahme willst?« Leiser fügte sie hinzu: »Bei dem Tempo, mit dem der Typ uns durch die Gegend kutschiert, brauchen wir ewig.«

»Nein«, beharrte Lenyo, als sei das allein seine Entscheidung. »Kein Spital.« Er zögerte kurz, dann entkorkte er die Phiole und hielt sie Max vors Gesicht. »Kann ich dir das geben?«

»Was ist das?«, fragte Robin alarmiert.

»Etwas, das ihm helfen wird.«

Max zögerte einen Augenblick. Das Taxi fuhr durch ein Schlagloch und rüttelte sie ordentlich durch. Seine Wunde begann wieder zu bluten und etwas von der Flüssigkeit aus der Phiole spritzte ihm ins Gesicht.

Ehe er es sich anders überlegen konnte, nahm er die Phiole und trank einen Schluck. Süße explodierte in seinem Mund; der Geschmack erinnerte ihn an den Fenchelhonig, den ihm seine Großmutter als Kind verabreicht hatte, wenn ihn Husten quälte, und an etwas anderes, das er nicht zuordnen konnte. Er nahm einen zweiten Schluck und spürte, wie sich eine wohlige Wärme in seinem Magen ausbreitete. Die Schmerzen verebbten. Dann verlor er das Bewusstsein.

Als er aufwachte, befand er sich noch immer in dem seltsamen Taxi.

»… unmöglich!« Das war Robin. »Wehe, du hast ihm irgendeine Droge verabreicht.«

»Das ist keine Droge.« Lenyo klang im Gegensatz zu ihr entspannt. »Es ist eine Art Medizin.«

»Eine *Art* Medizin?«

Max blinzelte, und Zwielicht drang in das schwarze Nichts, das ihn umfangen hielt. Mühsam gelang es ihm, dessen klebrige Teerfinger abzuschütteln.

»Siehst du. Er ist schon wieder wach.« Lenyos Gesicht tauchte über ihm auf. »Geht es besser?«

Max nickte. »Danke.«

»Max!« Robin klang erleichtert. »Mann, bin ich froh.«

Er schaute an sich herunter. Beim Anblick des blutbesudelten T-Shirts wurde ihm wieder schwindlig. Jetzt spürte er dort, wo der Verfolger ihn verletzt hatte, nur noch ein unangenehmes Ziehen.

»Worüber habt ihr beide gestritten?«, fragte er.

Lenyo holte Luft, doch Robin war schneller. »Ich wollte wissen, wo genau er uns hingebracht hat.«

Max runzelte die Stirn. »Ich dachte, wir fahren nach Mitte?«

Mit dem Daumen deutete Robin hinter sich. »Schau mal aus dem Fenster.«

Vorsichtig verlagerte Max das Gewicht. Dann drehte er den Kopf, blickte aus dem Wagenfenster – und blinzelte.

Draußen war es nicht mehr so dunkel wie in der Gegend, in der sie ins Taxi gestiegen waren. Gaslaternen standen in regelmäßigen Abständen am Straßenrand. Allerdings handelte es sich bei ihnen nicht um die rundlichen Exemplare, die Max aus den meisten Straßenzügen der Hauptstadt kannte, sondern um die altertümlichen sechseckigen, die man in Berlin nur noch an ausgewählten Standorten entdeckte. In ihrem diesigen, seltsam grün schillernden Licht schlenderten trotz der späten Uhrzeit mehrere Grüppchen umher. Damen trugen die Haare zum Bubikopf gestylt und hüllten sich in schwere Pelzmäntel, ihre männlichen Begleitungen in schicke dunkle Anzüge. Sie trugen Melonen auf dem Kopf, fast so, als hätten sie alle die Zwanzigerjahre-Party besucht, auf die Robin ihn geschleift hatte.

Das Taxi bog in eine Straße ein, die von einer breiten Mittelpromenade geteilt wurde und die Max seltsam bekannt vorkam. »Ist das …?«

»Die Tauentzienstraße«, bestätigte Robin mit düsterer Stimme.

»Aber …« Er verstummte. Das war völlig unmöglich. Die Bäume, die auf der Mittelpromenade wuchsen, waren viel zu klein. Dann richtete er den Blick nach vorn, durch die Windschutzscheibe des Fahrzeugs, und sein Herz setzte einen Schlag lang aus. Sie fuhren auf ein imposantes Gebäude zu, das mitten aus der Straße zu wachsen schien. Max erkannte die Gedächtniskirche sofort, schließlich galt sie als eines der Wahrzeichen der Stadt. Nur, dass vor ihnen nicht ein vom Krieg zerstörtes Baudenkmal trotzig seine abgebrochene Turmspitze dem Himmel entgegenstreckte. Ganze fünf Türme erhoben sich stolz und unversehrt aus dem Kirchenschiff und verströmten monumentales Flair. So musste das Gebäude ausgesehen haben, bevor es im Zweiten Weltkrieg durch einen Luftangriff zerstört worden war.

Ungläubig sah Max Lenyo an. »Wohin hast du uns gebracht?« Er dachte an den schwarzen Riss in der Luft in der U-Bahn-Station. Sein Mund wurde trocken. »Sind wir …« Er räusperte sich. »Sind wir in die Vergangenheit gereist?«

»Nein«, antwortete Lenyo. »Aber auf die andere Seite.«

4. KAPITEL

LENYO

»Andere Seite?«, fragte Robin. »Andere Seite von was?«

In diesem Augenblick kam die Droschke mit einem Ruck zum Stehen. Sie hatten das Ziel erreicht. Lenyo verdächtigte den Fahrer, dass er mit Absicht erst im letzten Moment in die Eisen gestiegen war.

»Hilf Max nach draußen«, bat er Robin. »Ich zahle.«

Die Augen des Fahrers blitzten gierig. Lenyo bereute es, ihm das Doppelte versprochen zu haben. Mit etwas Glück ließ es der Schmierlappen dabei bewenden und kam nicht auf die Idee, dass er die Hand noch einmal aufhalten konnte. An einer Stelle, die sehr interessiert daran war, ihre Zellen zu füllen.

Normalerweise setzte der Widerstand auf ein Netzwerk aus Droschkenfahrern, die vertrauenswürdig waren. Doch der heutige Abend fiel in die Rubrik *dumm gelaufen.*

Die Tür der Droschke knallte ins Schloss und ein zufriedener Fahrer brauste davon.

Hinter den Fenstern des Gebäudes brannte kein Licht, die Tür war verschlossen. Die Fassade bestand aus rotem Klinker, die Tür war aus Holz mit eingefassten Metallelementen. Sie wirkte wenig einladend. Ein Schleierzauber. An einem gewöhnlichen Abend hätte Lenyo breit gegrinst und sich ins Getümmel gestürzt.

»Und was jetzt?«, fragte Robin.

Sie gab sich tough, doch immer wieder blitzte Überforderung in ihrem Gesicht auf. Auf Max' Stirn stand ein dünner Schweißfilm. Er war gar nicht mehr in der Lage, alles zu durchdenken. Und vielleicht war das ganz gut so.

»Sprecht so wenig wie möglich.« Lenyo verlieh seiner Stimme ausreichend Gewicht, damit auch Robin verstand.

Sie durften nicht auffallen. Wenn sie den Mund öffneten, erkannte jeder sofort, dass sie *fremd* waren. Er hob die Hand, ließ den Blick über seine Begleitung huschen und fluchte innerlich.

»Steckt die Manschetten wieder an«, verlangte er.

»Was?« Zuerst runzelte Robin die Stirn, dann schienen ihre Sommersprossen wie ein Detonationszauber zu explodieren. »Denkst du echt, das ist jetzt der richtige Zeitpunkt?!«

»Nein«, sagte er ruhig. »Es ist genau genommen bereits zu spät. Der Droschkenfahrer hat hoffentlich die ganze Zeit nur an seine Fetzen gedacht.«

»Fetzen?«, echote Robin.

»Seine Bezahlung. Hör zu, ich erkläre euch das alles in Ruhe, aber jetzt müssen wir runter von der Straße und ihr dürft nicht noch mehr auffallen. Sonst hämmern hier direkt wieder Jäger an die Tür. Bitte, die Manschetten.«

Robin pfriemelte zuerst die von Max aus dessen Hosentasche und heftete sie ihm an, danach tat sie das Gleiche mit ihren. Die Manifestationen wirkten wie ein durchscheinendes Bild, das sich über die beiden legte. Es gewann an Farbe, Tiefe und Form, und schon trugen sie wieder Abendgarderobe. Sogar der Riss im Hemd war nicht mehr zu sehen, das Blut wurde von der Illusion überdeckt.

Lenyo klopfte in einer schnellen Abfolge aus Takten an die Tür des *Libertinage*. Eine Klappe öffnete sich auf Augenhöhe.

»Was?«, raunzte eine Männerstimme.

»Monkey Gland«, antwortete Lenyo.

»Falsch.«

Er stöhnte auf. Das verdammte Codewort war stets ein Cocktail, aber es wechselte so oft, dass er sich nicht immer merken konnte, welches gerade aktuell war.

»Mach die Scheißtür auf, Ruben«, verlangte er. »Oder ich sag Yelna, dass sie dich kastrieren soll.«

»Dass du immer gleich die ganz großen Kanonen auspackst.«

Die Klappe wurde geschlossen, es klapperte hinter der Tür. Riegel wurden zurückgeschoben, Schlösser gelöst. In dem Moment wies der Zauber eine Lücke auf: Die Fenster waren hell erleuchtet, Musik erklang bis auf den Gehsteig.

»Schnell«, forderte Ruben.

Kurzerhand sprang Lenyo zu Max und stützte ihn ebenfalls. Zu dritt betraten sie das Gasthaus. Hinter dem Eingang gab es einen kleinen Vorraum, ein schwarzer Vorhang verbarg den Blick auf die Feiernden.

Ruben schloss die Tür.

Das Klacken der Schlösser noch im Ohr, schob Lenyo den Vorhang beiseite.

Der Geruch von Zigarillos stieg ihm in die Nase, Perlenketten funkelten im Licht. Gläserklirren und Gelächter lagen als beständige Geräusche über allem.

Er erhaschte einen Blick auf einige bekannte Gesichter. Markos genoss die Freiheit, sich an diesen Abenden äußerlich von einem Mann in eine Frau zu verwandeln. Er hatte Rouge aufgetragen, die Haare zu Schnecken geformt und trug ein glitzerndes Kleid. Ein breitschultriger Kerl tanzte mit ihm.

Sonja ließ gerade ein silbernes Zigarettenetui aufschnappen und zog einen Glimmstängel hervor. Auf ihrem Kopf saß eine Schirmmütze, sie trug Stoffhosen und Jackett.

Ein Hauch von sphärischer Ewigkeit lag in der Luft. Eine Illusion, wie auch der Zauber, der sie alle vor den Häschern verbarg.

»Ach nein, was hat der Wind denn da herangetrieben?« Yelna stand hinter der Theke, mixte einen Cocktail und warf ihm einen grimmigen Blick zu.

»Hey, Schwester.«

»Du wolltest dich einmal pro Woche melden.«

In ihrem Groll gab sie eindeutig zu viel Absinth in den Cocktail. Ob er sie darauf hinweisen sollte? Da wanderte das Glas bereits über die Theke und wurde von einem jungen Kerl hinuntergestürzt. Der würde Spaß haben.

»Ich brauche deine Hilfe.«

Sie kannte ihn zu gut. Die Worte waren kaum heraus, da umwölkte sich ihre Stirn. »Also wieder einmal eine Katastrophe.«

Es brachte nichts, diplomatisch vorzugehen. »Kann man so sagen.«

Ihr Blick glitt über Robin hinweg und blieb an Max hängen. Ein goldener Schimmer vertrieb das Braun in ihren Augen, huschte wie Tränenglanz darüber und verschwand. »Die Wunde sieht übel aus.«

An Abenden wie diesen tropfte Yelna sich stets Pickford-Tinktur in die Augen. Die Schauspielerin war so legendär, dass ihr Name nicht nur Pate für den Cocktail stand. Als Symbol von Schein und Sein, ein Leben vor und hinter der Kamera, hatte man auch die magischen Tropfen nach ihr benannt. Eine Tinktur, die es für einige Stunden erlaubte, durch Illusionen hindurchzusehen.

»Ein Zimmer?«

»Ich liebe deinen Pragmatismus.« Lenyo nickte.

»Erster Stock. Du weißt ja, wo.« Sie griff unter die Theke und knallte einen Schlüssel mit angehängtem Metallschild auf den Tresen. Darauf stand die Nummer acht. »Wir beide unterhalten uns morgen früh. Ich sehe später nach deinem Freund, lebensbedrohlich scheint es ja nicht zu sein.«

»Du bist einfach die Beste.« Er schenkte ihr sein strahlendstes Lächeln.

»Spar dir das für deine Flirts.«

Aus Protest hielt er es noch ein paar Sekunden aufrecht, während er mit Robin Max an den Feiernden vorbeischleuste.

In der Sofaecke hatte ein Gast gerade einen Fetzen zusammengerollt und zog durch das Nasenloch Kokain. Ein anderer drückte sich eine Nadel in die Vene. Es hatte Zeiten gegeben, da war Lenyo einem leichten Trip gegenüber nicht abgeneigt gewesen. Doch die andere Seite hatte ihn vollkommen verdorben: Er rauchte nicht mehr, verzichtete auf den regelmäßigen Rausch, rettete Andersseiter.

Cocktails würde er allerdings niemals streichen. Oder Bier. Das war auf der anderen Seite auch besser.

Max stöhnte.

»Halte durch, wir sind gleich da«, sagte Lenyo sanft.

Die Treppen waren ein ernst zu nehmendes Hindernis, doch mit vereinter Kraft schafften sie es nach oben. Goldenes Licht aus Wandlampen fiel in den Gang, Staub flirrte darüber.

Max' Körper wirkte schwach und zerbrechlich. In diesem Augenblick sah er nicht aus wie ein Mann Mitte zwanzig, eher wie jemand, dem die Welt über den Kopf gewachsen war und den man beschützen musste.

Lenyo brauchte zwei Anläufe, um den Schlüssel ins Schloss zu bekommen. Dass Max ständig schwankte, war nicht hilfreich. Immerhin steckte in Robin eindeutig mehr Kraft, als es den Anschein hatte.

Das Zimmer war noch genau so, wie er es in Erinnerung hatte. Ein schmaler Raum erstreckte sich der Länge nach vor ihnen. Das Bett stand an der rechten Wand, deren Putz von Rissen durchzogen war. Durch das Fenster konnte man auf den Hinterhof sehen. Darüber hinaus gab es einen verschlissenen Sessel. Das war's.

Dieser Raum und der gegenüberliegende waren Notfällen vorbehalten. Zu viele Drinks führten schon mal dazu, dass ein solcher eintrat. Nicht selten war Lenyo hier aufgewacht und hatte auf die Rückseite eines Kerls geblickt, mit dem er die Nacht im Halb-Delirium verbracht hatte.

»Heimelig«, kommentierte Robin. »Nur das Beste für die Familie, was?«

»Vielleicht habe ich sie als Kind einmal zu oft an den Haaren gezogen«, erwiderte Lenyo.

»Für Humor ist es eindeutig zu früh!«

»Schon klar.«

Endlich hatten sie Max auf das Bett gehievt. Sein Gesicht war schweißnass.

Schritte erklangen, und schon stand sie in der Tür. Auf seine Schwester war eben Verlass, sie war sogar früher gekommen, als er gedacht hatte.

»Raus, alle beide.« Sie blickte zuerst zu Lenyo, dann zu Robin.

»Ich denke gar nicht daran.« Die Arme wurden trotzig verschränkt. Robins rotes Haar schien in Flammen zu stehen, ihre Augen wirkten jedoch trübe und müde.

Lenyo trat an sie heran. »Sie wird ihm helfen und die Wunde schließen, dabei darf niemand anwesend sein.«

Max keuchte auf. »Aber …«

»Es dauert nur kurz und ich verspreche dir, dass ich danach sofort zurückkehre.« Ihm war bewusst, dass Max und Robin sich wie zwei Schiffe im Sturm fühlen mussten.

Er war der einzige Halt, den die beiden aktuell hatten. »Und Robin muss auch mal durchatmen.«

»Wir atmen total gemeinsam durch«, stellte die klar. »Danke, der Herr. Außerdem wolltest du uns noch ein paar Antworten geben.«

»Stimmt. Wir können ja schon mal anfangen.« Lenyo schob sie hinaus und zog die Tür hinter sich zu.

»Du kannst doch nicht einfach ...«

Er ignorierte ihren Protest und schob sie weiter auf die gegenüberliegende Tür zu. Darauf war ebenfalls eine Acht zu sehen.

»Wieso gibt es die zweimal?«

»Ist ein Gag«, erklärte er und schloss auf. »Jeder Raum ist zweimal vorhanden. Jeweils spiegelverkehrt.«

»Wow, voll der Brüller.«

Er würde es ihr erklären, doch jetzt brauchte er etwas Ruhe, um nachzudenken. Und genau dabei störte Robin.

»Setz dich aufs Bett«, sagte er.

»Du bist es echt gewohnt, deinen Willen zu bekommen, was? Aber bei mir kommst du damit nicht weit! Ich will Antworten, Mister. Und zwar jetzt.«

Auch in diesem Zimmer gab es lediglich ein Bett und einen Sessel. Nur eben spiegelverkehrt angeordnet.

Lenyo griff in die Tasche und zog ein Tütchen hervor.

»Was ist das?« Robin kam näher und besah sich das safrangelbe Pulver misstrauisch.

»Ich erkläre euch alles morgen. In Ruhe. Jetzt muss ich erst ein paar Dinge für mich selbst ordnen.« Er hob das Tütchen und blies ihr das Granulat ins Gesicht.

»Du ...« Robins Lider flatterten, sie schloss die Augen und kippte um.

Lenyo fing sie auf und legte sie aufs Bett. Dann verließ er die gespiegelte Acht. Die Tür fiel mit einem Klacken ins

Schloss und er sperrte ab. Sobald Robin erwachte und hinauswollte, würde er es merken – einer der Vorteile der magisch verbundenen Räume.

»Absinth-Pulver?«, fragte Yelna, die gerade die gegenüberliegende Acht verließ.

»Jap.«

»Gute Wahl. Jetzt kannst du dir in Ruhe überlegen, wie du zwei Andersseiter wieder in ihr Berlin bekommst, ohne dass es jemand bemerkt.«

»Entspann dich.«

»Angeblich hat Tamyra vorletzte Woche einen ganzen Wohnblock niedermetzeln lassen. Und das nur, weil dort zwei Widerständler versteckt worden sind. Was, denkst du, wird sie tun, wenn sie von Andersseitern hört?«

Lenyo atmete scharf ein. *Tamyra!* »Ich kläre das.«

»Da fehlt ein Wort.«

»Ich kläre das *schnell.*«

»Guter Bruder.« Sie drückte ihm den Arm. »Dein ziemlich gut aussehender Andersseiter ist geheilt, aber erschöpft. Und seine Seele ist in Aufruhr. Er hat kürzlich einen schweren Verlust erlitten.«

»Du findest also, er sieht gut aus?« Lenyo grinste.

»Verkneif dir deine Macho-Allüren.« Jetzt schlug sie ihm gegen den Arm. »Ich brauche meinen Bruder, ohne aufgesetzten Charme.«

Er ignorierte die Bemerkung. »Wie schlimm ist es? Seine Seele, meine ich«, fragte er und blickte zu der geschlossenen Zimmertür, hinter der Max lag.

Yelna seufzte. »Der Verlust, die Verletzung, die Fremde. Er fühlt sich angreifbar, schutzlos. In einer feindlichen Umgebung, die er nicht versteht. Warum hast du die beiden mit hierhergebracht?«

»Jäger haben das Twenty-Heaven gestürmt«, erklärte er.

Yelna zuckte zusammen. »Aber ihr wechselt doch ständig den Ort. Woher wussten sie … Oh.«

Er nickte. »Möglicherweise ein Leck. Ich werde das prüfen. Auf jeden Fall musste ich verschwinden, und die beiden haben nicht lockergelassen. Hätte ich sie dem Jäger zum Fraß vorwerfen sollen?«

»Natürlich nicht. Du bist halt doch einer von den guten Kerlen.« Seine Schwester zog ihn in eine Umarmung. »Hast du zugelegt?«

»Alles Muskeln.«

Sie stupste ihn in die Seite. »Jetzt geh schon rein und tröste den Andersseiter.« Sie hielt ihn fest. »Mit trösten meine ich, dass du seine Seele stützen sollst. Sanft. Nicht deine typische stoßfeste Art.«

Das waren die Augenblicke, in denen er sich die Finger in die Ohren stecken wollte. »Echt jetzt?«

»Du bist nicht der Einzige, der provozieren kann.« Damit ließ sie ihn stehen und stieg die Treppe hinunter.

Lenyo atmete noch einmal tief durch, dann betrat er den Raum.

Er wurde mit verlorenem Blick begrüßt.

5. KAPITEL

Hey«, sagte Max leise. »Wo ist Robin?«

Lenyo sank neben dem Bett auf den Sessel. »Schläft nebenan. Wie geht es dir?«

»Besser.«

»Und wie geht es dir wirklich?«

Max grinste schwach. »Körperlich besser. Deine Schwester hat irgendwas gemacht. Da war ein Leuchten.«

»Sie hat gewisse Möglichkeiten. Leider hat jede Form dieser Heilung auch einen Preis.«

Max wirkte nicht beunruhigt. Nur verloren. »Bekomme ich jetzt spitze Ohren oder so was?«

Lenyo überging die Frage. »Eine Heilung des Körpers sickert auch immer in die Seele ein. Man könnte sagen, dass diese Art der Magie alles heilen möchte, das Gesamtpaket.« Er schluckte. »Aber um die Seele zu heilen, muss der Schmerz an die Oberfläche geholt werden. Das ist der Preis.«

Max sah ihn lange an.

Die Stille zwischen ihnen lag über allem wie eine Decke, die jeden Ton verschluckte. Lenyo wünschte sich nichts sehnlicher als die Musik aus dem Schankraum, die die Schwere vertrieb.

»Du kennst dich damit aus«, sagte Max. »Ich kann es in deinen Augen sehen.«

Die Erinnerung kehrte mit einem Schlag zurück. Das Gesicht eines Engels, mit der Seele eines Teufels. Freunde, die blicklos ins Leere starrten. Tamyra. Das blonde Haar mit Blut besprenkelt.

»Yelna musste mich einmal heilen.« Lenyos Stimme war ein Krächzen. »Der Effekt war intensiv.«

Lenyo vertrieb die eigenen Erinnerungen. Dafür war hier und jetzt kein Platz. Wenn es ihm schon schlecht ging, wie musste es erst einem Andersseiter gehen? Dessen Schmerz war stärker, die Verlorenheit tief wie ein Brunnen.

Ein Strom aus Tränen löste sich und rollte über Max' Wangen. Seine aufgewühlte Seele gab den Schmerz frei.

Lenyo erhob sich und schob sich vorsichtig aufs Bett. Dabei behielt er Max im Auge, um jederzeit auf einen ablehnenden Blick, eine Geste der Distanz hin zurückweichen zu können. Doch der Andersseiter robbte zur Seite und machte Platz. Langsam legte sich Lenyo zu ihm.

»Momentan ist alles scheiße«, begann Max. »Mein Freund und ich haben uns getrennt und …« Ihm versagte die Stimme.

»Liebeskummer?«, fragte Lenyo sanft.

Der Andersseiter schnaubte. »Der Arsch kann mir gestohlen bleiben, echt. Das ist es nicht. Es ist nur – ich dachte, ich weiß auch nicht. Irgendwie dachte ich, ich könnte mich auf ihn verlassen. Und dass ich wüsste, was ich will und was auf mich zukommt. Zumindest in den nächsten fünf Jahren.«

Ein Kloß bildete sich in Lenyos Kehle. Das Gefühl kannte er. »Und jetzt?«

»*Jetzt* weiß ich irgendwie gar nichts mehr. Und dann ist auch noch meine Großmutter …« Max wischte hastig die Tränen beiseite, als schäme er sich dafür. »Sie haben mich angerufen, ich bin der einzige lebende Verwandte. Meine Eltern sind gestorben, als ich noch ganz klein war. Als ich zurück nach Berlin kam …« Ein Beben durchzuckte seinen Körper.

Lenyo legte sanft den Arm um ihn.

»Es war ein Herzinfarkt«, flüsterte er. »Sie hatte sogar die Tasse noch. Das war alles. Jetzt ist es nur noch ein leeres Haus.«

»Die Tasse?«

»Ich habe sie bemalt. Da war ich noch klein.«

»So richtig groß bist du jetzt ja auch nicht. Wie viel ist das? Höchstens eins achtundsechzig.«

»Ich bin eins sechsundsiebzig, danke, du Wandschrank. Kann nicht jeder Riesengene haben.« Er zögerte. »Du hast doch keine, oder?«

Lenyo lachte auf. »Wandschrank nehme ich als Kompliment. Und nein, keine Riesengene. Nicht dass ich wüsste.«

Gewöhnliche Neugier schimmerte in der Frage durch. Max' Bewusstsein kehrte langsam zurück zu seinen alten Strukturen und versuchte, die Traurigkeit abzustreifen, die durch Magie aufgewirbelt worden war. Hätte Yelnas Heilung ihn nicht aufgewühlt, sein klarer Geist hätte lediglich eine Sache gewollt: Antworten. Genau wie Robin. Doch genauso, wie sie schlief, befand sich Max in einem nebulösen Zwischenzustand. Und das würde erst enden, wenn das aufgepeitschte Meer, das seine Seele gerade war, zur Ruhe kam.

»Wir waren bei der Tasse.« Lenyo strich Max sanft durchs Haar.

Max' Körper entkrampfte sich sichtlich. »Die haben wir im Kindergarten gemacht. Wir haben unsere Familien draufgemalt. Bei mir waren das ich und meine Großmutter. Ich habe ihrer Figur ganz viele Runzeln im Gesicht verpasst, aus Kinderperspektive waren das richtig viele. Aber sie hat nur gelacht.« Erneut rollten Tränen. »All die Jahre habe ich nicht mehr daran gedacht. Aber sie hat sie aufbewahrt. Ich habe Fotos gefunden, Briefe …«

»Es tut mir so leid.« Im Reflex drückte Lenyo ihm einen Kuss aufs Haar.

»Das alles ist zu viel.« Max verbarg sein Gesicht an Lenyos Brust. »Wieso nimmt das Schicksal sie mir weg?«

»Weil es grausam ist.«

Max drückte sich an ihn. »Das stimmt.«

Lenyo nahm Max fester in die Arme.

»Wie hast du es damals geschafft? Der Schmerz?« Sein warmer Atem kitzelte durch den Stoff des Hemdes Lenyos Haut.

Tja, wie?

Sollte er dem Andersseiter gestehen, dass er täglich einen anderen Typen aufgerissen hatte? Und das sowohl auf dieser Seite als auch im anderen Berlin? So lange, bis er die Gesichter seiner Freunde vergessen hatte. Und das Blut. Und das Lächeln des Engels. Bis seine Traurigkeit unter einer Zementschicht aus Wut verschwunden war und er nur noch die namenlosen Gesichter seiner One-Night-Stands vor sich sah, wenn er die Augen schloss. Seine Wut hatte er dann in den Widerstand geleitet. Die Grenze musste fallen, die Macht der Herrscher gebrochen werden.

Tamyra!

Er schüttelte den Kopf. »Die Seele ist eine beeindruckende Sache. Sie verarbeitet die Dinge in ihrer eigenen Geschwindigkeit. Wann ist deine Großmutter gestorben?«

»Vor fünf Tagen.«

»Und dann?«, fragte Lenyo.

»Irgendwie bin ich auf der Couch hängen geblieben«, sagte Max. »Hab die ganze Zeit auf den Fernseher gestarrt und der war nicht einmal an. Chipstüten, Gummibärchen und Marzipan waren meine besten Freunde. Robin kam und sagte, dagegen müsste man etwas tun. Na ja, und dann standen wir vor der Tür dieser Party in Friedrichshain.«

»Schicksal.«

»Findest du?« Er sprach nicht länger in den Stoff des Hemdes, sah zu Lenyo auf.

Sein Magen zog sich zusammen, er fühlte den Schmerz von Max wie seinen eigenen. »Also ich meine wegen dem … Dings. Schicksal in Form von … also …«

»Du sprichst so eloquent.« Max grinste, was den traurigen Schimmer in seinen Augen zurückdrängte.

»Für einen Andersseiter bist du ziemlich frech.« Lenyo stupste ihn in die Seite.

Max' Lider flatterten. Jetzt, wo die aufgewühlte Seele sich zurückzog, schlug die Müdigkeit unbarmherzig zu. »Bleibst du bei mir?«

»Klar.«

»Versprich es.« Max schluckte. »Ich will nicht allein aufwachen. Nicht heute.«

»Versprochen.«

»Und dann will ich Antworten.« Er drehte den Kopf wieder in Richtung Hemd. »Alle.«

Lenyo spürte das Heben und Senken der Brust, die Wärme des fremden Körpers. Er strich durch Max' Haar, lauschte seinen gleichmäßigen Atemzügen. Es war lange her, dass ein anderer Herzschlag so nah an seinem eigenen gewesen war.

Wie lange?

Die Erinnerung verblasste immer mehr. Er erinnerte sich an den ersten Flirt mit Albiert. Die feurigen Blicke, seine weichen Lippen. Der Alkohol hatte sie damals beide auf ein High getrieben, der Sex war so wuchtig gewesen wie ein magischer Feuersturm. Die Hitze seines Körpers, das Prickeln seiner Lippen auf Lenyos Leib. Die Stöße hätten problemlos die Wand zum Einsturz bringen können. Er betastete den angerissenen Verputz.

Vergangenheit!

Robin und Max waren in Gefahr. Weil Max Lenyo nicht einfach hatte gehen lassen wollen. Wann war es das letzte Mal passiert, dass zwei Andersseiter hier gelandet waren?

Und jetzt lag Max neben ihm, die Arme um Lenyos Brust geschlungen. Selbst im Schlaf ließ er nicht los. Die Frage war, was er ihm erzählen sollte. Was er ihm erzählen konnte.

Vermutlich würde Robin wie eine Abrissbirne durch die Stadt trampeln, wenn er den beiden nicht klarmachte, in welcher Gefahr sie alle schwebten.

Im Schlaf murmelte Max etwas Unverständliches. Ein Lächeln glitt über Lenyos Gesicht. Er fühlte eine seltsame Art der Verbundenheit und schrak gleichzeitig davor zurück.

Lenyo wollte ihn einfach nur halten, ihn bei sich spüren, mit ihm kuscheln.

Kuscheln!

Mit einem Typen, der sich einfach nicht hatte abschütteln lassen.

»In meinem Leben läuft irgendwas total falsch«, sagte er leise. »Und du bist schuld, Andersseiter.«

Er seufzte, umschloss diesen schlafenden kleinen Mistkerl mit seinen Armen und ließ seine Gedanken schweifen. Minuten später wurden sie träge und Lenyo trieb in einen Traum, der zum ersten Mal seit langer Zeit nicht von Blut beherrscht wurde.

6. KAPITEL

MAX

Max blinzelte. Das hereinfallende Morgenlicht hatte ihn geweckt. Das Bett, auf dem er lag, war überraschend breit für das schmale Pensionszimmer. Trotzdem kuschelte sich Lenyo eng an ihn. Seine Atemzüge gingen ruhig und gleichmäßig. Jetzt erinnerte Max sich daran, wie er sich in der Nacht an den anderen geschmiegt hatte. Ein schönes Gefühl. Im Schlaf mussten sie sich gedreht haben, er wandte Lenyo jetzt den Rücken zu. Max spürte Lenyos Kopf an seinem Schulterblatt und den kräftigen Arm um seine Hüfte. Kurz versank er in dem angenehmen Gefühl, das die Umarmung in ihm auslöste. Wann hatte er das letzte Mal eine ganze Nacht mit einem anderen Mann als Stefan im gleichen Bett verbracht?

Vorsichtig, um ihn keinesfalls zu wecken, drückte er sich etwas enger an Lenyo. Dann schob er die Hand unter die Bettdecke und tastete nach der Wunde. Seine Finger strichen über glatte Haut. Und jetzt, wo er in sich hineinhorchte, spürte Max auch keinen Schmerz mehr, nicht den geringsten.

Das war unmöglich. Aufgeregt schlug er die Bettdecke zurück und richtete sich auf. Lenyo murmelte etwas in das Kissen, doch alles, was Max tun konnte, war, auf seinen unversehrten Oberkörper zu starren. Nicht einmal eine Narbe zeugte von der Stichverletzung, die ihm der Jäger zugefügt hatte.

Lenyo richtete sich neben ihm auf und grinste ihn verschlafen an. »Guten Morgen. Geht es dir besser?«

Er beugte sich vor, vermutlich um einen Blick auf die nicht mehr vorhandene Wunde zu werfen, und die Spitzen seiner schulterlangen Haare kitzelten Max' nackte Haut.

»Das sieht gut aus.« Lenyo klang zufrieden.

Max öffnete den Mund, doch da klopfte es an der Zimmertür.

»Kann ich reinkommen?«, fragte eine Frauenstimme vom Flur aus. »Oder müsst ihr euch erst etwas anziehen?«

Bevor einer von ihnen antworten konnte, wurde die Tür aufgestoßen und Lenyos Schwester trat ein. Sie balancierte ein rundes Tablett in der Hand, das mit Croissants, Marmelade und dampfenden Kaffeetassen beladen war.

»Sehr gut, ihr seid wach«, sagte sie, bevor sie das Tablett Lenyo in die Hand drückte und weiter zum anderen Ende des Raums ging, um einen Blick aus dem Fenster zu werfen. Sie öffnete es einen Spalt und drehte sich zu ihnen um. »Dann könnt ihr ja jetzt etwas essen und danach verschwinden.«

»Dir auch einen wunderschönen guten Morgen, Schwesterherz.« Lenyo stellte das Tablett auf dem Boden ab, griff nach einem Croissant und schnupperte daran. »Die sind ja sogar noch warm.«

Neugierig blickte Max von Yelna zu Lenyo und wieder zurück. Es war unübersehbar, dass sie miteinander verwandt waren. Beide besaßen die gleichen warmen, braunen Augen, markante Wangenknochen und langes, dunkles Haar, das ihnen bis auf die Schultern fiel. Selbst ihr Lächeln war identisch.

»Seid ihr Zwillinge?« Er griff nach einer Kaffeetasse.

Yelna schnalzte mit der Zunge. »Der Sabbelkopp und

ich? Bei der grünen Fee, nein! Das hätte gerade noch gefehlt.«

»Diese bezaubernde Dame ist meine *ältere* Schwester«, ergänzte Lenyo. Er betonte das Wort mit Genuss. »Zwillinge sind auf dieser Seite selten.«

»Auf dieser Seite …« Max stellte die Tasse wieder ab, ohne einen Schluck genommen zu haben.

»Ein gutes Stichwort.« Yelna verließ den Platz am Fenster, kam zum Bett und schnappte sich Lenyos Croissant. »Wann bringst du die beiden zurück?«

Sofort bekam Max ein schlechtes Gewissen. »Robin!«

»Schläft noch«, beruhigte ihn seine Retterin. »Ich habe gerade nach ihr geschaut.«

Lenyo hielt einen Schlüssel in die Höhe und blickte seine Schwester fragend an. Die zog einen purpurfarbenen Stein aus der Tasche ihres Hosenanzugs und drehte ihn hin und her.

»Du hast einen Permit-Stein?« Lenyo klang überrascht.

»Frau hat so ihre Quellen«, erwiderte sie.

»Was ist ein Permit-Stein?«, fragte Max.

Die Geschwister blickten ihn an.

»So eine Art Generalschlüssel«, sagte Yelna. »Kommen wir jetzt zum Wesentlichen.«

Sie biss vom Croissant ab, gab es ihrem Bruder zurück und fixierte ihn mit verschränkten Armen, während sie kaute.

»Ist nicht so leicht.« Lenyo klang verlegen. »Ich habe keine Tränen mehr.«

Yelna schloss kurz die Augen, schluckte und blickte dann erst entschuldigend Max und anschließend entschlossen ihren Bruder an. »Hier können sie jedenfalls nicht bleiben, das weißt du.«

»Wir waren vorsichtig«, entgegnete Lenyo.

»Spielt keine Rolle, falls Monsieur heute ins Libertinage kommt …«

»Ist damit zu rechnen?«

Yelna strich sich eine Haarsträhne aus der Stirn. »Damit ist immer zu rechnen. Er ist überfällig. Normalerweise kommt er jeden Tag, um zu überprüfen, dass in seinem Etablissement alles läuft. Also?«

Lenyo nickte ergeben. »Gut. Ich bringe sie nachher zu Lydic.«

»Der wird sich freuen.«

»Moment mal«, unterbrach Max das Zwiegespräch. Die Party gestern. Der Jäger. Der Sprung. Die unzerstörte Gedächtniskirche. »Wovon redet ihr eigentlich? Ich denke, es ist Zeit für ein paar Antworten.«

Lenyo neben ihm versteifte sich, während Yelna tief seufzte. »Dann wecke ich wohl mal deine Freundin.«

Sie ging nach draußen, um Robin zu holen. Max drehte sich zu Lenyo. »Du hast mich gestern Andersseiter genannt. Ich nehme an, damit hast du nicht gemeint, dass ich auf Männer stehe.«

Lenyo schmunzelte. »Nein. Dann wäre ich auch ein Andersseiter.«

»Und das bist du nicht.«

»Nicht von dieser Seite aus betrachtet.« Er kletterte aus dem Bett, fischte Max' Hemd vom Sessel und reichte es ihm.

Wortlos zog sich Max an. Die Verbundenheit, die er nach dem Aufwachen gespürt hatte, begann zu verblassen und drohte der furchtbaren Leere Platz zu machen, die sich in seinem Inneren einnisten wollte. Einen Herzschlag lang war er versucht, auf Lenyo zuzugehen und die Arme um ihn zu schlingen, wie er es gestern Nacht getan hatte.

»Kann ich mich irgendwo frisch machen?«, fragte er stattdessen.

Lenyo deutete mit dem Daumen über die Schulter. »Unten im Hof gibt es einen Verschlag mit Sanitäranlagen.«

Max hob die Augenbraue und knöpfte sein Hemd zu. Waschen und Zähneputzen würden warten müssen, bis er wieder zu Hause in Grunewald war. In *seinem* Haus.

Die Zimmertür wurde aufgerissen und Robin stürzte auf ihn zu. »Geht es dir gut?«

Er hob das Hemd an und zeigte ihr die Stelle, an der keine Wunde mehr war. »Alles in Ordnung.«

»Okay, das ist jetzt mal krass.«

Yelna trat hinter ihr ein, schloss die Tür und lehnte sich dagegen. Langsam wurde es voll in dem schmalen Zimmer.

»Setzt euch«, forderte Lenyo sie alle auf, während er sich selbst in dem mitgenommenen Sessel niederließ, der dem Bett gegenüberstand. »Dann erzähle ich.«

Robin wirbelte zu Lenyo herum. »Du! Was hast du gestern mit mir gemacht?«

Er zuckte mit den Schultern. »Ich habe dir etwas gegeben, das dich beruhigt.«

»Betäubt meinst du wohl!«

Max sah Lenyo an. »Du hast sie betäubt?«

»Sie hat den Schlaf gebraucht.« Er gab sich gelassen, doch in Max' Ohren klang es so, als täte es ihm ein bisschen leid.

»Das –«, begann Robin, doch Yelna unterbrach sie: »Dafür haben wir jetzt keine Zeit. Du kannst ihm gern den Kopf abreißen, wenn er euch nach Hause gebracht hat.«

Robin warf Lenyo noch einen wütenden Blick zu, dann

jedoch öffneten sich ihre Fäuste und sie machte es sich neben Max auf dem Bettrand bequem. Sie verschränkten ihre Finger miteinander und Max drückte kurz zu, um sie zu beruhigen.

»Ihr seid nicht mehr in eurem Berlin«, begann Lenyo endlich. »Ihr seid in unser Berlin gewechselt, als ihr durch das Portal gesprungen seid.«

Robin schob ihr Kinn vor. »Was bedeutet das?«

Lenyo lächelte, aber es wirkte traurig. »Erinnert ihr euch daran, wie ihr mich gestern gefragt habt, ob wir in die Vergangenheit gereist sind?«

Max' Herzschlag beschleunigte sich. »Du hast gesagt, dass wir das nicht sind.«

»Sind wir auch nicht.«

Yelna löste sich von der Tür und ergriff eine der Kaffeetassen, die sie mitgebracht hatte. »Was mein Bruder euch mitteilen möchte, ist, dass es zwei Berlins gibt.«

»Zwei?«

Lenyo nickte. »Das Berlin der Menschen, also eures. Und die Spiegelstadt, das Berlin der Feenwesen.«

Max traute seinen Ohren nicht. »Feenwesen?!«

Lenyo verzog seine Miene kein bisschen. »Feenwesen. Altes Volk. Nennt uns, wie ihr wollt. Ihr Menschen habt uns im Lauf der Jahrhunderte viele Namen gegeben.«

Max begann vor Aufregung zu schwitzen. Was Lenyo da behauptete, war völliger Unsinn. Feenwesen gab es nicht. Das galt aber auch für Magie, die Stichwunden verschwinden lassen konnte, als seien sie nie da gewesen, oder für Risse aus Dunkelheit, die vor einem in alten U-Bahn-Stationen auftauchten.

»Feen?« Robin klang ebenfalls ungläubig. »Ihr wollt damit sagen, ihr seid Feen? Aber müsstet ihr dann nicht winzig klein sein? Und Flügel haben und so?«

Yelna verzog die Lippen zu einem spöttischen Lächeln und setzte sich auf die Lehne des Sessels. »Du meinst Blütenelfen. Davon gibt's in Berlin leider nicht mehr viele. Also weder hier bei uns noch bei euch.«

Max stieß mit dem Fuß beinah das Frühstückstablett um. »In unserem Berlin gibt es auch Feen?«

»Feen*wesen*«, korrigierte Lenyo. »Wir sind keine homogene Spezies. Feenwesen ist der Oberbegriff für sämtliche magische Lebewesen: Sylphen, Kobolde, Tierwandler, Undinen und so weiter. Es gibt auch eine Untergattung, die wir tatsächlich als Feen bezeichnen, aber das zu erklären würde jetzt viel zu lange dauern. Aber um auf deine ursprüngliche Frage zurückzukommen: Ja, auch in eurem Berlin leben einige von uns, allerdings inkognito.«

»Es halten sich hartnäckige Gerüchte, dass sich im Botanischen Garten auf eurer Seite ein kleiner Stamm Blütenelfen versteckt«, ergänzte Yelna.

Max sah auf die goldenen Manschettenknöpfe. »Dann waren die Gäste auf der Party gestern alles Feen? Ich meine: Feenwesen?«

Lenyo schüttelte den Kopf. »Nur ein paar. Die meisten Besucher waren Menschen. Unter den Gästen gab es außer mir aber noch weitere Feenwesen. Meist sind das solche, die auf eurer Seite leben, aber Sehnsucht nach zu Hause haben.«

Robin ließ Max' Hand los. »Warum feiern sie dann nicht hier? In eurem Berlin?«

»Das ist nicht so einfach.« Yelnas Stimme klang dunkler. »Die Sache ist die …« Sie suchte nach Worten.

»Es sind Geflüchtete«, nahm Lenyo den Gesprächsfaden auf. »Feenwesen, die der Spiegelstadt den Rücken gekehrt haben und auf die Andersseite geflohen sind, um sich dort ein Leben aufzubauen. Und das sieht unsere Regierung gar nicht gern.«

Ein Schatten huschte über sein Gesicht. Für eine Sekunde stahl sich so deutlich Trauer in seinen Ausdruck, dass Max die Hand ausstreckte und sein Knie berührte. Ihre Blicke trafen sich.

»Der Angreifer!«, sagte Robin. »Deshalb hat er uns verfolgt. Er hat geglaubt, wir sind von hier.«

Lenyos Gesicht verfinsterte sich. »Und er war nicht allein. Unsere Regierung verbietet den Kontakt zu Andersseitern, die Grenzen sind seit vielen Jahrzehnten geschlossen. Die beiden Berlins sollen strikt voneinander getrennt bleiben.«

»Deshalb müsst ihr auch von hier verschwinden«, ergänzte Yelna. »So schnell wie möglich.«

Robin stand vom Bett auf und straffte die Schultern. »Von mir aus können wir sofort aufbrechen.«

»Nicht so schnell«, bat Max.

»Von jetzt auf gleich wird das ohnehin nichts«, sagte Yelna und es klang, als bedaure sie das. »Ihr könnt nicht einfach zwischen eurem Berlin und unserem hin und her springen.«

Sie stand auf, griff nach der Hand ihres Bruders und zog ihn in die Höhe.

Max sah, wie Robins Finger nervös zuckten. »Und was bedeutet das schon wieder?«

»Du kannst nicht mal eben so von einer Seite auf die andere spazieren, wie durch eine Tür. *Unser* Berlin ist vor euch Menschen geschützt, durch eine magische Grenze.«

»Vor uns?«, fragte Max überrascht und stand ebenfalls auf.

Lenyo nickte. »Die Grenze ist undurchlässig. Eine unüberwindliche Barriere.«

»Und wie kommen wir dann zurück?« Robin schob ihre Hände so tief in die Hosentaschen, dass der Stoff ausbeulte. Sie machte das nur, wenn sie nervös wurde. Als wolle sie nicht, dass fahrige Handbewegungen ihre Unruhe preisgaben.

»So, wie wir hergekommen sind«, antwortete Lenyo gelassen. »Man kann Portale öffnen. Mit dem richtigen Schlüssel.«

Der seltsame Gegenstand, den er in der U-Bahn-Station in die Luft geworfen hatte, blitzte in Max' Erinnerung auf. Danach war der Riss in der Luft erschienen. »Der Tropfen aus goldenem Glas.«

Lenyo nickte. »Man nennt sie goldene Tränen. Sie öffnen ein Portal zur anderen Seite.« Er räusperte sich. »Das Problem ist: Ich habe keine mehr.«

Robin setzte an, um etwas zu sagen, doch Lenyo hob die Hand. »Ich weiß, wo ich neue bekomme. Das dauert allerdings ein paar Stunden.«

»Kein Problem«, erwiderte Robin. »Dann holen wir uns eben diese Tränen.«

»Geht nicht. Ich meine: Dorthin könnt ihr mich nicht begleiten.« Lenyo blickte zu seiner Schwester, als hoffe er, dass sie etwas sagen würde, doch Yelna senkte den Kopf. Er schaute wieder zu Robin und Max. »Hier könnt ihr leider nicht länger bleiben.«

Max konnte deutlich sehen, dass Robin kurz vor dem Platzen stand. Schnell legte er ihr eine Hand auf die Schulter. »Vertrau ihm, er hat einen Plan.«

»Hat er das?«, zischte sie.

Max bemühte sich, seine Stimme beruhigend und fest klingen zu lassen. »Er bringt uns zu einem Freund.« Jedenfalls hatte das vorhin so geklungen. Er wandte er sich Lenyo zu. »Richtig?«

Lenyo lächelte. »Richtig.«

»Wenn das so ist«, fuhr Max fort, »würde ich mich doch noch frisch machen, bevor wir aufbrechen. Geht das? Ums Eck müsste ich nämlich auch.«

Yelna seufzte. »Ich bringe euch ein paar Handtücher. Aber ihr müsst euch beeilen.«

Sie öffnete die Tür und trat hinaus auf den Gang.

»Yelna«, sagte Max, bevor sie verschwunden war.

»Ja?«

»Danke. Für gestern Abend. Und für das Frühstück.«

Sie erstarrte. »Hat dir mein Bruder nicht gesagt, dass du dich auf unserer Seite besser nicht bedanken solltest? Es gibt Feenwesen, die dir einen Strick daraus drehen könnten.«

»Was für einen Strick?«

»Das kann er dir nachher erklären.« Sie warf Lenyo einen vielsagenden Blick zu. »Der wird dir noch Ärger machen.«

7. KAPITEL

Nachdem sie sich alle frisch gemacht hatten – die Dusche bestand aus einem lindgrün gekachelten Raum in einem heruntergekommenen Gebäude –, verließen sie das *Libertinage* durch die Hintertür. Lenyo führte Robin und Max durch schmale Seitenstraßen und kleine Innenhöfe.

»Verhaltet euch unauffällig«, hatte er ihnen eingeschärft. Max bezweifelte, dass ihm das gelang – zumal er keine Ahnung hatte, wie er das anstellen sollte.

An diesem Vormittag erkannte er deutlich, dass es sich bei den Passanten nicht ausschließlich um Menschen handelte. Ja, die meisten unterschieden sich nicht von Robin und ihm. Daneben flanierten allerdings auch andere Wesen: gedrungene Kreaturen, die Max ihrer Körpergröße wegen zunächst für Kinder hielt, deren runzelige Gesichter jedoch deutlich machten, dass sie das nicht waren; Frauengestalten, die eine Spur zu groß und zu dünn waren und deren Haut wie Baumrinde aussah. Auf der Schulter eines weit ausschreitenden Mannes saß eine Kreatur, die Max an einen Marder erinnerte. Sie diskutierte lautstark mit dem Mann, der sie trug.

Robin stieß ihm den Ellenbogen in die Seite. »Mund zu.«

»Dich lässt das wohl alles kalt«, flüsterte er ungläubig zurück.

»Wie würde es dir gefallen, angestarrt zu werden?«

Max setzte gerade zu einer Antwort an, als sie um die

Ecke bogen und sein Blick auf die seltsamsten Fahrzeuge fiel, die ihm jemals untergekommen waren: Sie erinnerten ihn an Rikschas, bestanden nur aus ein paar Stangen, zwei großen Rädern und einem breiten Fahrersitz. Statt von Pferden oder Eseln wurden die ungewöhnlichen Kutschen von Tieren gezogen, die wie Straußenvögel aussahen. Max blieb so abrupt stehen, dass Robin in ihn hineinlief.

»Was ist das denn?«

»Die Straußenkutschen?« Lenyo grinste. »Keine Angst. Mit denen fahren wir nicht.«

»Aber …« Max beobachtete, wie eine der Gestalten mit runzeliger Haut neben eine Kutscherin auf den Sitz des Gefährts kletterte. Die Frau ließ die Zügel schnalzen und der Strauß rannte mit irrsinniger Geschwindigkeit los.

»Ich meine«, stammelte Max, »ich kenne diese Fotos, die in den Zwanzigerjahren gemacht worden sind. Von dieser Revuetänzerin. Aber ich dachte immer, die waren alle gestellt.«

Lenyo trieb sie mit einer Handbewegung zum Weitergehen an. »Waren sie auch. Auf eurer Seite würde das nicht funktionieren. Die Tiere hier sind keine gewöhnlichen Strauße. Ich vermute, Josephine Baker hat ein paar unserer Kutschen gesehen und sich davon inspirieren lassen.«

Max nickte, obwohl er kein Wort verstand. »War die etwa auch eine von euch?«

»Nein, aber sie galt als Freundin der Feenwesen.«

Statt mit einer Motordroschke oder einer Straußenkutsche fuhren die drei mit der U-Bahn. Max konnte kaum glauben, wie sehr einerseits alles nach dem Berlin aussah, das er kannte, und wie unterschiedlich es zugleich war. Die Untergrundbahn wirkte auf ihn altmodischer, aber auch sauberer und eleganter. Von der Station Reichskanzlerplatz, an der sie ausstiegen, hatte er bisher nie gehört. Die Decke der Eingangshalle bestand aus prächtig lackierten Keramikfliesen, die ein Vermögen gekostet haben mussten, und erst als Robin, Lenyo und er wieder auf der Straße standen, erkannte Max, wo sie waren. »Das ist ja der Theodor-Heuss-Platz.«

Lenyo überquerte eine gepflasterte Straße. »Die Station wurde auf eurer Seite in den vergangenen Jahrzehnten ein paar Mal umbenannt.«

»Warum nicht auf dieser?«, wollte Robin wissen. »Feenwesen haben keinen Reichskanzler, oder?«

»Nein«, antwortete Lenyo abweisend. »Haben wir nicht.«

Ehe einer von ihnen weitere Fragen stellen konnte, beschleunigte er seine Schritte. Max und Robin mussten sich beeilen, um ihn nicht zu verlieren. Sie eilten durch ein Gewirr aus Gassen bis in ein Wohnviertel, in dem sich ein stuckverzierter Altbau an den nächsten reihte.

Lenyo führte sie bis zur breiten Eingangstür eines mehrstöckigen Eckhauses, das einst prächtig gewesen sein musste, seine besten Tage aber lange hinter sich hatte. Als er den Klopfer betätigte, regnete Putz auf sie herab.

Ein älterer Herr riss die Tür nach innen auf. Er trug einen dunkelgrauen Anzug mit abgewetzten Ärmeln, marineblaue Hosenträger über einem hellen Hemd und hatte die schlohweißen Haare zu einem strengen Seitenscheitel gekämmt. Seine blauen Augen blitzten begeistert hinter den runden Gläsern seiner Nickelbrille, als sein Blick auf Max und Robin fiel.

»Kommt rein, kommt rein. Nicht dass euch noch jemand sieht.«

Kaum standen alle drei im Hausflur, warf ihr Gastgeber die Tür so fest ins Schloss, dass die darin eingelassene Butzenglasscheibe klirrte, und legte einen Riegel vor. Dann fuhr er in einer eleganten Drehung zu ihnen herum.

»Wie schön, dass alles geklappt hat«, sagte er. »Yelna hat mich bereits grammofoniert.«

»Lydic.« Lenyo schloss ihn in die Arme. »Danke.«

Der Alte klopfte ihm verlegen auf den Rücken, löste sich aus der Umarmung und konzentrierte sich erneut auf Robin und Max. »Seid ihr wirklich Andersseiter?«

»Ich schätze schon«, antwortete Robin, und Max nickte vorsichtig.

Lydic klatschte in die Hände und sprang in die Luft. Statt von der Schwerkraft wieder nach unten gezogen zu werden, blieb er eine Handbreit über dem dunkelroten Teppich. »Echte Menschen! Hier! Dass ich das noch erleben darf.«

Als er sich in der Luft umdrehte, erkannte Max die durchsichtigen Flügel, die aus zwei schmalen Schlitzen in Lydics Anzug lugten. Er und Robin wechselten einen Blick.

»Komm mal wieder runter, Lydic«, bat Lenyo ihren Gastgeber und lehnte sich an den Rahmen einer der vielen Durchgänge, die vom langen Flur abgingen. »Wir müssen jetzt alle einen kühlen Kopf bewahren.«

Lydic räusperte sich, klappte die Flügel ein und ließ sich auf den Boden fallen. »Ich weiß, Junge. Freilich. Es ist nur: echte Menschen! Aus Fleisch und Blut! Hier!«

»Genau das ist ja das Problem. Ich nehme nicht an, dass du noch goldene Tränen besitzt?«

Ihr Gastgeber schüttelte bedauernd den Kopf.

»Dachte ich mir schon. Können Max und Robin bei dir bleiben, während ich welche besorge?«

Lydic sagte so überschwänglich zu, dass man meinen könnte, sie täten ihm einen Gefallen und nicht umgekehrt.

Max blickte Lenyo bedauernd nach, als er aus der Wohnung verschwand, doch der aufgeregt schwatzende Lydic bestürmte sie mit so vielen Fragen, dass er schnell abgelenkt war. Lydic wollte wissen, wie alt sie beide waren, wo in Berlin sie lebten – Grunewald – und welchen Berufen sie nachgingen – Sozialarbeiterin und Marketingassistent.

»Marketing? Das ist ein anderes Wort für Absatzwirtschaft, nicht wahr?«, hakte Lydic nach, während er sie durch den langen Flur führte. Er schwebte wieder eine Handbreit über dem Boden. Max fragte sich, wie die papierdünnen, an eine Riesenfliege erinnernden Flügel sein Körpergewicht tragen konnten.

»Was für ein Feenwesen sind Sie?«, fragte er, statt auf die Frage ihres Gastgebers einzugehen.

»Ich gehöre der Spezies der Sylphen an.« Lydic zog den Kopf ein und flog durch den Durchgang zu seiner Rechten. Als Max und Robin ihm folgten, kamen sie in ein vollgestopftes Zimmer, in dem eine Couch und zwei Sessel um einen kniehohen Beistelltisch aus Mahagoni drapiert waren. Sowohl auf der Tischplatte als auch auf den Sitzgelegenheiten türmten sich die absurdesten Gegenstände. Auf einem Stapel Zeitschriften befand sich ein altmodischer Eierkocher, der in Farbe und Ästhetik an die 1970er-Jahre erinnerte. Daneben standen eine Zinnvase, eine tannengrüne Flasche, in der ein zusammengerolltes Pergament steckte, sowie ein metallener Münzwechsler, wie ihn Schaffner im öffentlichen Personennahverkehr verwendet hatten, zumindest in Max' Kindheit. Lydic flog zu einem edel aussehenden Radioschrank und begann, sich durch die Magazine und Taschenbücher zu wühlen, die sich dort stapelten.

Max trat zu einem Sessel und hob eine goldlackierte Winkekatze an.

»Vorsichtig, bitte«, rief ihm Lydic zu. »Dieses Kunstobjekt ist unglaublich wertvoll.«

Max sah zunächst verdutzt zu Lydic, dann auf die Plastikkatze und setzte sie wieder auf ihren Platz.

»Da ist es ja!« Lydic hielt ein großes, gelbes Taschenbuch in der Hand. Er landete und reichte es Max.

»*Marketing für Dummies*«, las der vom Umschlag ab.

Der alte Mann nickte feierlich. »Hat eine gute Freundin für mich über die Grenze geschmuggelt. Leider bin ich nicht so recht schlau daraus geworden. Aber vielleicht kannst du mir das eine oder andere erklären?«

Um Zeit zu schinden, blätterte Max durch das Buch.

»Ich bin Archivar«, erklärte Lydic stolz. »Vor allem interessiere ich mich für die menschliche Kultur. Wie ihr seht, habe ich ein stattliches Sammelsurium an Schätzen in meinen Besitz bringen können. Leider kenne ich mich nicht so recht mit allem aus.« Er deutete auf einen Zauberwürfel, von dessen Seiten bereits einige Farbaufkleber verschwunden waren. »Das hier zum Beispiel. Das scheint eine Art winziger Tresor zu sein. Ich konnte seinen Mechanismus allerdings noch nicht knacken.«

»Das ist …«, begann Max, überlegte es sich jedoch anders, »hochinteressant. Und all diese Dinge gibt es nicht in Ihrem Berlin?«

»Nicht seit der Großen Teilung.«

»Der Großen Teilung?«

»Der Zeitpunkt, an dem die Spiegelstadt erschaffen wurde.«

Max' Puls beschleunigte sich.

Lydic rückte sich die Nickelbrille zurecht. »Hat euch Lenyo nichts davon erzählt?«

Robin gesellte sich zu ihnen. »Nein.«

»Oh.« Ihr Gastgeber begann erneut mit den Flügeln zu

flattern. »Nun … Das Ganze ist jetzt rund hundert Jahre her. Unser Zusammenleben mit den Menschen wurde immer schwieriger. Und nach … gewissen Zwischenfällen … beschloss der Hohe Rat, dass sich eure und unsere Wege besser für immer trennen sollten.«

»Zwischenfälle?«, erkundigte sich Max, während Robin fragte: »Der Hohe Rat?«

Lydic schwankte in der Luft hin und her. »Das ist eine lange Geschichte.«

Als weder Robin noch Max etwas erwiderten, fuhr er fort: »Die kurze Antwort ist: Ende der 1920er erschuf die königliche Familie ein zweites Berlin, eine Art Spiegelbild des ursprünglichen. Beide Städte sind miteinander verbunden, aber durch den Wall getrennt, versteht ihr? Die eine Seite wurde den Menschen überlassen, auf die andere haben sich die Feenwesen zurückgezogen. Und eigentlich ist der Übergang von einem Berlin in das andere streng verboten.«

»Sie meinen, Feenwesen und Menschen haben einmal zusammengelebt?« Max' Gedanken rasten. Die Märchen und Sagen, die ihm seine Großmutter immer erzählt hatte, fielen ihm ein: die Heinzelmännchen von Köln und die sieben Zwerge, die Schneewittchen Unterschlupf gewährt hatten.

»Die Andersseiter wissen das natürlich nicht mehr. Sie haben unsere gemeinsame Vergangenheit vergessen. Dafür hat unsere damalige Königin gesorgt.«

»Aber warum?« Robin klang ebenso aufgeregt wie Max.

Lydic zuckte mit den Schultern. »Dafür gibt es viele Gründe. Der harmloseste ist, dass sich die menschliche Technik auf eine Art weiterentwickelt hat, die es den magischen Lebewesen schwer gemacht hat, weiter zu existieren. Der Rückzug der Feenwesen dauert Jahrhunderte an.

Viele von uns zogen sich bereits zu Zeiten der Inquisition mit unseren Königinnen und Fürsten in die Anderswelt zurück.«

»Sie meinen in die Spiegelstadt?«, fragte Max.

Lydic schüttelte den Kopf. »Nein, nein. Ich spreche von einer anderen *Welt.* Oder zumindest einer anderen Dimension, keine magische Kopie der menschlichen Welt. Einige allerdings wollten nicht gehen. Uns gefiel es hier in der Welt der Menschen, wo sich die Dinge verändert haben und nicht auf ewig starr geblieben sind. Nicht so wie in der Anderswelt, die im Grunde noch immer im späten Mittelalter festhängt. Außerdem haben wir lange geglaubt, wir könnten mit den Menschen koexistieren. Das war eine bittere Fehleinschätzung.« Lydic seufzte. »Also wurden die Spiegelstädte geschaffen. Berlin ist nur eine davon, doch zu den anderen haben wir keine Verbindung. Ironischerweise hat sich eure Welt weiterentwickelt, während wir in unserem Berlin offenbar den gleichen Fehler machen wie jene Feenwesen, die sich in die Anderswelt zurückgezogen haben: Die Stadt ist in eine Art Dornröschenschlaf gefallen. Seit fast hundert Jahren hat sich hier nichts nennenswert verändert.«

»Deshalb sieht alles so aus wie eine historische Filmkulisse«, murmelte Max. Abgesehen von all dem Ramsch aus den Siebziger- und Achtzigerjahren sah das Zimmer genauso aus, wie er sich einen Salon aus der Zeit des Übergangs vom 19. ins 20. Jahrhundert vorstellte: Von der holzvertäfelten Decke hing ein kleiner Kronleuchter, schwere Samtvorhänge säumten die Fenster und die Tapete an den Wänden war mit floralen Mustern überladen. In einer Ecke stand ein Grammofon mit einem gewaltigen Trichter.

»Aber warum?«, fragte er. »Warum ändert sich hier nichts?«

Lydic räusperte sich. »Ich sehe schon, das wird ein längeres Gespräch. Ich würde vorschlagen, dafür brühe ich uns einen Tee auf.«

Er drehte sich um und flog in Richtung Flur. Am Durchgang hielt er inne und warf einen Blick über die Schulter. »Aber wenn ich euch von damals erzählt habe, müsst ihr mir meine Fragen zur Andersseite beantworten, versprochen?«

Max grinste. »Versprochen.«

Nachdem Lydic verschwunden war, wechselte Max mit Robin einen ungläubigen Blick. »Kannst du glauben, was hier gerade abgeht?«

Robin hob beide Hände. »Irre, oder? War doch keine so schlechte Idee, gestern noch auszugehen, oder?«

»Machst du Witze? Das ist das Beste, was mir seit Langem passiert ist!« Er deutete auf die altmodischen Gegenstände. »Ich meine, das ist doch der absolute Wahnsinn! Findest du nicht auch?«

»Schon. Aber wenn sowohl Lenyo als auch Lydic so darauf erpicht sind, unsere Anwesenheit hier geheim zu halten, könnte die Situation noch ganz schön brenzlig werden.« Vielsagend betrachtete sie die Stelle an seinem Bauch, an der er gestern einen Messerstich kassiert hatte.

Max verstand ihren Einwand, trotzdem kribbelte sein ganzer Körper vor Aufregung.

Robin hob einen Stapel Zeitschriften von der Couch, stellte ihn vorsichtig auf dem Boden ab und setzte sich auf die frei gewordene Fläche. »Jedenfalls bin ich froh, dass es dir besser geht.« Sie schnappte sich den Zauberwürfel und spielte damit herum, während Max über den weichen Teppich schritt und die obskuren Gegenstände bewunderte. Als er hinter der Couch vorbeilief, warf er einen

Blick über Robins Schulter. Die konzentrierte sich verbissen auf den Zauberwürfel.

»Früher warst du besser darin«, kommentierte er.

Sie ging nicht darauf ein, sondern legte das Spielzeug einfach zur Seite und lehnte sich zurück. Er wollte sich gerade umdrehen, um sich das Grammofon näher anzusehen, als sein Blick auf die gegenüberliegende Wand fiel, genauer gesagt auf die sepiafarbene Fotografie, die dort hing.

Das Kribbeln, das Max auf der Haut spürte, seit sie das Haus des Archivars betreten hatten, verstärkte sich. Etwas an der Fotografie sorgte dafür, dass sich die Härchen in seinem Nacken aufrichteten. Wie in Zeitlupe schritt er auf das Bild zu.

Es handelte sich um ein Familienporträt in einem ovalen Holzrahmen: Ein älterer Herr saß neben einem Ehepaar in mittleren Jahren, hinter ihnen standen zwei junge Frauen. Sie alle trugen teure Kleidung: die Männer Anzüge, die ihn an Gardeuniformen erinnerten, die Frauen elegant fallende Seidenkleider. Kostbarer Schmuck fing blitzend das Licht ein.

»Sieht aus wie das Porträt einer Königsfamilie«, sagte Robin, die plötzlich neben ihm stand.

Still gab ihr Max recht. Um wen es sich bei den Abgebildeten handelte, stand nicht dabei. Wie Mitglieder der englischen Monarchie wirkten sie jedenfalls nicht. Wenn er sich recht erinnerte, war Wilhelm II. der letzte deutsche Kaiser gewesen – und wie dessen Familie ausgesehen hatte, davon hatte er keine Ahnung.

Dennoch lag in den Gesichtszügen der Fotografierten eine gewisse Vertrautheit. Der Mann und die Frau in der Mitte: Das mochten Adelige sein. Zumindest trug sie in ihren aufgesteckten Haaren ein Diadem. Die beiden Frauen, die hinter den Sitzenden standen, sahen sich ähnlich, vielleicht waren sie Schwestern. Der Anblick der rechts Stehenden jagte ihm einen Schauer über den Rücken. Sie war wunderschön, doch der Blick, mit dem sie den Betrachter zu mustern schien, hätte die Hölle zufrieren lassen können. Die linke Schwester löste dieses Gefühl nicht bei ihm aus. Ihr Lächeln auf der Fotografie wirkte warm und einnehmend. Etwas an ihren Augen … Max verstand selbst nicht, warum ein Impuls ihn dazu zwang, den Arm auszustrecken.

»Was machst du da?«, hörte er Robin fragen.

Mit den Fingerspitzen strich er über das Bild, genau an der Stelle, an der die Hand der linken Schwester den pompösen Stuhl vor sich umfasste.

Das Glas erhitzte sich unter seiner Berührung. Max zuckte zurück, doch es war zu spät. Flüssige Flammen flossen durch seine Adern, ihm wurde schwindelig und im ersten Augenblick glaubte er, dass die Fotografie an der Wand sich veränderte. Er musste sich das einbilden!

Aber das tat er nicht.

Die Gesichtszüge der Frau, die er berührt hatte, alterten. Runzeln überzogen ihre glatte Haut, die Schattierung ihres Haares hellte sich auf. Ihr Gesicht schien schmaler, knochiger zu werden. Doch sie war immer noch schön. Das Einzige, was sich an ihr nicht veränderte, waren die Augen.

Augen, die Max kannte.

»Aber das ist ja …«, begann Robin atemlos und verstummte.

Max beendete ihren Satz: »Meine Großmutter.«

8. KAPITEL

LENYO

Die Angst war allgegenwärtig.

Die Leute eilten schweigend die Straßen entlang, zogen den Kopf zwischen die Schultern, machten sich kleiner. Als wollten sie den Blicken der omnipräsenten Überwachung aus Jägern, Magie und Königshaus entgehen. Ein hoffnungsloses Unterfangen.

Und dabei mussten sie gar keine Angst haben. Die Häscher suchten lediglich Lenyo, Max und Robin. Wie es schien, wusste Tamyra, dass zwei Andersseiter hier waren. An jedem zweiten Block gab es Straßensperren. Es war nicht Lenyos erstes Hasch-mich-Spiel und bis heute war er stets entkommen.

Er kannte diesen Kiez wie seine Westentasche.

Im Gehen zog er ein Haarband aus der Tasche und band sich damit einen Knoten. Die Haarfarbe konnte er ohne Merilyn-Pulver nicht so schnell ändern. Die Jacke zog er aus und drehte sie auf links, schon war sie blau. Auf diese Art stach er zumindest nicht mehr aus der Menge.

Bei einer solch engmaschigen Suche konnte er die Hussitenstraße nicht begehen, sie war zu belebt. Die Strelitzer hingegen war ungefährlich. Er hatte den Zeitplan auswendig gelernt, wie jedes Mitglied im Widerstand. Die aktuelle Anbindung war in der Bernauer Straße. Er musste sie irgendwie erreichen, ohne von den Fängern erkannt zu werden.

Die Jäger hielten sich im Hintergrund, pirschten umher, waren aber nicht so zahlreich wie die simplen Fänger – normale Feenwesen, die in Uniformen gesteckt worden waren, um die »Ordnung aufrechtzuerhalten«. Beinahe hätte Lenyo laut gelacht.

Von Weitem sah er eine der verdammten rot-schwarzen Uniformen. Schnell bog er nach rechts.

»Hallo!«, erklang eine Stimme hinter ihm.

Glücklicherweise lag die nächste Straßenecke schon in Sichtweite. Er überhörte den Ruf und bog links ab in die Brunnenstraße. Hier waren Leute in Grüppchen unterwegs, dazwischen hier und da eine der verhassten Uniformen.

Sobald der Fänger hinter ihm aufgeholt hatte, würde er die anderen aufmerksam machen. Rennen konnte Lenyo trotzdem nicht. Zu gefährlich.

Er zog seine Taschenuhr hervor und spürte einen heißen Schreck. Die Verbindung wechselte in zehn Minuten. Wenn er bis dahin nicht im Versteck war, würde er in einen anderen Stadtteil gehen müssen. Er beschleunigte seine Schritte.

»Hallo?!«, erklang es wieder hinter ihm, dieses Mal drohender.

Lenyo startete einen Sprint.

Hinter ihm erscholl der hohe Ton der Stimmgabel, die jeder Fänger mit sich trug. Alle anderen ringsum wurden informiert und durch unsichtbare Tonwellen, die Träger der Gabel als gelbes Gespinst sehen konnten, hierhergerufen. Er bog die nächste rechts ab, dann wieder links. Straßennamen hatten keine Bedeutung mehr, nur noch die Zeit.

Rufe wurden laut, Schritte kamen näher.

Feenwesen sprangen beiseite, duckten sich weg oder kauerten sich auf den Boden. Niemand wollte mit dem, was hier geschah, in Verbindung gebracht werden. Pranken, feingliedrige Hände und Flügel wurden über die Augen geschlagen, damit man nicht als Zeuge vorgeladen werden konnte. Manchmal reichte das schon aus, um in einer Zelle zu landen.

Vor Lenyo tauchte die Litfaßsäule auf.

Noch während er sich näherte, suchte er das Plakat. Wo war es? Da! Die große Ankündigung eines Kabaretts am Prenzlberg. Er kam zum Stehen, pfriemelte Pickford-Tinktur heraus und tröpfelte sie sich in die Augen. Jetzt konnte er das magische Symbol auf dem Plakat erkennen.

Schnell fuhr er es mit dem rechten Zeigefinger nach. »Zu stürzen die falschen Könige.«

Die Gefahr, dass jemand ihn dabei beobachtete, bestand nicht. Ein starker Schleierzauber lag über der Säule. Sobald man in ihren Radius geriet – der leider nur drei Schritte weit reichte –, nahmen Verfolger einen für einige Augenblicke nicht mehr wahr. Ausreichend Zeit, um die Passage zu benutzen.

Der Fänger blickte suchend über die Menge, versuchte herauszufinden, wo Lenyo untergetaucht war. In einem Hauseingang? Einer Ansammlung? Oder hatte er magische Unterstützung erhalten?

Die Litfaßsäule wurde durchlässig. Lenyo taumelte hinein, exakt fünf Sekunden bevor der Durchgang erlosch.

Kurz blieb er am oberen Ende einer Treppe stehen und atmete keuchend ein und wieder aus. Hinter ihm wechselte der Ausgang auf die nächste Litfaßsäule.

Die Stufen waren uneben, in der Luft lag der Geruch von Feuchtigkeit. Hier unten war die Spree allgegenwärtig. Am Ende der Treppe wartete ein langer Gang, der auf der rechten Seite von Erde begrenzt war. Linker Hand schwappte Wasser. Eine unsichtbare magische Barriere hielt es davon ab, den Gang zu überfluten. Eine Sicherung. Falls es den Fängern oder Jägern jemals gelang, die Litfaßsäulen zu entdecken und den Schutz zu durchbrechen, konnte die Magie gelöscht werden, und innerhalb von Sekunden wäre jeder Zentimeter überflutet.

Lenyo fühlte sich immer unwohl in dem Gang. Als würde das Wasser im nächsten Augenblick nach ihm greifen, ihn in die Fluten reißen und fortziehen.

Am Ende des Ganges gab es eine schmiedeeiserne Tür mit einseitig blickdichtem Guckloch. Er hämmerte dagegen. Es raschelte, Riegel wurden zurückgezogen.

»Lenyo«, wurde er von Emma begrüßt. »Wir haben uns schon gefragt, wo du bist. Los, komm.«

Er trat ein und die Tür wurde mit einem schnellen Rums wieder geschlossen, die Riegel vorgeschoben.

Mit ihrer Dauerwelle wirkte Emma stets wie aus der Zeit gefallen, aber genau das wollte sie. Immer gegen den Strom. Auf ihrer Nase saß eine Brille mit dicken Gläsern. Ihre Augen wechselten alle paar Minuten die Farbe und sobald sie lächelte, entblößte ihr Mund zwei Reihen nadelspitzer Zähne. Lenyo hatte keine Ahnung, zu welchem Feenwesen-Volk ihre Eltern gehört hatten, sie war eindeutig ein Mischling und schwieg sich darüber aus. Vermutlich stammte sie aus der Zeit, in der der Blutatlas die Vereinigung zwischen unterschiedlichen Völkern noch nicht verboten hatte.

»Ein Wunder, dass ich durchgekommen bin«, sagte er. »Ich muss mit *ihm* sprechen.«

»Er ist nicht da.« Ein verzweifelter Unterton schwang in Emmas Aussage mit.

»Ist er bei einer anderen Zelle? Kann ich ihn grammofonieren? Oder eine Nebelprojektion?«

»Tut mir leid, aber wir versuchen gerade alle, ihn zu erreichen«, sagte Emma. »Du weißt doch, wie er ist; er verschwindet ständig. Vielleicht versucht er wieder, einen Pakt mit den Undinen zu schmieden. Allerdings sind die Fänger schon lange nicht mehr alle aktiviert worden und die Häscher durchkämmen gerade die Stadt. Wir mussten einige Gefährdete in sichere Häuser evakuieren und Operationen zurückstellen.«

Sie winkte ihm, ihr zu folgen.

Das Hauptquartier des Widerstands wirkte auf den ersten Blick gewöhnlich. Auf den zweiten sah man, dass es aus gestohlenen Räumen unterirdisch zusammengesetzt worden war. Mittels Magie hatten findige Feenwesen einzelne Räume aus Häusern hierher versetzt, was naturgemäß ein Loch in den Gebäuden zurückgelassen hatte. Deshalb hatten sie es auch sehr sorgfältig, zeitlich voneinander getrennt und nur bei den Wohlhabenderen getan.

Auf diese Art wuchs das Hauptquartier immer noch an, wenn jemand vergaß, seinen magischen Schutz zu erneuern und ihm ein Raum gestohlen wurde. Die Zusammenstellung wirkte chaotisch: Treppen endeten an Wänden, runde Räume schlossen an eckige an und hinter Glastüren war lediglich Zement sichtbar.

»Habt ihr einen Hinweis im Nebelzimmer gefunden?«, fragte Lenyo hoffnungsvoll.

Emma schüttelte den Kopf.

Er rauchte unablässig Zigarren, wodurch sein Büro ständig von einem grauen Dunst durchzogen war. Lenyo hatte erst spät begriffen, dass dieser Qualm magiedämpfend wirkte. Magische Anschläge wurden so im Keim erstickt. Genau wie die meisten Besucher, die das Zeug zu lange einatmeten. Das beschleunigte den jeweiligen Rapport ungemein.

»Weißt du Bescheid darüber, was los ist?«, fragte Emma.

»*Sie* sucht mich«, erklärte er mit einem Nicken.

»Du bist nicht immer der Dreh- und Angelpunkt der Welt. Unsere Spione im Palast sagen, dass dort ein Krisentreffen einberufen worden ist. Niemand weiß etwas Genaues.«

Sie stiegen eine gewundene Treppe hinauf, die in einen Raum mit Kuppel führte. Hier waren Kartentische aufgestellt, alle mit Löschzaubern für den Notfall versehen. Männer und Frauen, Geflügelte und Geschuppte betrachteten mit Globen und Wassergläsern Vorgänge an entfernten Orten. Jeder hatte ein Holster umgeschnallt, in dem eine Pistole steckte. Natürlich mit präparierten Kugeln.

»Ich habe Andersseiter hierhergebracht«, sagte er leise.

Emma zuckte zusammen und hielt an. »Bitte was?«

»Es war quasi ein Unfall.«

»Unfall«, echote sie. »Bei der grünen Fee, bist du noch ganz dicht?«

»Ich war *nach meinem erfolgreichen Auftrag* noch ein wenig feiern«, erklärte er. »Plötzlich sind Jäger aufgetaucht. Auf einer Goldglanz-Party in Friedrichshain!«

»Wechseln die nicht ständig den Ort?«

Er nickte. »Und es waren viele Jäger. Da war nichts mit: Das sind normalerweise Einzelgänger.«

»Ein Leck?«

»Oder einer von ihnen hat eine Eintrittskarte in die Finger bekommen, ich weiß es nicht. Ich wurde angegriffen und dabei hat diese verdammte Jägerfresse einen Andersseiter markiert. Die hätten ihn geschnappt und gefoltert.« Er schluckte. »Du weißt, dass Andersseiter nach der Befragung *immer* verschwinden.«

Emma atmete schwer aus. »Du und deine verdammten guten Taten. Frivole Schale, samtweicher Kern, sag ich ja immer.«

»Mein Kern ist hart«, stellte er klar.

»Ja, ja.« Sie wedelte mit der Hand. »Die Frage ist, was wir jetzt tun. Ich hätte ihn dazu gerne befragt und die Zellen koordiniert. Wenn wir auf dem Radar des Sicherheitsrates auftauchen, ist das per se schon gefährlich. Aber sollte Tamyra sich einmischen …«

Emma wusste, dass es keine weiteren Worte benötigte, um ihm die Gefahr zu verdeutlichten. Er trug sie mit sich wie einen klebrigen Schatten aus Erinnerungen.

»Ich bringe die beiden heute noch zurück auf die andere Seite«, sagte er. »Bis dahin schaffen wir es. Ich habe sie bei Lydic geparkt.«

»Dein Ernst?«

»Er ist zuverlässig.«

»Und flatterhaft.« Emma stemmte die Fäuste in die Hüfte.

»Hey, sich darüber lustig zu machen, ist gemein.«

Sie verpasste ihm einen Boxhieb auf den Arm.

»Warum boxen mich Frauen ständig?«

»Darüber solltest du lange und intensiv nachdenken.« Wieder folgte ein schweres Ausatmen. »Du bist also hier, weil du eine Träne benötigst.«

»Vorzugsweise mehrere, ich will ja auch wieder zurückkommen.«

Emma schüttelte den Kopf. »Sind gerade Mangelware, tut mir leid.« Sie schwieg einen Augenblick, knabberte an ihrer Unterlippe – was aufgrund der spitzen Zähne überaus schmerzhaft aussah – und nickte schließlich. »Du bekommst eine Träne und verschwindest mit den Andersseitern über die Grenze. Dort bleibst du einstweilen und hältst dich bedeckt. Wir lassen die Information durchsickern, dass die beiden fort sind. Damit wird die Jagd in den nächsten Tagen enden. Sobald es einigermaßen sicher ist und ich Nachschub an Tränen organisiert habe, schicke ich jemanden, der dir eine Passage öffnet.«

»Klingt nach einem Plan«, sagte er zufrieden. »Und ich halte mich stets bedeckt.«

»Deshalb ist also ganz Berlin in Aufruhr.« Sie schenkte ihm einen hitzigen Blick aus aktuell rot funkelnden Augen. »Wehe ich kriege raus, dass das eine Bettgeschichte von dir war, die irgendwie schiefgegangen ist.«

»Ich schwöre, da gab es bisher keinen Austausch von Körperfl...«

»Ja, ja.« Sie winkte ab. »Komm mit.«

Es ging durch eine schmale Seitentür über mehrere Stufen nach oben. Dort war der Tresorraum, in dem die Tränen aufbewahrt wurden. Komprimierte Magie, aus dem Urzauber geschaffen, der Berlin vor hundert Jahren gespiegelt und die Grenze errichtet hatte.

Lenyo nahm die Schatulle aus weißem Holz entgegen und lugte hinein. Das Kästchen war mit schwarzem Samt ausgekleidet, in der Mitte lag die Träne. Sie schien das umgebende Licht zu schlucken.

»Glänzende Schönheit«, hauchte er.

»Seltsam, nicht wahr?«, sagte Emma. »Man spürt den Hauch der alten Macht, der in ihr verborgen liegt. Und trotzdem genügt eine einzige Anwendung und sie verschwindet.« Sie schnippte mit den Fingern. »Als hätte es sie niemals gegeben.«

»Wäre nicht schlecht, wenn sie uns erhalten bleiben würde«, sagte Lenyo versonnen. »Dann könnten wir die Grenze durchlöchern wie Schweizer Käse: unzählige Durchgänge, niemand würde mehr eingesperrt sein.«

»Eines Tages«, sagte sie.

»Eines Tages«, erwiderte er.

Mit einem Klacken schloss Lenyo die Schatulle und

schob sie in die Hosentasche. »Ich nehme die aktuelle Litfaßsäule.«

»Wir haben das Muster geändert«, sagte Emma. »Den neuen Plan kannst du dir ansehen. Die jetzige führt an den Stadtrand. Wir wollten nicht das Risiko eingehen, den Ausgang mitten in einer Wolke aus Fängern zu platzieren.«

Was eine längere Droschkenfahrt bedeutete. Oder Fußmarsch? Untergrundbahn? Lenyo rieb sich die Augen. »Haben wir einen sicheren Fahrer in der Nähe?«

»Alles organisiert«, sagte Emma. »Glücklicherweise haben die neuen Droschken mobile Grammofone eingebaut, allerdings noch nicht alle. Ich grammofoniere einem erreichbaren Fahrer, dass er sich auf den Weg zum aktuellen Ausgang macht. Dort kannst du zusteigen.«

Der Widerstand hatte sein Droschkennetz sehr langsam und vorsichtig ausgebaut. Die Fahrer gehörten zu ihnen, keiner würde die Fänger rufen, sollte etwas Ungewöhnliches geschehen – oder jemand einsteigen, der aktuell in der ganzen Stadt gesucht wurde. Jede Widerstandszelle kannte nur drei Fahrer, nicht mehr, falls sie aufflogen.

Emma trat bereits an ein sicheres Grammofon.

Lenyo atmete tief ein und wieder aus. Hoffentlich ging es Max gut. Und natürlich Robin.

Aber hauptsächlich Max.

9. Kapitel

TAMYRA

Der Löffel schlug mit einem stetigen *tack, tack* gegen die Porzellantasse. Tamyra legte ihn ab, nahm die Tasse auf und nippte. »Wirklich gut. Doch, ich gebe zu, unsereins unterschätzt viel zu oft die eher gewöhnlichen Etablissements. Oh, das sollte keine Beleidigung sein.« Tamyra lachte glockenhell. »Einen guten Tee kann nicht jeder zubereiten. Manch ein Café besitzt die unterschiedlichsten Sorten Kaffeebohnen – das meiste davon wurde von der anderen Seite herübergeschmuggelt, aber frau sagt ja nichts – doch wenn es um Tee geht …« Tamyra schüttelte den Kopf und trank einen weiteren Schluck der blassgrünen Flüssigkeit.

»Es freut mich, wenn er Euch schmeckt«, sagte ihr Gegenüber mit einem ganz und gar falschen Lächeln.

»Ah, wir müssen hier nicht so förmlich sein, schließlich sind wir unter uns. Tamyra reicht vollkommen.« Sie schickte einen auffordernden Blick, der seine Wirkung nicht verfehlte.

»Yelna«, krächzte es zurück.

»Da fühle ich mich doch gleich viel heimeliger«, sagte Tamyra.

Tatsächlich hatte sie sich schon lange nicht mehr so frei gefühlt. Was vermutlich daran lag, dass hier keine arroganten Emporkömmlinge durch die Gänge spazierten oder jedes Wort auf die Goldmark-Waage gelegt wurde.

Natürlich war ihr nicht entgangen, dass Yelnas Blick hinübergehuscht war zur Wand. Doch vor der Arbeit kam das Vergnügen.

»Schenk dir ebenfalls etwas ein«, sagte sie.

»Danke, aber –«

»Ich bestehe darauf«, unterbrach sie Yelna, die Stimme dezent frostig.

»Natürlich.«

»Ein Cocktail mit einem Hauch Absinth wird dir guttun«, schlug Tamyra vor.

Mit schweren Bewegungen kam Yelna dem Vorschlag nach. Sie mixte, schüttete Alkohol und Fruchtmark zusammen, schloss das Ganze mit einem Fingerhut Absinth ab. Es ging nur langsam voran, ihre Griffe waren zittrig. Was vermutlich an dem zusätzlichen Gewicht an ihrem Körper lag.

»Ein Fingerhut ist wenig«, sagte Tamyra. »Drei sind angemessener, gönn dir ruhig mal etwas.«

Yelna schluckte und kam der Aufforderung nach. Auf ein aufforderndes Nicken hin trank sie schließlich einen Schluck.

»Ist es nicht schön, dass wir so entspannt zusammensitzen und plaudern?« Tamyra stieß ihre Teetasse vorsichtig gegen Yelnas Glas.

Sie hatte die Tasse extra mitgebracht. In das Porzellan war hauchfeine Meissener-Magie verwoben. Noch in der Manufaktur war der Schutz in das Set geflossen, der jedwede Form von Gift neutralisierte. Seit einem beinahe gelungenen Anschlag war Tamyra vorsichtig geworden. Als Chefin der Sicherheitsbehörde und Prinzessin der Herrscherdynastie musste sie das auch sein. Selbst innerhalb des Palastes nutzte sie, wo nur möglich, das Meissener-Set.

Yelnas Blick wurde trüb. Der Absinth würde sie in ein

wohliges Gefühl der Wärme tauchen und hoffentlich ihre Zunge lösen.

»Wir beobachten das *Libertinage* immer mal wieder«, sagte Tamyra freiheraus. »Es ist stets besser, subversive Elemente im Blick zu behalten. Leider hat sich meine Hoffnung, dass sich der ein oder andere Widerständler hierher verirrt, bisher nicht erfüllt. Fast hattest du mich so weit, dass ich dich vom Haken lasse.« Der Gedanke machte Tamyra geradezu wütend. »Aber dann …«

Sie schnippte mit dem Finger.

Ein surrendes Geräusch erklang. Ein Körper kippte um, ein Kopf rollte zur Seite.

Yelna sprang schreiend hinter der Theke zurück gegen das Regal. Die Flaschen, gefüllt mit Flüssigkeiten unterschiedlicher Farbe, klirrten.

»Ich muss mein Temperament wirklich zügeln«, sagte Tamyra. »Manchmal geht es einfach mit mir durch.« Sie lächelte und zuckte entschuldigend mit den Schultern.

Schluchzen und Wimmern erklang. Ein paar der Knienden zitterten.

Natürlich war das *Libertinage* selbst zu dieser frühen Stunde nicht leer gewesen. Ihre Jäger hatten eine Handvoll Männer und Frauen zusammengetrieben. Sie knieten nun an der Wand, um ihre Hälse lagen schwere Holzkragen mit magischem Silber. In der aufgesetzten Krause saß eine Klinge, so hauchdünn, dass sie mit dem bloßen Auge kaum auszumachen war. Tamyra liebte ihre tragbaren Guillotine-Kragen. Ein Fingerschnippen genügte und ein Kopf rollte. Per Zufallsprinzip ging es dann weiter. Lediglich die Krause von Yelna blieb außen vor. Bis Tamyra sie mit dem Klingeneisen berühren und damit scharf schalten würde.

»Unterhalten wir uns doch ein wenig über Lenyo, was denkst du?«

»Mein Bruder?«

»Genau der.« Tamyra klatschte erfreut in die Hände.

Prompt schrien die Knienden auf, Yelna zuckte zusammen.

»Das Klatschen ist ungefährlich«, stellte sie genervt klar. »Und jetzt Ruhe!«

»Bitte, ich –«

»Na, na, na. Lassen wir dieses unschöne Gewinsel. Du magst aus der Gosse stammen und natürlich kann diese Welt problemlos auf eine Schmarotzerin wie dich verzichten, aber eine gewisse Scham kennst doch auch du.« Sie zog ein Taschentuch hervor. »Jetzt wischst du dir die Tränen ab, nimmst noch einen Schluck und beantwortest meine Fragen. Vielleicht kommst du dann davon, wer weiß?«

Zitternd nahm Yelna das Tuch entgegen.

»So mag ich das. Oh, mein Tee ist leer.« Mit einem Fingerschnippen rief Tamyra Konstanze herbei, ihre treue Heulerin.

Das Surren erklang.

Ein weiterer Kopf rollte, ein Körper polterte zu Boden. Mittlerweile war der Holzboden mit klebrigem Blut bedeckt. Wieder wurde das Wimmern lauter.

Yelna schloss entsetzt die Augen.

»Also da muss ich mich jetzt wohl entschuldigen«, sagte Tamyra sanft. »Ein bedauerlicher Reflex. Konstanze, die Teetasse.«

Ihre Assistentin kam herbeigeeilt. Sie öffnete eine mitgebrachte Holzschatulle, in der auch Teller und Besteck untergebracht waren. Für jedes Stück gab es eine Aussparung im burgunderfarbenen Samt. Konstanze zog ein Tuch heraus, reinigte die Tasse mit geübten Bewegungen und verstaute sie an der dafür vorgesehenen Stelle. Mit einem *klack* schnappte der Verschluss wieder ein.

»Ich danke dir.« Tamyra schenkte ihrer Assistentin ein Lächeln und wandte sich erneut Yelna zu. »Sie ist wahrlich ein Goldstück. Wo waren wir?«

»L… Lenyo.«

»Richtig. Ich will dich auch gar nicht mehr lange aufhalten, denn du musst hier eindeutig« – sie linste zu Boden – »sauber machen. Wo ist er?«

Die Frage hing im Raum.

»Wo Lenyo ist?« Yelna schluckte.

»Du kannst jede Frage gerne wiederholen, um Zeit zu schinden, aber das bessert meine Laune nicht gerade.« Tamyra schnippte.

Ein weiteres Leben wurde durchtrennt wie ein simpler Faden.

Yelna presste die Lippen zusammen.

»Lass mich das klarstellen.« Tamyra sprach eiskalt und klar. »Kein Leben in diesem Raum besitzt einen Wert, ich lösche euch alle aus und brenne, wenn mir der Sinn danach steht, gleich das ganze Gebäude nieder. Und um nicht länger unsere Zeit zu verschwenden, erhöhen wir den Einsatz.«

Sie nahm das Klingeneisen hervor. Ein fingerlanger Stab aus Silber. Er wirkte so unscheinbar. Tamyra beugte sich vor und berührte die Guillotine von Yelna. »Ab jetzt kann jedes meiner Fingerschnippen auch deinen Kragen auslösen. Überlassen wir es dem Schicksal, wer den heutigen Tag überdauert.«

Jetzt sah die toughe Yelna so aus, als wolle sie sich übergeben.

»Wann war Lenyo zuletzt hier?«

»Gestern Abend.«

»Kam er allein?«

Yelna zögerte.

Tamyra hob ihre rechte Hand, bereit, erneut zu schnippen. »Kam. Er. Allein?«

»Nein. Bei ihm waren ein Mann und eine Frau.«

»Andersseiter?«

Yelnas Augen weiteten sich.

»Oh, ja, wir sind überaus gut informiert«, erklärte Tamyra. »Das nächste Mal sollte dein Bruder das Trinkgeld für den Droschkenfahrer mindestens verfünffachen.«

»Es waren Andersseiter, ja.«

»Und das wolltest du nicht melden?«, fragte Tamyra verblüfft. »Das ist überaus bedauerlich.«

»Du hast meinen Bruder gefoltert!«, brach es aus Yelna hervor.

»Jetzt lassen wir doch die alten Geschichten. Hier geht es um *eure* Verfehlungen, behalten wir den Fokus bei, hm?«

»Es war ein Unfall.« Yelna haspelte die Worte heraus. »Er wollte die beiden gar nicht mitbringen. Aber ein Jäger hat ihn verfolgt und dann führte eins zum anderen.«

»Na wenigstens *ein* Jäger ist mal zu etwas gut«, sagte Tamyra, wohl wissend, dass ihre Worte für die tumben Gestalten in Hörweite keine Rolle spielten. Sie waren loyal, dafür sorgte der Bluteid. »Wobei er am Ende nicht sehr erfolgreich war, wenn ich mir das so ansehe.«

Tamyra stützte ihr Kinn auf die rechte Handfläche und betrachtete sich im Spiegel, der hinter dem Regal die gesamte Front einnahm. Ihr Haar hatte ein wenig Glanz eingebüßt und gab es da eine dunkle Schattierung unter ihren Augen? Sie musste wirklich mehr auf Erholung achten. Solche abrupten Barstürmungen zu unseligen Zeiten mochten ganz amüsant sein, raubten ihr aber auch den Schönheitsschlaf.

»Und was hat Lenyo jetzt vor?«, fragte sie, um das Gespräch zum Ende zu führen.

»Er will die beiden Andersseiter zurückbringen.«

»Wie edel«, sagte Tamyra. »Oh, halt, dafür bräuchte er ja Tränen, nicht wahr?«

»Ich habe keine Ahnung –«

Tamyra hob die Hand. »Überdenke deine Worte gut. Uns ist doch allen klar, dass außer der Königsfamilie lediglich der Widerstand Tränen besitzt, und vielleicht gibt's ein paar einzelne auf dem Schwarzmarkt. Um die andere Seite zu erreichen, benötigt er eine. Und dafür muss er zweifellos Kontakt mit dem Erlkönig herstellen.«

»Ich weiß nicht, wer der Erlkönig ist. Wirklich!«

»Das glaube ich dir sogar. Doch dein Bruder muss ihn kennen. Ich gehe jede Wette ein, dass er bereits im Nebelzimmer war.«

Exakt einmal war es Tamyra gelungen, einen Agenten dort einzuschleusen. Mit verbundenen Augen war der vorgeblich neue Widerstandskämpfer zu einem unbekannten Ort gebracht worden. Er hatte fein geschliffene Fernblick-Linsen getragen, deren Anfertigung drei Jahre gedauert hatte. Sie ermöglichten einem Beobachter, durch die Augen des Trägers zu sehen. Tamyra hatte also zugesehen.

Doch der Erlkönig war umgeben von Zigarrenqualm gewesen. Zigarren! Erst als der Agent seine magische Bombe zünden wollte, war ihr klar geworden, dass der Qualm Magie dämpfte. Kurz darauf besaß sie einen Agenten weniger und die Identität des Erlkönigs war nach wie vor ungeklärt.

Von diesem bedauerlichen Tag hatte sie lediglich dahingehend profitiert, dass sie die Kontaktpersonen hatte ausfindig machen können, die ihren Agenten in den inneren Kreis hatten einführen wollen.

Lenyo und Albiert.

Letzterer hatte die anschließende Befragung nicht überlebt, Ersterer war entkommen.

»Ich wusste doch, dass er eines Tages noch nützlich wird«, sagte Tamyra leise. »Wer auch immer der Erlkönig ist, ich werde ihn kriegen.«

»Das ist dein Kampf, nicht meiner.« Yelna unterdrückte ihr Zittern mittlerweile meisterhaft. »Bitte, lass mich doch einfach das *Libertinage* führen. Niemand hier will etwas Böses.«

Und das glaubte Tamyra sogar.

Es war immer sinnvoll, ein paar Überlebende zurückzulassen, damit die von ihren Erfahrungen berichteten. Auf diese Weise verwarf das ein oder andere Individuum die Idee, dem Widerstand beizutreten. Wer wollte schon eine Halskrause bekommen?

»Du hast Glück«, sagte Tamyra. »Heute ist mein guter Tag.«

Die Wahrheit war deutlich pragmatischer. Früher oder später würde Lenyo Kontakt zu seiner Schwester aufnehmen. Tamyra musste lediglich ein paar Späher in der Nähe positionieren und warten. Sobald er auftauchte, schnappten sie ihn. Danach würde sie die Zukunft des *Libertinage* und Yelnas noch einmal überdenken.

Sie erhob sich. »Danke für den Tee. Halte doch immer ein paar Blätter bereit, ich werde bestimmt mal wieder vorbeischauen.«

Kurz wechselte sie einen Blick mit Konstanze. Die nickte dezent. Die Späher waren im Umkreis positioniert.

Tamyra öffnete die Tür und sah hinaus. Mit einem Seufzen dachte sie an die Versammlung, die ihr bevorstand. An Schlaf war einstweilen nicht zu denken, der Purpurschleier am Brandenburger Tor spuckte all die nervenden

Familienmitglieder der unteren Ränge längst aus. Das ein oder andere gab es durchaus noch vorzubereiten.

»Konstanze.« Tamyra schnippte mit dem Finger.

Hinter ihr erklang das Surren, ein Körper polterte zu Boden. Schreie hallten.

Sie wandte sich noch einmal um und blickte in den Schankraum. »Wie bedauerlich.«

10. KAPITEL

Eine knappe Stunde später stand Tamyra auf der Dachterrasse des Ratspalastes und blickte hinunter zum Brandenburger Tor. Die Luft zwischen den gewaltigen Säulenreihen flimmerte purpurfarben. Tamyras Schultern waren gerade, ihr Gesicht unbewegt. Sie ignorierte den Wind, der vom Tiergarten her zu ihr wehte, und trommelte mit den Fingern ungeduldig auf der Balkonbrüstung. Im Minutenabstand intensivierte sich der rote Farbton zwischen den Säulen. Dann spuckte der Purpurschleier eine Gestalt auf den Pariser Platz. Die Ratsmitglieder trafen ein.

Tamyra hörte, wie sich die Tür hinter ihr öffnete und jemand auf die Dachterrasse trat. Starr hielt sie den Blick auf den Purpurschleier gerichtet.

»Ist es erledigt?«

»Ja«, antwortete ihre Assistentin sofort.

Tamyra drehte sich um und streckte die Hand aus. Anstatt ihr das Tütchen mit dem Absinth-Pulver zurückzugeben, spielten Konstanzes Finger jedoch mit der filigranen Silbermaske, die sie an einer Kette um den Hals trug. Das tat sie immer, wenn sie schlechte Nachrichten überbrachte. Tamyra hob eine Augenbraue.

»Es ist nichts mehr übrig«, antwortete Konstanze schließlich. »Ich habe das ganze Pulver gebraucht.«

»Für die Verschleierung einer einzigen Fotografie?«

»Der Zauber war ungewöhnlich stark.«

Tamyras Herz begann schneller zu schlagen. »Gut«,

antwortete sie kühl, obwohl gar nichts gut war. Sie zückte ihr Portemonnaie und fischte fünf Silbermark hervor. »Besorg mir drei neue Tütchen.«

Konstanze schüttelte bedauernd den Kopf. »Das wird nicht reichen.«

»Ich habe mich wohl verhört?«

»Die Nachfrage ist riesig und den Dryaden fällt es offenbar schwer nachzuliefern. Seit immer mehr Blumenelfen verschwinden –«

»Hör auf, mich mit Nebensächlichkeiten zu langweilen«, unterbrach Tamyra sie und zückte erneut ihr Portemonnaie. »Hier, eine Goldmark. Ich erwarte, dass du dich nicht über den Tisch ziehen lässt, verstanden? Mindestens fünf Tütchen. Sie sind schließlich nicht für irgendein Gesocks von der Straße, sondern für mich.«

»Selbstverständlich.« Konstanze senkte den Kopf.

Tamyra ging an ihr vorbei nach drinnen.

»Wird es heute noch einen Sturm geben?«, fragte sie mit Blick auf die Maske.

Ihre Assistentin schloss die Tür hinter ihr. »Keinen Sturm, nur ein kleines Gewitter. Ich spüre den Donner in meinen Knochen.«

Konstanze war eine Heulerin, eigentlich ein niederes Feenwesen. Ihre einzige magische Fähigkeit bestand darin, das Wetter vorherzusagen und vor Stürmen zu warnen – indem sie eine halbe Stunde vor einem aufziehenden Unwetter in markerschütterndes Gekreische ausbrach.

Das war vielleicht im Mittelalter eine praktische Angelegenheit gewesen, inzwischen gingen die Heuler den anderen Feenwesen gehörig auf die Nerven. Die meisten von ihnen trugen Zaubermasken bei sich, mit denen sie ihre Mund- und Nasenpartie bedeckten, ehe sie zu kreischen begannen. Die Magie, die die Kobolde in die Halbmasken schmiedeten, unterdrückte diesen Impuls.

Tamyra hatte Konstanze die Silbermaske geschenkt, als sie sie zu ihrer rechten Hand gemacht hatte. Zwölf Jahre war das jetzt her. So lange hatte es keine ihrer anderen Assistentinnen ausgehalten. Die meisten hatte Tamyra bereits nach ein, zwei Jahren auswechseln müssen, allesamt minderbemittelte Spatzenhirne. Konstanze war anders. Sie erledigte Dinge schnell und effizient, ohne viele Fragen zu stellen. Und: Sie war mit einer Blutkette an ihre Vorgesetzte gebunden. Tamyra brauchte eine Assistentin, die Rückgrat besaß, nicht zu zimperlich war und auf die sie sich verlassen konnte.

Normalerweise jedenfalls. Zumindest hatte sie die Angelegenheit mit der vermaledeiten Fotografie geregelt, die eigentlich an der Wand des Wintergartens hing und auf der Imgards Antlitz vor einer halben Stunde um Jahrzehnte gealtert war.

Und Tamyra ahnte, was das bedeutete.

Nebeneinander schritten die beiden den mit königsblauem Teppich ausgelegten Flur der obersten Etage entlang. Früher war der Ratspalast ein Nobelhotel gewesen. Nach der Großen Teilung hatte Tamyras Familie es für sich beansprucht.

»Sind wir uns sicher, dass wir alle ausfindig gemacht haben, die von der Sache mit der Fotografie wissen?«, fragte sie.

Konstanze nickte. »Walthari bewacht sie im Musiksalon.«

»Ich will, dass du ihn dabei im Auge behältst.«

Sie linste zur Seite und sah, dass ihre Assistentin die Stirn runzelte. »Sollte ich nicht das Absinth-Pulver besorgen?«

»Ich bin sicher, du findest einen Weg, beides zu bewerkstelligen. Schließlich habe ich dich genau dafür eingestellt.«

»Jawohl, natürlich. Und Ihr Cousin?«

Tamyra winkte ab, blieb stehen und pflückte einen der gewaltigen Käfer von der Wand, die in regelmäßigen Abständen dort befestigt waren. Sie brauchte dafür beide Hände. Die Goldgebilde sahen aus wie überdimensionierte Hirschkäfer, waren über zwanzig Zentimeter lang und wogen einiges. Tamyra hob das schöne Scheusal direkt vor das Gesicht und hauchte auf seine geweihartigen Oberkiefer. Der Wandschmuck begann, sich in ihrem Griff zu bewegen.

»Hier spricht Tamyra. Bringen Sie meinen Cousin in mein Vorzimmer und servieren Sie Tee oder Kaffee. Keinen Alkohol, bitte, auch nicht, wenn er ihn bestellt.« Sie setzte den Hirschkäfer auf dem Boden ab und strich ihm mit dem Zeigefinger über den Rücken. »Bring das zum Concierge.«

Es klapperte, als der Käfer begann, mit seinen Goldflügeln zu flattern. Surrend erhob er sich in die Luft und flog in atemberaubender Geschwindigkeit den Flur entlang Richtung Treppenhaus.

»Wird es ihm gefallen, wenn Sie ihn warten lassen?«, fragte Konstanze mit erhobener Augenbraue und reichte Tamyra ein Samttuch.

Sie wischte sich damit den Goldstaub von den Fingern. »*Mein*e Eltern sitzen auf dem Lilienthron, nicht seine. Es schadet nicht, ihn ab und an daran zu erinnern.«

Gemeinsam stiegen sie in den Aufzug. Tamyra schloss mit einem Schlüssel die Anlage frei und drückte die Knöpfe für den ersten Stock und das Erdgeschoss. Als sich die Kabine in Bewegung setzte, lehnte sie sich mit dem Rücken an eine der mit Samt bespannten Kabinenwände.

»Zurück zu Walthari. Ich möchte, dass du auch *seine* Erinnerungen löschen lässt.«

Konstanzes Augen weiteten sich nur einen Millimeter.

»Die Goldtränen kannst du in den Tresor bringen lassen«, fuhr Tamyra ungerührt fort. »Die Silbertränen direkt zu mir.«

Ihre Assistentin deutete ein Nicken an. »Was ist, wenn Walthari sich weigert?«

Tamyra zuckte mit den Schultern. »Dann weißt du, was zu tun ist.«

Im ersten Stock verließ Tamyra die Aufzugskabine und ging mit schnellen Schritten den Flur hinab. Rechts und links führten aufwendig verzierte Türen in Besprechungsräume, Salons, luxuriöse Suiten und Zimmer. Der Ratspalast war nicht nur Regierungssitz, sondern auch das Zuhause von Tamyras Familie, deren engen Vertrauten und ausgewählten Gästen. Die meisten bevorzugten ihre eigenen Häuser in der Stadt und kamen nur hierher, wenn der Rat offiziell tagte – oder wenn man ihn außerterminlich einberief, so wie heute.

Vor der doppelflügeligen Tür des Melusinen-Salons blieb sie stehen und überlegte, ob sie anklopfen sollte. Dann verwarf sie den Gedanken und stieß die Tür mit Schwung nach innen auf.

Die Ratsmitglieder hatten sich bereits versammelt. Tamyra schloss die Tür hinter sich und spürte die Ausläufer einer magischen Welle, Nebenwirkung des Zaubers, der dafür sorgte, dass niemand sie von außen belauschen konnte.

Der Salon war in grünblaues Licht getaucht, als wäre er tatsächlich die Grotte einer Wasserfee. Er besaß keine

Fenster. Die grünen Läufer auf dem steingrau gemaserten Marmorfußboden erinnerten an Seegras. Die Möbel bestanden aus verziertem Ebenholz und an der Wand hinter dem erhöhten Sitz der drei Ratsvorsitzenden hing das Ölgemälde einer atemberaubend schönen Frau mit langen Haaren und blauem Schlangenleib. Es stellte angeblich die echte Melusine dar, nach der der Salon benannt worden war.

Die Stühle an den u-förmig aufgestellten Tischen waren fast vollständig besetzt. Zu den wenigen freien Plätzen zählte der neben ihrer Mutter, auf dem eigentlich Tamyras Vater hätte sitzen sollen, der König.

Ohne mit der Wimper zu zucken, ließ sie sich darauf nieder. »Was habe ich verpasst?«

Niemand sagte ein Wort.

»Die Ratsmitglieder fragen sich, weshalb die Fänger die ganze Stadt durchkämmen«, teilte ihr ihre Mutter schließlich mit.

»Weil ich es ihnen befohlen habe«, erwiderte Tamyra.

»Dieses Vorgehen war mit uns nicht abgesprochen«, empörte sich Aafke Kern.

Tamyra warf ihm einen mitleidigen Blick zu. »Warum sollte es? Ich bin die Leiterin der Sicherheitsbehörde und Thronfolgerin des Reiches.«

Sie spürte die Hand ihrer Mutter auf dem Knie. Tamyra wusste, was sie ihr damit sagen wollte: *Pass auf, was du sagst, und überspann den Bogen nicht. Wir brauchen in diesem ewigen Spiel der Macht auch Unterstützer.*

Sie spürte, wie sich ihre Nasenflügel blähten, als sie tief Luft holte. Ihre Mutter hatte sich immer schon vor dem Rat gefürchtet.

»Natürlich erkläre ich die Gründe für mein Handeln, falls das vom Rat gewünscht ist«, heuchelte sie. »Wir sind auf der Suche nach Widerständlern.« Das war noch nicht einmal gelogen.

»Hat der König diesem Vorgehen zugestimmt?«

Sie blickte Kern direkt ins Gesicht. »Mein Vater ist mit allem einverstanden, was ich tue. Sicher erinnern Sie sich an den jungen Grenzspringer, der uns vor einem Jahr entwischt ist? Von dem wir uns erhofft hatten, dass er uns zum Erlkönig führt?« Sie legte eine kleine Kunstpause ein, um ihre Worte wirken zu lassen. »Gestern Nacht ist es einem meiner Jäger gelungen, seine Spur wiederaufzunehmen.«

Es war purer Zufall gewesen, dass Lenyo ausgerechnet die Goldglanz-Party besucht hatte, in die sie ihre Truppen aufgrund eines anonymen Tipps zu einer Razzia geschickt hatte. Sie hatte nicht damit gerechnet, dass er so dumm sein würde, noch einmal die Grenze zu überqueren.

»Er betätigt sich jetzt offenbar auch noch als Schleuser«, führte sie weiter aus. So nannten sich jene Widerständler, die anderen Feenwesen mithilfe goldener Tränen die Flucht auf die andere Seite ermöglichten. Normalerweise wäre das Tamyra reichlich egal gewesen; sollten sich halt die Menschen mit den flüchtigen Feenwesen herumschlagen. Doch jeder Übergang auf die Andersseite nagte am Fundament der Grenze. Und mit jeder Sylphe, jedem Kobold, ja selbst jeder verdammten Blumenfee, die auf die Andersseite floh, erhöhte sich das Risiko, dass die Menschen sich an das erinnerten, was einst gewesen war. Sollten sie mit ihrer verfluchten Technik einen Weg finden, die Schutzzauber, die die Spiegelwelt erschaffen hatten, zum Einsturz zu bringen, war die Fotografie mit Imgards Antlitz ihr geringstes Problem.

»Ein Schleuser? Dafür das ganze Gewese?«, erkundigte sich ein Kobold zu Tamyras Rechter.

»Wie ich bereits sagte, wir glauben, dass er uns zum Erlkönig führen kann.«

Gemurmel unter den Ratsmitgliedern.

»Trotzdem: die ganze Unruhe durch die Fänger ...«

»Könnte man nicht ...«

»Wieso kommt der König nicht ...«

Tamyra klopfte mit den Knöcheln auf die Tischplatte. Stille kehrte ein.

»Vergessen Sie bitte eins nicht, verehrte Ratsmitglieder«, teilte sie ihnen kühl mit. »Ihre Aufgabe ist es, die Krone zu *beraten*. Nicht, sie zu belehren oder mit ihr zu diskutieren. Ersparen Sie meiner Familie also bitte die Zeit, sich nach geeigneteren Mitgliedern für diesen Rat umzusehen, einverstanden?«

Die Ratsmitglieder starrten sie an. Es mochte nicht diplomatisch gewesen sein, aber sie hatte schlicht keine Geduld für diese Farce.

»Dieser überaus verabscheuungswürdige Widerständler, von dem ich erzählt habe, besitzt nicht nur die Dreistheit, Feenwesen über die Grenze zu schleusen. Er hat es sogar gewagt, bei seiner Rückkehr zwei Andersseiter mit zu uns zu bringen.«

Jetzt hätte man eine Stecknadel fallen hören können. Menschen in der Spiegelstadt! Das glich einem Sakrileg. Eines, das selbst bei dem hinterhältigsten Machtspielchen der Emporkömmlinge niemals geduldet wurde.

Bedächtig faltete sie die Hände und blickte ein Gesicht nach dem anderen an. »Deshalb haben mein Vater und ich beschlossen, meine Befugnisse als Leiterin der Sicherheitsbehörde drastisch zu erweitern.«

11. KAPITEL

MAX

Großmutter?«, echote Lydic.

»Ist das irgend so eine Art Seelenmagie?«, fragte Max und blickte auf das Bild. »Die Fotografie nimmt die Gestalt der Person an, die man am meisten vermisst?«

»Echt komisches Ding.« Robin berührte den Rahmen und ließ die Finger langsam darübergleiten.

Lydics gerunzelte Stirn nahm die Antwort vorweg. »Seelenbilder? Ihr habt lustige Ideen. Das hier ist eine Fotografie, die mit einem Maisenbach-Brockworth-Gerät angefertigt worden ist. Es zeigt die königliche Familie. Von diesen alten Aufnahmen gibt es meines Wissens gar keine mehr, das Bild ist mit Magie imprägniert, allerdings scheint die Schicht ihre Wirkung verloren zu haben. Das dachte ich zumindest, bis eben.«

»Warum ist meine Großmutter darauf?!«

Lydic schüttelte den Kopf. »Das hier ist die Prinzessin Imgard. Wie habt ihr diese Veränderungen hinbekommen?« Er runzelte die Stirn. »Angeblich hat der Widerstand sie vor vielen Jahren entführt und getötet. Alle glauben, dass Tamyras Grausamkeit an jenem Tag gesät wurde, an dem ihre Schwester starb. Heute führt sie die Sicherheitsbehörde.«

»Ich verstehe gar nichts mehr.« Max sank in einen der Sessel, konnte den Blick nicht von dem Bild wenden. »Meine Großmutter hieß Irmgard …«

»Dein Smartphone«, sagte Robin. »Hat es noch Saft?«

»Was?«

»Jetzt hör auf zu grübeln.« Sie schnippte mit dem Finger. »Dein Smartphone.«

»Gute Idee.« Er pfriemelte es aus der Tasche. »Meine Neuronen sind heute etwas langsam.«

»Das tut mir leid«, sagte Lydic. »Passiert das oft?«

»Äh.«

»Ihm?« Robin deutete grinsend auf Max. »Ständig.«

Er griff nach einem Kissen und warf es in Richtung ihres Gesichts. Bedauerlicherweise wich sie aus, was die unschuldige Vase hinter ihr nicht konnte. Es klirrte.

Lydics Antlitz nahm die Farbe von heraufziehendem Nervenzusammenbruch an.

»Entschuldige«, sagte Max. »War die wertvoll?«

»Kaum. Sie gehörten einem König. Einem alten König.« Er tapste zu den Scherben. »Das bekomme ich wieder hin.«

Schnell zog Max sein Smartphone hervor. Der Akku war fast leer. Er entsperrte den Bildschirm und rief ein Bild von seiner Großmutter auf. »Hier, sehen Sie.«

Lydic blickte auf. Er nahm das Gerät und betrachtete die digitale Aufnahme, eindeutig unschlüssig, was er faszinierender fand: das Smartphone selbst oder die Abbildung darauf. »Unmöglich.«

Die Scherben waren vergessen.

Robin nutzte die Gelegenheit und schob mit ihrem linken Fuß die Überbleibsel der verunglückten Vase hinter einen Sessel.

»Du hast ein Bild der Prinzessin Imgard«, hauchte Lydic. »Und dieser kleine Kerl neben ihr, das bist du?«

»Das ist unser Wonneproppen«, sagte Robin. »Das breite Grinsen und die Zahnlücke verrät uns aber, dass er … wie alt warst du da?«

»Acht oder so.« Max zuckte mit den Schultern. »Großmutter hatte mir ein Album gemacht, in das sie Polaroids aus meiner Jugend geklebt hatte. Ich habe sie abfotografiert, damit sie erhalten bleiben. Deshalb ist die Qualität auch eher mittelmäßig.«

Lydic hatte mittlerweile herausgefunden, dass er durch Wischgesten zum nächsten Bild wechseln konnte. Sie alle zeigten Max und seine Großmutter. »Sie hat überlebt.« Seine Stimme war so leise, dass Max sie kaum verstand.

»Leider nicht, sie ist vor einigen Tagen gestorben«, erklärte er.

Lydic blickte verwirrt auf. »Ich meinte damals. Alle dachten, sie ist tot. Es gab da irgendeinen Vorfall im Ratspalast. Niemand weiß was Genaues. Aber dann … ist sie in Wahrheit geflohen. Wieso hat Lenyo mir das nicht gesagt? Wer ist dein Großvater?«

»Ich habe keine Ahnung.« Max blickte zwischen dem Bild und Lydic hin und her. »Aber wenn sie eine Prinzessin war, wieso hätte sie fliehen sollen?«

»Tja, das ist die große Frage.« Er seufzte. »Dazu gehört es auch, dass niemand auf die andere Seite der Grenze reisen darf. Das destabilisiert die uralte Magie des Zaubers, der unser Berlin erschaffen hat. Gleichzeitig gehen hier aber die Ressourcen zur Neige.«

»Überall das Gleiche«, murmelte Max.

»Die Prinzessin war stets engagiert«, erklärte Lydic. »Immer wieder setzte sie sich für die unteren Schichten ein. Viele erhofften sich von ihr, dass sie die Dinge eines Tages ändern würde. Die Möglichkeit von Gleichstellungsgesetzen machte die Runde. Doch dann ist sie gestorben.«

»Oder auch nicht.« Robin nickte in Richtung Bild. »Sie ist irgendwie davongekommen.«

Max' Gedanken wirbelten umher. Er hatte seine Eltern niemals kennengelernt, sie waren kurz nach seiner Geburt gestorben. Ein Feuer hatte das alte Haus zerstört, in dem sie gelebt hatten. Nichts war geblieben. Er wusste nicht einmal, wie sie ausgesehen hatten.

Seine Großmutter war für ihn da gewesen. Immer. Jeden Tag seines Lebens. Mit sieben hatte er beschlossen, im Wald nach Schildkröten zu suchen, weil das tolle Tiere waren und es bestimmt auch welche im Grunewald gab. Stunden später hatte sie ihn gefunden: im schlimmsten Unwetter, bedeckt von Schlamm und Dreck, mit aufgeschlagenem Knie. Er hatte bitterlich geweint, weil er keine Schildkröten gefunden hatte.

Doch seine Großmutter hatte ihn in den Arm genommen und nach Hause getragen. Dort hatte es Tee gegeben – wie immer Lavendeltee – und frisch gebackenes Rosinenbrot. Sie hatte sein Knie versorgt, ihn in eine Decke gepackt und ihm aus einem Buch vorgelesen. Am nächsten Tag hatte sie ein Terrarium mit zwei kleinen Schildkröten darin gekauft.

»Ich weiß, wie sie war«, sagte er leise. »Ich konnte es jeden Tag sehen.«

»Ihre Schwester, Tamyra, ist das Gegenteil«, sagte Lydic, »aber das ist jetzt nicht so wichtig. Wir müssen das prüfen.«

»Prüfen?«, echote Robin. »Wie soll das denn gehen? Ein DNS-Test?«

Lydic sprang auf. Euphorisch eilte er aus dem Zimmer. Seine Flügel entfalteten sich, er flatterte in die Höhe. Genau genommen hüpfte er also hinaus.

Kurz darauf kehrte er zurück. In seinen Fingern hielt er einen verschlossenen Holzkasten. Er stellte ihn ab und öffnete ihn.

»Ich kann natürlich nicht sagen, ob hier eine Verwandtschaft besteht«, sagte Lydic. »Obgleich ich jetzt gewisse Gesichtszüge an dir wiedererkenne. Doch ein Indikator wird sein, ob sich Magie in deinem Blut befindet.«

Max starrte Lydic bei diesen Worten fassungslos an. Magie. Er? Und Verwandtschaft zum Königshaus? Er fühlte sich wie von einer Welle überrollt. Einer sehr großen, sehr kalten Welle. Im nächsten Augenblick kehrten seine Gedanken schlagartig ins Hier und Jetzt zurück, als er sah, was Lydic hervorholte.

Eine Spritze in der Größe eines Hammers.

»Das ist jetzt ein Witz.« Max rutschte in dem Sessel zurück.

»Nur ein Piks.« Lydic lächelte aufmunternd.

»Das ist keine Spritze«, sagte Robin. »Das ist ein Folterinstrument. Solche Nadeln benutzen wir seit den Zwanzigern nicht mehr. Des vorigen Jahrhunderts. Und das hat seinen Grund.«

»Wir auch nicht«, versicherte Lydic. »Die sind total antiquiert und die Nadel ist viel zu dick.« Er sah Max' Gesichtsausdruck und haspelte schnell weiter: »Aber seht ihr das hier?« Er deutete auf Zeichen, die in das Messing eingraviert waren, in dem der Glasbehälter ruhte.

»Ist nicht zu übersehen«, sagte Max. »Nichts an dem Teil kann man übersehen.«

»Außer den winzigen Symbolen *in* der Nadel.« Lydic deutete darauf. »Du wirst den Einstich nicht spüren. Und willst du keine Antworten?«

Max seufzte auf. Er hatte nicht die geringste Lust, sich mit diesem Mörderteil ein Loch in den Arm stechen zu lassen. Andererseits war es wohl die einzige Möglichkeit, eine Antwort zu erhalten. »Und es tut wirklich nicht weh?«

»Da bin ich sicher.« Lydic tätschelte mit der Hand jene Stelle der Couch, auf der Max sich niederlassen sollte.

»Von mir aus.« Er erhob sich aus dem Sessel und plumpste auf das Kissen.

»Wenn du Max damit wehtust«, sagte Robin, »ramme ich dir das Teil anschließend in deinen –«

»Danke, Robin!«, rief Max. »Wir haben das Bild.«

»Immer doch.«

Lydic wirkte bei ihren Worten dezent beunruhigt. Trotzdem nahm er die Spritze und näherte sich damit Max' Haut. »Endlich kann ich sie einmal benutzen.«

»Was?!«, krächzte Max. Er wollte den Arm zurückziehen, doch es war zu spät. Die Nadel durchstach die Haut. Und tatsächlich, da war kein Schmerz. Erleichtert atmete er auf.

»Siehst du.« Lydic zog die Spritze langsam auf, der Glaszylinder füllte sich mit Blut.

»Das war es auch schon.« Er zog die Nadel wieder heraus.

Seltsamerweise hinterließ sie ein Schmerzecho. Als bliebe ein Teil von ihr noch ein wenig länger zurück und verschwände erst nach und nach. Die Wunde schloss sich von allein.

»Und jetzt?«, fragte Robin.

Lydic hielt die Spritze in der Rechten, mit der linken Hand zog er einen Kristall aus der Holzschatulle. »Das ist der einfache Teil. Ich injiziere das Blut in den Kristall.«

»Sind die nicht ziemlich fest?«, fragte Robin.

»Ihr Andersseiter müsst lernen, in magischeren Bahnen zu denken. Zumindest auf unserer Seite.« Er führte die Nadel zum Kristall und durchstieß damit problemlos die Oberfläche.

Der Kristall wurde durchscheinend, Blutstropfen zeichneten sich darin ab, als hätte jemand Tinte in Wasser getropft. Lydic leerte den gesamten Glaszylinder der Spritze. Das Blut breitete sich aus, der Kristall war Sekunden später vollständig davon ausgefüllt.

»Und jetzt?«, fragte Robin erneut.

»Normalerweise müsste etwas passieren«, erklärte Lydic. »Doch wie mir scheint …«

Der Kristall leuchtete abrupt auf. Getaucht in grünes Licht, schwebte er aus Lydics Hand ins Zentrum des Zimmers, wo er seine Magie verströmte.

Max schluckte. »Das bedeutet dann wohl, dass sich in meinem Blut Magie befindet, richtig?«

»So kann man das sagen«, krächzte Lydic. »Und zwar viel.«

»Wie viel?«, fragte Robin.

»Sehr viel. Und sie ist unfassbar alt.«

Das Licht strömte aus dem Kristall wie ein feines Nebelgespinst. Es waberte durch die Luft, glitt über die Gegenstände, den Teppich, die Lampen, und seine Schwaden sanken herab.

»Es ist so schön«, hauchte Robin versonnen.

Max konnte nicht glauben, dass all das in seinem Blut war. Magie. »Was bedeutet das? Wer bin ich?«

»Wenn ich das richtig deute, entstammst du der königlichen Linie«, sagte Lydic. »Unsere Prinzessin war deine Großmutter. Damit bist du ein direkter Nachfahre der Hauptlinie des Lilienthrons. Eine solche Reaktion wie diese wurde in dem Pergament beschrieben, das der Spritze beilag. Deine Großmutter befand sich auf der anderen Seite, sie kann also keine Nachkommen mit einer Nebenlinie ihrer Familie gezeugt haben. Es muss sich um fremdes Blut handeln, möglicherweise sogar menschliches. Doch hätte sie sich mit einem Andersseiter verpartnert, der keine Magie beherrscht, solltest du eigentlich nicht so stark sein.«

»Wenn ich tatsächlich so ›stark‹ bin«, sagte Max, »wieso habe ich davon nie etwas bemerkt?«

»Deine Großmutter hat zweifellos Sicherungsmaßnahmen ergriffen, damit du nicht plötzlich deine Magie benutzt, während du auf der anderen Seite durch die Straßen spazierst«, sagte Lydic. »Es gibt Geschichten, in denen sich in früher Jugend Magie manifestiert hat, die von Eltern gebunden wurde. Du würdest dich vermutlich nicht mehr daran erinnern oder es mit der rationalen Logik eines Erwachsenen als Fantasie abtun. Doch wenn du mit diesem neuen Wissen zurückdenkst, wird dir mit Sicherheit das eine oder andere einfallen.«

»Und wie löst man diese Bindung?«, fragte Robin.

»Hey, wer spricht denn hier von Lösung?« Der Gedanke, dass plötzlich alle möglichen Dinge passierten, die er nicht kontrollieren konnte, ließ einen bitteren Knoten in seinem Magen entstehen.

»Alter, du kannst dich vielleicht auf einen Besen setzen und fliegen, wäre das nicht toll?«

»Besen?«, fragte Lydic. »Wieso sollte er zum Fliegen einen so altmodischen Gegenstand benutzen?«

Robin winkte ab. »Lassen wir das.«

Noch immer schwebte der Bergkristall in der Luft, doch jetzt begann er, im Herztakt zu pulsieren.

Max konnte die uralte Präsenz der Magie spüren. Das hier war er, ein Teil von ihm. Ganz langsam wurde aus Unruhe Faszination. »Also nur theoretisch: Wie lösen wir diese Bindung?«

Wissen wollte er es schon.

»Das dürfte bereits geschehen sein«, sagte Lydic. »Eine Blutbindung erlischt, wenn der wirkende Magier oder die wirkende Magierin gestorben ist. Sobald du also deinen inneren Schlüssel erkennst, wirst du Zugriff auf deine Magie erhalten.«

Ein Riss überzog den Kristall, bevor Max die nächste Frage stellen konnte.

»Was ist das?«, fragte Robin. »Soll es das machen?«

»Äh«, sagte Lydic.

»Interpretiere ich jetzt mal als ›nein‹.« Max sprang auf. »Ist das gefährlich?«

»Auf keinen Fall.« Lydic erhob sich ebenfalls. »Möglicherweise. Ein wenig. Da bin ich ehrlich gesagt unsicher.«

Robin schnaubte. »Irgendeine hilfreiche Idee?«

Die hatte Lydic nicht. Zumindest blieb ihm keine Zeit, sie auszusprechen. Der Kristall zerbarst und eine Schockwelle aus Magie peitschte durch den Raum. Möbel zersplitterten, Gläser klirrten, alles wurde in Grün getaucht. Max, Lydic und Robin wurden erfasst und flogen durch die Luft.

Umgeben von Magie, die etwas in Max aufhorchen ließ.

Ja, es war vertraut. Ein Teil von ihm, seiner Vergangenheit. Ein fernes Echo.

Er prallte auf den Boden.

Der Schmerz fegte sämtliche Gedanken und Gefühle beiseite.

12. KAPITEL

TAMYRA

Aufgeladen vom hitzigen Wortgefecht im Melusinen-Salon, stieß Tamyra schwungvoll die Tür zu ihrer Suite auf. Ihr Cousin Rykard erwartete sie im Empfangszimmer, das ihren privaten Räumen vorgelagert war. Er fläzte sich auf einer weißen Ledercouch, einen Kaffee vor sich auf dem Beistelltisch und ein Glas in der Hand, in dem es verdächtig bernsteinfarben schimmerte.

»Ich hatte doch gesagt, keinen Alkohol«, sagte sie und verdrehte innerlich die Augen.

Rykard stellte das Glas ab, zog einen silbernen Flachmann aus der Innentasche seines Jacketts und schwenkte ihn hin und her. »Dir auch einen wunderbaren Tag, liebstes Cousinchen.«

Er stand auf und trat zu ihr. Tamyra ließ es zu, dass er sie umarmte und Luftküsse auf die Wangen warf.

»Gibt es einen Grund für deine gute Laune?«, fragte sie.

Rykard lachte. »Die Sonne scheint. Das Leben ist schön. Und du hast mich zu dir eingeladen.«

Tamyra sog tief Luft durch ihre Nasenlöcher. »Du bist auf einem Trip!« Das durfte doch nicht wahr sein! Schnell schloss sie die Tür zum Flur und versicherte sich, dass die Abschirmzauber hielten.

»Ach komm, Tamyra«, verteidigte er sich. »Es war nur ein bisschen.«

Wütend fuhr sie zu ihm herum. »Und was soll ich mit dir anfangen, wenn du nicht klar denken kannst?«

Obwohl er es hätte besser wissen sollen, war Rykard eine jener bedauernswerten Kreaturen, deren Leben so langweilig war, dass sie sich Kicks mittels verbotener Substanzen holten.

»Du errätst nicht, was ich gestern Abend erfahren habe«, säuselte er jetzt.

»Interessiert mich auch nicht.«

Sie ließ ihn stehen und ging zu der Tür, die vom Vorzimmer in ihr Wohnzimmer führte. Hinter ihr klirrte es leise, vermutlich schnappte sich Rykard sein Cognacglas.

»Kommst du?«, fragte sie, nachdem sie mit einem Händedruck den magischen Schließmechanismus der Tür geöffnet hatte und in ihr eigentliches Refugium trat.

Das riesige Wohnzimmer war dank der deckenhohen Fenster lichtdurchflutet. Zwei dunkle Ledersofas standen sich inmitten des Raums gegenüber, dazwischen befand sich ein niedriger Mahagoniholztisch, über dem ein beeindruckender Kristallleuchter hing.

»Was ist heute eigentlich mit dir los?«, beschwerte sich Rykard, der ihr gefolgt war. »Du bist noch unausstehlicher als sonst.«

Tamyra schnaubte. »Du verstehst auch gleich, warum.«

Sie ging um ein Sofa herum und trat an die leere Staffelei, die Konstanze auf ihren Befehl hin hier aufgestellt hatte. Aus ihrer Hosentasche zog Tamyra ein Tütchen Absinth-Pulver, ihr letztes. Mit einem Ruck riss sie es auf, schüttete sich eine Prise des grobkörnigen, hellrosafarbenen Gemischs auf die Hand und pustete es in Richtung Staffelei. Der Unsichtbarkeitszauber verflüchtigte sich und gab den Blick auf ein mit einem schwarzen Seidentuch verhülltes Bild frei.

Rykard richtete sich auf. »Ich hab mich schon gefragt, was das hässliche Teil hier soll.«

Sie riss das Tuch von der Staffelei. »*Das* ist das Problem.« Die Seide glitt über das Glas der gerahmten Fotografie, die darunter zum Vorschein kam. Obwohl sie wusste, was sie zu sehen bekommen würde, schnürte sich Tamyras Kehle zu. Hinter ihr stieß Rykard einen Fluch aus.

Eigentlich hatte Tamyra geplant, sich in diesem Moment umzudrehen und so zwischen ihren Cousin und die Staffelei zu stellen, dass sie die Fotografie wieder verdeckte. Jetzt stellte sie fest, dass sie den Blick nicht vom Gesicht ihrer Schwester nehmen konnte. Sie selbst und ihre Eltern sahen auf dem Bild so aus, als sei es erst gestern aufgenommen worden. Doch über Imgards Haut zogen sich Falten. Die Frau auf der Fotografie war um Jahrzehnte gealtert.

»Was soll das?«, fragte Rykard, der jetzt neben ihr stand. »Ist das ein Scherz?«

Tamyra räusperte sich, bevor sie antwortete. »Wohl kaum. Heute Morgen hat mich die Große Mutter noch vor Tagesanbruch grammofoniert. Ein Schleuser hat zwei Andersseiter über die Grenze zu uns gebracht. Einer ihrer Jäger hatte ihn fast gestellt, doch letztlich ist er mit den beiden entkommen.«

»Was?!«

»Und offenbar hat sich darüber hinaus meine liebe Schwester dazu entschlossen, nach Hause zurückzukehren.«

Rykard fielen beinahe die Augen aus dem Kopf. Er starrte abwechselnd auf sie und das Foto. »Aber wieso …«, murmelte er. »Ich dachte, sie ist tot.«

Tamyra verschränkte die Arme. »Offensichtlich entspricht das nicht den Tatsachen.«

»Und warum sieht sie so alt aus? Ich meine, auch in der

Welt der Menschen dürfte sie doch eigentlich nicht ihre Unsterblichkeit verloren haben, oder?«

Darüber hatte sich Tamyra auch schon Gedanken gemacht. »Tarnzauber«, vermutete sie.

Rykard trat ganz nah an die Staffelei. Er starrte Imgard an, als könne er nicht glauben, was er da sah. Nach einem Augenblick hob er das Glas, um sich einen weiteren Schluck zu genehmigen.

Tamyra nahm ihm den Cognac ab. »Genug für heute«, beschied sie. Am liebsten hätte sie selbst den Rest heruntergekippt, aber zumindest einer von ihnen brauchte einen klaren Kopf. Immerhin beschwerte sich Rykard nicht.

»Aber warum hat sich die Fotografie verändert?«, fragte er stattdessen.

Tamyra ging zur Balkontür, schob den Vorhang beiseite und sah nach draußen auf den Potsdamer Platz. »Das Porträt wurde mit einem Maisenbach-Brockworth angefertigt.«

Das Maisenbach-Brockworth-Gerät war eine Erfindung gewesen, mit der man das Fernsprechen ermöglichen wollte. Mit den damit gemachten Fotografien konnte man Verbindung zu denjenigen herstellen, die ebenfalls einen Abzug der gleichen Fotografie besaßen. Die Technik hatte sich nicht durchgesetzt, zum einen, weil sie für Ferngespräche zwar praktisch war, es den Leuten jedoch nicht gefiel, dass sich das Aussehen der Abgebildeten auf den aktuellen Stand brachte, wenn man die Fotografie aktivierte. Zum anderen, weil sie weder gut zu transportieren waren noch sich die Feenwesen Dutzende davon in die eigenen vier Wände hängen wollten, denn man konnte immer nur mit demjenigen sprechen, den die Fotografie zeigte. Letztendlich hatten sich die Schallplatten und die

Grammofonie-Technik als praktischer erwiesen. Und seit Neuestem gab es ja auch noch die Nebelprojektion.

Wenn sich die Fotografie von Imgard nun verändert hatte, bedeutete das wohl …

»Du meinst, deine Schwester hat einen Abzug eures Familienporträts ausfindig gemacht und dir so eine Botschaft geschickt?«, vermutete Rykard.

Tamyra verschränkte die Arme. »Letzteres würde mich wundern, aber im Grunde ja: Das glaube ich.«

»Aber ich dachte, sämtliche Abzüge eures Familienporträts, die mit dem Maisenbach-Brockworth-Gerät erstellt wurden, habt ihr schon vor Jahrzehnten vernichten lassen?«

»Das dachte ich auch.« Dem war aber offensichtlich nicht so.

»Was meinst du, was sie vorhat?« Rykard klang beunruhigt. Ihr Cousin und sie waren die Einzigen, die wussten, dass Imgard damals nicht von Widerständlern ermordet worden war. Sie und Rykard hatten dieses Gerücht überhaupt erst in die Welt gesetzt und entsprechende *Beweise* geliefert. Sie beide waren demnach die Einzigen, die wussten, welche Gefahr vielleicht von Imgard ausging. Ihre Schwester war geflohen. Und sie besaß Wissen, das den brodelnden Vulkan der Stadt zum Ausbrechen bringen konnte: Erinnerungen, die verrieten, wie das gespiegelte Berlin in Wahrheit erschaffen worden war.

Nachdem Tamyra erfahren hatte, dass das Porträt plötzlich eine gealterte Imgard zeigte, war sie kurz versucht gewesen, über die Fotografie Kontakt mit ihr aufzunehmen. Aber das wäre dumm gewesen. Ihre Schwester konnte nichts Gutes im Schilde führen, und wenn sie mit ihr sprach, wäre klar, dass sie von ihrer Ankunft wusste. Nein, besser, die Überraschung war auf Tamyras Seite. Sie würde Imgard kontaktieren. Aber anders, als diese erwartete. Doch dazu brauchte sie Rückendeckung. Und einen kleinen Portalzauber, den nur Rykard mit seinen zwielichtigen Verbindungen ihr besorgen konnte.

»Ich weiß nicht, was sie vorhat«, beantwortete sie endlich seine Frage. »Es ist jetzt wichtig, dass wir nicht die Nerven verlieren.« Sie drehte sich zu ihm um. »Ich habe dich hierher gebeten, weil ich deine Unterstützung benötige.«

13. KAPITEL

LENYO

»Was ist denn mit dir passiert?«, fragte Lenyo misstrauisch, als Lydic ihm die Tür öffnete. Er deutete auf die Schläfe des Sylphen, wo ein daumennagelgroßer Blutfleck klebte.

Lydic runzelte die Stirn und betastete die Stelle. »Oh«, murmelte er. »Da muss der Kristall mich erwischt haben.«

Lenyo betrat den Hausflur und schloss die Tür hinter sich. »Der Kristall? Was habt ihr bitte gemacht, als ich weg war?«

Die Fahrt vom Hauptquartier hierher war ohne Zwischenfälle verlaufen. Allerdings hatte Lenyo durch die Fenster der Droschke gesehen, dass Tamyras Häscher noch immer die Stadt durchkämmten. Den ganzen Weg über hatte er sich Sorgen gemacht, dass ihr Versteck beim Archivar aufgeflogen sein könnte.

Wie es aussah, war zumindest diese Befürchtung unbegründet. Der Archivar hob vom Boden ab, seine Flügel flatterten aufgeregt. »Du wirst es nicht glauben! Max –«

»Hast du diese Tränen bekommen?« Robins Stimme schallte den Flur entlang. Sie stand in einer Türöffnung und blickte ihm erwartungsvoll entgegen.

Lenyo nickte. »Wo ist Max?«

»Hier«, hörte er dessen Stimme. Er klang ein bisschen neben der Spur.

Lenyo setzte sich in Bewegung. Im Wohnzimmer erwartete ihn die nächste Überraschung: Es sah aus, als hätte eine Bombe eingeschlagen. Einige Möbel und Lydics Sammelsurium von Gegenständen aus dem Berlin der Menschen lagen zerfetzt oder zersplittert im Zimmer verstreut. Aus der senfgelben Couch quoll Polstermaterial, ganz so, als habe man sie aufgeschlitzt. Daneben saß Max und drückte sich einen Eisbeutel auf den Kopf. Lenyos Herz machte einen erschrockenen Hüpfer.

Max' Miene hellte sich auf, als sich ihre Blicke trafen. »Hi«, sagte er.

Lenyo stürzte zu ihm. »Geht es dir gut?« Er nahm Max den Eisbeutel ab und begutachtete seinen Hinterkopf. Keine Wunde, kein Blut. Nur eine Beule. Sanft drückte er ihm den Eisbeutel wieder in die Hand. »Dich kann man auch keine Stunde aus den Augen lassen.«

Max lächelte schwach. »Als gestern Nacht auf mich eingestochen wurde, hast du direkt danebengestanden.«

»Punkt für dich.« Lenyo fischte die weiße Schatulle aus der Hosentasche und zeigte sie Max. »Wird Zeit, dass ich euch nach Hause bringe.«

»Nicht so schnell!« Lydic flatterte zu ihnen. »Es gibt da etwas, das du wissen solltest.«

»Wie es aussieht«, fügte Robin hinzu, die sich zu ihnen gesellte, »*ist* Max zu Hause. Jedenfalls in gewisser Weise.«

Die Geschichte, die die drei Lenyo daraufhin abwechselnd erzählten, klang genauso abenteuerlich wie unwahrscheinlich. Max sollte Feenblut in sich tragen? Und nicht nur das – er sollte ein Mitglied der königlichen Familie sein?

»Nein«, sagte Lenyo tonlos. Er starrte Max ins Gesicht, um sich davon zu überzeugen, dass der keinerlei Ähnlichkeiten mit dem Monster Tamyra hatte. »Das kann nicht sein.«

Prinzessin Imgard war tot, das wussten alle. Dass der

Widerstand sie umgebracht hatte, bezweifelte er zwar, ausschließen konnte er es allerdings nicht. Aber dass die Kronprinzessin überlebt hatte und Max' Großmutter sein sollte … Und dann traf er zufällig in einer Bar auf ihn, in die ebenso zufällig Jäger stürmten? Das war doch vollkommener Unsinn!

Und doch. Da war die Fotografie, die an der Wand vor ihnen hing und die wie durch ein Wunder keinen Kratzer vom explodierenden Kristall abbekommen hatte. Und ja, Max' Kinnpartie. Seine Nase. Da bestand eine gewisse Ähnlichkeit. Aber die konnte Zufall sein.

Lenyos Magen zog sich zusammen. Inzwischen saß er ebenfalls auf der Couch und versuchte, seine Gedanken zu ordnen.

»Und jetzt?«, fragte er Max und legte ihm die Hand auf das Knie. Max konnte nicht hierbleiben. Auch wenn er selbst, Lenyo, das vielleicht sogar gewollt hätte.

»Du bringst die beiden über die Grenze«, antwortete Lydic, der vor ihnen hin und her flatterte. »Und ich begleite euch.«

»Was?«, fragten Lenyo, Max und Robin wie aus einem Mund.

Der Archivar nickte entschlossen. »Ich komme mit. Wenn die Prinzessin tatsächlich auf der Andersseite gelebt hat, gibt es in ihrem Zuhause vielleicht Dinge, die Aufschluss darüber geben, warum sie damals geflohen ist.« Seine Miene wurde ernst, fast feierlich. »Dinge, die von unschätzbarem Wert sein könnten. Für den Widerstand.«

Lenyos Puls beschleunigte sich. Lydic hatte recht. Allerdings sollten sie, bevor sie aufbrachen, den Widerstand informieren. Diese Offenbarung, wenn sie denn stimmte, konnte wichtig sein.

Er drückte noch einmal Max' Knie und löste sich dann von ihm. »Ich sollte vorher grammofonieren.«

Lydic zuckte bedauernd die Schultern. »Tut mir leid. Ich fürchte, das ist gerade nicht möglich.«

Lenyo starrte auf den Platz, an dem Lydics Grammofon hätte stehen sollen. Von dem Apparat war nicht viel übrig geblieben. Selbst aus dem Schalltrichter war eine Ecke herausgebrochen.

»Verflucht.«

Es gab nicht viele Feenwesen, die Schallplatten besaßen, mit denen man den Widerstand kontaktieren konnte. Und keinen in Lydics unmittelbarer Nähe. Yelna hatte sich geweigert, eine im *Libertinage* aufzubewahren. Das war ihr zu gefährlich vorgekommen, es hatte ihr schon gereicht, das Lenyo sie gebeten hatte, eine Schallplatte zu behalten, durch die Lydic erreichbar war. In der kleinen Zweizimmerwohnung, die er und Yelna sich teilten, wenn sie nicht im *Libertinage* übernachtete, lag zwar eine Schallplatte unter einer losen Bodendiele versteckt, dort hinzufahren würde jetzt aber zu lange dauern. Falls Max wirklich ein Nachkomme der Kronprinzessin war, musste er zurück in das Berlin der Menschen. Zumindest, bis Tamyra aufhörte, die ganze Stadt nach Andersseitern zu durchsuchen. Und bis sie sich entschieden hatten, wie sie weiter vorgehen sollten.

»Ich fliege kurz nach oben und packe ein paar Sachen zusammen«, sagte Lydic. Dann wandte er sich an Robin. »Hilfst du mir bitte?«

Robin runzelte die Stirn. »Aber …« Nach einem Blick zu Lenyo und Max ließ sie die abgebrochene Pfote der Wackelkatze auf den Boden fallen und schloss sich dem Archivar an.

Lenyo wartete, bis Robin und ihr Gastgeber im Flur

verschwunden waren. Dann griff er nach Max' Hand. Seine Finger waren etwas zu warm und zitterten leicht. »Wie geht es dir?«

»Ganz ehrlich? Keine Ahnung.«

»Es wird schon alles gut.« Lenyo bemühte sich, zuversichtlich zu klingen.

Max hob trotzdem die rechte Augenbraue. »Ach ja? Wie denn? Ich meine, bei einem Ausflug nach London wurde ich schon mal als *fairy* bezeichnet, aber dass ich wirklich eine bin. Eine echte …« Er lachte auf, doch es klang bitter.

»He, das ist was Gutes.« Er begann, Max' Handrücken mit dem Daumen zu streicheln.

Der lehnte sich gegen ihn. »Ist es das?«

»Ich denke schon«, antwortete er leise. »Das bedeutet, dass wir uns ähnlicher sind, als wir zunächst gedacht haben.«

Stumm sahen sie sich an. Über ihren Köpfen hörten sie Dielen knarren: Lydic und Robin. Die Geräusche traten mehr und mehr in den Hintergrund, je länger Lenyo in Max' Augen blickte.

Wie von selbst schob sich sein Körper näher an den von Max. Lenyo öffnete leicht den Mund und …

»Was meinte Lydic mit dem Widerstand?«, fragte Max plötzlich und rückte ein Stück von ihm weg.

Ein frustriertes Knurren entstieg Lenyos Kehle, ehe er es verhindern konnte. Über Max' Züge huschte ein verlegenes Lächeln.

»Du willst wissen, was um dich herum vor sich geht. Das verstehe ich. Der Widerstand … Puh … Wo fange ich da an?«

»Wie wäre es damit«, sagte jemand frostig.

Max zuckte erschrocken zusammen und Lenyos Herz

machte einen Satz. Blut rauschte in seinen Ohren. Er kannte diese Stimme, gut sogar. Doch er hatte nicht damit gerechnet, sie in Lydics Wohnung zu hören.

Er sprang von der Couch auf, klaubte das gesplitterte Holzbein eines Stuhls vom Boden und ließ seinen Blick durch den Raum schweifen.

»Der Widerstand ist eine Ansammlung Schmeißfliegen«, fuhr Tamyra seelenruhig fort. »Eine gefährliche Gruppe fehlgeleiteter Terroristen, die nicht einmal begreifen, dass sie dabei sind, alles zu zerstören, worum sie angeblich kämpfen.«

»Du!«, zischte er. »Wo …«

»Lenyo … da … die Fotografie«, stammelte Max.

Und da sah er es auch.

Das Porträt der königlichen Familie hatte sich schon wieder verändert. Genauer gesagt war die Fotografie verschwunden. Der Rahmen hing noch an der Wand, doch das Glas hatte sich in ein Fenster verwandelt.

Lenyo sah durch es hindurch in einen mit edlen Möbeln eingerichteten Raum. Und von dort durchbohrte ihn Prinzessin Tamyra mit eisigem Blick.

14. KAPITEL

MAX

Max starrte auf das Bild an Lydics Wand, das aussah, als habe es sich in einen Durchgang verwandelt. Er konnte in ein anderes Zimmer sehen, nicht wie auf einem Fernsehbildschirm, nein. Er konnte *wirklich* hindurchsehen. Und der Raum, aus dem ihn die Fremde in Augenschein nahm, sah nicht so aus, als befände es sich in Lydics Wohnung. Max erkannte cremeweiß gestrichene Wände, den Rand einer schokoladenbraunen Ledercouch und die Spitze eines gewaltigen Kristallleuchters.

Und natürlich die blonde Frau mit den kalten Augen, die darunter stand.

»Habe ich eure Aufmerksamkeit?«, fragte diese nun süffisant. Sie trug andere Kleidung, doch glich aufs Haar der Frau auf der Fotografie, die neben seiner Großmutter gestanden hatte. Anders als Imgard schien die Fremde allerdings um keinen Tag gealtert.

»Gut«, fuhr sie fort, als Max nichts erwiderte. »Dann –«

»Duck dich«, zischte Lenyo und stürzte vor, als wolle er den Rahmen von der Wand reißen. Doch ehe er ihn erreicht hatte, hob die Frau ihrerseits die Hand und blies ihm etwas entgegen, das aussah wie Puderzucker. Lenyo versuchte auszuweichen, doch die weiße Wolke hüllte ihn ein. Er erstarrte in der Bewegung, so absolut, als habe er sich in eine Statue verwandelt, kippte zur Seite und blieb reglos wie eine Schaufensterpuppe dort liegen.

»Lenyo!« Max ging neben ihm in die Knie. Lenyos

Mund war zum Protest geöffnet, doch die Lippen bewegten sich nicht und er brachte keinen Ton hervor. Max strich über seine Wange. Die Haut fühlte sich hart und warm an wie poliertes Holz, das man den Nachmittag über in der Sommersonne hatte liegen lassen. Panisch begann Max, Lenyo an der Schulter zu rütteln, was jedoch nur dazu führte, dass sich der ganze Körper hin und her bewegte.

»Pass auf, dass du ihm nichts abbrichst. Das wächst nämlich nicht nach, wenn der Zauber nachlässt«, warnte ihn die Frau in dem Bilderrahmen.

Max fuhr zu ihr herum. »Was hast du mit ihm gemacht?« Sein Pulsschlag trommelte schnell in der Brust.

Die Fremde – seine Verwandte! – versuchte, seine Bedenken mit einer Handbewegung zur Seite zu wischen. »Nur ein kleiner Erstarrungszauber«, behauptete sie. »Er hält höchstens ein paar Minuten. Du musst einer der Andersseiter sein, die der Heißsporn über die Grenze geschleust hat.«

Max' Gedanken rasten. *Duck dich,* hatte Lenyo zu ihm gesagt. Er hatte ihn warnen wollen. Vor dieser Frau. Max holte tief Luft, drehte den Kopf zum Durchgang in den Flur und – zögerte. Wegrennen konnte er nicht, wollte er Lenyo nicht allein lassen. Wenn er jetzt allerdings Robin und Lydic nicht rief, bekam er weder Hilfe, noch konnte er sie warnen.

»Kümmere dich darum!«, hörte er die Frau sagen. Als er sich wieder zu ihr umdrehte, sah er, wie eine von Kopf bis Fuß schwarz gekleidete Gestalt aus dem Bild *sprang!* Sie hatte die Arme vor sich gestreckt und den Kopf eingezogen, als würde sie von einem Dreimeterbrett in ein Schwimmbecken tauchen. Ehe er wirklich begriff, was da passierte, rollte sich die Gestalt elegant auf dem Wohnzimmerteppich ab und richtete sich auf. Jetzt erkannte Max, dass es eine Frau war. Sie stand auf, warf ihm einen warnenden Blick zu und sprintete aus dem Wohnzimmer in den Flur. Bemerkenswerterweise machte sie dabei keinerlei Geräusche.

Scheiße.

»Achtung!«, brüllte er, so laut er konnte, und hoffte, Lydic und Robin würden ihn hören.

»Still!«, befahl die Feenfrau. »Oder dein regloser Freund neben dir wird das nicht überleben. Ich mache keine Scherze.«

Max' Magen krampfte sich zusammen. Die Fremde streckte ihre Faust ins Wohnzimmer. Er packte Lenyo am Bein, um ihn nach hinten zu zerren, doch sie fuhr ihn an: »Denk nicht einmal daran.«

»Was soll das alles?«, fragte er.

»Nur eine Sicherheitsmaßnahme.« Sie lächelte, als führten sie Small Talk.

Über seinem Kopf ertönten Getrampel und Schreie.

Max versuchte, unauffällig den Blick über den Boden gleiten zu lassen. Er suchte nach etwas, das er als Waffe verwenden konnte. Um damit was auch immer zu tun.

»Das hier kann alles ganz schnell vorbei sein«, lockte die Fremde. »Du musst mir einfach nur sagen, wo meine Schwester gerade ist und was sie vorhat.«

»Schwester?«

»Imgard.«

So hatte Lydic seine Großmutter genannt. Er selbst hatte sie als Irmgard gekannt, das war immerhin nahe dran.

Ein Zittern schüttelte Max. Im Zimmer über ihm ging irgendetwas zu Bruch. Wenn dieses ganze Chaos nur herrschte, weil diese Fremde – seine Großtante? – auf der Suche nach Großmutter war …

Er blickte sie fest an. »Sie ist tot.« Seine Stimme klang ein bisschen rau.

Die Züge seines Gegenübers wurden spöttisch. »Lügen werden dir nichts nützen.«

»Es ist keine Lüge!«

Von oben erklang Robins schmerzerfüllter Schrei.

»Sag mir die Wahrheit und ich rufe meine Jägerin zurück«, versprach ihm die Frau.

Seine Hände verkrampften sich um Lenyos Oberarm. Fühlte der sich inzwischen etwas weicher an?

»Sie ist vor ein paar Tagen gestorben.« Er sprach schnell, weil Robins Schrei zwar verklungen war, es im Stockwerk über ihm aber noch immer heiß herzugehen schien. »Deshalb bin ich überhaupt erst zurück nach Berlin gekommen.«

»Was hast du mit ihr zu tun?«

»Sie ist meine Großmutter«, antwortete er, ohne zu überlegen.

Die Augen der anderen weiteten sich. »Unmöglich.«

Langsam merkte Max, wie so etwas wie Zorn in ihm aufstieg. »Ich wünschte, es wäre so!«

Unter seinem Griff spürte er Lenyos Oberarmmuskel zucken. Hoffnung durchströmte ihn. Doch da war noch immer ihre ausgestreckte Faust. Was hielt sie in der Hand? Etwas, was den Zauber aufrecht hielt? Oder eine Waffe?

In der Stille, die sich zwischen ihnen ausbreitete, konnte Max überdeutlich hören, wie sich das Poltern über ihren Köpfen fortsetzte. Er bildete sich ein, Lydics Stimme zu hören und ein unbestimmbares Fluchen. Dann erklangen Schritte auf der Treppe.

Die Frau auf der anderen Seite des Bilderrahmens schien sie nicht zu bemerken. »Du«, murmelte sie und starrte ihn an. »*Du* hast das Bild berührt.« Ein seltsames Glitzern glomm in ihren Augen auf und Max konnte sehen, wie es hinter ihrer beherrschten Miene arbeitete.

Sie wollte noch mehr sagen, doch in diesem Augenblick stürzte Robin in den Raum. Sie sah aus wie eine Furie. Ihr Blick irrte gehetzt hin und her, Haarsträhnen hingen ihr wild ins Gesicht. Das Hemd unter ihrem Jackett war aus der Hose gerissen. Sie wirkte, als habe sie sich geprügelt, und vermutlich hatte sie das wirklich.

Max wollte wissen, was mit Lydic war und mit der dunklen Gestalt, der Jägerin, doch all seine Fragen blieben ihm im Hals stecken.

Robins Gesichtsausdruck verfinsterte sich, als ihr Blick zur Wand glitt. Mit großen Sätzen durchquerte sie das Wohnzimmer.

»Keine Dummheiten!«, warnte die Frau im Bild und schwenkte die Faust.

Max spürte, wie Lenyos steifer Arm unter seinem Griff nachgab und zu Boden sackte. Hörte, wie Lenyo der Atem zischend entwich.

»Bleib –«, drohte die Feenfrau, doch Robin hatte das Bild bereits erreicht. Sie wich dem ausgestreckten Arm der Fremden aus, ergriff mit beiden Händen den Rahmen, riss ihn von der Wand und donnerte mit einer schwungvollen Drehung gegen das Mauerwerk.

»Ich w–«, fauchte Max' Großtante, doch in diesem Moment zersplitterte das Holz am Stein und verwandelte sich zurück in die gerahmte Fotografie. Glas klirrte. Splitter und Scherben regneten zu Boden.

Schnell zog Max Lenyo nach hinten. Der begann, sich ächzend zu bewegen. Max atmete erleichtert auf.

Robin war kalkweiß im Gesicht. Sie ließ die restlichen Rahmenstücke zu Boden fallen.

»Was war das denn?«, fragte Max, während er Lenyo half, sich aufzurichten.

Robin zuckte verlegen mit den Schultern. »Etwas Besseres ist mir auf die Schnelle nicht eingefallen.«

»Das war genau richtig«, krächzte Lenyo.

Gott sei Dank! Er klang recht normal. »Geht es dir gut?«, fragte Max.

Lenyo nickte und wandte sich an Robin. »Was ist mit Lydic?«

»Kümmert sich um diese schwarz gekleidete Irre.«

Sofort sprang er auf die Füße. Robin hob beide Hände und machte eine beruhigende Geste. »Er hat sie bewusstlos geschlagen.«

Lenyo stoppte in der Bewegung. Max spitzte die Ohren, doch über ihnen war es ruhig.

»Mit einem Plauener Schlägel«, erklärte Lydic, der just in den Raum flatterte. In seiner Hand hielt er etwas, das aussah wie die Miniaturausgabe eines Poloschlägers, dessen dickes Ende mit hellem Tuch umwickelt war. Max hatte keine Ahnung, was das sollte, doch Lenyo nickte verstehend.

»Du kannst nicht mit uns kommen«, sagte er zum Archivar.

Dieser seufzte, flog für einen Herzschlag einen halben Fuß höher und setzte dann mit gesenkten Schultern auf dem Boden auf. »Das wurde mir in dem Augenblick klar, als die Jägerin aufgetaucht ist.« Er ließ sich auf den Überresten seiner Couch nieder. »Na ja, ehrlich gesagt habe ich erst mal gar nichts gedacht. Aber auf dem Weg nach unten wurde es mir klar.« Er schenkte Robin ein anerkennendes Lächeln. »Du hast dich famos geschlagen.«

»Danke«, murmelte sie und ihre Ohren färbten sich rot. »Warum kannst du nicht mit uns kommen?«, wollte sie wissen.

»Weil …«, begann Lydic, doch Lenyo war schneller: »Weil jemand ein paar Freunde darüber informieren muss, was hier geschehen ist. Und ich bringe euch über die Grenze.« Er blickte hinauf zur Decke. »Wir sollten uns beeilen.«

»Keine Sorge«, beruhigte ihn Lydic und hob sein seltsames Schlaginstrument. »Der ist kaum benutzt. Sie schläft mindestens eine halbe Stunde.«

»Gut.« Lenyo streckte die Hand aus. »Kann ich den mitnehmen?«

Der Archivar zog die Brauen zusammen, die Idee gefiel ihm offenbar nicht. Dann nickte er und übergab die merkwürdige Waffe. »Aber bring ihn bitte heil wieder zurück. Ich habe fünf Goldmark dafür bezahlt.«

»Für einen Plauener Schlägel?« Lenyo stieß einen Pfiff aus und drehte den Mini-Poloschläger beeindruckt in den Händen.

Max ging hinüber zu Robin und bückte sich nach einem Holzrahmensplitter. »War das wirklich die Schwester meiner Großmutter?«

»Tamyra.« Lenyo sprach den Namen mit so viel Hass aus, dass sich Max' Nackenhaare aufrichteten.

»Du kennst sie?«, fragte er.

»Wir sind uns schon einmal begegnet.«

Ehe er eine weitere Frage stellen konnte, drehte Lenyo sich zu Lydic um. »Du musst Yelna warnen.«

»Selbstverständlich.«

»Sag ihr –«

Das Krachen von gesplittertem erklang Holz aus dem Stockwerk über ihnen.

Lydic zuckte zusammen. »Das war wohl die Schlafzimmertür. Ich habe sie eingeschlossen.«

»Ich dachte, sie sei mindestens eine halbe Stunde bewusstlos?«, fragte Robin entgeistert.

»Ist jetzt egal«, schnitt Lenyo die Diskussion ab und holte die Goldträne aus dem weißen Holzkästchen. Wie auf der U-Bahn-Plattform in der Nacht zuvor warf er sie in die Höhe.

Wieder durchzuckte ein Blitz die Luft und schickte dünne Glitzerfäden durch das Zimmer. Ein wabernder Riss Dunkelheit entstand vor ihren Augen, wurde langsam größer.

Aus dem Flur drangen keine Geräusche, doch Max hatte bereits erlebt, wie lautlos sich die Jägerin bewegen konnte.

Während sich der Spalt vor ihnen immer weiter ausdehnte, flatterte Lydic zum Fenster, riss es auf und flog nach draußen.

»Springt!«, rief Lenyo.

»Sie kommt!«, brüllte Robin gleichzeitig.

Max wollte sich nicht umwenden. Er wusste einfach, dass das eine dumme Idee war, trotzdem drehte sich sein Kopf wie von selbst nach hinten, während er Schwung holte, um sich wie die beiden anderen in den Riss in der Luft zu stürzen.

Wie ein körperlich gewordener Schatten katapultierte sich die schwarz gewandete Jägerin vom Flur aus durch das halbe Wohnzimmer.

Max hielt den Atem an. Seine Füße lösten sich vom Boden. Robin und Lenyo verschwanden vor ihm im Wirbel aus Schwärze und Blitzen. Sein Schwung trug ihn nach vorn. Er schloss die Augen. Noch einen Herzschlag und er wäre wieder zu Hause. Auf der anderen Seite. Die Luft um ihn herum knisterte wie elektrisch aufgeladen. Er flog durch die Leere – und spürte, wie sich ein eiserner Griff um sein Fußgelenk schloss.

15. KAPITEL

LENYO

Letztlich war es eine Mischung aus Reflex, Wut und einem bedauerlichen Landepunkt.

Lenyo taumelte hinter Robin aus dem Portal in eine Küche, stolperte über einen Riss im giftgrünen Belag des Bodens, und der Plauener Schlägel flog davon.

Hinter ihm erklang ein Schwappen.

Er stürzte, warf sich jedoch im Drehen herum, musste reagieren. Jäger waren wie schwarze Schatten und tödliche Klingen, gnadenlos, endgültig.

»Duck dich!«, brüllte Robin in Richtung von Max, der gerade im Portal auftauchte.

Der reagierte sofort.

Eine gusseiserne Bratpfanne donnerte in das Gesicht der Jägerin. Zuerst erklang das Schwappen, mit dem das Portal kollabierte. Danach der Aufprall dieses weiblichen Piranhas auf dem Bodenbelag.

»Toller Schlag«, lobte Lenyo.

»So langsam bekomme ich Übung.« Robin keuchte schwer.

»Robin the Destroyer.« Max kam schwungvoll in die Höhe. »Willst du zur Sicherheit noch mal draufhauen? Mit diesem blauen Dings?«

»Plauener Schlägel«, korrigierte Lenyo.

»So brutal drauf?«, fragte Robin. »Die schläft doch erst mal.«

»Das dachte Lydic auch«, gab Max zu bedenken.

Lenyo sah sich um. Die Tränen öffneten eine Passage zum gleichen Punkt auf der anderen Seite, deshalb benutzte er normalerweise vor dem Einsatz eine Karte. Darin hatte der Widerstand alle Orte markiert, die ungefährlich waren. Freie Plätze beispielsweise, ebenso auf beiden Seiten leer stehende Häuser. Doch jetzt hatte es schnell gehen müssen. Und das Gegenstück zu Lydics Domizil auf der anderen Seite der Grenze stand offensichtlich nicht leer.

Darauf deuteten die Teller mit Essensresten, leere Bierflaschen und dreckige Wäsche in der Ecke hin. Aus einem angrenzenden Raum drangen Schnarchgeräusche herüber.

Lenyo ging zu der bewusstlosen Jägerin, nahm den Plauener Schlägel und flappte ihn gegen ihr Gesicht. Das dunkle Haar war ungepflegt, sie selbst wirkte von vielen Verfolgungsjagden verbraucht.

»Das war jetzt eher ein Anstupsen«, beschwerte sich Robin.

»Die Dauer der Bewusstlosigkeit ist nicht abhängig von der Kraft des Schlages, sondern der Willensstärke der Person, die ihn führt.« Er schenkte ihr ein anzügliches Grinsen. »Glaub mir, jetzt schläft sie bis morgen durch.«

Robin beäugte den Schlägel und zog ihn Lenyo aus der Hand. »Darf ich das mal bei Max ausprobieren? Würde mich interessieren, wie das Ding meine Willensstärke einschätzt.«

»Hallo?«, beschwerte sich der prompt. »Das bedeutet garantiert Koma für mich! Deine Willensstärke ist 'ne Abrissbirne.«

»Das hast du jetzt lieb gesagt.« Robin kniff ihm in die Wange.

Der zog den Schlägel aus ihren Fingern. »Wir testen

gleich mal meine Willensstärke, indem ich dir das Teil überziehe.«

Es reizte Lenyo durchaus, weiter zuzuschauen. Andererseits hatten sie nicht viel Zeit und er würde natürlich nicht zulassen, dass jemand Max schlug. »Kinder, Kinder. Wir sind jetzt mal ganz brav und geben Onkel Lenyo den Schlägel zurück.«

»Onkel?«, echote Robin. »Ich hätte dich eher in die Kategorie ›Daddy‹ eingeordnet. Oder was sagst du, Max?«

Auf so viel Frechheit fiel Lenyo tatsächlich nichts mehr ein und Max verlegte sich darauf, knallrot anzulaufen. Dass sie auch noch mit den Brauen wackelte, setzte dem Ganzen die Krone auf.

»Okay, schlag zu.« Er machte eine auffordernde Geste zu Max in Richtung Robin. »Einmal kräftig auf den Kopf und wir haben für den Rest der Nacht Ruhe.«

»Ja klar, *Ruhe.*« Robin verschränkte die Arme und lehnte sich an den geschlossenen Kühlschrank.

Das Schnarchen endete abrupt.

»Okay, Spaß beiseite, wir gehen.« Lenyo hievte sich die Jägerin über die Schulter. »Max, der Schlägel bleibt bei dir. Robin, Haustür öffnen, schnell.«

Die Stille vertrieb jede Art von Leichtigkeit, die sich in den wenigen Minuten eingestellt hatte, und die Realität kehrte schlagartig zurück. Sie wurden verfolgt, waren mit einer bewusstlosen Jägerin unterwegs und Tamyras nächster Zug würde nicht lange auf sich warten lassen.

Minuten später standen sie auf der Straße. Die Laternen brannten, Dunkelheit lag bereits über der Stadt.

»Japp, das sieht wieder ganz so aus, wie ich es kenne«, bestätigte Max. »Eindeutig unsere Seite.«

»Willst du uns jetzt verraten, was es mit dieser Tamyra auf sich hat, die möglicherweise Max' entfernte Verwandte ist?«, fragte Robin. »Sie hat sich übrigens echt gut gehalten.«

Lenyo durchdachte die Ereignisse bei Lydic, von denen er nur Fetzen mitbekommen hatte. Tamyra hatte nach ihrer Schwester gesucht, die Max' Großmutter gewesen war. Ergo musste sie seine Großtante sein, die jedoch nichts von ihm geahnt hatte. Wie würde sie jetzt reagieren, da sie von seiner Existenz wusste?

»Tamyra ist gefährlich«, sagte er. »Alle Leute außerhalb der hohen Kreise sind für sie so viel wert wie Fliegen. Sie will unbedingt den Erlkönig – das ist der Anführer des Widerstands – in die Finger bekommen. Das ist wie ein Wahn bei ihr. Dafür foltert sie.« Er schluckte und versuchte, das Bild von Albiert zu verdrängen. »Und tötet.«

»Sie hat jemanden getötet, der dir wichtig war«, sagte Robin prompt.

Lenyo schloss die Augen. »Meinen Freund. Danach hat sie mich gefoltert.« Er haspelte es schnell heraus, damit die Bilder nicht zurückkehrten. »Ich konnte entkommen. Alle paar Wochen lässt sie das *Libertinage* beobachten, aber ich kenne die Beobachtungsposten. Wenn ich sehe, dass sie besetzt sind, schleiche ich mich durch die Kanalisation, verändere meine Gestalt mit einem Zauber oder benutze einen geheimen Eingang.«

»Toll«, sagte Robin. »Und diese mordlüsterne Blondine weiß jetzt, dass Max ihr Großneffe ist? Die wirft doch direkt noch eine Träne in die Luft und kommt rüber!«

»Ehrlich gesagt fürchte ich das auch«, gestand Lenyo. »Aber eins nach dem anderen. Zuerst kümmern wir uns um die Jägerin, danach um einen sicheren Unterschlupf.«

»Was heißt in dem Kontext ›kümmern‹?«, fragte Robin. »Wieso erzeugen wir nicht noch ein Portal und werfen sie zurück auf die andere Seite? Vielleicht aus dem ersten

Stock eines Hauses, damit sie sich wenigstens ein Bein bricht oder so. Dann kann sie uns nicht mehr verfolgen.«

»Wir sind heute aber auf den Geschmack gekommen, was?« Max schüttelte den Kopf.

»Hast du eine bessere Idee?« Robin funkelte ihn herausfordernd an. »Ich habe nämlich genug von erwachenden Bilderportalen, Jäger-Vamps und Basic-Instinct-Blondinen.«

Lenyo hielt an und betrachtete die Fassade eines Gebäudes. »Wir sind da.«

»Oh, stimmt, ich wollte schon fragen, wohin wir eigentlich gehen«, sagte Robin.

Lenyo lachte leise. »Zu einem Freund von Lydic. Der wohnt ganz in der Nähe und hat das gleiche Haus auf beiden Seiten der Grenze gekauft. Dadurch kann er ungesehen hin und her wechseln. Er ist ein Dschinn.«

»Wohnt er in einer Lampe?«, fragte Max.

»Nicht ganz«, sagte Lenyo. »Er besitzt einen zweiten Körper und kann mit seinem Geist zwischen den beiden hin und her wechseln. Ist er auf der einen Seite, schläft sein Leib auf der anderen.«

»Wow, nice«, sagte Max.

Lenyo hämmerte mit der Faust gegen die Tür. Minuten vergingen, dann wurde das Licht angeknipst. Mit einem Ruck öffnete sich die Tür. Im Rahmen stand ein schlanker Mann mit dichtem, blau gefärbtem Haar. Er trug Skinny Jeans und ein buntes Hemd. »Lenyo, hey. Wie überaus überraschend. Rein mit euch.«

»Janus.« Er schenkte ihm ein Nicken. »Du wusstest, dass wir kommen?«, fragte er und betrat mit der Jägerin über der Schulter das Haus.

Als Max die Tür geschlossen hatte, warf Lenyo den Körper einfach zu Boden.

»Ich war gerade kurz drüben in meinem Erstkörper«, sagte der Dschinn. »Sie stürmen Lydics Haus. Alle möglichen Jäger und Fänger. Hat wohl mit ihr zu tun.« Er nickte in Richtung der Jägerin. »Die lässt du aber nicht da liegen, ja?«

Lenyo schnaubte und schubste sie mit dem Fuß an. »Wir brauchen eine Bindung, sonst greift sie uns nach dem Erwachen direkt an.«

»Diese Bitches sind schlimm«, sagte der Dschinn. »Und das ist genderneutral gemeint. Die kleben an deiner Ferse, bis sie dich flachgelegt haben.«

»Äh«, sagte Max.

»Ich mag ihn«, kam es von Robin.

»Bindungszauber«, sagte Lenyo ungeduldig. »Und hör auf, die Andersseiter zu verderben.«

»Ist ja gut. Pegel dein Testosteron runter und bring das Jägerflittchen ins Wohnzimmer. Das war auch genderneutral. Glaubt mir, die Jägerkerle können genauso was. Das Wohnzimmer ist oben.«

»Natürlich ist es das.« Lenyo schulterte die Jägerin erneut.

Janus genoss die Freiheit auf dieser Seite in vollen Zügen und wenn er seine Leidenschaft auslebte, war es ihm völlig egal, welchem Geschlecht jemand angehörte. Er mochte oberflächlich wirken, doch vermutlich war ihm die Seele einer Person wichtiger als jedem anderen, den Lenyo kannte. Dass er aufgrund seiner flamboyanten Art ständig in Schubladen gesteckt wurde, war ihm vollkommen egal.

Natürlich ließ der Dschinn ihm den Vortritt auf der Treppe und prompt begann er hinter Lenyo zu tuscheln. »Wie kommt Lenyo nur immer an diese perfekt sitzenden Hosen? Auf diesem Arsch kann man Äpfel zerschneiden.«

»Äh«, sagte Max.

»Keine Sorge, ich habe die Herzchen in deinen Augen gesehen, Andersseiter, ich denke nur laut«, kam es neckend von Janus.

»Und ich kann euch hören«, rief Lenyo.

Zu gern hätte er sich umgedreht und das mit den Herzchen in Max' Augen überprüft. Leider war die Jägerin zu schwer und die Treppe zu schmal.

Endlich erreichte er das Wohnzimmer. Im Kamin prasselte ein Feuer, an den Wänden hingen surreale Gemälde, die alle nackte Körper zeigten. Meist zwei davon, die in irgendeiner Form verschmolzen.

Dort legte er die Jägerin auf den Boden, dieses Mal etwas sanfter. Nicht dass sie durch die Erschütterung erwachte.

»Was ist eine Bindung?«, fragte Max. »Wird sie dabei in eine Lampe eingesperrt oder so?«

»Lass deine andersseitig-normativen Vorurteile stecken, ja?«, patzte Janus. »Woher kommen die, tausendundeine Nacht?«

»Äh«, sagte Max.

»Ist sein Sprachschatz immer so beschränkt?«, fragte Janus.

»Nur wenn er wach ist«, antwortete Robin.

Beide sahen sich an und brachen in Gelächter aus.

Max verschränkte die Arme. »Mal sehen, ob ihr immer noch kichert, wenn Tamyra hier auftaucht.«

Das fegte jedes Schmunzeln beiseite, selbst Robin wirkte plötzlich unruhig. Der Punkt ging eindeutig an Max. Ausnahmsweise war Lenyo dankbar für den Schrecken, der an Tamyras Namen haftete.

»Schon verstanden, Bindungszauber.« Der Dschinn stapfte davon und kam kurz darauf mit einer Schatulle zurück. »Praktischerweise ist meine Utensilienkammer voll. Habe ich gerade kürzlich aufgefüllt.« Er blickte lächelnd in die Höhe und verlor sich in Erinnerungen. »Da gab es diesen Twink aus dem Berghain, der stand auf Puppy Play …«

»Boah, Janus!«, fuhr Lenyo ihn an. »Eine Horde Jäger stürmt gerade Lydics Haus! Die da« – er deutete auf die schlafende Vertreterin besagter Zunft – »war uns so nah, dass sie Max, Robin und mich jederzeit wiederfindet. Sie muss sofort unter eine Bindung, bis wir sie gefahrlos loswerden können.«

»Es gab mal eine Zeit, da warst du nicht ständig auf der Flucht«, sagte Janus. »Cocktails bis zum Morgengrauen. Ich vermisse diesen Lenyo.«

»Ich auch«, gab er tonlos zurück. »Er ist zusammen mit Albiert gestorben.«

Der Dschinn seufzte. »Verstanden.« Sein Ton verlor jeden Unterton Flamboyance, die Körperhaltung wurde hart, wie auch die Gesichtszüge.

Janus hatte nicht nur zwei Körper, er hatte auch zwei Gesichter. Wie alle, die in diesem ewigen Krieg aus Unterdrückung ihre Seite gewählt hatten.

»Das wird jetzt ziemlich unangenehm.«

Janus öffnete die Schatulle.

16. KAPITEL

Lenyo warf einen misstrauischen Blick auf die Jägerin, während Janus die geöffnete Schatulle direkt neben sie auf das Parkett stellte. Ihre Augen waren noch immer geschlossen und sie atmete gleichmäßig. Ein paar Strähnen hatten sich aus ihrem Haarknoten gelöst und hingen ihr ins Gesicht.

Der Dschinn hantierte mit den unterschiedlich geformten Glasphiolen aus dem Kästchen. Einige davon waren mit buntem Pulver gefüllt, andere mit Flüssigkeiten, die an geschmolzene Bronze, an Blut oder an gewöhnliches Wasser erinnerten.

Seit Lenyo für den Widerstand arbeitete, war er ein paarmal Wesen begegnet, die gebunden worden waren. Wie man dies bewerkstelligte, hatte er noch nicht beobachtet. Vor Jahrhunderten, lange vor Erschaffung der Spiegelstadt, hatte das Feenvolk Bindungen oft benutzt, um sich Menschen als Diener gefügig zu machen. Inzwischen zählten sie jedoch zu den Verbotenen Zaubern.

»Was ist das?«, fragte Max angespannt, als der Dschinn eine großzügige Portion kalkfarbenes Absinth-Pulver in eine bronzefarbene Schale schüttete. »Tamyra hat es benutzt, und Lenyos Körper war plötzlich wie aus Stein.«

Janus verkorkte die Phiole und blickte Lenyo überrascht an. »Ihre Scheußlichkeit hat dich erwischt? Wie seid ihr davongekommen?«

Lenyo deutete auf Robin. »Sie hat den Bilderrahmen an

Lydics Wand zerschmettert, den Tamyra in ein Portal verwandelt hatte.«

Janus pfiff durch die Zähne. »Good Girl!« Er hob die Hand und Robin klatschte ab. Dann schüttete er ein paar Tropfen der bronzefarbenen Flüssigkeit auf das Pulver. Er deutete auf die Jägerin. »Ich brauch von ihr ein paar Haare.«

»Ich mach schon«, bot Lenyo an und hockte sich neben die bewusstlose Gestalt.

»Hier.« Janus reichte ihm eine Kosmetikschere.

»Wie viel«, fragte Lenyo, während er sich vorsichtig über die Jägerin beugte.

»Eine Strähne oder zwei«, antwortete der Dschinn leichthin.

»Was?!«

»Du kannst ihr auch gern die Schuhe ausziehen und ihre Fußnägel schneiden. Die tun's ebenso.«

»Igitt!«, beschwerte sich Max.

Lenyo schob kurzerhand eine der silbernen Scherenschneiden unter die Strähnen, die der Jägerin ins Gesicht fielen, und schnitt sie ab. »Reicht das?«

Janus nickte und griff mit spitzen Fingern nach dem ebenholzfarbenen Haar. Vorsichtig ließ er es auf das klebrige Gemisch in der Bronzeschale fallen, beugte sich darüber und murmelte ein Wort in einer fremden Sprache.

Mit einem Zischen gingen die Strähnen und die Bronzepulver-Emulsion in Flammen auf und der durchdringende Geruch von verbranntem Haar und heißem Metall verbreitete sich im Raum.

Max und Robin wichen gleichzeitig einen Schritt zurück.

Janus lächelte zufrieden und stand vom Boden auf.

Die orangerot lodernde Flamme erhob sich in die Luft,

verharrte auf Brusthöhe und begann sich um sich selbst zu drehen. Jetzt erkannte Lenyo deutlich einen filigranen Bronzering, um den winzige Flammen züngelten.

Trotz des Geruches trat Max wieder einen Schritt näher. »Und jetzt?«

»Jetzt warten wir, bis er abgekühlt ist.« Janus schloss die Schatulle, legte die Schale auf den Deckel und stellte beides auf einen Tisch, ohne den Ring weiter zu beachten. »Ihr könnt euch in der Zwischenzeit schon mal überlegen, wer das Teil tragen will.«

»Ich«, antwortete Lenyo sofort.

»Warum du?«, fragte Robin neugierig.

Janus fuhr sich durch den dunkelblau gefärbten Haarschopf. »Wer den Ring trägt, an den ist die Bitch gebunden.«

Max schnaubte. *»Mit diesem Ring nehme ich –«*

»Sprich es nicht aus«, unterbrach ihn Janus grob.

Max wurde rot. »Sorry. Hätte ich damit den Zauber zerstört?«

Der Dschinn winkte ab. »Nein. Aber das Eheversprechen ist heilig. Ich mag es nicht, wenn man darüber Scherze macht.«

Lenyo hob eine Augenbraue. »Dein Ernst? Seit wann?«

Janus funkelte ihn an. »Ich mag vielleicht nichts von der engstirnigen Vorstellung halten, dass eine Ehe immer nur von zwei Personen eingegangen werden kann oder dass sexuelle Treue mit emotionaler gleichgesetzt wird. Aber ansonsten finde ich diesen Menschenbrauch wirklich schön. Man verspricht sich, füreinander da zu sein in guten wie in schlechten Zeiten. Und …«

Lenyo hob abwehrend die Hände. »Schon gut, ich hab's kapiert.«

Der Dschinn räusperte sich. »Deshalb mag ich es nicht

sonderlich, für diesen Zauber einen Ring zu beschwören. Aber ich kann sie ja schlecht permanent an dich binden.«

Ein Schauer lief Lenyo das Rückgrat hinunter.

»Das geht?« Robin trat neben Max und betrachtete fasziniert den Ring.

»Es geht, ist aber nie eine gute Idee«, sagte Janus. »Mit einem Ring ist das einfach: Die Jägerbitch muss demjenigen gehorchen, der ihn trägt. Und wenn ihr die Bindung aufheben wollt, müsst ihr den Ring nur einschmelzen. Wenn ich die Pestbeule regulär an einen von euch gebunden hätte, dann wäre das Brechen des Zaubers deutlich schwieriger. Und unappetitlicher.«

»Wie –«, begann Robin.

Janus schnitt ihr das Wort ab. »Das willst du gar nicht wissen.«

»Wie lange dauert es denn, bis der Ring abgekühlt ist?«, wollte Max wissen. Er streckte vorsichtig den Zeigefinger danach aus, zog ihn jedoch zurück, als er den Flammen zu nahe kam. »Immer noch ziemlich heiß.«

Der Dschinn grinste. »Schätzchen, alles hier bei mir ist ziemlich heiß.«

»Janus«, mahnte Lenyo.

»Schon gut, schon gut. Die Sahneschnitte ist off Limits«, erwiderte er und beobachtete mit einem zufriedenen Grinsen, wie Max das Blut ins Gesicht stieg. »Auch wenn mir neu war, dass du auf Andersseiter stehst.« Der Dschinn wandte sich an Robin. »Dann fangen wir am besten mit dir an. Lust, mit mir in mein Schlafzimmer zu kommen und deine Kleider loszuwerden?«

»Entschuldigung?!«, protestierte Robin, während Max loshustete. Lenyo streckte bereits die Hand nach der Schulter des Dschinns aus, als dieser laut loslachte. »Eure Gesichter! Herrlich! Das war kein anzügliches Angebot. Ich meinte doch nur wegen eurer Klamotten.« Er deutete auf die Anzüge, die sie seit der Goldglanz-Party trugen. »Ich habe da hinten eine ganze Schrankwand voller … na ja, nicht unbedingt unauffälligerer Outfits, aber definitiv passenderer für diese Seite Berlins. Da ist definitiv auch was für euch dabei. Denn wenn ihr die Fetzen weitertragt, nehmen Tamyras Spürhunde garantiert sofort eure Fährte auf.«

Lenyo wollte widersprechen, musste sich dann allerdings eingestehen, dass ihr Gastgeber recht hatte. Selbst wenn Max und Robin den Zauber der goldenen Manschetten deaktivierten, haftete der Geruch eines kürzlichen Grenzübergangs noch an ihnen. Und er trug noch nicht einmal Manschetten. Die Jäger konnten hier zwar nicht in Massen herumschwirren wie auf der anderen Seite, aber falls ein paar von ihnen in der Gegend nach drei altmodisch gekleideten jungen Menschen fragten …

Ein hoher Pfeifton ließ alle bis auf den Dschinn zusammenzucken.

»Wunderbar«, sagte der. »Er ist abgekühlt.« Er zwinkerte Lenyo zu. »Versteh das jetzt nicht schon wieder falsch, aber darf ich um deine Hand bitten?«

Ehe Lenyo etwas sagen konnte, krachte einer der Fensterflügel gegen die Wand. Die Verglasung hielt, doch ein Windstoß peitschte ins Zimmer.

Diesmal war es Janus, der den spitzesten Schrei ausstieß.

»Der Ring!«, rief Robin erschrocken.

Der Reif fiel zu Boden, hüpfte über das Parkett und verschwand hinter hohen Blumenvasen. Gleichzeitig drehte sich die Jägerin stöhnend auf die Seite.

»Max!«, rief Lenyo, stürzte sich auf Tamyras Schergin und drückte sie zu Boden, ehe sie ganz zu sich kommen konnte. »Den Schlägel!«

Er hob die Hand, doch Max warf ihm die Waffe nicht zu, sondern kam damit direkt auf sie zu und holte aus.

»Du brauchst ihr nicht den Kopf einzuschlagen«, sagte Lenyo schnell.

Die Jägerin begann, gegen seinen Griff anzukämpfen.

Max klatschte ihr mit dem in Spitze eingewickelten Kopf des Plauener Schlägels an die Stirn. Nichts geschah. Die Jägerin begann zu knurren. Shit.

»Noch mal«, wies er Max an. »Robin, wir brauchen den Ring!«

Max schlug erneut zu, fester diesmal. Die Jägerin stieß ein wütendes Zischen aus, wurde jedoch nicht bewusstlos.

Lydic, dachte Lenyo frustriert. *Von wegen, der Schlägel war frisch aufgeladen!* Der Archivar hatte sich über den Tisch ziehen lassen. Max ließ die nutzlose Waffe fallen und half Lenyo, die Jägerin unten zu halten.

»Hab ihn!«, rief Robin triumphierend und richtete sich hinter den Blumenvasen auf.

Der Dschinn, Max und er selbst stießen erleichterte Geräusche aus. Janus nahm Robin das Schmuckstück aus der Hand und eilte durch den Raum. Während Lenyo noch auf dem Rücken der Jägerin kniete, um den sich stärker windenden Oberkörper nach unten zu pressen, steckte Janus ihm den schmalen Bronzereif an den Finger.

»Hör auf, dich zu wehren, Jägerin«, stieß Lenyo hervor, kaum, dass er das kühle Metall auf der Haut spürte.

Die Jägerin unter ihnen erschlaffte.

Alle atmeten auf.

»Bleib unten«, befahl Lenyo und sie standen auf.

Die Jägerin blieb heftig atmend auf dem Parkett liegen und funkelte ihn wütend aus nachtschwarzen Augen an. Eine von denen war sie also. Jetzt, wo er ihre Pupillen richtig sah, fiel ihm auch ihr spitzes Kinn auf. Unter den straff zurückgebundenen Haaren versteckten sich sicher ausgefranste Ohrmuscheln, die markantesten Erkennungszeichen einer Nachtmahr. Dass ausgerechnet eine wie sie für Tamyra arbeitete …

»Und jetzt?«, fragte sie giftig. »Ihr kommt nicht weit.«

»Du tust besser, was er dir befiehlt«, fuhr Robin sie an. »Lenyo, sag ihr, dass sie die Klappe halten soll.«

»Sei still«, befahl er.

Die Jägerin schien ihn mit einem Blick erdolchen zu wollen, blieb aber stumm.

»Irre«, murmelte Robin. »Sie muss jetzt alles tun, was du ihr befiehlst? Wirklich alles?«

Lenyo nickte. »Jedenfalls fast. Wir können ihr nicht befehlen, sich selbst von einem Hochhaus zu stürzen oder so. Und gerade ist sie geschwächt, das dürfte auch dafür sorgen, dass die gerade so handzahm ist.«

Hinter ihnen ließ sich Janus mit einem Stöhnen auf die Ledercouch sinken.

»Alles gut?«, fragte Max.

»Wenn man von der Tatsache absieht, dass eine Jägerin jetzt weiß, wo ich wohne.« Janus' Stimme troff vor Ironie.

Lenyo griff nach dem Schlägel. Obwohl er vermutlich nichts mehr taugte, bis er mit neuer Spitze bespannt wurde, wollte er ihn nicht in der Nähe seiner Gefangenen liegen lassen – gebunden oder nicht. Falls es ihr gelang, damit zuzuschlagen, konnte sie trotz der verbrauchten Magie eine Menge Schaden anrichten. Dann ging er zum Dschinn hinüber, ließ sich neben ihm auf die Couch sinken und tätschelte ihm beruhigend das Knie. »Ich befehle ihr einfach, dich nicht zu verraten.«

»Dein Befehl wird nichtig, sobald du den Ring einschmilzt«, erwiderte Janus.

»Uns fällt schon etwas ein«, versprach Lenyo. Er blickte

zu Max und Robin, die verloren im Raum standen. »Setzt euch.«

Die beiden suchten sich freie Sessel.

Gespannt starrten sie alle zur Jägerin.

»Wie heißt du?«, fragte Lenyo.

»Kalinda«, antwortete sie schroff.

»Wie hast du uns entdeckt?«

»Habe ich nicht.«

Lenyo verdrehte die Augen. »Weißt du, wer wir sind?«

Die Jägerin schob das Kinn vor. »Verräter.«

Er lachte auf. »*Wir* sind die Verräter? Guter Witz.«

Sie schwieg.

Janus lehnte sich gegen ihn. »Du hast ihr befohlen, still zu sein. Wenn du sie nichts fragst, wird sie stumm bleiben.«

Er nickte grimmig. »Gut.« Dann blickte er Kalinda fest in ihre pechschwarzen Nachtmahr-Augen. »Du kannst aufstehen.«

Sofort schoss die Jägerin in die Höhe.

»Stopp«, befahl Lenyo schnell und sie erstarrte wieder.

»Als wäre sie ein ferngesteuerter Roboter«, murmelte Max.

Lenyo musste ihm recht geben. Ihn hatte ihre Bewegung an die Porzellantänzerin auf der Spieluhr erinnert, die seine Schwester als Kind besessen hatte. Je nachdem, in welche Richtung man den kleinen Hebel an der Seite des Gehäuses drückte, hatte sie sich gedreht oder war in der Bewegung eingefroren.

Nachdenklich betrachtete er den Bronzereif an seinem Finger. Wenn er ehrlich war, gefiel es ihm nicht, solche Macht über ein anderes Wesen zu besitzen.

»Du wirst uns nicht angreifen, Kalinda«, befahl er ihr, ohne den Blick vom Ring zu nehmen. »Du wirst nicht versuchen, uns zu verraten, zu fliehen oder uns Schaden zuzufügen. Im Gegenteil.« Er lächelte versonnen. »Du wirst uns verteidigen, sollte es nötig sein. Du wirst für unsere Sicherheit sorgen und alles dafür tun, damit wir unentdeckt bleiben. Du wirst uns mitteilen, was uns nützlich sein kann, auch wenn wir nicht explizit danach fragen. Unter der Prämisse, dass du all dies befolgst, kannst du dich bewegen und mit uns sprechen. Solange du in unserer Nähe bleibst. Verstanden?«

»Ja. Soll ich euch auch den Arsch abwischen?« Ihre Schultern bebten.

Es war deutlich, dass ihr das alles nicht gefiel. Tja, da waren sie schon zu zweit. Aber eine andere Lösung fiel ihm nicht ein.

»Hab ich etwas vergessen?«, fragte er stattdessen Janus.

Der schüttelte den Kopf. »Es sei denn, du willst ihr das Schandmaul verbieten.«

Die Jägerin schnaubte. »Mauerscheißer!«

Der Dschinn stand auf und ging zu ihr hinüber. »So eine attraktive Frau und so eine hässliche Ausdrucksweise. Und furchtbar in die Jahre gekommen. Also dein Wortschatz, nicht du.«

Kalinda spuckte vor ihm auf den Boden.

Janus lachte nur. »Glaubst du, damit verletzt du mich? Ich hab schon Schlimmeres erlebt.«

»Was habt ihr jetzt mit mir vor?«, fragte sie.

Der Dschinn klatschte in die Hände. »Jetzt wird dir Lenyo befehlen, diese furchtbaren Klamotten gegen etwas weniger Peinliches einzutauschen. Schwarz ist so was von yesterday. Und vielleicht hebt ein bisschen Farbe dein Gemüt.«

17. KAPITEL

MAX

Du hättest auch einfach daheimbleiben können«, sagte Lenyo.

Janus zog einen Schmollmund. »Wieso sagst du nicht gleich, dass ihr mich nicht dabeihaben wollt?«

»Haben wir«, erwiderte Lenyo, »mehrmals. Du weißt schon: kleine Gruppe, agiles Vorgehen. Jede weitere Person könnte da zum Problem werden.«

Der Dschinn griff sich an die Brust. »Das ging direkt ins Herz.«

»Sitzt das nicht links?« Robin deutete mit dem Zeigefinger auf die andere Brust.

»Ich hab zwei«, erklärte Janus. »Und sie bluten jetzt beide.«

Max begnügte sich damit, zwischen ihnen hin und her zu sehen, während sie sich neckten. Viel mehr blieb auch nicht zu tun, die S-Bahn hielt an jeder Haltestelle. Da Magie unter Umständen von weiteren Jägern aufgefangen werden konnte, hatten sie darauf verzichtet, direkt beim Haus von Max' Großmutter einen Übergang zu öffnen.

»Alles klar?«, fragte Lenyo mit prüfendem Blick.

»Abgesehen von meinem anstehenden Erlösungstod durch Langeweile?«, gab die Jägerin zurück.

»Ich habe mit Max gesprochen«, stellte Lenyo klar.

»Konnte ich ja nicht wissen, bei deinem Silberblick.« Sie verschränkte die Arme und starrte gelangweilt durch das Fenster auf die vorbeiziehenden Häuserfronten.

»Mir geht's gut«, sagte Max.

Er spürte ein freudiges Kitzeln im Magen. Lenyo hatte sich nach seinem Befinden erkundigt. Überhaupt legte er zunehmend beschützerische Tendenzen an den Tag. Als Kalinda Max beim Treppenaufgang angeblich versehentlich angerempelt hatte, war es Lenyo gewesen, der ihn aufgefangen hatte. Die Jägerin war längst dabei, Schlupflöcher zu suchen, um die Regeln zu brechen.

So hatte sie Lenyos Blick in ihre Richtung als Aufforderung verstanden zu sprechen, obgleich er sie beim Einstieg in die Bahn angewiesen hatte, während der Fahrt den Mund zu halten. In ihrer Nähe fühlte Max sich zunehmend unwohl. Als handele es sich bei ihr um eine fragile Bombe, die jederzeit detonieren konnte.

Lenyo schlängelte sich zu ihm durch. »Du siehst nicht aus, als ob's dir gut geht.«

Die S-Bahn bremste und prompt rückte er noch ein wenig näher.

»Mir geht es super«, sagte Max grinsend. »Alles toll. Außer die Sache mit Tamyra. Und der Jägerin. Und … na ja.«

Was rede ich da?!

Rechts neben ihm erklang ein genervtes Seufzen, gefolgt von Würgegeräuschen.

Lenyo knurrte wütend. »Zwing mich nicht dazu, die Regeln zu verschärfen.« Er hob die Hand in die Höhe und wackelte mit den Fingern. Der goldene Bindungsring leuchtete im einfallenden Sonnenlicht.

Immerhin konnte niemand sie vom Rest der Fahrgäste unterscheiden. Die Jägerin trug schwarze enge Jeans, ein weißes Shirt und eine Lederjacke darüber. Janus hatte gemeint, dies erhielte ihren Grundstyle, pegelte die Aggression aber etwas nach unten.

Lenyo steckte in verschlissenen Jeans, Boots und trug über seinem Shirt eine Motorradjacke. Dazu der Dreitagebart. Am liebsten hätte Max ihn gepackt und leidenschaftlich geküsst.

Ihre Blicke trafen sich erneut.

Mit einem Ruck kam die Bahn zum Stehen.

»Endstation für uns«, sagte Robin mit einem verschmitzten Grinsen. »Oder wollt ihr bis Potsdam weiterfahren?«

Beinahe hätte Max Ja gesagt. Stattdessen verließ er gemeinsam mit der Gruppe den Waggon. Der Bahnhof roch nach dem typischen Einschlag von Gummi, dazu kam jedoch ein frischer Duft von Wald. Seltsamerweise beruhigte Max das Gemisch, es wirkte vertraut.

Ein leichter Wind kam auf, in der Luft lag der Geruch von Regen. Schließlich erreichten sie das Haus. Beinahe hätte Max geklingelt, doch dann holte ihn die Erinnerung schlagartig ein: Das hier war jetzt sein Haus. Einsam stand es auf einem 140 Quadratmeter großen Grundstück, umgeben von hohen Fichten und Tannen, dichten Ginsterbüschen. Zwei Stockwerke und der Speicher waren eigentlich zu viel für ihn allein. Er schaute an der Fassade empor. In das verzierte Mauerwerk hatte er als Kind immer Fantasiefiguren interpretiert. Wie sich zeigte, hatte er damit sogar richtiggelegen. Max zog den Schlüssel aus der Tasche.

»Du darfst wieder reden«, sagte Lenyo an die Jägerin gewandt. »Aber alle anderen Einschränkungen behalten Gültigkeit.«

»Wie nett du doch bist.« Kalinda maß ihn von oben bis unten. »Ich werde dich langsam töten.«

»Das haben schon andere gesagt.«

»Ich halte meine Versprechen.«

Es klackte, als sich die Eingangstür öffnete. Im Flur empfing Max der vertraute Geruch von Lavendel und Staub. Obwohl die Heizung nicht lief, wurde ihm umgehend warm.

»Schön hier«, sagte Lenyo.

Janus schnippte mit dem Finger. »Ich erkenne den klassischen Palastlook, wenn ich ihn sehe.«

»Echt?«, fragte Robin.

»Glaub mir, unser Königshaus ist wie die Windsors in eurem England«, erklärte er. »Da hat alles eine Epoche, einen Stil. Und die Herbsttöne hier, kombiniert mit dem Lavendelgeruch und diesen Goldkäferfiguren …«

»Oh, ja, der Lavendel.« Lenyo nickte eifrig.

»Was ist damit?« Max blickte sich mit gerunzelter Stirn um und sog die Luft durch die Nase ein.

»War mal total in«, erklärte Janus. »Gab Parfüms, Tees … alles Mögliche.«

»Und die junge Prinzessin hat es geliebt.« Der Dschinn hob die Arme und drehte sich einmal im Kreis. »Ihr Abdruck ist in alldem hier zu finden.«

Es war ein seltsames Gefühl, das in Max aufwallte. Dass alle hier mehr über seine Großmutter wussten als er selbst, schmerzte. Sie drangen in seinen persönlichen Bereich vor, nahmen ihm etwas weg. Er schüttelte den Kopf, um das Gefühl zurückzudrängen. Letztlich sprachen sie alle nur von irgendeinem idealisierten Bild, um das sich Mythen und Legenden rankten. Er war der Einzige, der seine Großmutter *wirklich* gekannt hatte.

»Eines muss dir klar sein«, sagte Lenyo und trat ganz nah zu Max. »Tamyra wird hier auftauchen. Jetzt, wo sie weiß, dass ihre Schwester auf dieser Seite gelebt hat, wird sie alles daransetzen, das Haus aufzuspüren. Uns bleiben ein paar Stunden, nicht mehr. Wenn es in diesen Mauern irgendwo eine Antwort darauf gibt, wer du bist, dann müssen wir sie jetzt finden. Deine Großmutter hat zweifellos damit gerechnet, dass das eines Tages geschieht. Sie muss Silbertränen zurückgelassen haben. Oder eine andere Art von Aufzeichnung. Nichts davon darf Tamyra in die Hände fallen.«

»Teilen wir uns doch einfach auf«, schlug Robin vor. »Hier gibt es ja grad keine Angreifer.«

»Gute Idee«, sagte Lenyo. »Max und ich bilden ein Team.«

»Eigentlich wollte ich …«, begann Robin.

Genervt stöhnte die Jägerin auf. »Oh, ja, wer darf Maximausi beschützen?«

»Keiner von euch muss das tun«, stellte Max klar. »Janus und ich bilden ein Team. Und Lenyo kann mit Robin suchen.«

Die Folge waren mürrische Gesichter, sah man von Janus ab, der zufrieden dreinblickte. Die Jägerin würde sich natürlich dem Ringträger anschließen.

»Wir nehmen den Speicher, ihr den Keller«, entschied Max.

»Aye, Sir Maximus.« Robin salutierte.

Daraufhin verpasste Lenyo ihr einen Stupser. »Mach dich nicht über ihn lustig.«

Max stapfte wortlos davon, darauf vertrauend, dass der Dschinn ihm folgte.

»Ich weiß nicht, warum du dich aufregst«, sagte Janus, während sie die knarzenden Stufen auf den Speicher stiegen. »Du hast eine BFF, die dir jederzeit den Rücken freihält. Und einen ziemlich hotten Typen, der an dein Höschen will. Das ist doch nice.«

»Noch ein Wort und du segelst rückwärts die Treppe nach unten«, blaffte Max, atmete dann aber tief ein und wieder aus. »Sorry. Ist gerade nur viel. Und irgendwie brauche ich momentan keine Sprüche.«

»Nein, wohl nicht. In einer Phase der Schwäche benötigen wir alle die Schulter zum Anlehnen. Aber wenn die Energie wieder da ist, wollen wir gefälligst unserer eigenen Wege gehen.«

»Bist du jetzt auch noch Psychologe?«

»Wo denkst du hin.« Janus winkte ab. »Nur bei Rollenspielen. Aber da geht es um ganz andere *Tiefen*analysen.« Er zwinkerte. »Dafür kann ich gut in die emotionalen Schattierungen von Menschenwesen vordringen. Und eigentlich von allen Wesen. Nur bei den Undinen ist das schwierig, die sind innerlich glitschig.«

Max öffnete die Tür am Ende der Treppe. Es quietschte, dann lag der Dachboden vor ihnen. Überall standen mit Tüchern abgedeckte Möbelstücke, Kartons, Kisten, eine ausrangierte Schneiderpuppe und allerlei Plunder. Staub und Spinnweben hatten diesen Ort schon lange erobert.

»Da werden wir kaum etwas finden«, sagte Max. Gleichzeitig sagte Janus: »Da ist etwas.«

Verwirrt blickte Max zu dem Dschinn. »Du kannst etwas spüren?«

»Ein Echo. Es ist sehr alt und verblasst, könnte aber durchaus eine Träne sein. Das kann ich erst sagen, wenn wir es haben.«

Zielsicher ging der Dschinn an einem alten, verhangenen Sofa vorbei, ignorierte eine Kommode und blieb vor einem Tisch stehen. Darauf stand ein rechteckiger Gegenstand, mit einem Tuch bedeckt. Max hatte keine Ahnung, worum es sich handelte, bis Janus mit einem Ruck daran zog. Staub wirbelte auf, Glas wurde erkennbar.

»Das ist das alte Terrarium«, flüsterte Max. »Darin hat Ducky gelebt.«

»Du hast eine Ente da reingesteckt?«, fragte Janus.

»Es war eine Schildkröte.«

»Wieso hast du sie Ducky genannt?«

»Ich war ein Kind«, sagte Max mit Nachdruck. »Da ist nicht immer alles logisch.«

»Aha. Nun, das Echo entstammt diesem Terrarium«, erklärte Janus. »Es ist keine Träne.« Er verengte die Augen. »Das ist … oh.« Er schluckte.

»Was?«, fragte Max.

»Woher hattet ihr Ducky?«

»Aus einer Zoohandlung«, erklärte Max.

Noch während er die Worte sprach, schob sich ein anderes Bild seiner Erinnerungen in den Vordergrund. Er selbst, der freudestrahlend in seinem Bett lag und nach seiner Großmutter rief. Sie kam hereingestürmt und sah die Schildkröte.

»Oh, Max«, hauchte sie.

»Darf ich Ducky behalten?«, hatte er gefragt.

Das Lächeln seiner Großmutter war von Schwere getränkt. »Ich werde deine Manifestation wohl kaum rückgängig machen können. Aber bevor du anfängst, dich für Dinosaurier zu interessieren, werde ich mich der Kräfte annehmen müssen.«

Stunden später waren sie in die Zoohandlung gefahren, hatten dort jedoch lediglich das Terrarium geholt, nicht die Schildkröte.

»Ich wollte unbedingt eine haben«, flüsterte Max, jetzt geistig wieder in der Gegenwart.

»Du hast dir eine manifestiert.« Janus nickte gewichtig. »Sie hat sich irgendwann aufgelöst, als du das Interesse verloren hast.«

Max zuckte entsetzt zusammen.

»Keine Sorge, es war kein echtes Tier. Nur eine seelenlose Manifestation«, versicherte Janus schnell. »Aber an der Stelle deiner Großmutter hätte ich da auch ein paar Sicherheitsmaßnahmen ergriffen. Sie ging davon aus, dass dein Leben ohne eine Berührung mit der anderen Seite verlaufen wird. Magische Fähigkeiten stören da nur, vor allem, wenn sie unkontrolliert sind.«

»Ducky«, sagte er leise und strich mit der Hand über das Glas des Terrariums. »Es ist also wahr. Ich bin ein Wesen eurer Seite.«

»Du hattest Zweifel?«

Max zuckte mit den Schultern. »Das alles wirkt so unwirklich. Selbst diese Erinnerung war irgendwie … falsch.«

»Natürlich«, sagte Janus. »Sie konnte doch nicht riskieren, dass du im Kindergarten erzählst, dass du Ducky herbeigezaubert hast. Vermutlich hat sie irgendeinen Glimmerstaub genutzt, um die Erinnerung zu variieren. Das ist sowieso recht simpel, solange sie nicht hinterfragt werden. Erinnerungen sind ja von Natur aus tückisch.«

»Was kann ich denn jetzt alles?«

»Momentan?«

Er nickte.

»Hauptsächlich Chaos anrichten«, sagte Janus.

»Damit hast du wohl recht.« Max ließ die Schultern hängen.

»Jetzt lass den getretenen Welpen stecken«, entgegnete Janus. »Das hier hat uns weitergebracht. Vielleicht haben die anderen ja eine der Tränen gefunden.«

Hatten sie nicht, wie sich kurz darauf herausstellte. Lediglich ein rostiges Fahrrad im Keller.

»Etwas ist da«, sagte Lenyo und nickte in Richtung der Jägerin. »Ihre Sinne konnten es auffangen. Doch es ist so gut verborgen, dass wir nicht herankönnen. Ich habe eine Idee.«

»Dachte ich mir schon«, sagte Janus.

»Es gibt jemanden, der uns helfen könnte. Die Gärtnerin.«

»Ohne mich.« Der Dschinn schüttelte entschieden den Kopf. »Sie und ich sind wie Feuer und Schießpulver.«

»Genau.« Lenyo nickte mit einem Grinsen. »Und weil sie auch nichts von Jägern oder Menschenwesen hält, gehen Max und ich allein.«

Max wollte gerade klarstellen, dass er doch ebenfalls ein Mensch war – was die Wesen der anderen Seite wohl als Menschen*wesen* bezeichneten –, schloss den Mund aber wieder. Letztlich war er eben keiner.

»Aber beeilt euch«, sagte Janus. »Die Uhr tickt.«

18. Kapitel

Als Kind hatte Max den Botanischen Garten regelmäßig besucht. Nicht nur mit der Schule; seine Großmutter war verliebt gewesen in das groß angelegte Freilaufgebiet im Südwesten Berlins, vor allem in den Duftgarten, in dem man manche Pflanzen sogar anfassen durfte, und in das Arboretum mit seinen unterschiedlichen Baumarten. Letzteres hatte Max immer etwas seltsam gefunden, lag ihr Zuhause am Stadtrand doch selbst gefühlt mitten im Wald. Als er jetzt an der Seite von Lenyo einem schmalen Weg Richtung Gewächshäuser folgte, fragte er sich, ob sich seine Großmutter hier unbemerkt von ihm mit anderen ihrer Art ausgetauscht hatte. War Lydic nicht davon überzeugt gewesen, dass sich im Botanischen Garten Blütenelfen versteckten?

Die Strahlen der Spätnachmittagssonne wurden vom Blätterdach über ihren Köpfen gefiltert und besprenkelten den Weg mit einem Licht- und Schattenmuster.

»Erschrick nicht, wenn wir die Gärtnerin treffen«, sagte Lenyo.

»Warum?«, fragte Max.

»Sie ist eine Dryade«, antwortete er, als würde das alles erklären. Max wollte ihn schon darauf aufmerksam machen, dass er zwar theoretisch wusste, was eine Dryade war – eine Art Baumgeist –, aber keine Ahnung hatte, was genau ihn daran erschrecken sollte, da sprach Lenyo von selbst weiter: »Sie gehören zu den Feenwesen, die sich äußerlich etwas stärker von Menschen unterscheiden als du oder ich.«

Max' Magen kribbelte. Die Vorstellung, selbst zum Teil nichtmenschlich zu sein, fühlte sich seltsam an.

»Ihre oberste Hautschicht besteht aus Borke und ihre Haare haben die Farbe von Laub: grün, wenn sie jung sind, goldgelb oder rötlich, wenn sie älter werden, manchmal auch grau.«

Max' nickte. »Ich glaube, ich habe heute Morgen ein paar Dryaden gesehen. In der Spiegelstadt, als wir auf dem Weg zu Lydic waren.«

»Kann sein.«

»Sie sind ziemlich groß, nicht wahr? Und extrem schlank.« Tatsächlich hatten die beiden Gestalten, an denen sie am Morgen vorbeigekommen waren, auf Max ungesund hager gewirkt.

»Dann waren das wahrscheinlich Birkendryaden«, sagte Lenyo. »Die fühlen sich recht wohl in der Innenstadt. Dryaden sehen aber nicht alle gleich aus. Es kommt auf die Pflanzengattung an, zu der sie gehören.«

Sie traten aus dem Schatten der Bäume auf eine Freifläche. Zu ihrer Rechten lagen die Gewächshäuser. Es mussten sicher ein Dutzend sein. Sie besaßen hohe Kuppeldächer und ihre zahllosen Glasscheiben waren in ein netzartiges weißes Stahlkonstrukt eingepasst.

Lenyo strebte auf einen größeren Bau in der Mitte zu. Als Max zu ihm aufschloss, streifte sein Arm den des anderen. Er schielte auf den Ringfinger seines Begleiters, dort, wo bis vor Kurzem der gleißende Ring gesteckt hatte. »Glaubst du, die anderen kommen mit Kalinda zurecht?«

»Janus sieht vielleicht aus wie eine halbe Portion, aber er weiß sich schon zu helfen.«

»Das glaube ich sofort. Wie habt ihr euch kennengelernt? Wart ihr mal …?« Er ließ den Satz unvollendet.

Zu seiner Erleichterung schüttelte Lenyo den Kopf.

»Nein. Lydic hat ihn vor Jahren mal mit ins *Libertinage* geschleppt. Er und Yelna waren aber eine Zeit lang zusammen.«

»Deine Schwester und Janus?«

Lenyo nickte. »*Sie kratzten und sie liebten sich.* War ein ganz schönes Auf und Ab mit den beiden. Langfristig hat es leider nicht geklappt. Aber sie mögen sich noch immer.«

Er kramte in seiner Jackentasche nach der Geldbörse, in die er die Eintrittskarten für das Gewächshaus gesteckt hatte.

Im Inneren der Glaskonstruktion war es extrem schwül. Max pellte sich aus dem grauen Sweater, den er vor ihrem Aufbruch über das T-Shirt gezogen hatte, und schaute sich um. Die Gewächshäuser hatten seine Großmutter und er nie besucht. Ein Großteil des Bodens des Gebäudes bestand aus künstlichen Teichen, auf denen riesige Seerosenblätter und Teppiche aus leuchtend grünen Wasserhyazinthen schwammen. Schlingpflanzen rankten sich bis unter das Glasdach und in der Mitte des Beckens wucherte ein kleiner Mangrovenwald. Schmale Wege führten zwischen der Wasserfläche und den Glaswänden des Gewächshauses entlang, und die einfallende Sonne verstärkte die Hitze im Inneren.

Ob sich so Ducky gefühlt hat?, fragte Max sich unwillkürlich, als er sich den Schweiß von der Stirn wischte. Außer Lenyo und ihm spazierten nur wenige Besucher durch die künstlich angelegte Tropenwelt. In einem Wasserbecken stand ein dunkelhaariger Mann in hohen Wattstiefeln und kümmerte sich um irgendeine Sumpfpflanze, die leuchtend rot blühte.

»Wie kann eine Dryade hier als Gärtnerin arbeiten?«, flüsterte Max. »Das muss doch auffallen.«

»Erstens arbeitet Klytaimnestra nicht offiziell als Gärtnerin hier«, antwortete Lenyo. »Zweitens benutzt sie natürlich eine Illusion, wenn sie sich im offiziellen Teil des Gebäudes aufhält.«

»Im offiziellen Teil des Gebäudes?«, fragte Max.

Lenyo wackelte vielsagend mit den Augenbrauen. »Komm mal mit.«

Er führte ihn direkt auf eine dichte Pflanzenwand zu, die an der hinteren Glasfassade des Gewächshauses emporkletterte. Auch als sie fast davorstanden, verlangsamte er seine Schritte nicht.

»Lenyo ...«, protestierte Max.

»Vertrau mir«, raunte der ihm zu, griff nach Max' Hand und zog ihn mit sich, mitten hinein in die Pflanzenwand.

Max spürte fleischige Blätter tropischer Pflanzen über das Gesicht streifen, seine Schuhe sanken in weiche Pflanzenerde ein. Ein unangenehm fauliger Geruch stach ihm in die Nase. Dann stolperte er aus dem Pflanzendschungel und kam neben Lenyo am Fuß eines hölzernen Stegs zum Stehen, der einen halben Meter über dem Boden durch einen schmalen, langen Glasgang führte. Das Gewächshaus war an der Pflanzenwand gar nicht zu Ende gewesen, sondern setzte sich auf dieser Seite fort.

»Krass«, entfuhr es Max und er blickte zurück zu dem Dickicht, durch das sie gekommen waren.

»Keine Angst«, sagte Lenyo. »Niemand hat uns gesehen. Und niemand kann uns hier hören.«

»Sind wir wieder in der Spiegelstadt?«, fragte Max, obwohl ihm klar war, dass das eigentlich nicht sein konnte. Lenyo hatte keine seiner goldenen Tränen benutzt.

»Nein. Der Eingang und dieser Teil des Gebäudes sind allerdings durch starke Illusionszauber geschützt.«

Max nickte, obwohl er nur die Hälfte von dem, was Lenyo erzählte, verstand. »Und hier finden wir die Gärtnerin?«

»Das ist ihr Revier.« Lenyo betrat den Holzsteg.

Max folgte ihm. Hier war die Luft nicht so schwül wie im vorderen Bereich, was das Atmen deutlich erleichterte. Auch der Pflanzenbewuchs war hier ein gänzlich anderer. Er entdeckte blass blühende Kletterrosen, Orchideen, sonnengelbe Engelstrompeten und Stiefmütterchen. Schneeglöckchen wuchsen im Schatten winziger Eukalyptusbäumchen, als scherte sich hier nichts um Witterungsbedingungen oder die Jahreszeit. Zu ihrer Rechten gediehen Pflanzen, die Max an Tulpen erinnerten, deren Blütenkelche jedoch von innen heraus leuchteten. Er zupfte Lenyo am Oberteil und deutete darauf. »Was ist das?«

Lenyos Gesicht hellte sich auf. »Wow, die sind neu. Von denen gibt's selbst auf unserer Seite nicht mehr viele. Ich dachte, die wachsen nur in der Anderswelt. Klytaimnestra versteht ihr Handwerk.«

Sie hatten die Holzbrücke zur Hälfte überquert, als Max spürte, wie ihn jemand auf die rechte Schulter tippte. Überrascht drehte er sich um und sah, wie das Ende einer Liane vor ihm in der Luft hin und her tanzte. Sie hatte den Durchmesser eines Gartenschlauchs, war mindestens ebenso lang und ihre Bewegungen erinnerten ihn an die einer Schlange. Hatte die Pflanze gerade versucht, ihn auf sich aufmerksam zu machen?

»Krass. Len...«

Sofort schoss die Liane nach vorn, wickelte sich um seinen Hals und zog sich zusammen. Max versuchte, den Pflanzenstrang zu packen, um den Würgegriff zu lockern, doch die Oberfläche war hart und rau. Keine Chance. Er brauchte Hilfe. »Lkkkrrchchhhh«, war alles, was er hervorbrachte.

Hinter sich hörte er Lenyo fluchen.

Von der Decke peitschten mehrere Lianen auf sie herunter und griffen an. Sie wickelten sich um Max' Bauch, seine Arme und um sein rechtes Fußgelenk. Er geriet ins Schwanken und verlor das Gleichgewicht, doch die Stränge hielten ihn aufrecht und verstärkten unerbittlich den Druck. Die verdammten Dinger wollten ihn umbringen! Und je mehr er sich gegen sie wehrte, desto enger zogen sie sich.

Was Lenyo trieb, konnte Max nicht sehen. Alles, was er hörte, war dessen Keuchen und das Geräusch von Blättern und Pflanzenstielen, die durch die Luft peitschten, über das Holz der Brücke kletterten und aneinanderrieben.

»Klytaimnestra!«, hörte er Lenyo endlich rufen. Seine Stimme klang rau. Hatte auch er sich aus dem Würgegriff einer Schlingpflanze befreien müssen?

Eine der Engelstrompeten, die neben der Holzbrücke wuchsen, schwang zu Max herum und richtete ihren Blütentrichter genau auf sein Gesicht aus.

Seine Augen weiteten sich – dann presste er sie gerade noch rechtzeitig zusammen, ehe die Pflanze ihm eine Wolke Blütenpollen ins Gesicht spie. Sie legten sich auf seine Haut, drangen in seine Nasenlöcher ein und versuchten, ihn zum Niesen zu bringen. Max mühte sich, den Reiz zu unterdrücken, da er Angst hatte, sein Kopf würde dann explodieren. Seine Sicht begann sich einzutrüben.

»Nessie!«, hörte er Lenyo. Es kam ihm vor, als dringe seine Stimme wie aus weiter Ferne zu ihm. »Ich bin's. Der Obsidianfalke!«

Das Würgen der Pflanzenstränge hörte augenblicklich auf. Max sog gierig Luft in die Lunge, Blütenstaub drang mit ein und er musste husten. Panik drohte ihn zu überrollen, während die Lianen sich zurückzogen, er nach hinten taumelte und schließlich auf seinem Hintern landete.

Wieder spürte er eine Berührung an der Schulter und zuckte zusammen. Diesmal war es Lenyo. »Versuch, langsam und gleichmäßig zu atmen.«

Das war leichter gesagt als getan. Max' ganzer Brustkorb stand in Flammen.

»Gut so«, lobte Lenyo und wischte ihm mit der Jacke vorsichtig das Gesicht ab. »Geht's wieder?«

»Ich hab ...«, würgte Max hervor, »Blütenpollen ...«

»Die sind harmlos«, erklang eine tiefe Frauenstimme.

Max drehte den Kopf und sah, dass einige Schritte entfernt eine Feenfrau auf der Brücke erschienen war. Sie besaß eine graubraune Borkenhaut, hatte kurz geschnittene Haare und stechend grüne Augen, die überraschend groß wirkten. Ob sie das tatsächlich waren oder ob das an den Gläsern ihrer erdbeerroten Hornbrille lag, konnte Max nicht sagen. Die Frau war kleiner als die Dryaden, die sie in der Spiegelstadt passiert hatten, und etwas stämmiger um die Hüften. Ihre Füße steckten in hohen Gummistiefeln, sie trug eine blaue Latzhose und quietschgelbe Handschuhe. Das musste die Gärtnerin sein.

»Sind Engelstrompeten nicht giftig?«, krächzte Max und rieb sich den Hals.

Lenyo kauerte neben ihm und warf der Dryade einen bösen Blick zu.

Klytaimnestra zuckte mit den Schultern. »Ja. Aber mein Schätzchen hier ist eine *kónos neráidas*, ein Feenkegel. Die benutze ich nur, um Menschen zu betäuben, die versehentlich hier reinstolpern.«

»Wie beruhigend«, murmelte Max und ließ sich von Lenyo auf die Beine ziehen.

»Entschuldigt die stürmische Begrüßung, ich habe heute nicht mit Besuch gerechnet.« Die Gärtnerin klang überhaupt nicht so, als ob ihr irgendetwas leidtäte. Sie wandte sich an Lenyo. »Du stinkst nach Feuerzauber. Das mögen meine Pflanzen nicht.«

»Ich brauchte einen kleinen Bindungszauber.« Die Dryade sah zu Max. Was immer sie vermutete, Lenyo korrigierte sie nicht. »Janus hat mir geholfen.«

Klytaimnestra verdrehte die Augen. »Hör mir auf mit diesem doppelzüngigen Pyromanen.« Sie drehte sich um und bedeutete ihnen, ihr zu folgen.

»Pyromane?«, flüsterte Max Lenyo zu.

»Das darfst du nicht wörtlich nehmen«, erklärte der ihm leise. »Dschinnzauber funktionieren dann besonders gut, wenn Feuer involviert ist. Das mögen Dryaden nicht besonders.«

Verständlich, dachte Max und folgte Lenyo und der Gärtnerin. Am Ende der Holzbrücke teilten sich wie von selbst die Zweige einer Oleanderhecke und ließen die drei in einen kleinen Arbeitsraum, in dem auf einem Holztisch verschiedene Blumentöpfe und Kübel mit Pflanzenerde standen. Offensichtlich hatten sie die Dryade beim Umtopfen gestört. Seelenruhig zog Klytaimnestra die Handschuhe aus, griff nach einer goldglänzenden Schaufel und machte sich wieder an die Arbeit.

»Und?«, fragte sie und musterte Lenyo über ihr Brillengestell hinweg. »Was willst du diesmal?«

»Nur ein paar Tröpfchen Heimbürger-Tinktur.« Lenyo knipste sein strahlendes Lächeln an, doch Klytaimnestra war dagegen offensichtlich immun.

Sie schnaubte. »Nur ein paar Tröpfchen? Weiter nichts?«

»Bitte, Nessie.«

»Komm mir nicht mit Nessie! Dieser Spitzname ist

nicht mehr halb so charmant, seit ich herausgefunden habe, was für ein Wesen ihn noch trägt.«

Max' Mundwinkel zuckten.

»Findest du das witzig?«, herrschte ihn die Dryade an.

Schnell schüttelte er den Kopf.

Klytaimnestra stützte sich mit ihren Borkenhänden auf dem Tisch ab. »Habt ihr beiden überhaupt eine Ahnung davon, wie schwierig es geworden ist, Heimbürger-Tinktur herzustellen? Dafür muss ich mindestens ein halbes Dutzend Feenpflanzen destillieren, und die meisten davon wachsen auf dieser Seite der Grenze mehr schlecht als recht.«

Lenyo ließ nicht locker. »Aber du hast welche?«

»Wenn ihr das nötige Kleingeld dabeihabt. Die Tinktur gibt's nicht für ein paar Fetzen.«

»Was das angeht ...« Lenyo kehrte die Taschen seiner Jeans nach außen und zeigte so, dass sie völlig leer waren.

Die Gärtnerin seufzte. »Sag mir nicht, du bist ohne Geld gekommen.«

Lenyo trat auf die andere Seite des Tisches und begann, einen der Blumentöpfe hin und her zu drehen. »Wenn du mir heute hilfst, Nessie, dann bringe ich das nächste Mal, wenn ich auf diese Seite komme, ein paar astreine Pflanzensamen mit.«

Die ohnehin riesigen Augen der Dryade wurden bei Lenyos Worten noch größer.

»Du kannst dir die Sorte aussuchen«, lockte Lenyo. »Sind wir im Geschäft?«

Klytaimnestra zögerte nur eine Sekunde. Dann streckte sie ihm die Hand entgegen. Die Gelenke ihrer Finger erinnerten Max an Baumknoten.

Nachdem die beiden die Details ihrer Abmachung geklärt hatten, ging Klytaimnestra zu einem Apothekerschränkchen, das hinter ihr stand, und zog zielgerichtet eine der unzähligen Schubladen auf. Mit einem winzigen Glasfläschchen kam sie zu ihnen zurück.

»Das ist alles, was ich noch habe«, sagte sie. »Vergeudet es nicht.«

Lenyo nickte und steckte das braune Fläschchen in die Hosentasche. »Danke, Nessie.«

Sie schnaubte nur und betrachtete Max neugierig. »Wer bist du eigentlich?«, fragte sie. »Irgendwie kommst du mir bekannt vor.«

Max lächelte sie unsicher an. »Ich glaube nicht, dass wir uns schon einmal getroffen haben.«

»Sicher nicht«, mischte sich Lenyo ein. »Ich habe ihn gerade erst über die Grenze gebracht.«

Der Gesichtsausdruck der Dryade wurde mitleidig. »Flüchtling?«

Max zog es vor, nicht zu antworten.

»Überleg dir gut, ob du das wirklich durchziehen willst«, riet sie ihm. »Auf dieser Seite der Grenze ist auch nicht alles so rosig, wie wir uns das ausgemalt haben. Wenn ich damals –«

»Und zu Hause ist es sicher nicht so rosig, wie du es in Erinnerung hast«, unterbrach Lenyo sie schroff. »Wir haben nicht viel Zeit, Klytaimnestra. Ich danke dir für deine Hilfe. Wir sehen uns in ein paar Wochen.«

Verschiedene Gefühlsregungen huschten über das Gesicht der Dryade. Max konnte sie nicht deuten. Sie zog es allerdings offenbar ebenso wenig wie Lenyo vor, dieses Gespräch fortzusetzen.

»Ich kann es kaum erwarten«, sagte sie mit ironischem Unterton.

Lenyo zwinkerte ihr zu. »Na, komm schon, Nessie. In Wahrheit bist du doch froh, dass ich immer wieder bei dir hereinschneie.«

Sie nahm noch einmal Max ins Visier. »Überleg es dir gut, wie nah du ihn an dich heranlässt«, warnte sie. »Der macht mehr Probleme als Mehlstaub.«

»Danke«, erwiderte er verlegen und ließ es offen, ob dies der Heimbürger-Tinktur oder dem Rat der Dryade galt.

»Auf jetzt«, forderte Lenyo ihn auf, ehe Klytaimnestra noch etwas hinzufügen konnte. »Bevor es endgültig dunkel wird.«

Sie nickten der Gärtnerin noch einmal zu, dann wandten sie sich ab und machten sich auf den Heimweg.

»Vergesst meine Samen nicht«, rief die Dryade ihnen hinterher, ehe sie durch die Wand aus Pflanzen zurück in den gewöhnlichen Teil des Gewächshauses verschwanden.

19. KAPITEL

KALINDA

Kalinda betrachtete die plappernde Andersseiterin und stellte sich vor, ihren Hinterkopf zu packen. Der Klang, wenn das Gesicht gegen die Wand knallte, wäre wunderbar beruhigend.

»Denk nicht mal dran«, sagte Janus.

»Ach«, patzte sie zurück, »soll euer Sklavenring mir nun auch das Denken verbieten?«

»Es sind sowieso nur Träume, die niemals in Erfüllung gehen, Schätzchen.« Er zwinkerte ihr zu. »Ein paar davon hättest du im Berghain sicher besser ausleben können.«

»Tamyra wird euch einen schmerzhaften Tod bescheren.«

Janus winkte gelangweilt ab, woraufhin sie sich direkt daranmachte, eine neue Todesart für ihn zu ersinnen. »Was wird sie wohl mit dir machen?«, gab er zurück. »Versagen kommt nicht so gut bei unserer hochwohlgeborenen Superbitch.«

Zugegeben, da hatte er recht. Kalinda musste sich eingestehen, dass ihre Arbeit für Tamyra eher suboptimal verlief.

»Tamyra ist in ihrer Weisheit unfehlbar«, stellte Kalinda klar.

»Die ist ja echt total durch«, kommentierte diese Robin.

Testweise tat Kalinda einen Schritt mit der deutlichen Vorstellung, die Anderweltlerin zu packen und … Ihr

Körper stoppte. *Dann werde ich sie eben nur ordentlich verdreschen.* Keine Chance. Sie fokussierte sich auf einen sanften Schlag gegen die Nase. Noch immer hielt die Bindung sie davon ab.

Kalinda seufzte.

In ihren Gedanken sah sie sich selbst, wie sie Robin sanft streichelte.

Prompt funktionierte ihr Körper wieder und sie taumelte nach vorn. *War ja klar.*

Janus sprang sofort in Abwehrhaltung.

»Ist da jemand überängstlich und vertraut seinen eigenen Zaubern nicht?« Kalinda verzog die Lippen zu einem höhnischen Lächeln. »Glaub mir, sobald ich diesen Zauber los bin, hast du allen Grund, für den Rest deines Lebens wachsam zu sein.«

»Dann verkürzen wir doch einfach deines, schon kann ich wieder friedlich Orgien feiern.«

»Leute, könnt ihr jetzt mal damit aufhören?«, rief Robin.

Verblüfft sah Kalinda sie an. Hatte diese Andersseiterin es gerade gewagt, sie anzubrüllen? »Du wagst es …«, krächzte sie.

»Schnauze!«

Kalinda schwieg. Was eigentlich absolut undenkbar war. Dafür hasste sie alle noch mehr.

»Mein bester Freund ist gerade irgendwo unterwegs und holt ein seltsames Kraut bei einem magischen Wesen«, sagte Robin. »Und wir sitzen hier an dem Ort, den diese Tamyra unbedingt finden will. Ich brauche nicht noch mehr …« Sie fuchtelte mit der Hand in Richtung von Kalinda und Janus. »… davon.«

»Wovon?«, hakte der Dschinn zuckersüß nach.

»Janus.« Die Drohung war deutlich.

»Ist ja gut, ich bin für ein paar Minuten der good Dschinn. Obwohl mir der bad Dschinn immer viel mehr Spaß macht.«

Ob die Andersseiterin eine Kriegerin war? Kalinda hielt das durchaus für möglich. Ihr Mut war beeindruckend. Kaum jemand wagte es, eine Jägerin anzuschreien. Und bei Lydic hatte sie auch ihre Frau gestanden. »Ich bin Kalinda die Großjägerin, niemand befiehlt mir!«

Robin zog lediglich die Augenbraue in die Höhe.

»Niemand befiehlt mir, wenn ich nicht versklavt bin«, ergänzte Kalinda schnell. »Auch keine Andersseite-Kriegerin.«

»Bitte was? Wovon redest du da?«

Janus seufzte. »Sie versucht sich einzureden, dass du eine Kriegerin bist. Dann kann sie später, wenn sie den Ring los ist und uns alle umgebracht hat, eine großartige Schlacht daraus machen. Sie hat böse Andersseiter besiegt, Krieger der Dunkelheit, die das Licht von Tamyra … jada, jada, jada.« Er wedelte mit der Hand.

Sie würde dem Dschinn genau diese Hand brechen.

»Also mit der Kriegerin liegst du falsch«, sagte Robin und verschwand in die Küche.

Janus hatte seine Position auf der Couch – liegend – sowieso nie verlassen. Kalinda stand mit verschränkten Armen an der Wand des Wohnzimmers und dachte nicht daran, sich irgendeine Blöße zu geben.

»Was zu trinken?« Robin kehrte mit einem Tablett zurück, auf dem drei Gläser standen.

Kalinda würde sie mit dem Tablett verprügeln. »Ja.« Frau musste schließlich hydriert bleiben, um alle am Ende zu töten.

Sie trank in kleinen Schlucken, nachdem auch der Dschinn ein Glas geleert hatte. Es gab Hunderte geruch-

und farblose Gifte. Hier schien keines enthalten zu sein. Weichlinge.

»Man kann wohl sagen, dass ich das Gegenteil einer Kriegerin bin«, erklärte Robin. »Ich habe vor fünfzehn Jahren einen Blog aufgezogen, auf dem ich Artikel geschrieben habe. Aufrüttelnde, regierungskritische … ihr wisst schon, Gesellschaft hinterfragen und so was.«

»Eine Revoluzzerin«, sagte Janus. »Nice.«

»Pff«, kommentierte Kalinda.

Robin lachte bitter auf. »Wohl kaum. Ich hab ein paar Jahre später damit angefangen, meine Artikel größeren Zeitschriften anzubieten. Einige davon wurden sogar genommen. Dann sind die falschen Leute auf mich aufmerksam geworden.« Sie schluckte. »Sie haben mir aufgelauert.«

Kalinda wollte etwas Gemeines sagen, doch die Worte drangen nicht über ihre Lippen. Sie erinnerte sich nur allzu gut an jene Kindertage, in denen sie im Dreck gelebt hatte. Kampf um Essen, Kampf um frisches Wasser. Kaum jemand hatte eine Ahnung, wie gnadenlos Kinder und Jugendliche unter sich sein konnten. Es waren fünfzehn gewesen, die ihr aufgelauert hatten, nachdem sie an einem Stand erfolgreich einen Laib Brot gestohlen hatte. Stöcke, Peitschen, rostige Klingen. Irgendwann hatte Kalinda nur noch ihr Messer geschwungen, war ausgewichen und hatte zugestoßen. Der Tag endete damit, dass Kalinda in Blut stand und ihr Brot aß. So hatte die Oberste Jägermutter sie gefunden. Kalinda war ausgebildet worden, hatte den Weg jener bestritten, die die Mächtigen verteidigten.

»Ich habe mich gewehrt, aber am Ende lag ich verkrümmt am Boden«, sprach die Andersseiterin weiter. »Sie haben mir zwei Rippen gebrochen und die Hämatome haben dafür gesorgt, dass ich ausgesehen habe wie ein aufgequollener Hamster.«

»Wurden sie erwischt?«, fragte der Dschinn.

Die Andersseiterin schüttelte den Kopf. »Danach habe ich aufgehört, Artikel zu schreiben.«

»Du hast aufgegeben?«, fragte Kalinda fassungslos.

Aufgeben war gleichbedeutend mit dem Tod. Die Schule für Jägerinnen und Jäger duldete kein Versagen und nicht wenige Schüler starben bereits im ersten Jahr, wenn die Bestrafungen begannen.

Es gab Aufträge, bei denen Herrenhäuser infiltriert werden mussten. Wurde man dabei erwischt oder löste eine der tödlichen Fallen aus, war es das.

Nur eine Handvoll erreichte mit dem Großen Kampf den Abschluss. Da untereinander eine immense Konkurrenz herrschte, gab es nur eine Bindung: die zur Großen Jägermutter und deren Regeln. Als Tamyra eines Tages gekommen war, um neue Jäger für den Palast zu rekrutieren, hatte Kalinda es geschafft, aufgenommen zu werden. Die Große Jägermutter hatte ihr die Hand auf die Stirn gelegt und in der Erhabenheit des Augenblicks hatte Kalinda den Stolz gespürt, der von der alten Frau ausging.

Es war der glücklichste Moment in ihrem Leben gewesen.

»Was tust du denn jetzt?«, fragte Janus. »Um deinen Lebensunterhalt zu verdienen, meine ich.«

»Ist ja alles schon einige Jahre her«, sagte die Andersseiterin. »Ich arbeite jetzt im sozialen Bereich. Menschen helfen, die abgestürzt sind, Familien wieder zusammenführen.« Bei diesen Worten bekamen ihre Augen einen sehnsüchtigen Glanz. »Es gibt nichts Schöneres.«

Kalinda machte ein würgendes Geräusch. »Deine Schwäche ist ekelhaft.«

Robin zuckte zusammen.

Janus seufzte genervt. »Und da ist sie wieder, die Königin des schlechten Timings und der noch schlechteren Manieren.«

»Ich bin nur ehrlich«, stellte Kalinda klar. »Auf unserer Seite hätten sie dich nicht liegen lassen. Du wärst von Messern aufgeschlitzt worden. Sie hätten deinen blutigen Kadaver am Morgen in irgendeiner Grube verscharrt.«

»Das sagt mehr über euch aus als über mich«, stellte Robin klar. »Ihr habt eine gnadenlose Welt geschaffen, in der nur der Stärkere überlebt. Aber in vielen Wesen, deren Äußeres schwach wirkt, steckt so viel mehr. Kreativität, Tiefgang, Ideen ... sie können eine Welt verändern. Stattdessen werden sie weggeworfen, weggesperrt und vergessen. Ich hoffe wirklich, dass du eines Tages deinen Irrtum erkennst, Jägerin. Dann wird der Schmerz eines Lebens voller falscher Entscheidungen dich zerstören, ohne dass eine Klinge dich berührt.«

Kalinda starrte die Andersseiterin verwirrt an. Sie sprach wie eine Kriegerin, gestand aber doch ihre Schwächen ein. Wieso tat sie das?

»Trink dein Wasser und erspare uns eine Antwort«, sagte Janus. »Punktesieg für die Andersseiterin in der rechten Ecke, k. o. in der dritten Runde.«

Robin grinste verschmitzt und die Erinnerungen wichen aus ihrem Blick. Nur ein Schatten blieb daran haften. Das Echo von altem Schmerz, der nie ganz gewichen war.

Kalinda nahm es zur Kenntnis. Jede Art von Wesen ließ sich durch Schwäche manipulieren, deshalb hatten sie gelernt, keine zu zeigen. Sie erschufen Geschichten aus Lug und Trug, Vergangenheiten, die nie existiert hatten. Jeder Jäger, jede Jägerin besaß zehn verschiedene Ereignisse aus seiner oder ihrer Vergangenheit. Alles Lügen. Doch sie konnten abgerufen werden, um das Gegenüber zu täuschen. Niemals gab man die Realität preis. Von jenen, die vertraut hatten, jenen, die Wahrheit gesprochen hatten, hatte es keiner bis zum Großen Kampf am Ende der Schulzeit geschafft.

Das Ziel war niemals die Nähe zu anderen. Die Distanz musste ein tiefes Bedürfnis in jedem Jäger sein. Loyalität und Ehrlichkeit gab es nur gegenüber der Großen Jägermutter. Sie allein kannte die Wahrheiten all ihrer Kinder.

»Denkst du, es geht Max gut?«, fragte Robin.

»Ich denke, ihr müsst aufhören, euch alle Sorgen um ihn zu machen«, sagte Janus. »Langsam geht ihm das auf die Nerven.«

»Er ist ein Freund«, stellte die Andersseiterin klar. »Ich mache mir um jeden meiner Freunde Sorgen und möchte, dass es ihnen gut geht. Umgekehrt hoffe ich, dass das genauso ist. Das hat nichts mit Max direkt zu tun.«

»Aber um Lenyo sorgst du dich nicht?«

»Pff. Der hat einmal zu viel am Testosteron geschnüffelt. Pustet der Idiot mir dieses Pulver ins Gesicht und legt mich schlafen, damit ich keine Fragen stelle! Das nächste Mal schick *ich ihn* auf die Matratze.«

»That's the spirit.« Der Dschinn klatschte in die Hände.

Kalinda verdrehte genervt die Augen. »Wenn Tamyra euch findet, seid ihr sowieso alle tot.«

»Jetzt geht das wieder los.« Janus schlug in enervierender Gemächlichkeit die Beine übereinander, verschränkte die Arme hinter dem Kopf und blickte zur Decke. »Gib's zu, du hast 'nen Crush auf Tamyra. Ist sie deine Mistress?«

Sie würde den Dschinn töten. »Ich werde dich töten, Dschinn.«

»Eben hast du noch gesagt, dass Tamyra das tun wird.«

»Wir töten dich, beleben deinen Körper und wiederholen es.«

»Du hattest echt eine beschissene Kindheit, oder?« Robin schüttelte den Kopf. »Wie kann man nur ständig über töten und sterben sprechen?«

»Ich denke auch gerne darüber nach«, sagte Kalinda. »Möchtest du erfahren, welche Todesarten ich mir für dich überlegt habe?«

»Nein, danke.« Die Andersseiterin winkte ab. »Ich lass mich überraschen.«

»Das ist weise«, sagte Kalinda. »Du könntest andernfalls keine ruhige Nacht mehr verbringen.«

»Wie wäre es, wenn wir für Kalinda ein hübsches leeres Zimmer suchen und sie dort parken?«, sagte Janus. »Dann kann sie weiter ihren Mordfantasien nachgehen und wir müssen nicht ständig das Gefühl bekämpfen, sie zu erwürgen.«

Kalinda überdachte ihre weitere Strategie. Sie arbeitete längst daran, einen Ausweg aus der Gefangenschaft zu finden. Niemand konnte einen Bindungszauber vollständig perfekt weben, die Befehle ohne Schlupfloch formulieren. Auch Lenyo war das nicht gelungen.

Mit jeder verstreichenden Minute kam sie einer Lösung näher. Letztlich ging es darum, die eigene Perspektive perfekt auf die Flucht abzustimmen, ihren Geist zu formen. Man konnte immerhin interpretieren, dass die Gruppe mit einer Stimme sprach.

Janus oder Robin konnten durch hastig ausgesprochene Befehle die Fesseln lockern. So entstand eine Möglichkeit, aktiv zu werden.

Kalinda lächelte nur innerlich.

Sie lächelte grundsätzlich nur innerlich.

Meist wenn sie die Beute längst erwischt hatte, die es aber noch nicht wusste.

20. KAPITEL

LYDIC

Lydic gab bereits gute zehn Minuten vor, die Auslagen im Schaufenster einer Buchhandlung zu mustern, ehe er sich endlich traute, zur Litfaßsäule hinüberzuflattern, die an der Straßenkreuzung stand. Seine Augen tränten, er hatte sich Pickfort-Tinktur hineingetropft und wie immer vertrug er sie schlecht.

Das Plakat, das in kräftigen Rot-, Braun- und Goldtönen sinnliche Varietévorstellungen versprach, hatte er trotzdem bereits aus der Ferne ausgemacht. Jetzt, wo er davorstand, entdeckte er auch das magische Symbol darauf. Hastig fuhr er die Schlangenlinien mit dem Zeigefinger nach und stolperte durch die Öffnung, die sich vor ihm auftat.

Sein Herz schlug schnell, als er die schmalen Steinstufen hinunter und den Gang bis zur schmalen Tür entlangeilte, die ins Herz des Untergrunds führte. Kam es ihm nur so vor oder war es heute dunkler als sonst hier unten? Trieben im Wasser der Spree, die die rechte Wand des Ganges bildete, schmutzige Schlieren? Hastig klopfte er an die Tür.

Nichts tat sich.

Panik stieg in Lydic auf. Es war genau wie im *Libertinage* und bei Lenyos und Yelnas Wohnung. Niemand reagierte. Er war zu spät gekommen. Der Palast hatte das Hauptquartier des Untergrunds entdeckt und … der Schieber in der Tür rutschte zur Seite und gab ein Guckloch nach innen frei. Fremde Augen musterten ihn.

»Ja?« Die Stimme klang jung.

Lydic räusperte ich. »Ich muss sofort zum Erlkönig. Es ist von äußerster Dringlichkeit.«

»Flatter weiter«, sagte der Wachmann ungerührt.

Gleichsam empört und aufgeregt schlug Lydic mit seinen Flügeln. Zugegeben, er war nicht oft hier, aber doch kein Niemand!

»Sagen Sie ihm einfach, *der Archivar* muss ihn sprechen.«

Der Wachsoldat hob eine Augenbraue. »Der Archivar?«

»Haste 'ne Scheibe, oder was?«, vernahm er da eine vertraute Stimme. »Mach die Tür auf und lass ihn rein. Der ist sauber.«

Mit Karacho wurde der Schieber wieder vor das Guckloch geschoben und die Tür öffnete sich.

Lydic stieß erleichtert die Luft aus.

»Tjell!«, begrüßte er den hochgewachsenen Halbkobold, der ihm freundlich - und fest - auf die Schulter klopfte. »Der grünen Fee sei Dank. Ich muss sofort zum Erlkönig.«

Tjell schüttelte den Kopf »Geht nicht. Er is' nicht da.« Er wandte sich an den jungen Wachmann, der sie angesäuert musterte. »Nun mach schon die Tür zu. Der Archivar ist in Ordnung. Unterstützt uns schon ewig.«

Er wartete, dass sein Befehl ausgeführt wurde, dann bedeutete er Lydic, ihm zu folgen. »Du musst den Jungspund entschuldigen«, sagte er so laut, dass der Wachmann ihn deutlich hören musste. »Is' neu hier. Noch 'n bisschen grün hinter den Ohren.«

»Tjell«, drängte Lydic. »Ich muss wirklich mit dem Chef sprechen.«

Der Halbkobold zuckte mit den Schultern. »Wie gesagt, ist gerade schwierig. Ich bringe dich am besten zu Emma.«

Lydic verkniff sich einen Kommentar, während er Tjell durch eine Reihe endloser Gänge und unterschiedlicher Räume folgte. Er und Emma mochten sich nicht sonderlich. Ihn störte ihre ehrgeizige und oft überhebliche Art und er war ihr zu flatterhaft – was immer sie damit meinte. In den vergangenen Jahren war Emma jedoch in der Hierarchie des Untergrunds weit aufgestiegen. Der Erlkönig vertraute ihr und, was für Lydic noch wichtiger war, Lenyo ebenfalls.

Tjell führte ihn in einen großen Raum, dessen Boden im Schachbrettmuster gefliest war. In einer hinteren Ecke stand ein Herd. Das weiße Emaille war an einigen Stellen abgesprungen, ansonsten wirkte er funktionstüchtig. Neben dem Ungetüm stand sogar ein Weidenkorb mit Holzscheiten. An eine andere Wand schmiegte sich ein deckenhoher Schrank. Was sich in den Schubladen der unteren Hälfte befand, konnte Lydic natürlich nicht sehen, hinter den Glastüren der oberen Hälfte entdeckte er sowohl Geschirr als auch Notizbücher und Papierstapel. Den Raum dominierte allerdings ein rustikaler Eichenholzschreibtisch samt bequemem Ohrensessel.

Tjell deutete auf zwei schmucklose, ungepolsterte Holzstühle, die dahinter standen. »Setz dich. Ich hole Emma.«

Lydic warf ihm einen verwirrten Blick zu. »Das ist eine Küche. Weshalb habt ihr eine Küche gestohlen?«

»Es *war* eine«, korrigierte Tjell. »Wir haben den Raum erst vor ein paar Wochen *entdeckt.* Emma gefällt seine Größe.«

Lydic nickte, obwohl er das nicht nachvollziehen konnte, und setzte sich. Tjell schloss die Tür hinter sich und verschwand.

Während er wartete, ließ Lydic den Blick durch den Raum gleiten. Der Schreibtisch war penibel aufgeräumt, ein Notizbuch lag akkurat zur Tischkante ausgerichtet in der linken Ecke. Sonst war er leer. Der Korb mit dem Feuerholz neben dem Herd machte ihn stutzig. Heizte Emma das Teil etwa an? Muffig genug war es hier unten. Aber wie sollte der Rauch abziehen? Verschwendete sie Magie darauf, ihn verschwinden zu lassen? Oder stand der Korb deshalb neben dem Herd, weil sie die Küche erst vor so kurzer Zeit gestohlen hatten?

»Lydic!«, begrüßte ihn Emma endlich und kam ins Büro. Mit geschlossenen Lippen lächelte sie ihn an – vielleicht, um ihm den Anblick ihres schrecklichen zweireihigen Haifischgebisses zu ersparen. Sie umrundete den Schreibtisch und ließ sich in den Ledersessel sinken. »Geht es um Lenyo?«, fragte sie besorgt und rückte ihre Brille zurecht.

Lydic musste sich beherrschen, nicht auf und ab zu schweben. »Sie hat uns gefunden. Tamyra!«

Emmas Augen weiteten sich und ihre Pupillen wechselten die Farbe von Bernstein zu Rot.

»Sie hat eine Jägerin auf uns gehetzt«, sprach er schnell weiter. »Sie hat uns bei mir zu Hause angegriffen. Beinahe hätten wir es nicht geschafft.«

Emmas Hände verkrampften sich um die Lehnen ihres Sessels. »Was ist mit Lenyo? Wo ist diese Jägerin jetzt?«

»Drüben bei den Menschen. Die Jägerin auch. Sie ist ihnen gefolgt. Lenyo hat ein Portal geöffnet, für sich und … seine Begleiter.«

»Die Andersseiter.«

»Du weißt von ihnen?«

»Lenyo hat mir alles erzählt.«

»Nicht alles.« Lydic konnte das Bedürfnis, mit den Flügeln zu flattern, nicht mehr länger unterdrücken.

Emmas Augen erinnerten ihn jetzt an glühende Kohlen. »Was hat er angestellt?«

Er hob beschwichtigend die Hände. »Nichts. Es ist nur ... Wie sich herausgestellt hat, ist Max, also einer der beiden Menschen ...«

»Ja?«

»Max ist gar kein Andersseiter.«

Je mehr Lydic erzählte, desto weniger gelang es Emma, ihre Fassung zu behalten. Als er geendet hatte, stieß sie den Sessel nach hinten und begann, im Raum auf und ab zu gehen.

»Das ist nicht gut«, murmelte sie.

»Ich weiß«, gab Lydic kleinlaut zu, dabei war das alles doch ganz und gar nicht seine Schuld.

»Können Tamyras Leute etwas in deiner Wohnung finden, das sie zu uns führt?«

»Nein«, behauptete er sofort und schüttelte den Kopf, obwohl er sich dessen nicht sicher war.

»Wir müssen Yelna grammofonieren«, sagte er stattdessen. »Ich mache mir Sorgen um sie. Zu Hause habe ich sie nicht erreicht und beim *Libertinage* hat niemand aufgemacht.«

Emma starrte ihn an. »Du warst bei ihr?«

»Natürlich«, gab er hitzig zurück. »Jemand muss sie warnen. Jetzt.«

Sie öffnete den Mund, nickte dann und ging im Stechschritt Richtung Tür. »Warte hier. Ich bin gleich wieder da.«

Während er auf sie wartete – schon wieder – fragte er sich, ob er einen Fehler gemacht hatte, als er nach der Flucht aus seiner Wohnung zum *Libertinage* gefahren war. Aber er hatte es Lenyo doch versprochen. Hätte er besser direkt zum Untergrund gehen sollen? Nein, es war klug gewesen, ein paar Stunden zu warten. Außerdem konnte er sich zwar erinnern, dass eine der Litfaßsäulen am Winterfeldplatz um 18 Uhr zum Portal wurde, nicht aber, welche vorher zum Geheimversteck führte.

Als Emma endlich zurückkam, war ihm richtig schlecht.

»Tjell versucht, Yelna zu erreichen«, teilte sie ihm mit, ging zum Küchenschrank und zog eine Schublade auf.

»Und der Erlkönig?«, fragte er.

Bildete er sich das nur ein oder versteifte sich Emma? »Darum wird sich bereits gekümmert.« Ihre Stimme klang gepresst! Die verdammte Pickfort-Tinktur. Schnell blinzelte er mit den Lidern in der Hoffnung, dann besser sehen zu können.

Als sich sein Blick klärte, drehte sich Emma zu ihm herum.

»Kakao?«, fragte sie und wackelte mit zwei Blechtassen.

»Wenn kein Blut darin ist«, sagte er vorsichtig.

»Hm«, machte Emma nur und lief an ihm vorbei zum Herd. Sie stellte die Tassen darauf ab, griff nach einem Vorratsglas und löffelte hellbraunes Pulver daraus. Anschließend griff sie nach der Kanne, die neben dem Wasserschiff stand, und schnippte zweimal mit den Fingern. Dampf stieg auf und Emma goss etwas, das wie heiße Milch aussah, in die Tassen zum Kakaopulver, schnappte sich den Löffel und rührte um.

Dann kam sie zurück zum Schreibtisch.

»Ich trinke meinen Kakao nicht mit Blut«, teilte sie ihm seelenruhig mit. »Das klumpt zu sehr, wenn es gerinnt.«

Sie stellte eine Tasse vor ihm ab und führte die eigene zu den Lippen.

Zögernd folgte Lydic ihrem Beispiel. Der Kakao war etwas zu süß für seinen Geschmack, die Wärme tat ihm allerdings gut.

»Wie hast du es erraten?«, fragte sie schließlich.

Lydic trank noch einen Schluck. »Dass du eine Rotkappe bist?«

»Nur zu einem Viertel«, korrigierte sie. »Meine Großmutter kommt nicht von hier.«

Lydic nickte verstehend. Berlin war schon immer ein Schmelztiegel unterschiedlicher Kulturen gewesen, zumindest bis zu dem Zeitpunkt, an dem die Erschaffung der Grenze dem Zu- und Abwandern in und aus der Spiegelstadt einen Riegel vorgeschoben hatte. Rotkappen hatte es aber außerhalb der Britischen Inseln auch vor über hundert Jahren nur noch wenige gegeben. Sie zählten zu den blutgierigsten Feenwesen und waren im späten 17. Jahrhundert auch von ihresgleichen verfolgt worden. Sie waren zwar nicht die einzigen Feenwesen, die Raubtiergebisse besaßen, aber Lydics Vermutung war so gut wie ein halbes Dutzend andere gewesen. Wenn er an Tamyra und ihre Häscher und Jägerinnen dachte, beruhigte es ihn, Emma auf seiner Seite zu wissen.

»Ich …«, begann er, doch erneut öffnete sich die Tür.

Der junge Wachmann, der ihm beinahe den Zutritt an der Eingangstür verwehrt hätte, stolperte herein. Er sah aus, als habe er einen Geist gesehen.

»Der Tunnel!«, stieß er panisch hervor.

Emma und Lydic erhoben sich gleichzeitig von ihren Sitzgelegenheiten.

»Wasser dringt ein.« Der Wachmann sprach so schnell, dass er über die eigenen Worte stolperte. »Er stürzt ein!«

Lydic fiel die Tasse aus der Hand. Kakao spritzte quer über Emmas Schreibtischplatte. Sie achtete nicht darauf. Mit der eigenen Tasse noch in der Hand stürmte sie an dem Wachmann vorbei aus dem Raum. Lydic heftete sich an ihre Fersen.

Emma war schnell, schneller als die meisten Feenwesen, die er kannte, doch dank seiner Flügel gelang es ihm, nicht hinter ihr zurückzufallen. Während sie durch Abstellkammern und Besprechungsräume hetzten, brüllte Emma den anderen Widerständlern Befehle zu.

»Kontrolliert die Schutzzauber! Bringt den Tresor in Sicherheit!«

Bald hatte sich ihnen eine ganze Traube Widerständler angeschlossen. Vor der Tür zum Gang trafen sie auf zwei Wachposten, die verunsichert auf der Stelle traten und abwechselnd durch das Guckloch nach draußen spähten.

»Zur Seite«, befahl Emma.

Als sie an die Tür trat, platschte es. Lydic schwebte über dem Wasser, das unter der Türschwelle hindurchdrang und bereits eine kleine Pfütze bildete.

»Der Schutzzauber hat einen Riss«, berichtete eine Wachfrau mit akkurat geschnittenem Bob.

Emma presste ihr Gesicht an das Guckloch. Die anderen hielten gespannt den Atem an.

»Was tun wir jetzt?«, fragte Tjell, der keuchend auftauchte.

Lydic flatterte so heftig mit den Flügeln, dass er mit dem Kopf an die Decke stieß. Wenn der Schutzzauber nachgab, würden die Fluten der Spree sie in Windeseile begraben. Er hatte sich noch nie wohl in diesem feuchten Loch gefühlt. Warum hatte der Erlkönig ausgerechnet so ein Versteck für den Widerstand ausgewählt? Was, wenn …

»Der Riss ist nicht groß«, teilte Emma mit. Ihre Stimme klang gefasst. Doch ihre Hände zitterten, was sie zu überspielen versuchte, indem sie sich Strähnen ihrer Dauerwelle hinter die Ohren strich. »Ruf die Undinen. Vielleicht lässt sich der Riss mit ihrer Hilfe flicken.«

Tjell nickte und machte kehrt.

»Wie ist das möglich?«, fragte ein grauhaariger Mann in einem Anzug, der Lydic an eine menschliche Militärtracht erinnerte. »Werden wir angegriffen?«

Emma schüttelte den Kopf. »Ich spüre nichts.«

Lydic beobachtete fasziniert, wie sie sich noch einmal zur Tür umdrehte und die Hände dagegenpresste. Um sie herum wurde es mucksmäuschenstill. Er setzte sanft auf dem Boden auf und klappte die Flügel ein.

Die Sekunden schienen sich auszudehnen. Immer mehr Wasser schwappte unter dem Türspalt hindurch.

Endlich drehte Emma sich wieder um.

»Draußen ist niemand. Aber ich spüre den Hauch einer fremden Magie.« Sie fixierte den älteren Mann. Inzwischen leuchteten ihre Augen grün wie Absinth. »Was ist mit den Schutzzaubern im Inneren?«

Der Uniformierte zuckte mit den Schultern. »Mit denen ist alles in Ordnung. Wir werden nicht angegriffen. Wer war der Letzte, der durch den Gang hereingekommen ist?«

Die Augen der meisten richteten sich auf Lydic. *Sie glauben, ich habe etwas damit zu tun,* ging es ihm durch den Kopf. Das war so absurd, dass er beinahe laut gelacht hätte.

»Für ihn lege ich meine Hand ins Feuer«, behauptete Emma zu seiner Überraschung. »Informiere jetzt die anderen. Macht euch bereit, die Zauber zu lösen.«

Der Mann starrte sie an. »Das hast du nicht zu entscheiden. Was –«

»*Er* ist nicht da«, schnitt Emma ihm das Wort ab. »Ist es dir lieber, er kommt zurück und findet hier alles unter Wasser gesetzt? Die wenigsten von uns würden das überleben.«

Lydic beobachtete, wie die beiden sich anfunkelten. Es

war der Uniformierte, der schließlich nachgab, knapp nickte und eine Treppe ansteuerte, die weiter nach unten führte. Die Hälfte der Anwesenden schloss sich ihm an.

»Und jetzt?«, fragte die Wachfrau mit dem Bobhaarschnitt.

Emma überlegte. »Wir können nicht auf die Undinen warten. Bis sie kommen, ist es vielleicht zu spät.«

Lydic ging einen Schritt auf sie zu. Er spürte, wie Wasser durch ein Loch in seiner Sohle in seinen Schuh drang. »Was hast du vor?«

»Ich schaue nach, ob ich den Riss selbst flicken kann.«

Er glaubte, sich verhört zu haben. Und offensichtlich nicht nur er.

»Du willst da raus?«, fragte die Wachfrau.

Emma nickte. »Der Gang ist sauber. Ich spüre nichts.« Sie schenkte Lydic ein nervöses Lächeln. »Die Gabe ist ein Geschenk meines Vaters.« Sie drehte sich zur Tür um. »Öffnen.«

Die Wachfrau zögerte nur kurz. Dann griff sie nach dem Riegel, schob ihn zur Seite und zog die Tür auf. Im Gang stand das Wasser bereits knöchelhoch. Es strömte sofort zu ihnen hinein.

»Mist!«, fluchte jemand hinter Lydic.

Er selbst erhob sich mit flatternden Flügeln wieder in die Luft.

»Na bitte«, ertönte da eine kalte Stimme. Sie klang hocherfreut.

Lydic wurde schlecht.

Im Gang vor ihnen materialisierte sich ein Dutzend schwarzer Gestalten. Silberne Umhänge glitten von ihren Schultern und platschten ins Wasser. Houdini-Mäntel?!

Dann geschah alles unglaublich schnell.

Emma sprang zurück, zwei Widerständler stürzten an

Lydic vorbei, wohl um der Wachfrau zu helfen, die Tür zu schließen. Sie waren viel zu langsam. Vier Jäger waren bereits bei ihnen. Sie warfen graue Kugeln in alle Richtungen. Violetter, nach Lavendel und Pfefferminz riechender Rauch stieg daraus auf. Lydic verlor den Gleichgewichtssinn. Während er mit erlahmten Flügeln zu Boden stürzte, sah er, wie zwischen den Jägerinnen und Jägern eine verhasste Gestalt ins Geheimversteck des Untergrunds trat. Tamyras blondes Haar leuchtete in der Dunkelheit.

»Endlich«, sagte sie und es klang beinahe freundlich. »Ich dachte schon, ihr öffnet uns nie.«

21. KAPITEL

TAMYRA

Mit einer schwungvollen Bewegung warf Tamyra ihren Houdini-Mantel Konstanze zu. »Am Ende findet sich eben doch noch alles.«

Sie wedelte mit der Hand und wartete.

Der lavendelfarbene Nebel verflüchtigte sich nur langsam, Silhouetten zeichneten sich darin ab. Irgendwo wurde gekämpft, Wesen hetzten von links nach rechts. Ihre Garde hielt Schaden von ihr ab, die Jägerinnen und Jäger schwärmten bereits aus.

Als sich die Schwaden endlich verzogen hatten, lag Lydic vor ihr. Sonst war niemand zu sehen.

»T… Tamyra«, krächzte er. »Welch eine Überraschung.«

»Nicht wahr?« Sie schenkte ihm ihr bestes falsches Lächeln. Was gar nicht schwer war, immerhin hatte er sie hierhergeführt.

Das Geräusch von schmiedeeisernem Metall erklang, das nachgiebige Haut zerfetzte.

»Ich ergebe mich«, sagte Lydic.

Wie goldig er doch war. »Natürlich tust du das. Während meine Leute hier aufräumen, lass uns ein wenig plaudern. Das habe ich auch mit Yelna bereits getan.«

»Du …« Lydic erbleichte. »Was ist mir ihr?«

Tamyra winkte ab. »Das tut jetzt nichts zur Sache. Und lass mich dir sagen, dass du dich nicht in der Position befindest, Fragen zu stellen. Antworten sind da deutlich wichtiger, sie verlängern dein Leben.«

Sie gab einem der Jäger – sie nannte ihn Nummer drei, weil sein Name … nun, sie wollte ihn sich einfach nicht merken – einen Wink. Dieser öffnete eine Holztruhe, die er mitgeschleppt hatte.

»Nein, oh, nein. Bitte nicht.« Lydic wich zurück, wurde aber von einer Front aus Jägern gestoppt.

»Umlegen«, sagte Tamyra und ergänzte auf den fragenden Blick von Nummer drei: »Den Kragen. Nicht Lydic.«

Er wimmerte natürlich und bettelte, versprach vom wertvollsten Artefakt bis zur geheimsten Information alles.

Während ihm der Guillotine-Kragen umgelegt wurde, sah Tamyra sich um. Gewundene Treppen führten in die Höhe und endeten vor einer Wand. Halbe Gemälde schmückten die Tapete. Fenster zeigten grauen Stein.

»Gestohlene Räume.« Tamyra schnippte mit dem Finger. »Oh, das ist gut. Da werden mir einige Sucher etwas zu erklären haben. Derartige Muster hätten sie sehen müssen. Sag mir Lydic, ist der Erlkönig hier?«

»Nein«, sagte der Archivar mit zittriger Stimme. »Ich habe ihn nicht gesehen.«

»Was nichts heißen muss.« Tamyra wandte sich an Konstanze. »Das Nebelzimmer hat oberste Priorität. Ich will den Erlkönig. Und den Tresor, von dem unser Agent berichtet hat.«

»Ich gebe das weiter.«

»Liebster Lydic.« Tamyra nahm das Klingeneisen entgegen und berührte damit den Guillotine-Kragen. »Du weißt, was geschieht, wenn ich mit den Fingern schnippe?«

Er schloss für eine Sekunde die Augen. Seine Flügel entfalteten sich, sein Körper hob sich einen Zentimeter in die Luft.

»Jetzt drehen wir hier aber nicht gleich durch, ja?« Tamyra legte die Hand auf seine Schulter und schob ihn wieder hinunter. »Also?«

»Ja, ich weiß es.«

»Ich will ...« Der Boden erzitterte und riss ihr die Worte von den Lippen. »Was ist hier los?«

Sie warf einen Blick zurück. Die Tür war geschlossen, das Wasser der Spree floss noch immer darunter hindurch, doch das konnte nicht der Auslöser sein. Dafür war der Riss zu klein.

Sie trat an das Guckloch und sah hinaus. Die Risse verästelten sich, wurden zahlreicher. »Die Zauber kollabieren. Waren wir das?«

Der angesprochene Hauptmann zuckte zusammen. »Meines Wissens nach nicht.«

In diesem Augenblick kam der Oberste Jäger des Palastes zurück. »Sie haben den Diebstahlzauber umgekehrt. Das Nebelzimmer ist direkt vor meinen Augen mit einer Frau darin verschwunden, bevor ich es betreten konnte.«

Mehr musste Tamyra nicht wissen. All das hier wurde auseinandergerissen, die Räume an ihren Ausgangspunkt zurückgeschleudert. Da es schnell gehen musste, würde dabei einiges zerbrechen, Zauber entarten, Körperteile den Transfer nicht überstehen. Und natürlich hatte die Stellvertreterin des Erlkönigs zuerst das wichtigste Zimmer weggeschafft, mit dem Tresor und sich selbst. »Das wird unangenehm.«

»Wir müssen hier raus, Euer Hoheit«, schaltete sich ihre Leibgardistin ein. »Euer Schutz ...«

Tamyra winkte ab. »Oberster Jäger, verteilt eure Leute, so weit es geht. Ich will, dass sie den Transfer mitmachen und so viele Widerständler wie möglich von ihrem sinnlosen Dasein befreien.«

Der Mann erbleichte, nickte aber und rannte los.

Für nicht wenige seiner Leute war dies ein Todesurteil. Auch sie würden bei dem Transfer Blessuren davontragen oder nur teilweise das Ziel erreichen. Glücklicherweise gab es genug davon.

Tamyra griff in ihre Hosentasche und befühlte den Portus. Ein schwarzer Stein, der von innen heraus purpurfarben glomm. Er war mit dem Purpurschleier am Alexanderplatz verbunden. Die Passage damit war schmerzhaft, doch im Notfall konnte sie ihr Leben retten.

Die Anzahl der Personen, die sie mitnehmen konnte, war allerdings begrenzt.

Konstanze räusperte sich und trat einen Schritt näher. Kluge Frau.

»Also, Lydic«, sagte Tamyra. »Wir sollten wirklich darüber sprechen, wie du noch von Nutzen sein kannst. Denn andernfalls müssten wir diese Sache jetzt beenden.«

»Natürlich, natürlich.«

»Wo befinden sich Lenyo und die Andersseiter?«

Lydic schwieg.

Tamyra hob eine Augenbraue.

Als der Archivar weiterhin beharrlich die Lippen zusammenpresste, winkte sie zwei Jäger herbei. »Schnappt euch die Buchmotte und bindet sie so auf einer Schwelle zwischen zwei Räumen fest, dass der Unterleib auf der einen, der Oberkörper auf der anderen Seite liegt.«

»Nein!«, entfuhr es Lydic.

Die beiden Jäger griffen nach dem Archivar, doch sie hielt sie mit einer Handbewegung auf und blickte Lydic streng an. Er erwiderte ihren Blick voller Angst.

»Auf der anderen Seite«, sagte er schließlich.

Tamyra starrte ihn an. »Soll das jetzt witzig sein?«

»Äh, nein, die Andersseiter sind wirklich auf der anderen Seite.«

»Das ist mir klar!«, blaffte sie ihn an. »Wo dort? Was ist ihr Ziel?«

»Der Mann …«

»Ich weiß, wer er ist. Oder eher: von wem er abstammt. Das macht es umso wichtiger.«

»Sie suchen nach Antworten.«

Der dämliche Kerl versuchte allen Ernstes, Zeit zu schinden. War Lydic möglicherweise doch schlauer als bisher angenommen? Opferbereit?

In diesem Augenblick spürte Tamyra ein Ziepen. Verblüfft betastete sie ihre Ohrringe. Die in Glas gegossenen Rosenblätter waren alt und äußerst kostbar. Ihre Zuchtmeisterin lange fort, wodurch sie zu Einzelstücken geworden waren.

»*Tamyra*«, erklang ein Wispern in ihrem Geist.

»Was …« Sie sah sich verwirrt um. »Wer spricht da?«

»Ich bin es, Klytaimnestra.«

Sie griff nach den Ohrringen, um sie abzuziehen und wegzuwerfen. »Ich hätte es wissen müssen. Deine Geschenke sind stets vergiftete Kelche.«

Was nur zu einem Teil Metapher war.

»Euer Hoheit?«, erklang die Stimme von Konstanze.

Tamyra bedeutete ihr zu schweigen, aber noch näher zu treten. Sie behielt die Umgebung im Auge, war sich der ständigen Beben und des Stroms aus Spreewasser durchaus bewusst. Die Statik dieses verborgenen Hauptquartiers zerbrach mit jedem Raum, der im Nichts verschwand, etwas mehr.

»Ich will zurückkehren. Und dafür bin ich bereit, etwas zu bezahlen. Lenyo war bei mir.«

Tamyra stoppte in der Bewegung, ließ die Ohrringe an ihrem Platz. »Falls das ein Trick ist …«

»Kein Trick«, wisperte Klytaimnestra. *»Er hatte einen*

Andersseiter dabei. Und gemäß ihren Erzählungen möchtest du dich mit beiden unterhalten.«

»Was wollten sie von dir?«

»Eine Möglichkeit, Illusionszauber aufzuheben. Es ging dabei um die Großmutter des Jungen. Sie suchen Aufzeichnungen und Erinnerungen.«

Tamyra schloss die Augen. Ihre schlimmsten Befürchtungen waren also wahr. Sie musste den verdammten Spross der Blutlinie ihrer Schwester finden und ausmerzen. Zusammen mit allem, was sich dort sonst noch fand. »Nun, dann bist du nutzlos. Oder weißt du, wo sie sich befinden?«

»In der Tat«, erwiderte Klytaimnestra.

Risse taten sich im Boden auf, verästelten sich. Beton zerplatzte. Die Tür bog sich. Das Wasser der Spree floss jetzt immer schneller herein, und es waren kaum noch Räume übrig. Der Kampfeslärm war verstummt.

»Wie finde ich sie?«

»Ich darf zurückkehren auf die andere Seite«, stellte Klytaimnestra ihre Forderung. *»Niemand wird mich anklagen, verfolgen, kein ›Unfall‹ wird mich ereilen. Du stellst mir ein Grundstück mit Haus zur Verfügung, wo ich in Ruhe gelassen werde und mich um meine Pflanzen kümmern kann.«*

»Wenn du lieferst.«

»Wir treffen uns auf meiner Seite und unterschreiben beide einen Blutseelenvertrag. Danach werde ich dir sagen, wie du Lenyo und die Andersseiter finden kannst. Max trägt Pollen in sich, die aufgespürt werden können.«

»Wir haben einen Deal«, sagte Tamyra.

»Ich melde mich in Kürze mit dem Ort unseres Treffens.«

»Lass dir nicht zu lange Zeit.«

Klytaimnestra erwiderte nichts, die Ohrringe fühlten sich wieder an wie zwei simple Schmuckstücke.

»Dieser Tag wird besser und besser.« Tamyra klatschte in die Hände. »Wie es scheint, benötige ich deine Informationen nicht mehr, Lydic.«

Die Angeln der Tür ächzten.

»Einpacken.« Tamyra deutete auf den Guillotine-Kragen.

Einer der Gardisten machte sich daran, diesen zu lösen.

»Mach dir keine Mühe.« Tamyra winkte ab.

Und schnippte mit dem Finger.

Ein kurzes *Twing* war zu hören, wie von einer hauchdünnen Gitarrensaite, die durch Fleisch und Knochen schnitt.

Lydic hatte in der letzten Sekunde seines Lebens begriffen, was ihm bevorstand. Seine Augen waren in Entsetzen und Angst weit aufgerissen. Sie verschwanden aus Tamyras Blickfeld, als der Kopf von den Schultern getrennt wurde und zu Boden fiel. Es patschte, als der Körper folgte. Blut schoss hervor und verteilte sich im Wasser.

Jetzt konnte der Guillotine-Kragen aufgesammelt und verstaut werden. Manche Lösungen waren so simpel.

Bedauerlicherweise nicht alle.

»Die Jäger sind fort, damit ist es an der Zeit, dass auch wir verschwinden.«

Sie schätzte kurz den Radius ab, den der Portus erschaffen konnte. Konstanze musste natürlich mit, ebenso die Anführerin der Palastgarde. Da die Jäger alle ausgeschwärmt waren, blieben noch sieben Personen übrig.

»Steht nicht sowieso in Kürze das monatliche Gespräch und die Einschätzung an?« Tamyra wandte sich der Gardistin zu. »Wähle drei aus, die du weiterhin gebrauchen kannst. Sie kommen mit uns.«

Entsetzen ringsum.

»Schnell.« Tamyra wedelte ungeduldig mit der Hand.

Die Gardistin schluckte, handelte aber sofort. Sie deutete nacheinander auf ihre persönliche Bestenauswahl. Diese drei traten mit einem Schritt zu Tamyra, Konstanze und ihrer Chefin.

»Euch anderen viel Glück. Wenn ihr es schafft, findet ihr sicher auch wieder den Weg zum Palast.« Sie hob ihren rechten Zeigefinger. »Und dann solltet ihr lernen, tüchtiger zu sein.«

Einer der Gardisten begann zu zittern, als noch mehr Wasser in den Raum drang. Es war nur dieser Eingangsbereich noch übrig. Hier hatte der Widerstand damit begonnen, die Räume anzubauen. Die Zurückbleibenden konnten sich aussuchen, ob sie die Passage mit diesem Bruchstück machten, was wohl auf Zerquetschen hinauslief. Oder ob sie lieber in der Spree ertranken.

Tamyra aktivierte den Portus.

Flammen leckten über ihre Haut.

Während alle anderen schrien, blieb sie vollkommen still. Schmerz würde sie niemals brechen. Dafür hatte sie im Verlauf ihres Lebens zu viel davon kennengelernt.

Die Purpurflammen umloderten sie, die Umgebung verschwand. Kurz darauf ließ das Brennen bereits nach, als sie Teil des gewöhnlichen Purpurschleiers wurden, der keinerlei Schmerzen bei der Passage auslöste, aber auf feste Punkte fixiert war.

Die Flammen vergingen.

In Sichtweite lag der Ratspalast. Als wäre nichts geschehen, flanierten die verschiedensten Wesen über den Alexanderplatz.

»Konstanze, bereite alles für eine Passage auf die andere Seite vor.«

Ein knappes Nicken genügte.

Sie hatten im anderen Berlin natürlich ein Zimmer in

dem Hotel gebucht, das auf dieser Seite der Palast war. Dauerhaft. Auf diese Art konnte Tamyra mit einer Träne problemlos vom Palast dorthin wechseln. Es waren Geld und Kreditkarten deponiert, angemessene Kleidung und der Limousinenservice erwartete jederzeit ihren Anruf.

Sie mochte dort keinem Königshaus entstammen, aber laut ihrem gefälschten Pass und ihrer Geburtsurkunde war sie immerhin eine Gräfin mit *von* im Namen.

»Ich bin euch schon ganz nah«, flüsterte sie. »Auch wenn ihr mich noch nicht sehen könnt.«

22. KAPITEL

MAX

Als Max mit Lenyo wieder in Grunewald ankam, stand die Sonne tief hinter den Baumwipfeln und die alten Fichten und Buchen malten lange Schatten auf den Rasen und die Fassade des Hauses seiner Großmutter.

»Warum lächelst du so versonnen?«, fragte Lenyo unvermittelt.

Max strich mit der Hand über den rauen Stein der Gartenmauer. »Mir ist nur gerade eingefallen, dass Robin und ich um diese Tageszeit hier besonders gern gespielt haben. Wir haben versucht, möglichst schnell von einer Seite auf die andere zu kommen, ohne dabei auf einen Schatten zu treten.«

»Wie lange kennt ihr euch bereits?«

»Seit der fünften Klasse. Sie lebt nur ein paar Häuser weiter.«

Er steckte den Schlüssel in die Haustür und öffnete. Drinnen war es verdächtig still.

»Hallo?«, rief er in der gleichen Sekunde, in der er bemerkte, dass Lenyo sich neben ihm anspannte.

»Wohnzimmer«, erklang die inzwischen vertraute Stimme von Janus.

Lenyo atmete erleichtert auf.

Der Dschinn hatte es sich auf der Couch bequem gemacht und las einen der alten Romane seiner Großmutter. Robin stand an der Glasvitrine und betrachtete die kleinen Kristallfiguren darin.

»Wo habt ihr die Jägerin gelassen?«, fragte Lenyo.

»Dusche«, antwortete Janus knapp.

»Gute Idee.« Max wischte sich über das Gesicht, an dem noch immer Pollen klebten.

Der Dschinn murmelte etwas Unverständliches, Robin drehte sich zu ihnen um.

»Sie nimmt keine Dusche. Er hat sie dort angekettet«, sagte sie.

Janus klappte das Buch zu und setzte sich auf. »Sie wollte einfach keine Ruhe geben. Und zufällig hatte ich noch ein paar Handschellen dabei.« Er klopfte sich auf die Brusttasche seiner Jacke. »Ich hatte den Eindruck, es hat ihr gefallen.«

Lenyo schnaubte und setzte sich neben ihn. Er zog das kleine Fläschchen aus der Hosentasche, das er von der Dryade erhalten hatte, und stellte es auf den Couchtisch.

Janus beugte sich vor und Robin kam zum Tisch und ging davor in die Hocke. Beide blickten neugierig auf das Gefäß aus braunem Glas. Als der Dschinn die Hand danach ausstreckte, schlug ihm Lenyo auf die Finger.

»Was machen wir jetzt damit?«, fragte Robin.

Lenyo verschränkte die Finger ineinander, drückte sie nach außen und ließ die Gelenke knacken. »Wir suchen im Haus nach einer Stelle, an der der Illusionszauber besonders stark ist. Die beträufeln wir mit der Tinktur.«

»Und wie finden wir diese Stelle?«

Lenyo ließ den Blick durch den Raum und zum Durchgang in den Flur schweifen. »Vermutlich dort, wo es am wenigsten altmodisch aussieht.«

»Das schließt das Wohnzimmer schon mal aus.« Janus stand auf. »Das Bad sieht allerdings ziemlich modern aus.«

»Die Küche«, schlug Max vor. »Großmutter hat sie erst

vor ein paar Jahren renovieren lassen.« Er schnappte sich das Fläschchen. »Das nehme ich.«

Lenyo sagte nichts, nickte Max aber mit einem Lächeln zu. Dieser drehte sich um und führte die drei durch den Flur in den hinteren Teil des Hauses in die große Wohnküche, die von einer blau lackierten Kochinsel in der Mitte dominiert wurde.

»Und jetzt?«

»Ich finde zwar, dass die Handschellen ihr hervorragend stehen, aber vielleicht sollten wir Kalinda holen. Vielleicht wittert sie mit ihren Jägerinneninstinkten etwas«, sagte Janus.

Lenyo schüttelte den Kopf. »Versuch's hier«, sagte er zu Max und deutete auf einen Zinnteller an der Wand, der die Silhouette von Berlin zeigte. Max hatte den Teller schon als Kind geschmacklos gefunden, und eigentlich hatte er nicht zum Stil seiner Großmutter gepasst, aber er war an der Wand geblieben, egal wie oft sie die Küche umdekoriert hatte.

Er ging darauf zu und entkorkte das Fläschchen in seiner Hand. Vorsichtig ließ er ein Tröpfchen daraus auf den Zinnteller fallen.

Nichts geschah – abgesehen davon, dass sich ein übler Geruch nach toter Ratte im Raum ausbreitete.

»Boah! Das ist ja widerlich!«, beschwerte sich Robin.

»Meine Worte«, stimmte Janus zu. »Und das nennt sich Blumenmagie.«

»Probier es noch mal«, wies Lenyo ihn an. »Zwei Tropfen.«

Max befolgte den Rat und der Gestank intensivierte sich. Gleichzeitig begann seine Sicht zu flackern wie das Bild eines alten Fernsehers.

»Bingo!«, jubelte Janus. »Aber es ist ein verdammt starker Illusionszauber. Benutz am besten den ganzen Inhalt des Fläschchens. Aber schau, dass du Abstand hältst. Wegen der Dämpfe.«

»Alles auf einmal?« Unsicher blickte Max zu Lenyo.

»Nein«, antwortete dieser. »Vielleicht brauchen wir später noch was.«

Robin ging zu einem Küchenschrank und holte ein kleines Gefäß mit Schraubverschluss heraus. »Hier.«

Max begriff und kippte ungefähr die Hälfte der Tinktur aus der Phiole in das Glasgefäß und schraubte es zu. Die Phiole gab er Lenyo zurück, das Gläschen betrachtete er nachdenklich.

»Vermassle es nicht«, neckte Robin ihn.

Max schnaubte und verzog sich hinter die Kochinsel. Die anderen folgten ihm.

»Soll ich es lieber versuchen?«, fragte Robin.

Max sah sie entgeistert an. »Du?! Du wirfst miserabel.«

Sie verdrehte die Augen. »Ich bin keine elf mehr.«

Das überzeugte ihn nicht. Er schob die anderen zur Seite, um mehr Platz zu haben, holte aus und … ließ die Hand wieder sinken.

»Ich habe eine bessere Idee.« Er steckte das Gefäß ein und lief aus dem Zimmer.

»Was hat er vor?«, hörte er Janus noch fragen, als er die Treppe in den ersten Stock nahm.

Aus seinem Zimmer holte er einen Ventilator, den er auf dem Küchenfußboden so aufstellte, dass er direkt zur Tür in den Flur zeigte.

»Clever«, gab Janus zu, der wohl als Erster begriff, was er vorhatte.

Max schaltete den Ventilator auf höchste Stufe und ließ dann etwas von der Flüssigkeit in den Luftstrom fallen. Die stinkende Dryaden-Tinktur vaporisierte sofort.

Der furchtbare Geruch wurde überwältigend, der Boden wankte unter ihren Füßen wie bei einem leichten Erdbeben und Max' Sicht wurde so unbeständig, als würde er ein Daumenkino durchblättern. Gegenstände verrückten, Formen verschoben und Farben veränderten sich. Von jetzt auf gleich standen sie nicht mehr in der heimeligen Küche, sondern in einem Raum, der zwar den gleichen Grundriss besaß, sonst aber nicht mehr viel mit dem Zimmer gemein hatte, das Max kannte. Die Möbel, die Decke, die Wände und der Boden: Alles war in Schwarz und Weiß gehalten, und der Herd, an dem sie jetzt standen, sah aus, als stamme er aus einem Museum.

»Ich glaub's nicht«, murmelte er.

Lenyo legte ihm die Hand auf die Schulter.

Vorn im Haus klapperte es und jemand fluchte.

»Kalinda«, entfuhr es Janus.

Wie auf ein Kommando drehten sie sich alle um und stürmten aus dem Zimmer Richtung Bad. Auf seinem Weg durch das Haus nahm Max flüchtig wahr, dass sich viele der gewohnten Gegenstände verändert hatten. Die Tinktur verteilte sich im Haus und brach die Illusionszauber. Die Treppe, die im Flur nach oben führte, war noch dieselbe. Der Teppich auf den Stufen leuchtete jetzt aber nicht mehr dunkelrot, sondern blau und sah bei Weitem nicht so abgetreten aus wie zuvor. Die Fotografien an den Wänden hatten sich in goldene Deko-Elemente verwandelt, die riesigen Insekten glichen. Als er hinter Lenyo und Janus ins Bad stolperte, sah er, dass die Dusche verschwunden und die Badewanne direkt daneben nicht mehr eingemauert war, sondern frei im Raum stand und goldene Löwenfüße besaß. Auch der Spiegelschrank über dem Waschbecken war verschwunden. Stattdessen hing dort ein sternförmiger Art-déco-Spiegel mit einem Rahmen mit gold-schwarzem Muster.

Die Jägerin stand in der linken hinteren Ecke des Raums, wo einst die Dusche gewesen war. Sie hatte die Arme hoch über den Kopf gehoben, weil sie mit den Handschellen an eine Halterung von cremefarben gestrichenen Heizungsrohren gefesselt war, die Max noch nie gesehen hatte. Sie funkelte sie wütend an. Mit gespreizten Beinen stand sie über einer Toilette, die bis gerade ebenfalls nicht da gewesen war. Ihr linker Schuh und ein Stück ihrer Jeans waren nass, vermutlich weil sie damit direkt in der Kloschüssel gelandet war, als sich die Illusion verflüchtigt hatte.

»Stümper!«, zischte sie sie an, während sie an den Handschellen riss, um sich zu befreien.

»Habe ich dir nicht das Reden verboten?«, fragte Janus ungerührt.

»Du hast ihr gesagt, sie soll sich ruhig verhalten, bis wir wiederkommen«, korrigierte Robin ihn.

Lenyo streckte seine Hand aus. »Gib mir den Ring.«

Der Dschinn zog sich den Goldreif vom Finger und gab ihn zurück. Dann ging er zur Jägerin, um sie loszumachen. Dabei musste er sich auf die Zehenspitzen stellen.

»Gib zu, es hat dir gefallen«, flötete er, als er die Handschellen aufschloss.

»Lös meine Bindung und ich zeige dir mit meinem Messer, wie sehr«, entgegnete sie mit Grabesstimme.

»Reiz sie nicht«, warnte Robin, während Max sich ungläubig im Bad umblickte. Wie hatte seine Großmutter all das vor ihm verborgen halten können?

»Such nach den Tränen«, befahl Lenyo der Jägerin, die Janus von sich stieß, kaum, dass er sie befreit hatte. »Und teile uns mit, wenn du sie entdeckst«, schob er schnell hinterher.

Kalinda knurrte, widersprach jedoch nicht. Missmutig blickte sie sich um, während sie sich die Handgelenke rieb. Sie wollte gerade das Bad verlassen, als sie stehen blieb und laut auflachte.

»Was ist denn bitte so komisch?«, wollte Robin wissen.

»Er steht direkt davor.« Die Jägerin deutete auf Max. Der blickte überrascht hinunter auf den braunen Beistelltisch, der neben dem Waschbecken stand. Bis auf ein Fläschchen mit Raumduftstäbchen war er leer.

Er griff bereits danach, als sein Blick auf die Schublade im Tisch fiel. Er wollte sie aufziehen, doch es ging nicht.

»Was ...?«, murmelte er.

Lenyo trat hinzu, doch auch seine Versuche blieben erfolglos.

»Ich sehe gar kein Schloss«, sagte Max und ging in die Hocke, um die Schublade näher in Augenschein zu nehmen.

»Hat deine Großmutter vielleicht einen Permit-Stein besessen?«, fragte Janus.

Das Wort hatte Max schon einmal gehört. Yelna hatte davon gesprochen und es als eine Art Generalschlüssel bezeichnet.

»Wie sieht der aus?«, fragte er.

»Ein bisschen größer als ein Kieselstein«, antwortete Janus. »Purpurfarben. Ziemlich praktisch, denn damit öffnest du jede –«

»Dafür ist jetzt echt keine Zeit.« Lenyo schob Max zur Seite, legte das Beistelltischchen auf den Boden und trat mehrfach fest auf die Schublade, bis sie sich aus ihrer Verankerung löste.

Ein rosafarbener Parfümflakon kam zum Vorschein, an dem ein altmodischer Blasebalg befestigt war, und der Duft des Lavendelparfüms, das seine Großmutter so sehr geliebt hatte, erfüllte den Raum. Daneben lag eine Dose mit einem Deckel im gleichen Pastellton.

Max griff danach. Die Dose fühlte sich glatt und kühl an, aber auch schwer. Sein Herzschlag beschleunigte sich.

Lenyo und Robin traten zu ihm. Seine beste Freundin berührte mit der Fingerspitze das zarte Material. »Sind sie das?« Robin flüsterte fast.

»Finden wir es heraus«, sagte Max entschlossen. Sein bisheriges Leben war eine Lüge gewesen. Vielleicht würde er jetzt erfahren, warum das so war.

Er hob den Deckel.

Robin und Lenyo hielten die Luft an, starrten wie Max in die altmodische Dose. Ihren hellrosa Boden sah man nicht, weil er komplett mit silbernen Tränen bedeckt war.

»Und?!«, fragte Janus ungeduldig.

»Es sind welche drin.« Lenyos Stimme klang entrückt. Max riss den Blick von der Dose los und schaute zu ihm auf. Seine Augen waren geweitet. »Mindestens ein Dutzend Stück«, murmelte er. »Wenn nicht sogar zwanzig oder mehr.«

»No way!« Janus und die Jägerin stürzten ebenfalls zu ihnen und starrten in das Toilettendöschen.

»Silbertränen in der Menschenwelt! Verrat«, knurrte Kalinda.

»Halt die Klappe«, antwortete Janus kurz angebunden und Max sah, dass die Jägerin den Dschinn daraufhin mit ihren Blicken erdolchte.

Gemeinsam gingen sie mit ihrem fantastischen Fund zurück ins Wohnzimmer.

»Und was jetzt?«, fragte Robin. Sie schaltete das Deckenlicht an. Draußen war es inzwischen dunkel geworden.

Lenyo setzte sich neben Max auf die Couch und legte

ihm die Hand auf die Schulter. »Jetzt solltest du vielleicht ausprobieren, ob du durch die Tränen mehr erfährst.«

Die Brust wurde Max eng. Sein Leben lang hatte er sich verloren gefühlt, hatte sich gefragt, was seine Eltern wohl für Menschen gewesen waren. Wie es gewesen wäre, mit ihnen aufzuwachsen. Jetzt hielt er angeblich die Antworten auf einige dieser Fragen in den Händen.

»Sie speichern Erinnerungen, hast du gesagt?«, fragte er leise.

»Wenn deine Großmutter sie hier aufbewahrt hat, müssen sie wichtig sein. Silbertränen sind rar.«

»Wie funktionieren sie?«

Lenyos Griff um seine Schulter wurde fester. »Wenn du sie dir auf die Zunge legst, gibt die Träne die Erinnerung frei. Du tauchst in sie ab, als würdest du sie selbst erleben. Jedenfalls sagt man das.«

»Es stimmt«, schaltete sich der Dschinn ein. »Mach's dir besser bequem. In eine Erinnerung abzutauchen kann ein ziemlich heftiges Erlebnis sein.«

»Hast du es schon probiert?«, fragte Max neugierig.

Janus zuckte mit den Schultern. »Wer weiß.«

»Widerliches Geschmeiß«, zischte Kalinda noch einmal.

Der Dschinn verdrehte die Augen. »Ich hab dir doch gesagt, du sollst die Klappe halten.«

»Als ob mich das interessieren würde«, ätzte sie zurück.

»Ruhe«, wies Max die anderen an und zu seiner Überraschung breitete sich tatsächlich Stille im Raum aus. Er griff nach einer Träne und hob sie hoch. Sie reflektierte das Licht der Wohnzimmerlampe. »Was geschieht, wenn ich sie in den Mund nehme?«

Lenyo warf einen hilflosen Blick zu Janus.

Der Dschinn ging vor der Couch in die Hocke. »Sie löst

sich auf«, erklärte er in überraschend sanftem Ton. »Ein bisschen wie eine Brausetablette. Und dann tauchst du in eine Erinnerung ab.«

Ehe er es sich anders überlegen konnte, schloss Max die Augen, öffnete die Lippen und legte sich die Silberträne auf die Zunge. Sie schmeckte salzig, wie Meerwasser. Oder echte Tränenflüssigkeit.

Dann spürte er, wie sich die Welt um ihn zu drehen begann, schneller und immer schneller. Obwohl er die Augen geschlossen hatte, war er in einem Wirbelsturm aus Farben gefangen, die in atemberaubender Geschwindigkeit an ihm vorbeizogen. Ihr Sog erfasste ihn, wirbelte ihn herum, zog ihn mit sich, nach unten, nach unten, immer tiefer – hinab in eine andere Welt. Hinab in eine andere Zeit.

23. KAPITEL

DIE PRINZESSIN

Zwei Wachen beugten sich vor und öffneten die Flügeltür.

Imgard trat über die Schwelle. Sofort verschwand der Lavendelduft, wurde abgelöst von Feuchtigkeit und Schimmel. Ihre Schuhsohlen berührten nicht mehr den täglich gepflegten Teppich, sie stand auf rauem Stein. In die Tiefe führten Stufen, die Oberflächen uneben und rau. Fackeln brannten an der Wand.

Sie runzelte die Stirn.

»Keine Magie im Zwischenbereich«, erklärte ihr Vater. »Es wird klarer, wenn wir das Ziel erreichen.«

Imgard schluckte, nickte. Als Thronfolgerin, Erstgeborene des Königs, wurde sie nun in alles eingeweiht. Sie hatte das Alter erreicht, in dem die theoretischen Vorbereitungen auf die Regentschaft in praktisches Wissen übergingen. Glücklicherweise hatte Tamyra sich angeboten, sie bei allem zu unterstützen.

»Ein richtiges Drecksloch«, sagte ihre Schwester neben ihr.

»Tamyra«, fuhr sie ihr Vater an.

»Entschuldigung, Eure Majestät«, gab diese kleinlaut zurück.

Innerlich lachte Imgard auf. Ihre Schwester war alles, aber sicher nicht unterwürfig. Sie wusste einfach nur, wann man besser schwieg, sich vorgeblich entschuldigte oder mit harten Bandagen kämpfte.

Sie stiegen die Stufen der Wendeltreppe hinab. Imgard hielt sich an der rechten Seite, wo eine Wand aufragte. Linker Hand ging es in eine bodenlose Tiefe.

Minuten des Schweigens vergingen. Während Tamyra und Imgard bald außer Atem waren, merkte man ihrem Vater nichts an. Seine breiten Schultern spannten sich unter der herrschaftlichen Uniform. Das Königssiegel war auf die linke Brustseite gestickt. Er trug einen schmalen Oberlippenbart, wie er aktuell gerade wieder in Mode war.

Am unteren Ende der Treppe ragte eine weitere Tür auf. Sie war schmiedeeisern, Metallsiegel waren daran angebracht. Imgard spürte die Magie, die davon ausging. In einige Eisenornamente waren Edelsteine eingelassen, die die eingewobene Funktion verstärkten oder lenkten.

Zwei Wachen flankierten die Tür.

»Wir verlassen nun den Zwischenbereich«, erklärte ihr Vater. »Imgard, interpretiere den Zauber.«

Mit dem Beginn ihrer praktischen Einführung in die herrschaftliche Tätigkeit hatten auch die ständigen Prüffragen begonnen.

Imgard trat auf die Tür zu, betrachtete mit gerunzelter Stirn die Struktur und ließ ihre Handfläche darübergleiten.

Der Zigarettenrauch der Wachen lenkte sie ab. In Sichtweite war ein Raum, in dem vier weitere Wachleute standen. Sie hatten wohl gepafft, bis sie grammofoniert worden waren.

Auf dem Tisch in der Wachstube erkannte sie einen Bildschirm mit gewölbter Fläche. Das graue Bild zeigte sie selbst, ihren Vater und Tamyra. Über der Tür waren zwei Schragmüller-Apparate angebracht, die ihre Aufnahmen übertrugen.

Imgard hatte viel über die bekannte Spionin gelesen, die

vor der Teilung Beziehungen zur Feenwelt gepflegt hatte. Einige ihrer Ideen für magische Apparaturen waren aufgegriffen und verfeinert worden. Die Andersseiter nannten sie »Kameras«.

»Imgard«, sagte ihr Vater seufzend.

Sie hatte schon wieder den Fokus verloren. Schnell konzentrierte sie sich auf die eigentliche Aufgabe.

»Es ist eine Schutzbarriere«, erklärte sie. »Aber sie ist komplex. Magie wird davon vollständig blockiert, kann weder hinein noch hinaus – mit einer Ausnahme.« Sie runzelte die Stirn. »Da ist eine Sache, die hindurch kann.«

»Ausgezeichnet.« Ihr Vater nickte.

Tamyra verschränkte die Arme. »War's das oder gehen wir heute noch hinein? Ich habe eine Verabredung.«

»Du wirst deine Party auch mal ausfallen lassen können«, sagte ihr Vater.

»Eine Verabredung zu einer Selbstverteidigungsstunde«, gab sie kokett zurück.

Tamyra liebte es, ihren Vater verbal in eine Falle zu locken.

»Öffnen«, befahl dieser jetzt.

Eine der Wachen nutzte einen Schlüsselstab, mit dem sie in einer festgelegten Reihenfolge die Edelsteine berührte. Es klackte und ratterte, die Flügeltür öffnete sich.

Ein gewaltiger Strom Magie fegte Imgard entgegen. Durch die geöffnete Tür war es klar erkennbar.

Ebenso wie die Gestalten, die in einfacher Kleidung hier unten hausten. Sie sah Kinder und Ältere, Cordhosen und abgetretene Schuhe. Schirmmützen, zottelige Haare. Leere Blicke und solche voller Wut.

»Was ist das hier?«, fragte Imgard entsetzt.

Zwei Wachen hatten mit ihnen den Bereich betreten, doch ihr Vater schien keinerlei Angst zu haben. Ohne ein

Wort führte er sie an in Stein gehauenen Höhlen vorbei, die als Behausung dienten. Rohre verliefen an den Decken, es gab eindeutig sanitäre Anlagen, wenn auch auf einem bemitleidenswerten Niveau.

»Es sind Gefangene«, sagte Tamyra.

»Das ist richtig.« Ihr Vater ließ in seinem Schritt nicht nach.

Von einem zentralen Weg, der geglättet worden war, gingen kleinere Gässchen seitlich ab. Es wirkte wie ein verwinkeltes Städtchen, nur ohne den freien Himmel. Und alles fiel schräg ab.

Ein alter Mann schlurfte mit gebeugtem Rücken und gebrochenem Blick an ihr vorbei. Er mochte sechzig sein, ebenso gut neunzig.

Die Hauptwege, das erkannte Imgard jetzt, gingen von einem zentralen Punkt sternförmig ab. Dort ragte ein alter Stein empor, gezackte Felsen mit eingemeißelten Symbolen. Faustgroße Edelsteine waren eingepasst. Wie Stimmgabeln aus Stein, die von oben bis unten mit blauen, roten und grünen Edelsteinen besetzt waren.

»So etwas hätte ich unter dem Ratspalast nicht erwartet«, sagte Imgard.

»Nicht direkt darunter«, korrigierte Tamyra sie. »Wir sind leicht schräg gegangen.« Sie runzelte die Stirn. »Befinden wir uns hier unter dem Purpurschleier?«

Imgard fühlte sich unwohl. Sie konnte die hasserfüllten Blicke kaum ignorieren, ebenso wenig die traurigen.

»Es ist eine uralte Machtstelle«, erklärte ihr Vater. »Die Wesen hier sind Sirenen. Äußerlich mögen sie unauffällig wirken, doch in ihnen steckte gewaltige Macht. Sie spiegelten dereinst Berlin und leiteten damit die Große Teilung ein.«

»Von hier aus –«

In der Ferne erklang ein Schrei. Die Sirenen zogen die Köpfe ein, Wachen brüllten Befehle.

»Es wundert mich nicht. Kommt mit.« Ihr Vater schlug den Weg zurück zur Tür ein.

Dort hatten die Wachen einen jungen Mann überwältigt, der in Imgards Alter war. Aus dem gelockten dunklen Haar lief Blut über die Stirn. Seine Haut war milchig weiß.

»Ein Fluchtläufer?«, fragte der König.

»So ist es, Eure Majestät.«

Ihr Vater schenkte Imgard einen tiefen Blick. »So nennen wir jene, die ihren Dienst für unsere Stadt nicht länger durchführen möchten. Sie fallen der Gemeinschaft in den Rücken, stellen ihr eigenes Glück egoistisch über das von Berlin.«

Der Fluchtläufer spuckte aus. »Ihr seid Sklavenhalter, sonst nichts.«

»Imgard, als Königin musst du zukünftig Entscheidungen treffen, die anderen Schmerzen bereiten.« Ihr Vater verschränkte die Arme. »Wie soll er bestraft werden?«

Panisch blickte sie zwischen den vor Wut funkelnden Augen des Fluchtläufers zu ihrem Vater. »Können wir das Ganze nicht vergessen?«

Neben ihr lachte Tamyra ungläubig auf. »Damit andere es ihm gleichtun?«

»Warum ist es denn so wichtig, dass alle hier unten hausen?«, fragte Imgard.

»Leben«, korrigierte ihr Vater. »Wir versorgen sie mit allem Notwendigen zum Leben. Allein sind sie dazu gar nicht in der Lage.«

»Lüge!«, brüllte der Fluchtläufer.

Der Schlag einer Wache ließ Blut aus seinem Mund spritzen.

»Können wir ihn nicht einfach exekutieren?«, fragte Tamyra. »Als mahnendes Beispiel.«

»Was?« Imgard blinzelte erschrocken.

»Das ist unmöglich«, sagte ihr Vater. »Die Magie der Sirenen ist wichtig. Ich erkläre euch noch die Details, doch ihr Leben darf unter keinen Umständen vergeudet werden. Vielleicht, wenn er mindestens drei Nachkommen gezeugt hat. Davor … nein. Auspeitschen wäre eine Option.«

Imgard schluckte. »Wir ketten ihn drei Tage in seiner Behausung fest. Als Mahnung, dass seine Freiheit noch stärker eingeschränkt werden kann.«

Ihr Vater wirkte verblüfft. »Das ist … eine ausgezeichnete Idee.« Er nickte den Wachen zu, die den Fluchtläufer fortschafften.

Imgard sah ihm nach. Sie hatte verhindert, dass er ausgepeitscht wurde. Doch zu welchem Preis?

»Gehen wir wieder nach oben«, sagte ihr Vater. »Für heute habt ihr genug gesehen.«

Imgard warf noch einen Blick auf die gebrochenen Gestalten ringsum. Ein ganzes Volk war unter dem Purpurschleier eingekerkert. War das nicht paradox? Jene Magie, die ihnen die Überbrückung weiter Entfernungen gestattete, war zugleich ein Joch für jene, die an einem Ort gebunden waren.

Imgard würde die lodernden Purpurflammen nie wieder so sehen wie zuvor.

»Was willst du?«, erklang die brüchige Stimme, in die sich Beiklänge aus Wut mischten.

»Geht es dir gut?«

Ein bitteres Lachen erscholl aus dem Inneren der Höhle. Ein Teppich hing von oben herab und verdeckte den Eingang. »Soll das ein Witz sein?«

»Sie haben dich nicht ausgepeitscht.«

»Das hier ist schlimmer!«, rief der Fluchtläufer.

»Schlimmer?«, echote sie.

»Ich wollte Freiheit«, gab er matt zurück. »Nicht noch mehr Einschränkung.«

Imgard begriff, dass sie ihm den körperlichen Schmerz erspart, ihn aber zu seelischer Pein verdammt hatte. Ein Tag war vergangen, dann hatte sie es nicht länger ausgehalten. Sie war erneut nach unten gestiegen, die Wachen hinterfragten ihre Anwesenheit nicht. Vermutlich gingen sie davon aus, dass ihr Vater weitere Lernprozesse eingeleitet hatte.

Zwei grimmig dreinblickende Männer standen in Sichtweite. Doch vermutlich hätte es niemand hier unten gewagt, sie anzugreifen. Falls doch, wusste Imgard sich zu verteidigen.

»Ich wollte nur, dass du nicht ausgepeitscht wirst«, sagte sie.

»Das hätte ich ertragen.«

»Wie heißt du?«, fragte sie.

»Jo-hann«, sagte er.

Imgard hatte sich informiert und wusste, dass die Sirenen dem magischen Glauben anhingen, demzufolge der Name aus zwei Teilen bestand: einem weltlichen und einem Seelenelement. Deshalb teilten sie ihre Namen auf, verzichteten dafür aber gänzlich auf den Familiennamen.

»Ich bin Imgard«, stellte sie sich vor.

Ein Lachen erklang. »Ich weiß, wer du bist, Prinzessin.«

»Du kannst mich beim Vornamen nennen«, sagte sie.

»Wenn das die Wachen hören, werde ich nach den drei Tagen Gefangenschaft direkt ausgepeitscht, Prinzessin«, sagte Jo-hann.

»Dann sorgen wir dafür, dass sie es nicht mitbekommen«, erklärte sie verschmitzt.

Und weil sie langsam genug davon hatte, schob sie die Decke beiseite. Nur um erschrocken die Luft durch die Zähne zu ziehen. Die Wunde auf Jo-hanns Stirn hatte sich entzündet, offensichtlich kümmerte sich niemand darum.

»Sehe ich so schlimm aus?«, fragte er.

Die ehrliche Antwort wäre gewesen: abgemagert, blutig, mit entzündeter Wunde und blass wie die Nacht. Stattdessen sagte Imgard: »Nicht *sooo* schlimm. Habt ihr keine Heiler?«

»Unser Körper gehört Berlin«, sagte Jo-hann süffisant. »Wenn wir ihn verletzen, liegt das wohl an einem unzureichenden Gemeinschaftssinn. Dann haben wir Schmerzen verdient. Behandlung erfolgt nur, wenn das Leben in Gefahr ist.«

Imgard verstand diese Grausamkeit einfach nicht. »Warte hier.«

In Windeseile verließ sie den Kerker – und nichts anderes war es Imgards Meinung nach –, besorgte einen Heilkristall und kehrte zurück. Die Wachen spürten wohl ihre brodelnde Wut und sagten keinen Ton.

Als sie Jo-hanns Höhle betrat und der Kristall seine Wirkung entfaltete, entspannte er sich sichtlich. »Danke.«

»Das ist das Mindeste, was ich tun kann«, sagte er.

»Du könntest uns alle in die Freiheit entlassen«, entgegnete er.

»Noch bin ich nicht Königin«, erwiderte sie bedauernd. »Im Palast sitzt mein Vater auf dem Thron.«

Er nickte traurig. »Und wenn du es eines Tages bist, wirst du uns nicht gehen lassen. Alles für Berlin. Wir werden hier unten weiter hausen, auf ewig.«

»Aber warum?«, fragte sie. »Ich meine, mein Vater hat

uns erklärt, dass eure Magie die Trennung aufrechterhält. Sonst würden beide Städte kollidieren. Aber das könntet ihr doch auch von oben tun. Wenn ihr einfach jeden Tag hierherkommt.«

Jo-hann lachte bitter auf. »Er hat dir also nicht alles erzählt. Das wundert mich nicht. Weißt du, Prinzessin, unsere Magie wird über die alte Machtstätte in die Trennung geleitet, stabilisiert die Grenze. Aber dabei verlieren wir Lebenskraft. Wir altern bis zu unserem Übergang ins Erwachsenenalter normal. Ab dann beschleunigt es sich. Ich spüre bereits, wie es beginnt. Wenn du dein dreißigstes Lebensjahr erreichst, werde ich sechzig sein. Mit der Pflicht, drei Nachkommen zu zeugen, bevor ich es nicht mehr kann.«

Imgard erschauerte. »Das ist ja schrecklich.«

Sie erinnerte sich an den alten Mann, der gebeugt an ihr vorbeigeschlurft war. Sein Blick war gebrochen und leer gewesen. Er war also nicht sechzig gewesen oder neunzig. Oder zumindest hätte er es nicht sein sollen.

»Und das ist nicht alles«, sagte Jo-hann.

Mit leiser Stimme sprach er weiter.

24. KAPITEL

MAX

Verwirrt sah Imgard sich um. Runzelte die Stirn. Schüttelte den Kopf.

»Ich bin Max«, sagte er. »Nicht Imgard.«

Im nächsten Moment sprang er auf, machte einen Satz zur Seite und erbrach sich.

Lenyo ging neben ihm in die Knie und stützte ihn. »Die erste Erfahrung mit einer Erinnerungsträne kann ziemlich heftig sein.«

»Ich war *sie.*« Mit einem Taschentuch wischte sich Max Reste des Erbrochenen von den Lippen. »Das ist so krass. Ich war meine Großmutter, aber sie war jung.«

Janus nickte mitfühlend. »So ein Trip kann schon heftig sein. Aber du gehörst zu der Sorte Abstoßer. Sei froh.«

»Bitte was?« Max kam zitternd wieder auf die Beine.

»Es gibt Leute, die werden süchtig nach Erinnerungstränen«, erklärte Janus. »Sie verlieren sich in der Welt anderer, wollen nicht mehr zurück.«

»Ich habe das immer für ein Gerücht gehalten«, sagte Lenyo. »Es gibt doch kaum welche von den Silbertränen.«

Max verstand kein Wort und das sah man ihm wohl auch an.

Janus setzte zu einer Erklärung an: »Silbertränen herzustellen ist eine geheime magische Kunst. Immerhin kann man in ihnen durch die Erinnerung Wissen speichern. Über die Vergangenheit. Die Mächte, die aktuell sind, mögen das aber nicht. Sie kontrollieren die Geschichtsschreibung. Schließlich will man keinen Aufstand. Deshalb kennen nur die offiziellen Archivare des Palastes das Geheimnis um die Herstellung der Silbertränen.« Janus deutete auf das Kästchen. »Und da deine Großmutter Prinzessin war, hat sie wohl ein paar mitgehen lassen. Sie muss damit gerechnet haben, dass ihr eines Tages etwas zustößt. Also hat sie ihre Geschichte für dich aufbewahrt.«

»So kann ich erfahren, wer ich bin«, flüsterte Max. »Aber was meintest du mit ›Abstoßer‹?«

»Oh.« Janus nickte. »Das bedeutet nur, dass du zwar in die Erinnerung anderer eintauchst, aber dein Instinkt das Fremde eher abstößt. Du willst zurück in dein Ich. Bei anderen ist es umgekehrt. Sie sind nicht zufrieden mit ihrem Leben und bleiben auf eine gewisse Art an den Erinnerungen anderer kleben. Manche versuchen sogar, ihr Leben zu einer Kopie zu machen.«

»Okay«, sagte Robin gefährlich leise. »Nur, damit ich das richtig verstehe: Ihr hattet keine Ahnung, ob das auf Max zutrifft, lasst ihn aber diese blöde Träne lutschen?«

»Äh«, machte Lenyo.

»Stimmt«, sagte Janus. »Doch hier handelt es sich ja nicht um eine fremde Erinnerung. Es war die seiner Großmutter. Die Wahrscheinlichkeit, dass er sich in ihrem Leben verliert, war gering.«

»Gering heißt nicht, dass es unmöglich ist«, entgegnete Robin.

»Sie hat recht«, sagte Kalinda.

»Vielleicht ist es dir noch nicht aufgefallen, o große Beschützerin von Max«, sagte Janus, »aber Sicherheitsgurt und Aufprallschutz sind gerade nicht drin. Wir alle brauchen Antworten. Und zwar schnell, bevor ihre königliche

Mörderigkeit Tamyra hier hereinschneit und unsere Köpfe davonhüpfen lässt.«

»Schluss jetzt«, verlangte Max. »Ich bin froh, dass ich es getan habe! Ich *wollte* es tun! Das ist meine Chance zu erfahren, wer ich bin. Woher ich komme. Wer meine Großmutter ist, meine Großtante, alle.«

»Okay.« Robin hob beide Arme in einer Ich-gebe-auf-Geste in die Höhe. »Sorry.«

»Bleib, wie du bist, Schätzchen«, sagte Janus. »Nur weniger Tigermama.«

Max ließ die anderen stehen und holte aus der Speisekammer den Putzeimer mit Wischmopp. Er gab Wasser hinein. Dabei fiel ihm bei jedem Handgriff die Fremdartigkeit der Umgebung auf.

Das also war sein Leben gewesen. Eine Illusion, wie das gesamte Haus.

Er hatte Schildkröten herbeigezaubert und in einem halben Palast gelebt, mit einer Prinzessin als Großmutter.

»Hey«, sagte plötzlich jemand hinter ihm.

Starke Arme legten sich um seine Hüfte, heißer Atem kitzelte seinen Nacken.

»Mir geht es gut«, sagte Max.

»Vielleicht brauche *ich* ja auch einfach gerade Nähe.« Lenyo stupste die Nase in Max' Nacken. »Ich habe keine Lust, ständig Abstand zu halten.«

Max lächelte.

»Steht dir«, kam es von Lenyo.

Erst jetzt bemerkte Max, dass sich sein Gesicht im Fenster über der Spüle spiegelte. Lenyos Augen schienen in der Dunkelheit zu schweben.

»Was hast du erlebt?«, fragte er.

Max stellte das Wasser ab und ließ den Putzeimer in der Spüle stehen. »Einen Kerker. Direkt unter dem Palast.« Er fasste zusammen, was er durch die Augen seiner Großmutter gesehen hatte.

»Sirenen«, echote Lenyo verblüfft.

»Ist das bedeutsam?«

Er lachte auf. »Als die Spiegelstadt erschaffen wurde, gab es eine magische Schockwelle. Einige sensible Feenwesen sind daran zugrunde gegangen. Seit der Trennung gelten die Sirenen als ausgestorben.«

Max sah ihn verblüfft an. »Aber das stimmt nicht. Ich habe sie gesehen, sie leben unter dem Palast. Oder haben dort zumindest einst gelebt. Meine Großmutter hat mit diesem Jo-hann gesprochen. Leider ist die Erinnerung dann irgendwie diffus geworden.«

Er nahm sich ein Glas, befüllte es mit Wasser und trank einige Schlucke. Die Kälte rann sanft durch seine geschundene Kehle.

»Sie war zu Ende«, sagte Lenyo. »Was sie dir mitteilen wollte, hast du miterlebt. Alles danach war für das, was sie dir zeigen wollte, nicht mehr bedeutend. Aber ehrlich gesagt ist allein schon diese Erinnerung Sprengstoff. Wenn das auf der anderen Seite bekannt wird, haben unsere Herrscher ein Problem.«

»Jagt Tamyra uns deshalb? Weil sie Angst hat, dass die Informationen ihr gefährlich werden?«

Bei der Nennung des Namens verkrampfte Lenyo unweigerlich.

»Was ist los?« Max drehte sich um und stand jetzt ganz dicht vor ihm.

»Es ist eine lange Geschichte«, gab Lenyo zurück. »Tamyra hat mich einst gefoltert. Und jemanden getötet, der mir sehr wichtig war. Eines Tages werde ich mich dafür an ihr rächen.«

Schritte erklangen.

»Sorry.« Robin griff in die Spüle und nahm den Putzeimer heraus. Den Wischmopp klemmte sie sich unter den rechten Arm. »Weitermachen.«

Schon war sie wieder verschwunden.

Max musste unweigerlich grinsen. »So ist sie.«

Lenyo legte seine Hände an Max' Hüfte und zog ihn heran. Seine Lippen berührten vorsichtig die von Max. Einfach so. Als sei es das Natürlichste der Welt.

Max erwiderte den Kuss.

Warum hatten sie überhaupt so lange damit gewartet?

»Tamyra wird euch töten«, erklang Kalindas Stimme.

Lenyo stöhnte auf und rollte mit den Augen. »Sie hat wirklich Talent.«

Max sah an ihm vorbei in Richtung Wohnzimmer, von wo die Jägerin ihm grimmig entgegenblickte. »Aber irgendwie hat sie recht. Meine Großtante hat garantiert geschnallt, dass wir auf dieser Seite sind. Hat sie eine Möglichkeit, das Haus zu finden?«

Sie kehrten zurück ins Wohnzimmer, obwohl Max am liebsten ewig mit Lenyo in der Küche gestanden hätte.

»Normalerweise nicht«, antwortete Janus. »Wobei wir natürlich bedenken müssen, dass der Illusionszauber jetzt aufgelöst wurde. Sollten hier im Haus irgendwelche stärkeren magischen Artefakte aufbewahrt werden, könnten spezialisierte Sucher das orten. Allerdings erst ab diesem Zeitpunkt.«

»Tamyra wird euch töten«, sagte Kalinda.

»Ernsthaft, dir ist schon klar, dass wir dich jedes Mal hören?«, fragte Janus. »Klingt wie ein nerviges Grammofon mit Wackelkontakt. Willst du, dass Lenyo es bereut, dir die Erlaubnis zum Sprechen gegeben zu haben? Leg mal 'ne andere Platte auf.«

»Na gut«, sagte die Jägerin.

»Wirklich?« Janus sah sie verblüfft an.

»Tamyra wird euch *langsam* töten«, sagte Kalinda.

»Argh!« Janus ballte die Hände zu Fäusten. »Können wir Miss Mörderisch bitte wieder auf stumm schalten?«

»Nein«, sagte Max.

Alle sahen ihn an.

»Ich habe gesehen, was Gefangenschaft bedeutet.« Er räusperte sich. »Die Sirenen unter dem Palast. Niemand verdient so etwas.«

»Sirenen?«, echote der Dschinn.

Max fasste sein Erlebnis noch einmal zusammen, damit jeder auf dem neuesten Stand war. Und er erklärte Robin, warum diese Enthüllung in die Rubrik *krass* einzuordnen war.

Und zumindest dieses Mal war sogar die Jägerin verblüfft. Schweigen senkte sich über das Wohnzimmer.

»Wenn das erst der Anfang war«, sagte Robin und deutete auf die Dose mit den Tränen, »was kommt denn dann noch? Willst du direkt weitermachen?«

Letztlich hatte die letzte Erinnerung nur zwanzig Minuten benötigt und Max war nicht müde.

»Auf jeden Fall«, sagte er. »Ich will alles erfahren. Immerhin ist meine Großmutter am Ende geflohen. In diesen Tränen steckt die Geschichte ihres Lebens.«

»Können wir da nicht irgendwie mitmachen?«, fragte Robin. »Ich würde das auch gerne sehen.«

»Ich denke, was die Prinzessin an Informationen weitergeben wollte, ist für Max bestimmt«, sagte Lenyo. »Und nicht, dass *du* am Ende noch süchtig nach den Tränen wirst.«

»Toll.« Robin verschränkte die Arme. »Wir sitzen also rum, wischen Erbrochenes weg – gern geschehen übrigens – und trinken Tee.«

»Machst du mir einen mit?«, fragte Janus.

»Ich verprügle auch Dschinns«, sagte Robin.

»Bezweifle ich keine Sekunde.« Janus legte gedankenverloren den Finger ans Kinn. »Könnte Spaß machen.«

»Janus«, sagte Lenyo.

»Ist ja gut, ist ja gut. Ich mache den Tee für uns alle, während unser Kronprinz hier weiter seine Geschichtsstunde konsumiert.« Er stand auf.

Kalinda stand mit verschränkten Armen an der Seite und schwieg. Ihre Stirn war gerunzelt.

»Welche nimmst du denn jetzt?«, fragte Robin.

Max deutete auf eine bestimmte Träne. »Ich kann spüren, dass diese hier als Nächstes dran ist.«

Robin setzte an, etwas zu sagen, schwieg jedoch. Ihr Blick lag auf Lenyo.

Dieser sah angespannt zu Kalinda. Seine Muskeln waren verkrampft.

»Was ist?«, fragte Robin.

»Das wollte ich unsere Jägerin gerade fragen.« Er legte einen gefährlichen Klang in seine Stimme. »Ich sehe es in deinen Augen. Triumph.«

Kalinda gab ihr Pokerface auf und lächelte.

»Sag uns, warum du dich freust«, befahl Lenyo.

»Sie sind hier«, sagte Kalinda freiheraus und es schien, als hätte es die magische Bindung dafür gar nicht benötigt. »Tamyra hat uns gefunden.«

Im gleichen Augenblick kam Janus aus der Küche geeilt. »Schattenumrisse im Garten. Es sind Jäger. Das Haus ist vermutlich umstellt.«

»Shit«, sagte Robin.

Max schloss sofort die Dose mit den Tränen. Sie passte gerade so in seine Hosentasche, immerhin. »Was jetzt?«

»Abhauen«, schlug Robin vor.

»Dafür ist es zu spät«, sagte Kalinda. »Ich spüre die Wut der anderen Jägerinnen und Jäger. Sie kommen, um euch auszulöschen. Ich werde mit Freude dabei zusehen.«

»Wirst du nicht«, stellte Lenyo klar. »Falls wir angegriffen werden, befehle ich dir, uns mit aller Kraft gegen jede Art von Angriff zu verteidigen.«

Kalindas Gesicht entgleiste. »Du elender –«

Glas klirrte. Scherben fielen zu Boden. Die Eingangstür zerbarst in einem Regen aus Holzsplittern. Schemenhafte Umrisse flirrten in den Raum.

Der Angriff begann.

25. KAPITEL

SCHLAGLICHTER

Sowohl durch das zerbrochene Wohnzimmerfenster als auch durch die zersplitterte Haustür katapultierten sich schwarz verhüllte Gestalten.

»Die Wicked Bitch of the West scheint ultrapissig auf euch zu sein«, rief Janus Lenyo zu, während er sich in einer fließenden Bewegung auf den Boden fallen ließ und die Fäuste auf den Dielenboden donnerte. Flammen loderten auf. Fauchend rasten sie in verschiedene Richtungen und erhoben sich als prasselnde Feuerwand vor den Angreifern.

»Das wird sie nicht aufhalten«, prophezeite Kalinda gelassen.

»Das weiß ich auch«, schnauzte der Dschinn zurück und sprang wieder auf die Füße – nur um von einem Angreifer umgerissen zu werden, der durch die Feuersbrunst gesprungen war. Der Jäger schlug Janus zu Boden, legte ihm brutal die Hände um den Hals und drückte zu. Die Flammen wurden zischend kleiner.

Lenyo wollte seinem Freund zu Hilfe eilen, doch da tauchten zwei weitere Jäger durch die Feuerwand. Er stürzte sich auf einen und versuchte, ihm die Faust gegen die Schläfe zu donnern. Sein Gegenüber wehrte den Angriff jedoch mühelos ab und versetzte ihm einen Boxhieb in den Bauch.

Ungläubig blickte Max auf die prasselnden Flammen, die an den Wohnzimmermöbeln seiner Großmutter leckten, und auf die Angreifer aus einer anderen Welt.

Lenyo prügelte sich neben ihm mit einem Jäger, ein weiterer drückte Janus die Luft ab, und ein dritter, der durch das Feuer direkt auf ihm zustürmte, wurde von Kalinda zur Seite gerissen.

Max selbst fühlte sich vor Schreck wie gelähmt. In seiner Linken hielt er die Dose mit den Silbertränen. Robin bückte sich und pflückte den Plauener Schlägel vom Boden, den Lenyo achtlos dort abgelegt hatte.

»Der funktioniert nicht mehr«, murmelte Max, dem es so vorkam, als sei er von dem Chaos um sich herum durch eine dicke Glasscheibe getrennt.

Wie um seine Worte Lügen zu strafen, holte Robin aus, als sei der Schlägel ein Hockeyschläger, und donnerte das massive Holzende mit voller Kraft gegen den Kopf des Jägers, der auf Janus saß.

Ein schreckliches Geräusch ertönte, etwas Warmes spritzte Max ins Gesicht – und riss ihn aus seiner Lethargie.

Kalinda kannte die Jägerin, mit der sie gerade über den Boden rollte. Gylse hatte sich schon immer für etwas Besseres gehalten. Tja, hätte Gylse mehr Zeit für das Training aufgewendet statt mit ihrer Aufschneiderei, hätte sie jetzt vielleicht eine reelle Chance gehabt.

Kalindas Schulter stieß gegen etwas Festes, wahrscheinlich den Wohnzimmerschrank, doch sie achtete nicht darauf. Ebenso wenig wie auf Gylses Knie, das diese ihr in den Bauch rammte. Aus den Augenwinkeln sah sie, wie die andere an ihre Seite griff und einen Dolch aus der Beinscheide zog.

Mit einer schnellen Armbewegung stieß sie die herabstoßende Hand mit dem Dolch beiseite. Seine Spitze kam nur wenige Zentimeter neben ihr auf dem Boden auf.

Wut kochte in Kalinda hoch. Sie griff nach vorn, packte Gylses Kragen mit beiden Händen und zerrte ihren Oberkörper nach unten, während sie selbst die Zähne zusammenbiss, das Kinn an die Brust zog und den Kopf nach oben stieß. Mit einem befriedigenden Krachen hörte sie Gylses Kiefer brechen.

Der brutale Tritt des Jägers in seine Eier ließ Lenyo Sterne sehen. Sein Magen zog sich zusammen, doch er verdrängte alle Schmerzen. Er riss sich von dem anderen los und machte einen Ausfallschritt zur Seite, um der Faust zu entgehen, die nun in die Wand hinter ihm donnerte.

Sein Angreifer stöhnte noch nicht einmal auf. Er drehte sich einfach um und stürzte sich erneut auf Lenyo. Der nutzte den Schwung des Jägers und ließ sich von ihm ein Stück nach vorn schieben. Dabei krallte er eine Hand in den Kragen seines Gegners, die andere in den Stoff seines Oberteils.

Hitze schlug ihm entgegen, als die Flammenwand zu seiner Linken bis zur Decke loderte. Perfekt! Janus hatte es geschafft.

Ehe sein Gegner begriff, was er vorhatte, stemmte Lenyo die Füße in den Boden, übte Druck auf dessen Schulter aus und zwang ihn so zu einem Ausfallschritt. Noch in der Bewegung riss er ihn wieder nach vorn und gleichzeitig zur Seite und trat ihm die Beine weg. Der Jäger segelte durch die Luft und klatschte wie ein nasser Sack auf. Ehe er richtig aufkam, war Lenyo bereits über ihm, presste ihn zu Boden und klemmte ihm die Arme mit den Knien ein. Die massive Gestalt bäumte sich auf wie ein Bulle beim Rodeo.

Jetzt musste er schnell sein. Lenyo legte einen Handballen gegen das Kinn des Jägers und drückte dessen Kopf auf die Flammenwand zu. Das würde hässlich werden.

Er sah, dass ein weiterer Jäger durch die Flammenwand sprang und – *oh shit!* Eine kleine Gestalt, nicht größer als ein Meter, schritt durch das Feuer. Sie war von Kopf bis Fuß in schmutzige Lumpen gehüllt und hatte eine Kapuze tief ins Gesicht gezogen.

Wo hatte Tamyra einen Butz aufgetrieben?

Der vermummte Kobold breitete die Arme aus, die Möbel im Zimmer begannen zu klappern und kleinere Gegenstände erhoben sich von ihren Plätzen in die Luft.

Dem Jäger unter ihm gelang es, seine Hand zu verschieben und die Fingerkuppen brutal in die Innenseite von Lenyos Oberschenkel zu graben. Der unterdrückte ein Stöhnen und mobilisierte seine Kräfte. Millimeter um Millimeter schob er den Kopf des Jägers nach hinten, doch die Flammen waren zu weit weg.

Der Butz schritt zwischen den Kämpfenden hindurch auf Max zu.

Das Wesen, das seelenruhig durch die Flammen geschritten war und nun auf ihn zukam, sah harmlos aus.

Yoda, ging es Max durch den Kopf, auch wenn dessen Kleidung nie so heruntergekommen ausgesehen hatte.

Der ist auch gefährlich gewesen, dachte er, während er fasziniert beobachtete, wie Blumentöpfe, Bücher und andere Alltagsgegenstände durch die Luft wirbelten und um sich selbst drehten, bis sie auf eine Handbewegung des Zwergs hin wie Wurfgeschosse in verschiedene Richtungen flogen: Eine Vase traf Robin am Kopf und ließ sie taumeln, ein hölzernes Schachbrett schlug Janus gegen die Hand, mit der er Feuerkugeln wie Tennisbälle auf die angreifenden Jäger warf.

»Hau ab!«, brüllte Lenyo ihm zu.

Max schaute von ihm auf die Dose in seiner Hand und spürte, wie sie sich in seinem Griff zu winden begann wie etwas Lebendiges.

Er hob den Kopf und blickte dem Yoda-Zwerg auf das verhüllte Gesicht.

»Gib sie mir«, hörte er eine Stimme in seinem Kopf.

Die Dose zuckte heftiger. Der Zwerg streckte beide Hände danach aus.

Eine dunkle Gestalt schob sich zwischen sie, Kalinda. Sie pflückte eines der flatternden Bücher aus der Luft und warf es in Richtung der seltsamen Kreatur.

»Bring die Dose in Sicherheit!« Das war wieder Lenyo.

Entschlossen drückte Max die Tränen an sich, wirbelte herum und stürzte aus dem Raum.

Wohin? Nach draußen konnte er nicht, Janus' Flammen schnitten ihm den Weg ab.

In den Keller? Dumme Idee.

Weil ihm nichts Besseres einfiel, stürzte er die Treppe hinauf, immer zwei Stufen auf einmal nehmend. Er machte im ersten Stock nicht halt, sondern hetzte nach oben, Richtung Dachboden.

Hinter ihm ertönten Schritte.

»Schneller«, erklang Robins Stimme.

Er riss die Tür am Ende der Treppe auf und taumelte in den Dachboden. Staub wirbelte auf. Und nun? Sollte er sich hinter einem der abgedeckten Möbelstücke verstecken? Oder zumindest die Dose mit den Tränen? Nein. Die Angreifer würden vermutlich alles hier auseinandernehmen – inklusive ihn.

Robin warf die Tür ins Schloss und lehnte sich dagegen. Sie starrten sich an. Haarsträhnen klebten ihr im schweißnassen Gesicht. Ihre Augen waren geweitet.

»Was jetzt?«, fragte sie zwischen zwei heftigen Atemzügen. In der Rechten hielt sie den Plauener Schlägel, dessen heller Spitzenbesatz dunkelrot verfärbt war.

Max versuchte zu überlegen. »Aus dem Fenster«, schlug er vor. »Über das Dach bis zur Garage.«

Von dort konnten sie in den Garten springen.

Aber was war mit Lenyo und Janus?

Etwas donnerte von der anderen Seite gegen die Tür.

»Wo ist der verdammte Schlüssel?«, fragte Robin.

»Gibt keinen«, gab Max kleinlaut zu. Nachdem er sich einmal versehentlich eingeschlossen hatte, war seine Großmutter der Meinung gewesen, es sei besser, die Schlüssel der meisten Türen einzusammeln.

»Verdammt!«

Zuerst glaubte Max, Robin spräche von dem fehlenden Schlüssel, doch dann folgte er ihrem Blick und sah, dass durch den Türschlitz eine teerartige Flüssigkeit in den Dachboden drang.

Mit einem Satz brachte sich Robin neben der alten Schneiderpuppe in Sicherheit.

Immer mehr Teer floss von draußen in den Raum. Langsam verdichtete er sich und nahm menschenähnliche Form an. Wie eine Plastikstatue, die schmolz, nur umgekehrt. Und genauso schlimm stank es jetzt in der Dachkammer.

Die Tücher auf den Möbeln um sie herum flatterten wild, als sei Wind unter sie gefahren.

Robin griff nach seiner Hand. »Wir müssen hier weg.«

In diesem Moment stach die Schneiderpuppe auf ihre Schulter ein.

Kalinda war eine Einzelgängerin und nicht sonderlich beliebt bei ihren Kampfgefährten. Jetzt mussten die anderen

Jägerinnen und Jäger denken, sie habe den Verstand verloren. Nach Gylse hatte sie einen weiteren Kameraden ausgeschaltet – und das auch noch gegen ihren Willen. Aber wie sollte sie ihren Leuten klarmachen, dass die Magie sie zwang, mit den Verrätern gegen sie zu kämpfen?

Lenyo schien zurechtzukommen. Er hatte eine Jägerin, die sie nur vom Sehen kannte, in den Schwitzkasten genommen und versuchte offenbar, sie bewusstlos werden zu lassen. Janus war mit zwei Gegnern beschäftigt. Der Butz war verschwunden, doch noch immer flogen Gegenstände an ihnen vorbei.

Kalinda selbst blutete aus einer Platzwunde an der Stirn, wo der hässliche Porzellanübertopf einer noch hässlicheren Buntnessel sie getroffen hatte. Sie tauchte unter einem Holzscheit hindurch, das aus dem offenen Kamin in der Ecke stammte, schnappte sich einen vorbeifliegenden Kerzenhalter und schlug damit einem der beiden Jäger auf die Schulter, die den Dschinn gegen die Wohnzimmerwand drückten, seine Arme festhielten und so verhinderten, dass er weitere Feuerbälle warf.

Der Jäger zuckte zusammen und stieß ein wütendes Knurren aus, Janus konnte sich aus seinem Griff befreien. Sie sah, dass seine Hand zu glühen begann wie eine heiße Herdplatte. Mit dieser griff er in die kurzen Locken der Jägerin, die ihn noch festhielt, und riss ihren Kopf zurück. Der Geruch von versengten Haaren wallte auf.

Mehr bekam Kalinda nicht mit, weil der von ihr getroffene Jäger herumfuhr und sich anschickte, sich auf sie zu stürzen. Ehe es dazu kam, packte sie seinen Kopf mit beiden Händen und drückte ihre Lippen auf seine.

Schweiß tropfte Lenyo in die Augen. Die Jägerin in seinen Armen zappelte wild und röchelte verzweifelt, doch ihre

Bewegungen wurden langsam schwächer. Er drückte fester zu. Mit ihren Fingernägeln hatte seine Gegnerin ihm die Haut am Arm aufgerissen. Er hoffte, sie waren nicht vergiftet.

Erleichtert sah er, dass Janus im Begriff war, seine Gegnerin ebenfalls niederzuringen, und Kalinda – küsste den Jäger, den sie an die Wand gedrückt hatte!

Das Licht schien plötzlich von ihr abzuprallen. Dunkelheit legte sich um sie wie ein Mantel. Sie drängte sich dichter an ihren Gegner, der eine Sekunde später zusammensackte wie eine Marionette, deren Fäden man durchschnitten hatte.

Nachtmahr, ging es ihm durch den Kopf. Energievampire, die ihren Opfern Kraft aussaugten und sie dann in das Reich der Träume schickten. Oder eher ins Land der Albträume.

Als sie sich zu Lenyo umdrehte, sah er, dass alles Weiße aus ihren Augen verschwunden war. Sie waren jetzt komplett schwarz.

Sie blickte zwischen ihm und Janus hin und her, offenbar unschlüssig, wen sie als Erstes unterstützen sollte.

Lenyo machte eine Kopfbewegung zur Treppe. »Der Butz«, keuchte er, während die Jägerin in seinem Griff sich noch einmal aufbäumte. »Hilf Max und Robin!«

Robin brach mit einem Schmerzensschrei in die Knie. Die Schneiderpuppe besaß keine Arme, nur einen Torso aus hellem Stoff, doch um diesen waren mehrere lange Borten und Bänder geschnürt, mit denen Max' Großmutter so gern gearbeitet hatte. Sie bewegten sich wie Schlangen durch die Luft. Eines der Bänder, aus mintgrüner Seide, schwang die große Schneiderschere. Gerade holte die Puppe damit wieder aus.

»Hilfe!«, brüllte Robin.

Max griff zu. Er bekam die Schneiden der Schere zu greifen, die, dem Himmel sei Dank, zugeklappt waren. Mit einem Ruck zog er sie zu sich. Die Puppe dachte aber gar nicht daran, loszulassen. Ein rotes Band flatterte auf ihn zu und schlang sich um seinen Hals. Ein blaues Band schnappte sich sein Handgelenk.

Verdammt. Jetzt musste er sich entscheiden. Schere loslassen oder die Dose mit den Tränen.

Die Laken, mit denen die alten Möbel hier auf dem Dachboden abgedeckt waren, erhoben sich derweil wie Geister in die Luft und begannen, sie zu umkreisen, verdeckten die Sicht auf die schwarze unheimliche Gestalt neben der Tür.

Robin, vor Schmerzen stöhnend, trat fest gegen den Holzständer der Schneiderpuppe und brachte sie so zum Wackeln. Max wurde nach vorn gerissen, die Dose glitt ihm aus der Hand, schlug auf dem Boden auf – und kullerte außer Reichweite.

Das Band um seinen Hals zog sich fester zu. Er spürte, wie sich das Blut im Kopf staute und ihm das Atmen schwerer fiel. Mit einem verzweifelten Ruck riss er das grüne Seidenband vom Puppentorso und schnitt mit der Schere die beiden anderen durch. Endlich bekam er wieder Luft.

Eines der flatternden Laken begrub Robin unter sich. Sie versuchte, sich zappelnd zu befreien, verhedderte sich dabei jedoch noch mehr, strauchelte und stolperte schließlich samt Laken hinter eine Holztruhe. Ehe Max ihr helfen konnte, sah er sich wieder mit der Schneiderpuppe konfrontiert, die trotz ihrer kurzen Holzbeine viel zu schnell auf ihn zu wackelte.

Entsetzt beobachtete er, wie sich Steck- und Nähnadeln

von selbst aus ihrem Torso zogen – und wie Gewehrkugeln auf ihn zuschossen. Er riss einen Arm in die Höhe und drehte sich um, spürte, wie sich die spitzen Gegenstände in Nacken und Rücken bohrten. Ächzend stürzte er zu Boden.

Eines der Bänder schlängelte sich an ihm vorbei und zog ihm die Schere aus der Hand.

Vorbei, dachte er, doch in diesem Moment hörte er, wie die Tür aufflog und jemand zu brüllen begann.

Das Band mit der Schere wurde weggezogen, etwas ging klappernd zu Boden. Max fuhr herum und sah, wie Kalinda die Schneiderpuppe ergriff und sie mit all der ihr zur Verfügung stehenden Kraft auf den Fußboden donnerte. Die Bänder flatterten hysterisch. Eines der fliegenden Laken wollte sich auf die Jägerin stürzen – doch ehe es sie erreichte, fiel es leblos zu Boden.

Auch die Bänder der Schneiderpuppe bewegten sich nicht mehr. Schere, Stricknadeln und Fingerhüte kamen klappernd auf dem staubigen Holzboden auf.

Max stemmte sich hoch und atmete erleichtert auf.

»Was …?«, hörte er Kalinda fragen. Als er sah, wie ihre Augen sich weiteten, drehte auch er sich in die Richtung, in der sich das seltsame Teerwesen formiert hatte.

Die Gestalt lag zweigeteilt auf dem Boden.

Robin stand breitbeinig darüber. In ihren Händen hielt sie ein langes, seltsam gebogenes Schwert.

26. KAPITEL

LENYO

»Woher hast du das?«, fragte Lenyo entsetzt, als sein Blick auf die Waffe in Robins Hand fiel.

Der Zauber des Butz hatte seine Wirkung verloren, kurz bevor es Janus und ihm gelungen war, ihre letzten Gegner auszuschalten.

Sie waren die Treppe zum Dachboden hinaufgehechtet, auf das Schlimmste vorbereitet, und hatten Kalinda vorgefunden, die ein Stück Stoff auf Robins Schulter presste, Max, der neben ihr kniete und leise auf sie einsprach, und Robin, die auf dem Boden saß und ein Schwert in der Hand hielt, das aus Silber und Ebenholz bestand.

»Es lag da hinter der Kiste.« Robin klang völlig erschöpft.

Lenyo und Janus wechselten Blicke.

»Deine Großmutter hat ein Ebenholzschwert auf dem Dachboden gelagert?«, wandte sich der Dschinn ungläubig an Max. »Weißt du, wie selten die sind?«

»Nein, das weiß ich nicht. Ich weiß überhaupt kaum etwas über das, was hier vor sich geht.« Max klang erschöpft und genervt.

Lenyo klopfte dem Dschinn auf die Schulter und ging zu ihm.

»Der Butz?«, fragte er, als er die Näh- und Stecknadeln in seiner Schulter und dem Oberarm entdeckte.

»Du bist ja von der ganz schnellen Sorte«, sagte Kalinda und bestätigte damit seine Vermutung.

Max blickte ihn erstaunt an. »Ein Butz? Wie in dem

Kinderlied? Du weißt schon. *Es tanzt ein Bi-Ba-Butzemann in unserm Haus herum.*«

»Im Grunde genommen schon«, antwortete Janus. »Nur, dass ein echter Butzemann sich nicht fröhlich schüttelt und rüttelt und alle sich freuen, sondern dass er alles im Haus kräftig ins Rütteln bringt.«

»Und fliegen lässt«, warf Robin ein.

»Und fliegen lässt«, bestätigte Janus. »Die Grimms sind schuld. Sie haben aus diesen echt fiesen Gesellen lustige kleine Kobolde gemacht. Aber die haben ja ohnehin einiges falsch verstanden.«

»Butze sind auch auf unserer Seite unbeliebt.« Lenyo ging hinter Max in die Hocke. »Halt still, du menschliches Nadelkissen. Ich zieh die Dinger raus.«

»Zuerst Robin«, verlangte Max. »Immerhin hat sie uns gerettet.«

»Lass mal sehen.« Janus hob den Stofffetzen an, den Kalinda auf Robins Schulter drückte. Blut quoll hervor. »Autsch. Das sieht nicht gut aus.«

Bei seinen Worten versteifte sich Robin.

»Im Badezimmer unten ist Verbandszeug.« Max versuchte, sich aufzurappeln, doch Lenyo hielt ihn zurück. »Dauert zu lange und geht auch anders. Janus?«

Der Dschinn ging um Robin herum und blickte ihr ernst ins Gesicht. »Ich kann die Blutung stoppen. Wird aber wehtun.«

Robin lächelte bitter. »Jetzt mach schon.«

Während Lenyo Stecknadel um Stecknadel aus Max' Rücken zog, beobachtete der, wie Janus sich hinter Robin stellte und ihr die Hand auf die Schulter presste. Es zischte, Robin schrie auf. Max zuckte zusammen und der süßliche Gestank nach verbranntem Fleisch verbreitete sich auf dem Dachboden.

»Erinnert ein bisschen an Grillgut«, kommentierte die Jägerin.

Niemand ging darauf ein.

»Wir sollten zu den Undinen«, schlug Lenyo vor, nachdem er die letzte Nadel aus Max' Haut gezogen hatte.

»Undinen?« Kalinda klang, als habe er den Verstand verloren. »Ihr seid nicht nur wahnsinnig, sondern auch lebensmüde.«

»Wir müssen ohnehin hier weg, bevor Tamyra uns einen zweiten Trupp Jäger auf den Hals hetzt oder die anderen unten aufwachen. Und in das Refugium der Undinen kommt sie nicht, wenn die sie nicht lassen.«

»Wir allerdings auch nicht«, gab Janus zu bedenken.

Lenyo stand auf. »Ich weiß, wie man sie ruft. Und sie könnten sich um Robins verbrannte Schulter kümmern.«

Er reichte Max die Hand, um ihn hochzuziehen. »Dann los, bevor Kalindas Freunde aufwachen.«

Max blickte sich unschlüssig um. »Und was ist mit dem Haus? Wird die Feuerwehr nicht auftauchen? Und die Jäger und das Chaos –«

»Das wird nicht passieren«, erwiderte Janus leichthin. »Die Jäger weben einen Schutzzauber. Vor jedem Angriff. In der Umgebung hat garantiert niemand etwas mitbekommen. Und der Schutzzauber bleibt so lange bestehen, bis hier alles in Ordnung gebracht wurde.«

»Die Menschen sollen nicht mitbekommen, dass es uns gibt«, fügte Lenyo hinzu. »Das hat schon einmal zu viel Blutvergießen geführt.«

Mit Imgards dunkelgrauem VW Golf fuhren sie in die Innenstadt. Max saß hinter dem Steuer. Die rosafarbene Dose mit den Silbertränen hielt Lenyo auf dem Beifahrersitz auf dem Schoß. Auf der Rückbank drängten sich Janus, Kalinda und Robin, wobei Letztere als menschlicher

Schutzschild zwischen der Jägerin und dem Dschinn fungierte. Das Ebenholzschwert lag im Kofferraum. Es war zu wertvoll und zu gefährlich, um es zurückzulassen, und vielleicht konnten sie es gebrauchen, um die Undinen zu bestechen.

Den größten Teil der Wegstrecke legten sie über die Stadtautobahn zurück. Zu dieser späten Stunde war sie herrlich leer. Am Westhafen fuhren sie ab und schlängelten sich durch mehrere Straßenzüge bis zur Moabiter Brücke. Dort stiegen sie aus und Max übergab die Schlüssel des Wagens an Janus.

»Kennst du noch mein kleines Atelier in den Hackeschen Höfen?«, fragte der Lenyo. »Dort warte ich auf euch. Zumindest bis zum Morgengrauen.«

Dann fuhr er davon und ließ die vier im unbarmherzigen Licht der Straßenlaterne stehen.

Lenyo räusperte sich und wollte Max und Robin erklären, was als Nächstes geschehen würde, doch Kalinda sagte: »Dir klebt da was am Oberteil«, und deutete auf seinen Hals.

Lenyo senkte den Blick und entdeckte einen verfilzten Klumpen auf dem Kragen seines T-Shirts.

Max trat einen Schritt auf ihn zu. Als er den graubraunen Batzen näher in Augenschein nahm, zuckte er zusammen.

Lenyo griff nach dem Hautfetzen, an dem ein Haarbüschel klebte. Das Blut hatte die hellblonden Haare des Jägers so dunkel verfärbt, dass sie im grellen Laternenlicht fast schwarz wirkten.

»Ach du Sch...«, begann Robin, viel zu laut.

»Still«, unterbrach Lenyo sie schnell. Vermutlich hatte sie sich zusammengereimt, dass sie für dieses kleine Souvenir verantwortlich war, weil sie dem Jäger mit dem Plauener Schlägel den Kopf eingeschlagen hatte.

Ohne länger darüber nachzudenken, warf er den Klumpen über das Geländer, wo er in der Dunkelheit verschwand.

Robin lehnte sich gegen den steinernen Bären, der auf dieser Seite der Grenze die Brücke schmückte. Sie sah blass aus und schien erst jetzt das Blut zu bemerken, das sie alle befleckte.

»Nach unserem Bad im Fluss ist davon nichts mehr zu sehen«, kommentierte Kalinda pragmatisch.

Robin blickte sie an, als hätte sie in einer anderen Sprache gesprochen. »Bitte was?«

Die Jägerin strich sich mit beiden Händen die Haare nach hinten. »Menschen. Wo, glaubst du, leben Undinen?«

Robin zuckte mit den Schultern und gemeinsam mit Max sah sie hinüber zu den Wohnblocks am Ufer. Nur in wenigen Fenstern brannte noch Licht.

»Ihr habt keine Ahnung, was Undinen sind, stimmt's?« Kalinda bemühte sich noch nicht einmal, die Herablassung aus ihrer Stimme herauszuhalten.

»Es sind Elementargeister. Sie leben *unter* Wasser«, schaltete Lenyo sich ein.

»Oh.« Max' Augen weiteten sich. »Ohhh! Okay …«

Lenyo musste ein Grinsen unterdrücken. Der Ausdruck von Verständnis und Schrecken in seinem Gesicht sah süß aus.

»Heißt das, wir sollen in die Spree springen?«

Er schenkte Max ein aufmunterndes Lächeln.

Robin ging zum Brückengeländer und blickte in die Tiefe. Lenyo gesellte sich mit den beiden anderen zu ihr.

Unter ihnen floss das Wasser der Spree träge darin. Der Mond und die Lichter der Stadt spiegelten sich in glitzernden Bahnen auf der Oberfläche des Flusses. Lenyo war sich selbst nicht sicher, ob es eine gute Idee war, sich einfach so in die dunklen Fluten zu stürzen. Anders als auf seiner Seite war die Spree hier verdreckt und mit Schadstoffen belastet. Welche Auswirkungen das auf die Undinen und andere Wassergeister hatte, darüber mochte er gar nicht nachdenken. Janus war sich allerdings sicher gewesen, dass sie sie hier finden würden.

Das wird ein Spaß, dachte er, konnte sich jedoch beherrschen, es nicht laut auszusprechen. Mit Blicken nach allen Seiten überzeugte er sich davon, dass kein nächtlicher Spaziergänger sie überraschte.

»Bereit?«, fragte er dann und stieg auf die steinerne Brüstung. Das Heft des Ebenholzschwertes hielt er fest in der Hand.

»Nein«, antwortete Max sofort, folgte ihm aber, ebenso wie die Jägerin.

Selbst Robin kletterte zu ihnen. »Ihr bringt mich noch ins Grab«, beschwerte sie sich.

»Ich gebe mein Bestes«, erwiderte Kalinda.

Lenyo sah zu, wie Max die Dose mit den Silbertränen in der Tasche seiner Hose verstaute. »Sie ist sicher? Sie kann da nicht rausrutschen?«

Max nickte.

Lenyo blickte in die Tiefe. Er spürte, wie ihm das Blut schneller durch die Adern floss und Adrenalin durch seinen Körper jagte. Und er liebte es. Nichts gab ihm so sehr das Gefühl, lebendig zu sein, wie die Flucht nach vorn, der Weg ins Ungewisse.

»Wir machen das wirklich, oder?«, hörte er Robin noch fragen.

Zur Antwort holte Lenyo tief Luft, schloss die Augen und sprang in die Dunkelheit.

27. Kapitel

Der Aufprall war ein Schock. Luftblasen wirbelten um ihn herum, während sein eigener Schwung ihn nach unten trug, wo die Spree ihn mit eiskalten Fingern umschloss und unbarmherzig weiter in die Tiefe zog. Seine Kleidung saugte sich mit Wasser voll und Lenyo musste sich beherrschen, die Luft in der Lunge zu behalten. Nicht nur die Kälte machte ihm zu schaffen. Aufgewirbelter Schmutz und Abwasserschlieren, vor allem jedoch die für seine Feennatur spürbare Eisenbelastung des Flusses selbst hier im Stadtkern wirkten wie Gift. In *seinem* Berlin war das anders.

Während Lenyo tiefer sank, zwang er sich, die Sorgen aus seinem Kopf zu verbannen und stattdessen die Magie, die er in sich trug, nach seinem Willen zu beugen. Seine übernatürlichen Fähigkeiten waren ohnehin schwach ausgeprägt und Wasser war nun mal nicht sein Element. Um den Undinen eine Botschaft zu schicken, würde es allerdings reichen. Hoffentlich.

Falls es Undinen in dieser Drecksbrühe gab.

Hör auf damit, Lenyo. Mach einfach!

Er spreizte die Finger der Rechten und schickte Lichtspeere durch das Wasser. Und tatsächlich, zwei Herzschläge später vernahm er den unverkennbaren Gesang der Undinen, der dumpf durch das Wasser hallte. Erleichterung durchströmte ihn.

Während er langsam die Luft aus der Lunge entließ, damit sein Körper weiter dem Flussgrund entgegensank, zwang er sich, die brennenden Augen offen zu halten. In der Ferne leuchteten goldene Lichtkugeln, die sich schnell auf ihn zubewegten.

Der Grünen Fee sei Dank, dachte er.

»*Wir brauchen eine Audienz*«, sandte Lenyo eine Gedankenbotschaft mit einem weiteren Lichtspeer zu den Undinen. »*Die drei anderen gehören zu mir.*«

Er hoffte, Max, Robin und Kalinda befanden sich in seiner Nähe. Waren sie gesprungen? Falls nicht, war es jetzt dafür zu spät. Die erste der goldenen Kugeln war fast heran und erhellte das Wasser um ihn herum, als sei in der Spree die Sonne aufgegangen. Aus der Dunkelheit schälte sich überdeutlich der Flussgrund: Schlick, Schlamm, Algen und Berge halb zersetzten Mülls. Weit war er nicht mehr von ihm entfernt. Seine Füße streiften das verrostete Gestell eines Fahrrads, das zur Hälfte aus dem Schlamm ragte. Dann verschluckte ihn die Kugel aus goldenem Licht.

»*Bitte, nehmt Max und Robin und Kalinda mit*«, dachte er, doch da hatte ihn die Magie der Undinen bereits erfasst und verwandelte alles um ihn herum in ein Nichts aus blendender Helligkeit.

Im nächsten Augenblick sank Lenyo nicht mehr durchs Wasser. Stattdessen stand er mit beiden Füßen auf dem Steinboden einer gewaltigen Kathedrale. Er selbst und seine Kleidung waren so trocken, als sei er nie in die Spree gesprungen, und um ihn herum war Luft, herrliche Luft! Er konnte wieder atmen. Und sehen.

Er befand sich in einem der Unterwasserpaläste der Undinen. Und Max, Robin und Kalinda standen neben ihm.

»Holy Shit«, flüsterte Max und Lenyo musste sich zurückhalten, nicht zu grinsen. Er dachte daran, wie es ihm ergangen war, als er das erste Mal in das menschliche Berlin gekommen war. Wie ein Trottel hatte er die hohen Gebäude aus Glas und Stahl angegafft, mit ihren riesigen Werbeplakaten, während Menschen um ihn herum strömten, die ihn nicht weiter beachteten, sondern konzentriert auf kleine, rechteckige Kästchen in ihren Händen starrten oder in diese hineinsprachen – *Smartphones,* wie er inzwischen wusste. Während jenes ersten Ausflugs hatte er geglaubt, die Menschen hätten trotz aller Bemühungen der Feenwesen doch einen Weg gefunden, sich Magie nutzbar zu machen.

Jetzt sahen Max und Robin sich in der domartigen Halle um und staunten. Kalinda blickte eher neugierig als beeindruckt hinauf zur Decke, die sich in schwindelerregender Höhe über ihren Köpfen wölbte. Max ging hinüber zu einem der gotischen Fenster, deren Scheiben nicht aus Glas, sondern gehärteter Luft bestanden. Durch sie blickte man in ein düsteres Unterwasserreich, in dem sich schleimige Pflanzen in der Strömung wiegten und graue Fischschwärme schwammen.

»Das ist definitiv nicht die Spree«, murmelte er.

»Wo sind die Undinen?«, fragte Robin.

»Hier«, antwortete jemand und der Geruch nach Salzwasser und Seetang erfüllte die Luft. »Willkommen in unserem Heim.« Die fremde Stimme besaß jenen seltsamen hallenden Klang, der allen Undinen eigen war.

Nur eine Armlänge hinter ihnen, an einer Stelle, die vor wenigen Augenblicken leer gewesen war, standen fünf Frauen, als seien sie aus dem Boden gewachsen. Sie trugen wallende Roben aus einem schimmernden Stoff und besaßen lange weiße Haare. Ihre Gesichter waren seltsam alterslos und etwas langgezogener als die von Sylphen – oder Menschen. Ihre Augen hingegen lagen ungewöhnlich weit auseinander, was sie unheimlich und schön zugleich wirken ließ. Fast alles an ihnen war hell und blass, ganz so, als habe das Wasser über die Jahre die Farbe aus ihnen herausgewaschen. Nur die Fingernägel leuchteten golden. Wie die Lichtkugeln im Fluss, die sie hierhergebracht hatten.

Ehrerbietig legte Lenyo die Handflächen aneinander, führte sie zur Stirn und verbeugte sich kurz. »Wir danken Euch für diese Audienz.«

Die fünf Undinen neigten ihrerseits die Köpfe. Ihre Bewegungen wirkten seltsam synchron und fließend. Sie erinnerten an treibenden Seetang.

Aus den Augenwinkeln sah Lenyo, dass Max und Robin seine Geste imitierten und sich ebenfalls verbeugten. Kalinda hingegen stand mit durchgedrücktem Rücken und verschränkten Armen in der Halle.

»Was führt euch zu uns?« Die mittlere der fünf Frauen sprach.

Ihre Gesichter ähnelten einander so stark, dass man sie für Schwestern halten konnte. Lenyo wusste nicht, ob sie das waren. Die wenigen Undinen, die er bisher getroffen hatte, waren zwar ebenfalls blass und alterslos gewesen, hatten sich jedoch nicht sonderlich ähnlich gesehen.

»Wir brauchen Eure Hilfe«, gab er zu.

Die Wasserfrauen blickten ihn stumm an. Ihre Gesichter blieben unbewegt. Das machte ihn langsam nervös. Was, wenn sie ihnen nicht helfen konnten? Wenn sie ihnen nicht helfen wollten?

»Wir werden verfolgt. Von einer gemeinsamen Feindin«, räumte er ein.

»Und doch habt ihr eine ihrer Dienerinnen mit in unsere Hallen gebracht.« Die Undinen sahen zu Kalinda, die die Hände ballte.

»Ich bin keine Dienerin«, stellte sie klar.

Alle fünf Undinen hoben ihre rechte Augenbraue, als wollten sie die Worte in Zweifel ziehen.

Lenyo räusperte sich. »Wir haben Euch etwas mitgebracht.« Er nahm das Schwert in beide Hände und präsentierte es wie ein Geschenk.

»In der Tat.« Ihre hallende Art zu sprechen und ihre unbewegten Mienen machten es unmöglich einzuschätzen, was in ihnen vor sich ging. Lenyo hasste das!

Max stellte sich zu ihm. Während der Autofahrt hatte er zugestimmt, den Undinen für ihre Hilfe das Schwert seiner Großmutter anzubieten.

»Wir spüren keine Sehnsucht nach Waffen«, sagte die mittlere Undine schließlich. »Sie bringen nichts als Unglück.«

Lenyo ließ das Schwert nicht sinken. »Ich sehne mich auch nicht nach Blutvergießen«, gab er zurück. »Manchmal wählen jedoch nicht wir den Kampf, sondern der Kampf wählt uns.«

Diesmal streckte nur eine Undine die Hand aus und ließ sie über der scharfen Klinge schweben. »Glaubst du das?«, fragten die fünf mit einer Stimme. »Ein Schwert ist für uns ohne Bedeutung, hier in unserem unterirdischen Reich. Behalte du es, wenn der Kampf dich gerufen hat.«

»Wir müssen auf die andere Seite«, drängte Max.

Die Undinen musterten ihn aufmerksam. Eine Spannung lag in der Luft, von der er nicht sagen konnte, woher sie stammte. Der Geruch von Salzwasser und Seetang intensivierte sich.

»Du bist kein Mensch«, sagten sie dann. Es klang überrascht. »Doch du versteckst deine Kräfte, dein Erbe. Wer bist du? Warum bist du zu uns gekommen und warum lässt du ihn für dich sprechen?« Fünf ausgestreckte Finger zeigten auf Lenyo.

Er leckte sich über die Lippen, um zu antworten, doch die Undinen schüttelten die Köpfe. »Nein«, sagten sie. »Wir wollen die Geschichte von ihm hören.«

Alle Augen richteten sich auf Max.

28. KAPITEL

TAMYRA

Die Limousine kam zum Stehen.

Tamyra öffnete die Tür des rückwärtigen Teils und stieg aus. Ihr weißer Hosenanzug war noch immer blütenrein. Sie mochte die Reinigungskräfte des Hotels auf dieser Seite. Man musste sie nicht ständig mit dem Tod bedrohen und trotzdem waren sie reinlich.

Die Kleidung hing stets perfekt gereinigt im Schrank, die Suite war sauber.

Schritte erklangen, Konstanze tauchte neben ihr auf.

Tamyra ließ den Blick wandern. Die Jäger hatten an allen neuralgischen Positionen Aufstellung bezogen. Ihre Stilettos klackten auf dem Boden. Diese Schuhe waren das Unpraktischste, was sie je getragen hatte. Andererseits machten sie etwas her.

Das Haus vor ihr sah nicht im Geringsten aus wie ein Palast. »Was für eine Bruchbude.«

»Für die Menschen ist so ein Haus Luxus«, sagte Konstanze. »Zumindest für den mittleren Stand.«

»Sag ich doch.« Tamyra schüttelte den Kopf. »Ein Gossenhaus. Aber daran trägt sie selbst Schuld. Täuscht ihren Tod vor und flieht hierher.« Wut pulsierte durch ihre Adern. »Und zeugt Nachkommen mit einer Sirene!« Zumindest ging sie davon aus, schließlich war die Magie in Max so stark, dass der Blutzauber das Gemälde hatte aktivieren können.

»Euer Hoheit«, wurde sie von der Obersten Jägerin begrüßt.

»Habt ihr alle erwischt?« Tamyra wandte sich an Konstanze. »Hol die Koffer mit den Guillotine-Kragen.«

Die Oberste Jägerin räusperte sich. »Sie sind entkommen.«

»Wer?«, fragte Tamyra scharf.

»Alle.«

Tamyra bedeutete ihrer Heulerin mit einer kurzen Handbewegung, die Kragen im Kofferraum zu belassen. Hier auf dieser Seite war es schon ärgerlich genug, dass sie so vorsichtig sein musste. Sie erinnerte sich noch gut an die Kontrolle, bei der sie dem verblüfften Polizisten – so wurden hier die Läufer und Jäger genannt – die Guillotine-Kragen hatte präsentieren müssen. Sie hatte ihm weisgemacht, dass es sich um Artefakte fürs Museum handelte. Tamyra hatte ihm angeboten, einmal einen anzuprobieren. Bedauerlicherweise hatte er abgelehnt.

Tamyra musterte die Oberste Jägerin. »Wie kann es sein, dass eine zusammengewürfelte Truppe so etwas zustande bringt?«

»Lenyo ist ein ausgezeichneter Kämpfer«, sagte die, obgleich es ihr sichtlich schwerfiel. »Außerdem hatte er Hilfe. Kalinda hat mit ihnen gekämpft.«

Tamyra starrte die Oberste Jägerin verblüfft an, was nicht häufig geschah. »Kalinda? Das ist unmöglich. Sie hat auf das Konkordium der Jäger geschworen. Eure Große Mutter hat einen Blutzauber in die Seiten gewoben.«

Wer seinen Namen hineinschrieb, war den Regeln verpflichtet. Nicht einmal sie selbst hätte diese Art Zauber brechen können. Weshalb Tamyra auch niemals so dumm gewesen wäre, ihren eigenen Namen in ein Konkordium zu schreiben. Da konnte man sich gleich binden lassen.

Was sie unweigerlich zu einem Schluss führte.

»Sie muss verzaubert worden sein«, sagte Tamyra.

»Mindestens eine Bindung, möglicherweise auch eine Blutkette.«

»Davon gehen wir ebenfalls aus«, sagte die Oberste Jägerin. »Wir werden den Verantwortlichen töten. Ein Dschinn war bei ihnen.«

Tamyra sog scharf die Luft ein. »Konstanze, lass später auf unserer Seite die Körper prüfen. Ich will wissen, wer von ihnen auf dieser Seite in seiner Hülle gewandelt ist. Das dürfte nicht schwer herauszufinden sein.« Sie griff nach ihrem goldenen Armreif und fuhr sanft über die glatte Oberfläche. »Mir fällt da auf Anhieb ein Name ein.«

»Meine besten Sucher haben die Witterung aufgenommen«, versicherte die Oberste Jägerin.

Tamyra nahm die Bemerkung hin. Wie es schien, war Lenyo überaus erfinderisch. Er beschützte Max und die rothaarige Gossengöre, die das Porträt geschlossen hatte. Und einen Dschinn hatte er auch mit ins Boot geholt. Sie hatte bereits eine Idee, wie man diesen Geist zurück in die Flasche steckte.

Einstweilen wollte sie aber sehen, wo ihre Schwester gelebt hatte.

Mit ein paar letzten Schritten erreichte sie die offen stehende Tür und betrat den Eingangsbereich des Hauses. Der Boden war mit Terrazzofliesen ausgekleidet, die ein Blumenmuster bildeten. Es hatte eine Zeit gegeben, da waren solche Muster auch auf der anderen Seite in Mode gewesen.

Sie betrat das Wohnzimmer, wo vormals glänzendes Parkett den Untergrund versiegelte. Jetzt lagen überall Trümmer der Einrichtung herum, Brandspuren zogen sich darüber. Der Geruch von Lavendel lag in der Luft, vermengte sich mit dem von Gewürzen. Bilder standen auf Regalbrettern, Blumen in Kübeln auf dem Boden. Obgleich ihre Schwester tot war, konnte Tamyra ihre Präsenz spüren. Ihre Seele war zurückgeblieben, war ein Teil dieser Mauern.

»Ach Imgard, du hast schon immer auf dein Herz gehört, doch selten auf deinen Verstand.« Jeder Schritt klackte auf dem Parkett. Tamyra strich mit den Fingern über die Bilderrahmen.

Auf einem davon war ein neunjähriger Junge zu sehen, der lausbubenhaft grinste. Er hatte eine Zahnlücke. Die alte Imgard hatte den Arm um ihn gelegt.

Es gab weitere Bilder. Der Junge in einer Art Internatsuniform. Später als Mann. Heute mochte er Mitte zwanzig sein.

Tamyra betrachtete das Bild. »Was hast du nur getan, Imgard?«

Sie spürte, dass Konstanze an sie herantrat. Schweigend stand die Heulerin hinter ihr.

»Sie hat die herrschende Blutlinie beschmutzt.« Tamyra schloss die Augen.

Ihr Vater hatte vor langer Zeit ein Gesetz erlassen, das dies mit der Todesstrafe untersagte. Als die Magie nachließ, war gemeinhin die »Verwässerung« dafür verantwortlich gemacht worden. Das war in den, wie Tamyra es nannte, »dummen Jahren« vermutet worden. Später hatten die Blutmagier natürlich begriffen, dass Fortpflanzung nicht ausschließlich innerhalb einer Familie geschehen sollte.

Es war ein Blutatlas angelegt worden. Durch Experimente fand man heraus, welche Feenwesen durch Erbfolge ihre Magie stärkten. Das Ergebnis war so erschütternd wie überraschend gewesen: Egal mit wem die königliche Linie sich vereinigte, ihre Magie schwand. Es spielte keine Rolle, von welcher Wesensart der Partner oder die Partnerin war.

Doch ließ man die anderen Feenwesen sich beliebig paaren, würden stärkere Linien entstehen, die irgendwann zum Sturz führen würden.

Tamyras Vater hatte schnell gehandelt.

Zuerst waren alle Blutmagier getötet worden, die von den Experimenten wussten. Der Blutatlas verschwand hinter einem magischen Siegel, und der König nahm den Inhalt als Grundlage für ein sehr detailliertes Gesetz, das bestimmten Feenwesen die Paarung untereinander verbot. Offiziell wurde es als »Reinheitsgesetz« erlassen. In Wahrheit hielt es die anderen Feenwesen schwach.

Wenn schon die königliche Familie nichts gegen das Verblassen ihrer Macht tun konnte, sollten es die anderen auch nicht dürfen. Damit war der Status quo zementiert. Ebenso seine Folgen.

Tamyra hatte längst begriffen, dass Imgard aus Liebe zu Jo-hann geflohen war. Damals hatte sie zu viel zu schnell erfahren: die Magie der Spiegelung, der Blutatlas, das Reinheitsgesetz. In der romantisierten Welt ihrer Schwester waren alle Wesen frei. Sie hatte sogar einmal am Esstisch von einem gewählten Rat und Demokratie gesprochen.

Ihr Vater war in schallendes Gelächter ausgebrochen.

Nun, Imgard war tot, die Todesstrafe also schwerlich anwendbar. Nicht, dass das jemals jemand offiziell getan hätte. Ein Mitglied der Königsfamilie öffentlich zu töten, konnte mit Fug und Recht als schlechtes Beispiel für die Untertanen angesehen werden. So was brachte sie leicht auf dumme Gedanken.

Womit noch Max blieb.

Er war ein Rätsel. Tamyra hatte die Magie in ihm gespürt. Wie war es nur möglich? Ein Kind, gezeugt von einem Abkömmling der königlichen Familie mit einer Sirene. Es hätte keinen Effekt haben dürfen, im Blutatlas war auch diese Paarung einst geprüft worden. Doch ganz offensichtlich war Max überaus stark.

»Ich muss wissen, wieso«, flüsterte Tamyra. »Was hast du getan, Imgard? Hast du das Rätsel gelöst?«

Konnte es tatsächlich sein, dass ihrer großen Schwester gelungen war, woran alle anderen bisher gescheitert waren? Hatte sie über eine Generation hinweg einen Enkel geschaffen, der sich allen Untersuchungen des Blutatlas zum Trotz mit mehr Macht entwickelt hatte?

Falls es so war, musste Tamyra die Wahrheit erfahren. Das würde alles verändern, den Niedergang aufhalten.

»Ich brauche Max«, sagte sie laut, wohl wissend, dass die Oberste Jägerin an der Tür zum Gang stand. »Die anderen sind mir egal, sie sind unwichtig. Wenn ihr sie gefangen nehmen könnt, nehmt sie gefangen. Widersetzen sie sich, tötet sie. Aber Max darf kein Haar gekrümmt werden.«

»Verstanden«, sagte die Oberste Jägerin. Sie zog einen schmalen Goldkäfer hervor, aktivierte diesen und sprach hinein. Ihre Befehle waren auf den Punkt gebracht und deutlich.

»Könnte Lenyo es bereits wissen?«, fragte Tamyra an Konstanze gewandt.

Ihre Heulerin war eine ausgezeichnete Charakterkennerin. Eine Fähigkeit, die Tamyra überaus zu schätzen wusste.

»Er wird wissen, dass der Junge königliches Blut in sich trägt«, sagte sie. »Den Bezug kann er herstellen. Möglicherweise hat auch der Dschinn etwas dazu beigetragen. Doch die Wichtigkeit dieser Entdeckung kann er nicht ahnen.«

Tamyra nickte, das Gesicht kalt und unnahbar, wie sie

es in den vergangenen Jahren perfektioniert hatte. »Warum waren sie hier?«

»Euer Hoheit?«

»Sie wussten, dass wir ihnen auf den Fersen sind«, sagte Tamyra. »Ihnen muss klar gewesen sein, dass wir sie aufspüren. Klytaimnestras Blütenpollen haben uns hierhergeführt, doch früher oder später wäre uns das auch so gelungen. Wieso also sind sie nicht sofort untergetaucht? Lenyo muss ausreichend Kontakte auf dieser Seite haben.«

Konstanze runzelte die Stirn. »Sie haben etwas gesucht.«

Zum gleichen Schluss kam Tamyra auch. Die Heimbürger-Tinktur, die Klytaimnestra ihnen gegeben hatte, löste Illusionen auf. Hier war alles sichtbar, was eindeutig der anderen Seite zugeordnet werden konnte.

Tamyra ging zu einer Stelle, an der ein Messingrohr hervorragte, und strich mit dem Finger darüber. Sie konnte die Magie ebenso spüren wie die widernatürliche Ausstrahlung des Metalls.

Sie rief nach der Obersten Jägerin.

»Befrag deine Leute«, sagte sie. »Hatten die Hochverräter magische Artefakte bei sich, als sie geflohen sind?«

Die Antwort ließ nur wenige Minuten auf sich warten. Während des Kampfes war ein besonderes Schwert zum Einsatz gekommen, zudem hatte Max eine Dose an sich gedrückt.

Tamyra schloss die Augen. »Imgard, das hast du nicht getan.«

»Silbertränen«, sprach Konstanze aus, wovor Tamyra sich fürchtete.

»Wenn meine Schwester Erinnerungen an ihre Zeit im wahren Berlin gespeichert hat …«

Er würde alles erfahren. Über den Blutatlas, die zunehmende Schwäche. Und erfuhr Lenyo von der Wahrheit zum Reinheitsgesetz und machte es publik, würde ein wütender Mob den Ratspalast bis auf die Grundmauern niederbrennen und sie alle auslöschen.

Nicht einmal die Jäger konnten dann noch schützend einschreiten. Die Angst der Leute, die Tamyra sorgsam hegte und pflegte, würde sich in Wut entladen. Früher hatte hier und da eine Zwangsexekution geholfen. Doch das wäre in dem Augenblick vorbei.

»In diesem Jungen steckt das Potenzial, uns zu vernichten«, sagte Tamyra.

»Eure Familie wird ewig herrschen«, entgegnete Konstanze. »Und vergesst nicht, er ist auch von Eurem Blut.«

Niemand anderem vertraute Tamyra so sehr wie Konstanze. Ihre Heulerin war bereits vor mehreren Jahren an Tamyra gebunden worden. Blutkette. Es war im ureigenen Interesse ihrer loyalen Assistentin, dass die königliche Familie überlebte. Starb Tamyra, starb auch sie.

»Wenn es sein muss, schneide ich Max mit einem Skalpell in Stücke, bis ich die Quelle dieser Kraft gefunden habe«, sagte Tamyra.

Das war natürlich metaphorisch gemeint. Es würde vollkommen ausreichen, ihm Stücke seiner Haut herauszuschneiden, um die Experimente zu machen. Möglicherweise musste ein Knochen angebohrt, ein Zahn zermahlen werden.

Gelang es ihr, die eigene Macht dadurch zu vergrößern und obendrein die Schwäche weiterer Generationen zu beseitigen, wäre ihr Herrschaftsanspruch unumstößlich. Da konnte sie tausendmal die Zweitgeborene sein.

»Dann können wir die Scharade endlich beenden.« Sie dachte mit einem kalten Lächeln an ihren Vater.

Hastige Schritte erklangen.

»Die Blütenpollen zeigen uns nicht länger den Weg«, sagte die Oberste Jägerin.

»Unmöglich. Wo haben sie die Hochverräter zuletzt gezeigt?«

»Meine Sucher konnten sie bis zu einem Punkt am Ufer der Spree verfolgen.«

Tamyra seufzte. Das war nicht ihr Tag. »Wasser hat die Pollen abgewaschen. Sie sind in der Spree. Und ich kann mir denken, warum. Also schön. Das Haus wird durchsucht, ich will alles Magische extrahiert haben, verstanden?«

Die Oberste Jägerin nickte.

»Wir fahren zurück zum Hotel und wechseln über.« Tamyra eilte zur Tür, Konstanze würde folgen. Sie folgte immer. »Ich habe ein paar Dinge zu erledigen.«

»Euer Hoheit!« Konstanze bückte sich und griff unter die Couch. Als sie sich wieder aufrichtete, lag ein silbern funkelnder Gegenstand in ihrer Hand. »Eine Silberträne.«

»Liebste Schwester«, flüsterte Tamyra. »So sehen wir uns also bald wieder.« Sie nahm die Träne entgegen.

Beim Gedanken an die nächsten Schritte überzog ein Lächeln ihr Gesicht. Natürlich erreichte es nicht ihre Augen, das tat es nie. Die Maske saß stets perfekt und zeigte genau das, was sie sollte.

29. KAPITEL

MAX

Der durchdringende Blick aus den wasserblassen Augen der fünf Undinen verunsicherte Max. Zunächst zögerlich, dann immer rascher hatte er ihnen seine Geschichte erzählt, eine Geschichte, die für ihn ebenso viele Fragen aufwarf, wie sie beantwortete. In den unbewegten Mienen der Feenwesen konnte er nicht ablesen, ob sie ihm glaubten.

»Imgard ist deine Großmutter?«, fragte die mittlere der fünf Frauen mit ihrer hallenden Stimme.

Max nickte. »Ich kann es selbst kaum glauben.«

»Beweise es«, forderte sie.

Er lächelte schwach. »Würde ich ja gern. Ich wüsste aber nicht, wie.«

Als seien sie Darstellerinnen in einem avantgardistischen Theaterstück, drehte sich eine der Undinen nach der anderen um. »Beweise es«, sagte die Letzte von ihnen noch einmal. Dann liefen sie los, ohne sich umzublicken.

Max schaute unschlüssig zu den anderen. Die zuckten mit den Schultern. Lenyo nickte schließlich und der Trupp setzte sich in Bewegung.

»Nur der Erbe der Prinzessin«, befahl eine der Undinen, ohne den Kopf zu wenden.

Max wollte protestieren, doch Lenyo lächelte ihm aufmunternd zu. »Schon gut.«

»Das ist nicht dein Ernst!«, widersprach Robin.

»Nur der Erbe der Prinzessin«, wiederholten die Undinen, diesmal lag eine Spur Schärfe in ihren Worten.

Lenyo legte Robin beruhigend die Hand auf die Schulter, Kalinda verschränkte die Arme vor der Brust. Max hätte nicht sagen können, was sie dachte – abgesehen davon, dass sie sich vermutlich vorstellte, wie sie sie alle möglichst qualvoll umbrachte. Er räusperte sich, verabschiedete sich von den dreien mit einer kurzen Geste und folgte den Undinen tiefer hinein in ihren Unterwasserpalast.

Sie liefen einen langen Gang entlang, in dem Max jedes Gefühl für Entfernung und Zeit verlor.

»Wohin gehen wir?«, fragte er.

»Der Nöck erwartet dich«, antworteten die Undinen.

Das Wort kannte Max aus den Geschichten seiner Großmutter. Wassermänner hatte sie so genannt, die auf dem Grund eines Flusses lebten und dort Schätze bewachten.

Nebel zog auf, waberte erst um seine Füße, dann um seine Unterschenkel und stieg immer höher, bis er ihn ganz umhüllte. Die fünf Wasserfrauen vor ihm waren kaum mehr zu erkennen. Er beschleunigte seine Schritte. Zuvor hatten sie von den Wänden widergehallt, jetzt wurden sie von den grauen Schleiern verschluckt.

Das Nächste, was er verlor, war das Gefühl der Marmorplatten unter sich. Er *wusste,* dass er die Füße auf Untergrund aufsetzte, aber er spürte ihn nicht mehr. Sein Herzschlag beschleunigte sich. Wenn er die blassen Silhouetten der Undinen jetzt aus den Augen verlor, würde er auf ewig hier durch dieses Nichts irren?

Das Atmen fiel ihm zunehmend schwerer und als er glaubte, es nicht mehr auszuhalten, keinen Schritt weiter gehen zu können, verzog sich der Nebel und er fand sich in einer winzigen Grotte wieder, die aus grauschwarzem Stein bestand. Wasser tropfte von den Wänden, und auf dem unebenen Steinboden, auf dem er stand, bildeten sich Pfützen.

»Wir sind da«, verkündeten die Undinen und deuteten auf ein Wasserloch, vom Umfang her nicht größer als das Planschbecken eines Kleinkindes. Ein Planschbecken, dessen Wände aus porösem Stein war und in dem Schilf wuchs. Die Luft roch salzig, wie Meerwasser.

»Dort lebt der Nöck?« Max warf einen Blick auf die spiegelnde Oberfläche, die zu brodeln begann, als würde sie kochen. Blasen zerplatzten mit lautem Knallen und zwischen den Schilfhalmen schob sich ein glänzender Kopf hervor. Zuerst glaubte Max, es handele sich um einen riesigen Frosch. Die Glupschaugen des Wesens saßen weit oben auf seinem Kopf und seine grasgrüne Haut war von Blasen und Pusteln überzogen. In den Geruch von Salz mischte sich der Duft von Seetang und Algen.

Der Kopf des Wesens – des Nöcks – saß auf einem kurzen Hals, der in einen flachbrüstigen Oberkörper überging. Die Lippen seines breiten Froschmauls verzogen sich zu einem Lächeln, bei dem Max sich nicht entscheiden konnte, ob es freundlich oder bedrohlich wirkte.

»Besuch«, sagte der Nöck mit leicht quäkender Stimme.

»Wir brauchen deine Hilfe, alter Freund«, teilte eine der Undinen mit, die sich elegant neben ihn ans Ufer setzte.

Der Nöck blinzelte mit seinen Glupschaugen und musterte dann Max eingehend. »Mit ihm?«

Die Undine faltete die Hände. »Er behauptet, der Nachkomme einer alten Freundin zu sein.«

»Und ihr wollt wissen, ob er die Wahrheit spricht?«

»Das tue ich!«, protestierte Max.

Der Nöck grinste ihn an. »Reich mir die Hand.«

Max trat an den Tümpelrand und das Wesen streckte ihm seine Finger entgegen. Schwimmhäute spannten sich dazwischen. Misstrauisch beäugte Max sie, griff dann jedoch zu. Das Froschwesen umfasste seine Hand fest und eine Sekunde lang glaubte Max, es wolle ihn zu sich in den Tümpel ziehen, hinunter auf den kalten Grund zu seinen Schätzen. Stattdessen beugte der Nöck sich vor, presste die kalten Lippen auf sein Handgelenk und saugte daran. Max spürte scharfe Zähne seine Haut durchstechen und riss mit einem Protestschrei den Arm zurück.

Ein Oval aus acht kleinen Einstichen zierte seine Haut. Winzige Blutstropfen perlten daraus hervor. »Was soll das?!«, fuhr er das Froschwesen und die Undinen an.

Sie achteten gar nicht auf ihn. Der Nöck hatte die Augen geschlossen und war zurück in den Tümpel geglitten. Nur sein Kopf war noch zu sehen.

»Er spricht die Wahrheit«, sagte er endlich. »Er ist von Imgards Blut. Ich schmecke es stark in ihm.«

Max ballte die Hände zu Fäusten. Er verstand ja, dass die Undinen nicht einzig und allein auf sein Wort vertrauten, aber zumindest hätten sie ihn vorwarnen können.

Der Nöck war noch nicht fertig. »Und er ist einer von uns. In ihm fließt auch das Blut der Sirenen.«

Eine Gänsehaut überzog Max' Arme und Rücken. Durch seinen Kopf zuckten Bilder aus der Tränenerinnerung seiner Großmutter: der seltsame Kerker unter dem Hotel, die gefangenen Wesen, mit denen die Prinzessin solches Mitleid hatte.

In ihm fließt das Blut der Sirenen.

Bedeutete das …

»Imgard muss schwanger gewesen sein, als sie zu uns kam«, sagte eine der Undinen.

Max starrte sie an. »Meine Großmutter war bei euch? Hier?«

Die Undine blickte ihn ernst an. »Was glaubst du, wie sie aus der Spiegelstadt entkommen ist?«

Seine Knie wurden weich und er setzte sich. Prompt fraß sich Feuchtigkeit durch den Stoff seiner Hose.

»Ihr habt ihr geholfen?« Bisher hatte er angenommen, seine Großmutter habe mithilfe einer goldenen Träne die Grenze überwunden.

Die restlichen Undinen setzten sich um ihn herum. Wie sehr er sich jetzt wünschte, in ihren Gesichtern lesen zu können.

»Es war eine dunkle Sommernacht«, begann eine von ihnen und er fand, es klang wie der Anfang eines Märchens.

»Wolken hatten sich vor den Mond geschoben und Berlin lag ungewöhnlich ruhig und dunkel da. Nicht einmal Sterne glitzerten auf dem Wasser der Spree. Bereits damals lebten nur noch wenige von uns in der Spiegelstadt. Die Königsfamilie hatte die Jagd auf die Nöck eröffnet, doch egal, wem wir davon erzählten, niemand glaubte uns. Niemand *wollte* uns glauben. In jener Nacht schwammen einige von uns zur Friedrichstraße, um auf eine junge Nöckfamilie zu warten und sie über die Grenze zu bringen. Sie ist niemals aufgetaucht. Wer jedoch auftauchte, war Imgard – und ein junger Sirenenmann namens Jo-hann.«

»Sirenen sind Feenwesen des Wassers wie die Undinen«, nahm eine der anderen Frauen den Faden auf. »Wie die Nöcke und die Nixen sind sie unsere entfernten Geschwister. Es ist sehr selten, dass Wesen des Wassers und Wesen des Landes Verbindungen miteinander eingehen.«

»Imgard und der Sirenenmann hielten sich jedoch an den Händen und es war deutlich zu sehen, dass sie sich um diese alten Bräuche und Vorurteile nicht scherten«, erklärte die dritte Undine.

»War das mein Großvater?«, fragte Max.

Die Mienen der Undinen verdüsterten sich und der Nöck zog sich blubbernd zurück in die Tiefen des Tümpels.

»Er hat die Nacht nicht überlebt«, sagte die vierte Undine. »Die beiden wurden verfolgt. Von einer Frau in dunklen Gewändern und verhülltem Gesicht.«

»Einer Jägerin«, vermutete Max.

Die Undinen bestätigten dies nicht, widersprachen jedoch auch nicht. »Sie trug eine Waffe bei sich. Kein Feuerdolch und auch kein Ebenholzschwert, sondern eine Pistole. Sie forderte die Flüchtlinge auf, stehen zu bleiben. Die Prinzessin und ihr Geliebter folgten dem Befehl.«

»Sie versuchte, mit der Gestalt zu verhandeln«, berichtete die letzte Undine. »Sie beschwor sie, sie gehen zu lassen.«

Max' Magen zog sich zusammen. »Aber die Jägerin ließ sich nicht bestechen«, murmelte er.

Die Undine nickte. »Imgard sah, dass die andere auf ihren Geliebten zielte und bereit war abzudrücken.«

»Und dann?!«, fragte er, als die Wasserfrau nicht weitersprach.

»Sie hat sich vor den Sirenenmann geworfen und den Schuss abgefangen«, sagte die erste.

»Sie konnte ihn dennoch nicht retten«, fuhr die zweite fort.

»Die dunkle Gestalt schoss noch vier Mal, und der Sirenenmann verblutete an der kalten Uferpromenade.«

»Wir konnten spüren, wie das Leben aus ihm wich.«

Ein Kloß bildete sich in Max' Hals. So war sein Großvater gestorben? »Und meine Großmutter? Imgard?«

»Die Spree umfing sie wie ein Leichentuch«, berichtete eine Undine. »Aber sie war bereit gewesen, ihr Leben für einen der Unseren zu opfern.«

»Wir nahmen sie mit uns in unseren Palast. Wir heilten ihre Wunden, wenn auch nicht ihr Herz.«

»Wir halfen ihr hinüber auf die andere Seite, in ein neues Leben.«

»Ohne den Sirenenmann. Ohne die Spiegelstadt.«

»Wir wussten nicht, dass sie schwanger war. Sie muss ihr Kind erst kurz zuvor empfangen haben. Wir konnten das neue Leben in ihr nicht spüren.«

»Meine Mutter«, murmelte Max und dachte an die junge Frau, die er nur von Fotos kannte. Hatte ihre Großmutter ihr von ihrem Vater erzählt? Hatte sie je erfahren, dass sie kein Mensch war?

»Wir bringen dich zurück zu deinen Freunden«, sagten die Undinen, jetzt wieder wie aus einem Mund. »Und dann öffnen wir eine Pforte für euch zurück in die Spiegelstadt.«

30. Kapitel

Sie schritten noch einmal durch den seltsamen Nebel und kamen zurück zu den anderen.

»Alles okay?«, fragte Robin kaum, dass sie ihn entdeckte.

Er nickte. »Die Undinen haben sich bereit erklärt, uns zu helfen.«

Lenyo deutete vor den Wasserfrauen eine Verbeugung an. »Wir danken Euch.«

»Was ist passiert?«, wollte Robin wissen, als er sich zu ihr stellte.

»Später«, antwortete er.

»*Ein* Problem haben wir noch«, fuhr Lenyo fort. »Wir können nicht an der gleichen Stelle wieder an die Oberfläche kommen, an der wir in die Spree gesprungen sind.«

»Ihr werdet verfolgt?«, fragten die Undinen.

»Es ist möglich.«

Die Wasserfrauen nickten. Sie verabschiedeten sich und die Undinen ließen vier goldene Lichtkugeln entstehen, indem sie die Hände trichterförmig an den Mund hoben und Luft hindurchbliesen. Jeder von ihnen stieg in eine Kugel. Das Licht um Max herum wurde strahlend, so grell, dass er die Augen zusammenkniff.

Mit einem lauten Knall platzte die Goldkugel wie eine Kaugummiblase und Wasser stürzte von allen Seiten auf ihn ein. Es floss ihm in den Mund und in die Nase. Strampelnd kämpfte er sich an die Oberfläche. Als sein Kopf den Wasserspiegel durchbrach, sah er einen hellen Steinrand vor sich, an dem er sich festklammerte. Neben ihm tauchten Robin, Lenyo und, mit etwas Verzögerung, die Jägerin auf. Entschlossen zog er sich an der Brüstung hoch und hievte sich aus dem Wasser. Als er sich auf der festgestampften Erde aufrichtete, stellte er überrascht fest, dass die Brunnenumrandung total niedrig war, noch nicht einmal einen halben Meter hoch. Und auch das Wasser, aus dem er sich gezogen hatte, schien ihm nur wenige Handbreit tief.

Trotzdem triefte diesmal, anders als nach ihrem Bad in der Spree, ihre ganze Kleidung. Unter ihren Schuhen sammelten sich Pfützen.

»Wie …«, begann er verwirrt.

Lenyo legte ihm die Hand auf die Schulter. »Undinenmagie.«

Max nickte. Er hatte sich so sehr an all die verrückten Ereignisse um ihn herum gewöhnt, dass er diese Erklärung einfach so akzeptieren konnte.

»Das ist nicht gerade in der Nähe der Hackeschen Höfe«, murmelte Robin.

Max nahm die Umgebung näher in Augenschein. Sie waren zurück in der Spiegelstadt. Selbst wenn er an der Macht der Undinen gezweifelt hätte, konnte er es riechen. Der Gestank nach Abgasen und Ozon, der in warmen Sommernächten durch Berlin trieb, war völlig verschwunden. Außerdem konnte er am Himmel klar den Mond und die Sterne erkennen. In *seinem* Berlin war das aufgrund der Luft- und der Lichtverschmutzung so gut wie nie möglich. Sie standen auf einem großen Platz vor einem runden Brunnen, aus dem sich eine hohe, schlanke Säule erhob. Auf ihrer Spitze thronte ein geflügeltes Pferd. Als Max sich umdrehte, blickte er auf eine lang gezogene Parkanlage.

»Wo sind wir?«, fragte er Robin.

Sie deutete über seine Schulter. »Schöneberg, glaub ich. Dort ist das Rathaus.«

Max drehte sich um und erkannte den hellen, viereckigen Turm, der in seiner Welt ganz genauso aussah.

»Und jetzt?«, fragte er.

»Machen wir uns auf den Weg zu Janus«, antwortete Lenyo.

Sie nahmen keine Droschke, das war ihnen zu heikel. Die U-Bahnen in der Spiegelstadt fuhren auch unter der Woche die ganze Nacht hindurch, was daran lag, dass es viele Feenwesen gab, die nachtaktiv lebten, erklärte Lenyo. Max nutzte die Gelegenheit, seinen Begleitern zu erzählen, was er von den Undinen erfahren hatte.

Trotz ihrer triefenden Kleidung, die nur langsam trocknete, beachtete sie kaum jemand. Eine hübsche Frau mit blauem Haar versuchte ein paarmal, seinen Blick einzufangen, aber er reagierte nicht darauf.

Die Zeiger einer gewaltigen Uhr an der Wand eines Eckhauses zeigten Viertel nach vier an, als sie endlich in die Straße einbogen, in der das Atelier des Dschinns lag. Immer wieder blickten sie sich verstohlen um, doch es waren nur wenige Feenwesen unterwegs und niemand nahm sie genauer in Augenschein.

Als sie sich auf die Tür des mehrstöckigen Wohnhauses zubewegten, hörten sie einen leisen Pfiff. Janus lugte hinter einer Litfaßsäule hervor und winkte ihnen.

»Was …?«, murmelte Robin, doch Lenyo legte den Finger auf den Mund.

»Wir können nicht in mein Atelier«, gestand ihnen Janus, nachdem sie zu ihm gehuscht waren, und heftete den Blick auf Max. »Deine wahnsinnige Großtante hat irgendwie herausgefunden, dass ich euch geholfen habe. Sie lässt nach mir suchen.«

Janus' dunkle Haut wirkte blass und auf seiner Stirn perlte Schweiß. Am seltsamsten waren seine Augen. Es sah aus, als seien Äderchen darin geplatzt, doch statt roter Verästelungen überzog ein violettes Spinnennetz das Weiß.

»Ich habe es gerade noch rechtzeitig rausgeschafft«, erklärte er weiter. »Aber nicht auf der anderen Seite.«

»Scheiße, Janus, das tut mir leid.« Lenyo zog den Dschinn in die Arme und drückte ihn fest.

»Was ist los?«, fragte Robin nervös. »Was heißt das?«

Kalinda verzog die Lippen. »Der kleine Brandstifter ist nur noch eine halbe Portion.«

Janus fand das offenbar gar nicht komisch. Er fuhr zu ihr herum und ballte die Hand, doch die Jägerin war zu schnell für ihn. Sie fing seine Faust mühelos ab.

»Nicht!«, zischte Robin wütend. »Ihr könnt doch jetzt hier nicht streiten.«

»Lasst das!«, befahl auch Lenyo und der Bindungszauber entfaltete seine Wirkung.

Die Jägerin knurrte frustriert, ließ jedoch Janus' Faust los. Max griff schnell nach vorn und hielt den Dschinn an der Schulter fest, um ihn von weiteren Dummheiten abzuhalten.

»Was hat sie damit gemeint?«, fragte er.

Janus brauchte einen Moment, um sich zu beruhigen. »Ihre königliche Arroganz lässt nicht nur auf unserer Seite nach mir suchen. Sie hat meinen Körper gefunden. Auf der anderen Seite.«

Das klang gar nicht gut.

»Ist er …?«, fragte Lenyo vorsichtig.

»Tot?« Janus schüttelte den Kopf. »Nein. Zumindest noch nicht. Aber sie hat irgendetwas damit gemacht. Ich kann nicht mehr nach drüben wechseln.«

Lenyo drückte ihn noch einmal. »Tut mir leid, Kumpel«, murmelte er. »Ehrlich. Aber wenn Tamyra deinen Körper hat, kann sie dich dann nicht auch hier aufspüren?«

Ein Lächeln kehrte auf das Gesicht des Dschinns zurück. »Könnte sie«, gab er zu. »Wenn ich nicht für solche Fälle genau das hier hätte.« Er öffnete den Kragenknopf seines Hemdes und ließ sie einen Blick auf eine überlange Kette aus durchsichtigen Glasperlen werfen, die er mehrfach um seinen Hals geschlungen hatte.

»Sehr gut!« Lenyo klang erleichtert.

»Hält aber leider nicht ewig«, gestand der Dschinn. »Ein paar Tage. Maximal. Bis dahin muss mir etwas eingefallen sein.«

»Uns allen«, sagte Max finster.

Robin verschränkte die Finger ineinander und ließ sie knacken. »Hier können wir nicht bleiben. Sollen wir zurück ins *Libertinage?*«

Lenyo schüttelte den Kopf. »Da fallen wir als Gruppe zu sehr auf.«

»Was tätet ihr nur ohne mich?« Janus schaute sie der Reihe nach an. »Wir können zwar nicht zu mir. Aber ich habe bereits einen Plan B.«

Der Dschinn wirkte einen Wärmezauber, der ihre Kleidung im Handumdrehen trocknete. Dann führte er sie durch ein nächtliches Berlin, das Max' eigenem so sehr glich und auch wieder nicht. Sie gingen schmale Kopfsteinpflasterstraßen entlang, passierten verschnörkelte Gaslaternen und kamen zu einem Wohnhaus, dessen Fassade furchtbar heruntergekommen aussah. Janus steuerte nicht auf die Haustür zu, sondern auf die in den Boden eingelassene Doppeltür eines Luftschutzbunkers. Er drückte die Hand auf die rostige Kette, die als Schloss diente, das Metall leuchtete auf und öffnete sich von selbst mit einem Klicken.

»Praktisch«, kommentierte Robin.

Nacheinander stiegen sie eine steile Treppe hinab in ein dunkles Loch. Max konnte nichts erkennen. Erst als Janus hinter ihnen die Öffnung zugezogen hatte, erwachten zischend Gaslaternen an den Wänden zum Leben. Ihre violetten Flammen beleuchteten einen Raum, dessen Wände mit kunterbunten Wandteppichen behangen waren. Auf dem Boden des Luftschutzbunkers lag ein flauschiger Orientteppich. Darauf lagen Sitzkissen und kleine Tischchen mit silbernen Platten, auf denen reich verziertes Teebesteck lag und je zwei Spritzen. Max wollte lieber nicht darüber nachdenken, was das zu bedeuten hatte. Er konzentrierte sich auf das andere Ende des Raums, wo ein riesiges Himmelbett mit altrosafarbenen Vorhängen und Bettbezügen in der gleichen Farbe stand.

»Wie geschmacklos«, bemerkte Kalinda.

»Wo sind wir hier?«, fragte Lenyo.

Der Dschinn ging zu einer Kommode und holte eine Flasche daraus hervor. »Im Partykeller einer Freundin.«

»Partykeller, so, so«, kommentierte Max und schaute auf die Seile der Liebesschaukel, die unter dem Bett hervorlugten.

Lenyo ließ sich auf ein orangefarbenes Sitzkissen plumpsen. »Kenn ich diese Freundin?«

»Vielleicht.« Janus zwinkerte ihm zu und schenkte ihnen ein.

Max schnupperte misstrauisch an der türkisfarbenen Flüssigkeit in dem kleinen Gläschen, das er gereicht bekam. Sie roch so scharf, dass er Angst hatte, sich die Nasenschleimhäute wegzuätzen. Er stellte den Drink zur Seite und beobachtete überrascht, dass Robin das Schnapsglas ansetzte und sich einfach so hinter die Binde kippte.

»Soll ich?«, fragte er schnell und hob die Dose mit den

Silbertränen. Unterwegs hatten sie besprochen, dass der nächste logische Schritt war, zumindest in eine weitere Erinnerung seiner Großmutter abzutauchen.

Die anderen nickten. Bis auf Kalinda. Die Jägerin hatte sich ebenfalls auf eines der Sitzkissen gepflanzt, die Füße auf den Glastisch vor sich gelegt und säuberte sich mit einer Kuchengabel die Fingernägel. Sie ignorierte das Getränk, das der Dschinn auch ihr hingestellt hatte.

Max setzte sich an den Rand des riesigen Himmelbettes und hob den Deckel der Tränendose.

»Pass auf dich auf«, bat Robin ihn und er nickte ihr zu.

Dann atmete er ein und aus und griff in die Dose. Seine Fingerkuppe streifte den kostbaren Inhalt und es kam ihm vor, als würde ihm eine der Tränen direkt in die Hand springen. Er hob sie hoch. Sie fühlte sich seltsam warm zwischen seinen Fingern an, fast wie etwas Lebendiges. Er *wollte* die Träne in den Mund nehmen, sie auf der Zunge zergehen lassen und in das Ereignis eintauchen, das ihn erwartete.

Was immer es auch war.

31. KAPITEL

DIE PRINZESSIN

Imgard konnte noch immer nicht fassen, was sie getan hatte. Der anklagende Blick ihrer Schwester klebte an ihr.

Der Betäubungspfeil hatte Tamyra am Hals getroffen. Mit verdrehten Augen war sie vor dem Zugang zum Geheimgang kollabiert. Jenem Gang, den Vater ihnen gezeigt hatte, falls es im Palast jemals gefährlich werden sollte. Er begann hinter einem Gemälde der gesamten Familie.

»Ich wusste es!«, hatte Tamyra gerufen. »Du willst uns verraten. Für ihn!«

Sie trug einen Dolch in der Hand und war bereit gewesen, Jo-hann zu töten. Selbst Imgards hastig ausgestoßene Worte hatten Tamyra nicht besänftigt.

Die Betäubung war die einzige Möglichkeit gewesen. Über Wochen hatte Imgard beobachtet, was mit den Sirenen geschah. Jo-hann hatte sie auf gewundenen Gängen zwischen den Gebäuden hindurchgeführt. Mit Entsetzen hatte sie das Freudenhaus gefunden. Hier sperrten die Wachen jene Jünglinge und Mädchen ein, mit denen sie sich regelmäßig vergnügen wollten. Hier unten war eine grausame Subkultur entstanden.

Als Imgard ihrem Vater davon berichtete, erklärte dieser nur, dass die Soldaten einen wichtigen Job wahrnahmen und manches Mal Zerstreuung suchten. Es seien letztlich nur Sirenen.

An jenem Tag hatte sie beschlossen, mit Jo-hann zu fliehen. Ein Wechsel der Regierungskultur musste von außen erfolgen, nicht von innen. Es brauchte eine Revolution.

So waren sie an der bewusstlosen Tamyra vorbeigekommen und von dort aus einfach gerannt. Jetzt kauerten sie in einem alten Abrisshaus, zitternd vor Kälte.

»Es gibt nur einen Weg«, sagte Imgard. »Wir müssen zu den Undinen. Gemeinsam.«

Jo-hann trug einfache Kleidung, die sie ihm mitgebracht hatte. Mit großen Augen war er durch das nächtliche Berlin gegangen, hatte erstmals in seinem Leben die Welt außerhalb des Kerkers gesehen.

»Aber ich dachte, du konntest eine goldene Träne organisieren, um die Passage zu öffnen.« Sein gehetzter Blick fuhr zum Fenster. In der Ferne bellte ein Hund. »Sobald Tamyra erwacht, werden uns alle Jäger auf den Fersen sein.«

»Das konnte ich. Jemand wird sie uns bringen. Aber ... wir sollten sie nicht benutzen«, sagte Irmgard.

»Warum?!«

Sie schluckte. »Es gibt so viel mehr, was du nicht weißt. Über die Tränen. Das Vergessen.«

Er runzelte die Stirn. »Was meinst du?«

»Du glaubst, dein Kerker war schlimm?«, fragte sie. »Ich habe weitere Dinge erfahren.«

»Deine Worte ergeben keinen Sinn.« Jo-hann ließ sich vor ihr nieder, ebenso im Schneidersitz. Er nahm ihre Hände in seine, hauchte darauf.

»Die Tränen werden stets im Doppel gewoben«, sagte sie. »Gold und Silber, miteinander verbunden. Die Goldträne, die die Passage in das andere Berlin öffnet, ist ein Abfallprodukt. Silbertränen enthalten Erinnerungen, die freiwillig gegeben werden oder gewaltsam entrissen. Zu jeder Erinnerung gehört ein Seelenfunke, da sie Teil des

Lebens der Person war. Dieser Seelenfunke wird zur goldenen Träne.«

»Und die Macht ist so gewaltig, dass sie die von uns gewobene Grenze durchbrechen kann«, vollendete Jo-hann.

»So ist es.« Jetzt nahm Imgard seine Hände in ihre. »Aber das hat seinen Preis. Wenn die Goldträne vergeht, dann verschwindet auch die zugehörige Silberträne. Die Erinnerung ist dann verloren.«

Er zuckte zusammen. »Aber … wer sollte so etwas erschaffen?«

Imgard schloss die Augen. »Es war Zufall.«

Jo-hanns Augen weiteten sich. »Wie das?«

Imgard wusste, dass sie es ihm sagen musste. Die größere Grausamkeit, die sie erfahren hatte. Schlimmer noch als der Blutatlas oder die verwobenen Tränen.

»Es gab schon immer Feenwesen, die meiner Familie aufgrund ihrer Position gefährlich werden konnten«, erklärte sie. »Verräter. Hochgeborene, die selbst Macht wollten. Das Übliche. Doch vor vielen Jahren wurde ihre Zahl zu groß, sie vernetzten sich innerhalb der Palasthierarchie und planten einen Staatsstreich.« Sie atmete tief ein und wieder aus. »Dieser konnte verhindert werden, doch was tut man mit all diesen Gefangenen, die Freunde, Familie und Gefährten haben? Ihr Tod hätte eine Welle der Gewalt ausgelöst. Also kam mein Großvater auf die Idee, unser Berlin erneut zu spiegeln. So entstand eine dritte Stadt.«

Jo-hann erwiderte ihren Blick mit jenem eines Seelendoktors, der einen ziemlich schweren Fall vor sich hatte. »Wovon redest du? Davon hätten sogar wir erfahren. Gerade wir!«

»Sie nahmen zwölf von euch, die es taten. Das dritte Berlin ist ein dunkler Ort, verfallen und unvollständig, mit Löchern in der Wirklichkeit. Als es vollbracht war, stießen sie die zwölf Erschaffer hinüber und mit ihnen alle, die an dem Staatsstreich beteiligt waren. Mit jedem Wechsel wurde ein Zauber aktiv, der die Erinnerung an die Person aus allen Gedächtnissen löschte. Wer in die dritte Stadt gestoßen wurde, wurde von allen hier vergessen. Die Erinnerungen verschwanden aus den Köpfen von Familien, Freunden und Gefährten, wurden zu silbernen Tränen und jenen aus Gold.«

Jo-hann ließ ihre Hände los. »Sie wurden alle vergessen?«

»Als hätten sie niemals existiert«, bestätigte Imgard. »An einem Tag hatten die Kinder noch einen Vater, die Frau noch einen Mann. Am nächsten erinnerte sie sich nur noch daran, wie es ist, die Kinder allein aufzuziehen, den Vater hatte es nie gegeben.«

»All die armen Seelen sitzen in der dritten Stadt fest«, hauchte Jo-hann, »und zwölf von uns.«

»Falls sie noch leben.« Imgard nickte. »Doch mit jeder goldenen Träne, die für eine Passage genutzt wird, verschwindet eine weitere Erinnerung für immer.«

Stille senkte sich herab, bis Jo-hann endlich die Konsequenzen begriff. »Wir dürfen niemals wieder eine solche Träne benutzen. Damit würden wir uns mitschuldig machen an der Auslöschung von Leben und Erinnerung.« Er schloss die Augen. »Ich verfluche unsere Gabe.«

»Nein, tu das nicht.« Imgard berührte seine Stirn mit ihrer. »Ihr werdet ausgebeutet, unterdrückt, manipuliert. Wir werden deine Leute befreien und meine Familie stürzen. Ich werde den Blutatlas verbrennen, und die Feenwesen erhalten ihre Freiheit zurück.«

Wieder wurde es still. Jo-hanns Blick fing ihren ein. Er hatte so wunderschöne, tiefgründige Augen. In ihnen lag eine Tiefe, wie sie sie nie zuvor gesehen hatte. Und seine Lippen …

Sie küsste ihn, wie schon viele Male zuvor. Jetzt allerdings nicht ängstlich und verschämt, sondern leidenschaftlich und wild.

Plötzlich waren seine Hände an ihrer Wange, lösten ihr Schnürhemd. Sie zog seinen Gürtel heraus, riss ihm die Lederhose herunter auf die Hüfte. Die Leidenschaft schlug über ihnen zusammen wie die magischen Undinenfeuer der Tiefe.

Er war hart, als er sich zwischen ihre Schenkel schob und in sie eindrang, seine Lippen berührten ihren Hals, ihre Brust. Sie umschlang seine Hüfte mit ihren Schenkeln, nahm die Stöße an. Sie wollte ihm nah sein, ihn für immer spüren.

Ihre Liebe, geboren aus Enttäuschung und Verrat, würde das Königshaus zum Einsturz bringen. Ein Gedanke, der ihre Hoffnung neu entfachte.

Jo-hann stieß noch einmal zu, dann verströmte er sich in sie. Schwer atmend sackte er auf ihr zusammen, vergrub sein Kinn an ihrem Hals und bedeckte ihn mit Küssen.

An seinem Ungestüm würden sie noch arbeiten müssen, aber der Rest hatte heiße Schauer durch ihren Körper gesandt, bis hinab in ihre Schenkel.

Die Hitze ihrer beider Körper vertrieb die Kälte und sie genossen die Minuten der Nähe.

»Gemeinsam bringen wir den Palast zu Fall«, flüsterte er irgendwann.

»Und zerbrechen die Ketten«, hauchte Imgard.

Bisher war alles still geblieben, doch sie mussten sich darauf einstellen, dass sich das in den nächsten Stunden änderte. Sie fragte sich, wo ihr Kontakt blieb.

Erst eine Stunde später waren die ersehnten Schritte zu hören.

»Da seid ihr ja.« Emma ließ zwei Reihen nadelspitzer Zähne erkennen. »Ich konnte es wirklich nicht fassen, als ich es gehört habe.« Sie hielt ein Etui in Händen.

»Wir wollen sie nicht mehr«, sagte Jo-hann.

»Ihr könnt nicht hierbleiben.« Emma blickte in die Nacht. »Die Jagd wird in Kürze beginnen. Auf dieser Seite ist keiner von euch beiden mehr sicher.«

»Der Wechsel findet statt«, sagte Imgard. »Aber wir werden die Undinen bitten, ein Tor für uns zu öffnen.«

»Das ist zu unsicher«, sagte Emma. »Sie könnten ablehnen. Ich konnte das Nebelzimmer bereits seit Wochen nicht mehr betreten, der Erlkönig weiß hiervon nichts.«

Jo-hann schüttelte den Kopf und erklärte ihr den Grund. Schließlich hatte Emma viel riskiert, sie hier zu finden und eine Träne zu organisieren.

Als er geendet hatte, sackten Emmas Schultern herab. »Aber die Tränen sind der einzige Ausweg, was sollen wir sonst tun?«

»Berichte all das dem Erlkönig«, bat Imgard. »Er wird es verstehen und hoffentlich entsprechend handeln.«

»Das werde ich tun. Viel Glück euch beiden. Wenn sich die Wogen geglättet haben, werden wir euch finden.« Damit wandte sich Emma ab.

Das Geröll knirschte unter ihren Sohlen, als sie die Stufen hinabrannte und verschwand.

Jo-hann und Imgard eilten in die Dunkelheit. Die Spree floss träge auf Höhe der Friedrichstraße dahin. Das Wasser wirkte schwarz in der Nacht.

Jo-hann beugte sich hinunter und schickte einen Ruf hinaus. »Es wird jedoch dauern.«

»Zeit, die ihr nicht habt«, erklang eine Stimme hinter ihnen.

Imgard fuhr herum. Da stand eine Jägerin, gehüllt in Schwarz. Sie trug eine Pistole in einem Holster in der Hüfte. »Du warst schnell. Sind wir bereits eingekreist?«

»Ich bin allein gekommen«, sagte die Jägerin. »Die anderen wissen noch nicht Bescheid. Deine Schwester ist wütend.«

Erst jetzt fiel Imgard auf, wie jung die Jägerin war. Sie war erst vor Kurzem in den Palastdienst getreten.

»Prinzessin, du bist eine Schande für die Stärke des Königshauses«, sprach die Jägerin mit einer dunklen, fast heiseren Stimme. »Ich erwarte, dass du mit mir zurückkehrst.«

»Das werde ich nicht«, sagte Imgard. »Jo-hann und ich werden untertauchen.«

»In diesem Fall werde ich Jo-hann aus der Gleichung entfernen.« Die Jägerin hob die Pistole.

»Du musst das nicht tun!«, rief Imgard. »Er hat dir doch nichts getan! Kehre zurück und sagte Tamyra, dass du uns nicht gefunden hast.«

»Ich lüge nicht, Prinzessin«, sagte die Jägerin. »Es ist eine Ehre, dem Palast zu dienen, und das werde ich tun, solange Tamyra mich will.«

»Du dienst dem König.«

»Mein Blut wurde mit dem Konkordium Tamyra geweiht«, erwiderte sie. »Und ich werde nicht länger mit dir diskutieren. Kehre mit mir zurück in den Palast.«

Imgard tat einen Schritt zur Seite, sodass sie genau vor Jo-hann stand. »Nein.«

Die Jägerin schoss.

Ein kurzer Schmerz durchzuckte Imgard, sie blickte an sich herab. Blut benetzte den Stoff ihres Hemdes, färbte es schwarz ein.

»Imgard!«, brüllte Jo-hann.

»Ich habe Anweisungen für den Fall erhalten, dass du dich weigerst«, sagte die Jägerin.

Vier weitere Male zuckte die Pistole. Jo-hann kippte hintenüber. Die schwarzen Fluten verschlangen ihn.

Imgard taumelte, presste sich die Hand auf die Wunde.

Die Jägerin kam näher, langsam und gelassen. Direkt vor ihr zog sie sich die Maske vom Gesicht. Augen kalt wie Damaszenerstahl taxierten Imgard. »Das Königshaus ist mit dir an der Spitze schwach, Schwester.«

»Tamyra«, brachte Irmgard hervor, Blut lief aus ihrem Mund über das Kinn.

»Denkst du, ich lasse zu, dass du alles zerstörst?«, fragte sie. »Ich wusste, was du tun wirst. Die Pfeile in deiner Pistole habe ich vor Tagen vertauscht. Schmerz bin ich gewohnt, Schwester, so viel Schmerz. Aber jetzt schlägt meine Stunde. Du hast mich zu all deinen Lernstunden mitgenommen, ich kann problemlos deinen Platz einnehmen.«

»Vater …« Jedes Wort fiel Imgard schwer. »Vater …« Sie hustete, spuckte Blut.

»Vater ist ein alter Mann«, sagte Tamyra mit einem Schulterzucken. »Er wird früher oder später Platz machen. Bis dahin bereite ich mich vor. Ich fürchte, du bist auf der Flucht umgekommen. Morgen wird man deine Leiche im Dreck der Altstadt finden. Ermordet von deinem Sirenen-Liebhaber. Tja, ich fürchte, im Kerker wird es bald noch viel schlimmer zugehen. Und ich halte die Wachen bestimmt nicht auf.« Sie blickte versonnen zum tintenschwarzen Himmel empor. »Jetzt nehme ich mir alles.«

»Aber warum?«, stieß Imgard mit letzter Kraft hervor. Ihr Körper war schwach, sosehr die Hand auch auf die Wunde drückte, der Blutstrom wollte nicht stoppen.

»Weil ich es kann«, sagte Tamyra und umgriff Imgards Kinn. »Ich verabscheue Schwäche. Wenn man etwas will, nimmt man es sich. Für die Stärke der Dynastie.«

Damit stieß sie Imgard davon.

Die Welt machte einen Satz, alles drehte sich. Für eine Sekunden währende Ewigkeit hing der schwarze Himmel über ihr. Es gab viel mehr Städte als nur Berlin. So viel mehr.

Imgard durchbrach die Wasseroberfläche.

Kraftlos sank ihr Körper in die Tiefe. Ihre heißen Tränen vermischten sich mit dem eiskalten Wasser der Spree. Ihr Blickfeld verkleinerte sich. Sie glaubte, noch einmal das Lächeln von Jo-hann zu sehen, seine Berührungen zu spüren.

Dann war da nichts mehr.

32. KAPITEL

LENYO

Mit einem flauen Gefühl im Magen betrachtete Lenyo den bewusstlosen Max. Nach dem Schlucken der Träne war er aus der Erinnerung nicht wieder aufgetaucht. Stattdessen hatte er unkontrolliert zu zucken begonnen und gutturale Laute ausgestoßen. Sie hatten ihm die Schuhe ausgezogen und auf das Bett gelegt.

Lenyo hatte davon gehört, dass manche Tränen so etwas auslösen konnten, es aber noch nie gesehen.

»Was jetzt?«, fragte er Janus in der Hoffnung, dass der Dschinn sich diesbezüglich besser auskannte.

Gerade als dieser antworten wollte, riss Max die Augen auf, schnappte nach Luft und drückte sich die Hand auf die Brust. Sein Gesicht verzerrte sich, als habe er Schmerzen. Schweiß bildete sich auf seiner Stirn, und die Augäpfel zuckten wild in den Höhlen hin und her.

»Max!« Robin beugte sich besorgt über ihn.

Lenyo griff nach seinen Schultern und hielt ihn fest. »Alles gut«, versicherte er. »Wir sind hier. Du bist in Sicherheit.«

Max' Blick klärte sich und sein Körper begann sich zu entspannen.

»Was hast du gesehen?«, fragte Robin und setzte sich neben ihn.

»Langsam«, mahnte Janus. »Lass den armen Kerl doch erst mal zu sich kommen.«

Hinter ihnen begann Kalinda fröhlich zu pfeifen. Lenyo

verdrehte die Augen, linste auf den Bindering an seinem Finger, sagte aber nichts.

»Auf mich wurde geschossen. Nein, nicht auf mich«, verbesserte Max sich sofort. »Auf meine Großmutter. Ich war bei ihr … Ich war sie, in der Nacht, in der sie geflohen ist. Ich weiß jetzt, wer auf sie geschossen hat. Es war ihre Schwester.«

»Tamyra?«, fragte Robin.

Das Pfeifen hinter ihnen verstummte.

»Und das wundert euch?«, kommentierte Janus trocken.

Lenyo ließ Max' Schultern los und half ihm, sich aufzurichten. Er setzte sich ebenfalls auf das Bett, damit Max sich gegen ihn lehnen konnte. Er wirkte erschöpft.

»Die dunkle Gestalt am Spreeufer, von der mir die Undinen erzählt haben, war keine Jägerin«, sagte er dumpf und sah hinüber zu Kalinda, die so tat, als würde sie das alles nichts angehen. »Es war meine Großtante selbst. Sie wollte –«

»Die Kontrolle über das Königshaus«, vollendete Lenyo den Satz.

Max nickte und kalte Wut stieg in Lenyo auf. Albiert, Prinzessin Imgard und so viele mehr. Der Hass fraß sich wie Säure in sein Denken.

»Das ist nicht alles, was ich erfahren habe«, fuhr Max fort und klang noch ernster.

Lenyo drängte seine Gefühle für Tamyra beiseite und konzentrierte sich auf ihn. Von Grauen erfüllt, lauschte er der Offenbarung über den Blutatlas und über die Verbindung der goldenen und silbernen Tränen.

Nachdem er geendet hatte, herrschte schockiertes Schweigen. Selbst die Jägerin hatte die Kuchengabel beiseitegelegt und hielt sich mit abfälligen Kommentaren zurück.

»Wenn das stimmt –«, begann Janus.

»Es stimmt«, unterbrach Max ihn sofort. »Meine Großmutter hat geglaubt, was sie über die Tränen erfahren hat. Sie hat nicht gelogen.«

»Das behaupte ich auch gar nicht«, ruderte der Dschinn zurück. »Es ist nur so …«

»… unglaublich«, nahm Lenyo den Faden auf.

»Wenn die Prinzessin das alles gewusst hat, warum hat sie dann selbst Silbertränen benutzt?«, überlegte Janus laut.

Max erschauderte. »Ich weiß es nicht«, antwortete er. »Es passt nicht zu ihr. Nicht zu der Frau, die ich mein Leben lang gekannt habe, und auch nicht zu der Frau, deren Erinnerungen ich erlebt habe. Aber wie es scheint, gibt es vieles, was ich von meiner Großmutter nicht wusste.« Er sah aus, als sei ihm schlecht.

Lenyo konnte das nachvollziehen. Je länger Max gesprochen hatte, desto übler war ihm selbst geworden. Sein Magen fühlte sich an, als sei er zu einer kleinen, steinharten Kugel geschrumpft.

»Emma«, murmelte er und sah seine Verbündete vor sich, die Augen verschwörerisch glitzernd hinter den dicken Brillengläsern und die nadelspitzen Zähne hinter einem Lächeln verborgen. Einem falschen Lächeln. »Sie hat es gewusst. Sie hat es gewusst und hat uns alle trotzdem weiter die goldenen Tränen benutzen lassen. Sie hat mir sogar welche gegeben.«

Janus legte ihm eine Hand auf die Schulter. »Du weißt doch, wie sie ist: Nichts ist so wichtig wie der Widerstand.«

Damit hatte er leider recht. Wie oft hatte er Emma diesen Spruch sagen hören. Aber hatte sie ihn tatsächlich so wortwörtlich genommen?

»Meinst du, der Erlkönig hat davon gewusst?«, fragte Janus.

Lenyo lag ein *Nein* auf der Zunge, aber die Wahrheit war, dass er den Erlkönig nicht wirklich kannte. Emma hingegen …

»Ich muss mit ihr sprechen.« Lenyo stand auf.

»Warte noch ein, zwei Stunden ab«, riet Janus. »Bis zur Morgendämmerung, wenigstens. Versuch, eine Mütze Schlaf abzubekommen.«

Schlaf?! Als hätte er daran jetzt denken können.

Trotzdem ließ er sich von den anderen überreden. Alle suchten sich einen Platz, auf dem sie ruhen konnten: Robin zog eine Decke und ein Kissen vom Himmelbett und legte sich davor auf den Boden. Kalinda rollte sich auf der Couch zusammen.

»Was denn?«, neckte Janus sie, während er es sich in ihrer Nähe auf mehreren Sitzkissen bequem machte. »Kein blöder Spruch darüber, dass du bereits in schlimmeren Betten geschlafen hast?«

Die Jägerin reagierte nicht. Sie hatte die Arme hinter dem Kopf verschränkt und starrte hinauf zur Decke des Kellers.

Lenyo öffnete den Gürtel, schlüpfte aus seiner Hose und kroch neben Max unter die Decke.

Tamyras Gifthauch hing über ihnen wie eine Dunstglocke.

Er drehte sich zur Seite und blickte Max direkt in die Augen.

Sie schauten sich eine Weile an, dann sog Max die Luft tief durch die Nase ein, drehte ihm den Rücken zu – und rückte so nah an ihn heran, dass sich ihre Körper berührten. Lenyo spürte, wie die steinerne Kugel in seinem Magen weicher wurde. Er drehte sich so, dass er Max auf den verstrubbelten Hinterkopf blicken konnte, und schob seinen Arm vorsichtig unter dessen Schulter hindurch. Max kuschelte sich an ihn. Lenyo ließ sich in die Umarmung fallen, drückte sich an Max, schloss die Augen und versuchte, das Chaos, zu dem sein Leben zerfallen war, für eine Weile zu vergessen.

Als er die Augen aufschlug, war es stockfinster. Irgendjemand am anderen Ende des Raums schnarchte, entweder Janus oder Kalinda. Sein Arm war eingeschlafen.

Lenyo blinzelte. Etwas war falsch. Es dauerte eine Sekunde, bis er bemerkte, was es war.

Max war weg.

33. Kapitel

Im ersten Augenblick verspürte Lenyo Panik.

Dann atmete er tief ein und wieder aus. Max' Kleidung war weg, er hatte sich offenbar angezogen und war freiwillig verschwunden.

»Auf dem Dach«, flüsterte Janus. »Er hatte einen Albtraum und wollte kurz Luft schnappen.«

»Auf dem Dach?«, echote Lenyo. »Wenn ihn jemand sieht!«

»Keine Sorge.« Der Dschinn gähnte. »Geh einfach rauf, dann wirst du schon sehen.«

Blitzschnell schlüpfte er in seine Kleidung. Er spürte Kalindas Blick auf sich ruhen; sie tat nur so, als ob sie schlief. Einzig Robin atmete gleichmäßig. Gut so. Wenigstens eine Person, die am Morgen ausgeruht sein würde.

Lenyo verließ den Keller und eilte die Stufen hinauf. Es roch nach Stein und Zement und leerem Haus. Die Wohnungen waren bei irgendeinem der zahlreichen Kämpfe der Vergangenheit verwüstet worden und fielen seitdem dem Vergessen anheim. Ein Wunder, dass der gesamte Komplex nicht mittlerweile eingestürzt war. Immerhin, niemand würde sie im Keller so einfach finden. Es sei denn, ein unruhiger Andersseiter stieg mal eben auf das Dach.

Lenyo rief sich zur Ordnung. Max war ein Mann, der im zivilisierten Leben einer geordneten Welt aufgewachsen war. Er hatte vermutlich noch nicht einmal begriffen, wie gefährlich diese Seite für ihn war. Jetzt, wo seine Identität offenbart worden war, erst recht.

Die Treppen waren uneben und schartig, doch Lenyo erreichte den Dachaufgang, ohne sich das Genick zu brechen. Ein letzter Schritt. Goldener Nebel umgab ihn für eine Sekunde.

Verwirrt sah Lenyo sich um. Er stand in einem Garten. Bäume wuchsen empor, dichte Hecken reihten sich auf. Das Ganze glich einem kleinen Wald. Ein schmaler Bach plätscherte vor ihm entlang und endete rechter Hand im goldenen Nebel vor der Dachbegrenzung.

»Wow«, hauchte er.

Janus hatte das Konzept der gestohlenen Räume abgewandelt und ein Stück Wald nach hier oben verpflanzt. Da die Natur jedoch lebte, Wurzeln tief ins Erdreich drangen und der Bach auch einen Zu- und Ablauf benötigte, hatte er Flüsterstaub verwendet. Das hier war eine unsichtbare Blase, die alles atmen ließ.

Er ging vorsichtig weiter.

Im Unterholz erklang das Rascheln kleiner Tiere, Leuchtkäfer surrten umher. Er sprang über den Bach, seine Schuhsohlen knirschten auf der Erde. Ein Stöckchen zerbrach unter seinen Tritten.

Gerade wollte Lenyo nach Max rufen, als er ihn sah. Er stand auf einer kleinen Lichtung, wo Janus allen Ernstes einen Diwan aufgestellt hatte. Max blickte in das nebulöse Gold ringsum, als könne er etwas darin erkennen.

»Wenn ich ein Gegner wäre …«

Max fuhr erschrocken herum.

»… hätte ich dich jetzt erledigen können«, sagte Lenyo.

Max schob die Hände in die Hosentaschen und erwiderte seinen Blick mit einer Mischung aus Trotz und Schuldbewusstsein. »Janus hat mir versichert, dass hier alles sicher ist.«

»Na, wenn er das sagt«, kommentierte Lenyo trocken.

»Du hast mir einen ganz schönen Schrecken eingejagt.« Er verlieh seiner Stimme einen sanfteren Klang. »Konntest du nicht schlafen?«

»Was hat mich verraten?«

Lenyo lachte leise. »Jetzt wird er auch noch frech.« Er trat neben Max, der wieder in den Goldstaub blickte. »Was siehst du?«

»Erinnerungen«, flüsterte Max. »Verlorene.«

Lenyo zuckte zusammen. »Es ist ein Verbrechen. Eines von vielen, das die Königsfamilie begangen hat.«

Max lachte bitter auf. »Meine Onkel und Tanten, meinst du. Und mein Urgroßvater. Sie haben Lebewesen einfach so ausgelöscht. Stell dir das doch mal vor: An einem Tag hast du einen besten Freund und am nächsten erinnerst du dich nicht mehr an ihn, hast alles vergessen. Er sitzt in irgendeinem kaputten Berlin und die Erinnerung an ihn löst sich auf, weil mal wieder jemand die Grenze überquert hat.«

»Fühlst du dich etwa verantwortlich?«, fragte Lenyo.

»Na ja.« Max zuckte mit den Schultern. »Meine Familie sind die Bösen, oder?«

Die ehrliche Antwort wäre gewesen: Ja. Andererseits musste er Max ja nicht noch tiefer ins Selbstmitleid treiben. »Du kannst gar nicht dafür verantwortlich sein. Erstens bist du viel zu süß und zweitens bin ich der Bad Boy von uns beiden.«

Max sah ihn verdutzt an; er hatte wohl mit irgendwelchen Phrasen gerechnet.

»Und du bist der unschuldige Lauch«, schloss Lenyo.

»Unschuldig«, echote Max und trat einen Schritt nach vorn.

»Jap.« Lenyo wich zurück.

»Lauch.« Ein weiterer Schritt.

»Quasi ein Läuchchen.« Und weiter ging es rückwärts.

»Das Wort gibt es gar nicht«, sagte Max mit bedrohlicher Stimme.

»Habe ich gerade erfunden, weil es so gut zu dir passt.« Lenyo grinste breit. Und machte einen weiteren Schritt zurück.

»Du hast in deiner Aufzählung etwas vergessen.« Max wirkte plötzlich gefährlich zufrieden.

»Ach?«

»Trocken«, erklärte Max.

»Was meinst du mit trocken?«

»Ich bin es«, sagte Max, legte die Handfläche auf Lenyos Brust und gab ihm einen Schubs. »Du nicht mehr.«

Mit einem Schrei kippte er hintenüber. Durch das ständige Näherkommen hatte dieser hinterhältige Andersseiter ihn bis zum Fluss gesteuert. Es klatschte, und Lenyo saß im Wasser, nass von oben bis unten.

»Ich muss schon sagen, ich als Lauch finde diesen Anblick über alle Maßen verdient, oh großer Bad Boy.« Ein verschmitztes Grinsen stahl sich auf Max' Gesicht.

»Dann zeige ich dir jetzt mal, wie wir Bad Boys reagieren, wenn wir feucht werden.« Lenyo richtete sich auf und preschte wie ein Raubtier auf Max zu.

Dieser keuchte auf und flüchtete ins Unterholz. Nicht, dass er eine Chance gehabt hätte. Lenyo packte ihn am Hosenbund und warf ihn sich über die Schulter. Er war überraschend leicht.

»Das ist ja praktisch, so ein Läuchchen ist richtig easy zu handhaben«, kommentierte er.

»Lass mich gefälligst runter!«

Lenyo schüttelte das Haar aus, was Max mit einem empörten Protestschrei kommentierte. Am Diwan angekommen, warf er ihn auf die Fläche. Mit einer schnellen Bewegung riss er sich das nasse Shirt vom Leib, streifte Hosen und Unterwäsche ab.

Max starrte ihn mit großen Augen an, die Worte erstarben auf seinen Lippen.

Nackt kroch Lenyo auf den Diwan. »Jetzt muss ich mich irgendwie wärmen. Hast du da eine Idee?«

»D… wa… also …«

Lenyo verschloss Max' Lippen mit einem sanften, fragenden Kuss. Sie waren so weich und schmeckten nach dem Unwissen einer simpleren Welt.

Der Andersseiter erwiderte den Kuss in einer plötzlichen Explosion aus Leidenschaft. Wie ein Ertrinkender schloss er die Arme um Lenyo. Mit hektischen Bewegungen riss er sich die Kleidung vom Leib.

Dann lagen sie nackt unter den Bäumen, in deren Geäst der Wind raschelte. Das plätschernde Wasser gab den Rhythmus vor.

Lenyo bedeckte den Körper von Max mit Küssen, arbeitete sich tiefer vor. Das Stöhnen des Andersseiters wurde lauter, der Rhythmus ihrer Hüftbewegungen gleichmäßig. Nach Minuten der Lust tauchte Lenyo wieder auf. Sein dunkles Haar hatte sich verselbstständigt, Strähnen hingen ihm über die Augen. Er betrachtete Max durch sie hindurch.

Die Wangen des Andersseiters waren gerötet, ein entspannter Glanz lag in den Augen.

Lenyo fischte ein Kondom aus seiner Hosentasche, streifte es über und legte sich Max' Beine über die Schulter. Er hielt den Blick des Andersseiters gefangen. Zuerst sanft, dann schneller schob er sich in ihn hinein. Max stöhnte auf, schloss für einen Moment die Augen.

»Gut?«, fragte er.

Max lächelte nur.

Lenyo begann langsam, doch die Lust wurde immer stärker. Er versuchte, sich zurückzuhalten. Vergebens. Sein Instinkt übernahm und er stieß in Max hinein, als sei er selbst ebenso ein Ertrinkender.

Sie kamen tatsächlich gleichzeitig.

Max säuberte seinen Oberkörper, auf den er abgespritzt hatte, mit Blättern, während Lenyo das Kondom entsorgte.

Ohne ein Wort kuschelten sie sich aneinander.

»Das war gut«, sagte Max.

»Hmhm«, machte Lenyo.

Er blinzelte, hauchte Max noch einen Kuss zu. Sein Lächeln begleitete ihn in den Schlaf.

Am Morgen stahl sich Lenyo noch vor Sonnenaufgang aus dem Bett – oder genauer: vom Diwan. Max murmelte etwas, schlief aber weiter.

Sorgen würde er sich kaum machen, schließlich wusste er, dass Lenyo im *Libertinage* nach seiner Schwester sehen wollte. Bis in zwei Stunden die Sonne aufging, wäre er wieder zurück. Zum Abschied drückte er Max einen Kuss in den Nacken.

»Mein süßer Lauch.« Er grinste breit, als von Max ein protestierendes Grummeln erklang.

Seine Kleidung war wieder trocken. Lenyo verließ das Gebäude und nahm weitläufige Umwege, damit im Fall der Fälle niemand seinen Weg zurückverfolgen konnte. Er musste mit Yelna sprechen, Kontakt zu Emma aufnehmen, und sie benötigten einen dauerhaften Unterschlupf.

Die Jagd auf Max und ihn würde weitergehen. Kalinda hing ihnen an der Backe, Janus konnte vermutlich nicht mehr auf die andere Seite wechseln. Die einzige Person, die nicht gejagt wurde oder unfreiwillig bei ihnen war, war

Robin. Möglicherweise konnte sie einfach in ihr altes Leben zurückkehren. Tamyra würde kein Interesse an ihr haben.

Er konnte sich Robins Antwort bereits vorstellen. Vermutlich würde sie den Plauener Schlägel ziehen und ihm eins damit überbraten. Sie hatte Feuer, das musste er ihr lassen.

Nach einer gefühlten Ewigkeit tauchte das *Libertinage* vor ihm auf. Er nahm sich die Zeit, die Umgebung zu überprüfen. Wie so oft hatte Tamyra einige Späher postiert. Typisch. Lenyo ignorierte den Vordereingang und näherte sich dem Gebäude von der Rückseite. Hier gab es einen schmalen Zugang. Knarzende Holzstufen führten in die Höhe zu einer einsamen Holztür, die schief in den Angeln hing. Er drückte die Klinke herunter und flüsterte das Codewort. Er musste sich dagegenwerfen und rucken, bis der Spalt groß genug war, um den Raum dahinter zu betreten.

Spinnweben hingen in den Ecken, das einzige Fenster war fast blind, der Boden voller Geröll. In der Luft lag der Geruch nach Staub. Es gab lediglich eine verschlissene Couch und einen mannshohen Spiegel. Der Rahmen bestand aus Bronze und im Abstand von wenigen Zentimetern waren Glaskugeln eingelassen. In deren Innerem schimmerten Flüssigkeiten unterschiedlicher Farbe.

Eigentlich war dieser Raum der Ausgang, falls die Bewohner des *Libertinage* mal schnell fliehen mussten. Er würde ihn heute allerdings umgekehrt benutzen. Leider hatte er keine Ahnung, welches der Spiegelzimmer aktuell unbewohnt war. Er konnte nur hoffen.

Lenyo zog einen flachen Karton unter der Couch hervor. Metall schlug gegen Metall. Im Inneren lagen rostige Nummern. Er wählte die Acht, nahm sie heraus und legte sie auf eine kreisrunde Aussparung am oberen Ende des Rahmens.

Die Kugeln leuchteten auf. Milchige Trübe überzog das Glas. Der Spiegelraum im ersten Stock wurde sichtbar.

»Ha!«

Lenyo verstaute den Karton mit den anderen Zahlen wieder unter der Couch und trat durch die Spiegelfläche. Ein kurzes Schwappen, dann stand er im *Libertinage*. Die Passage ließ er geöffnet, obgleich er natürlich wusste, wie man die Spiegel in den Zimmern auch von hier aktivierte. Die Magie wirkte auf kurze Distanz und war so fast nicht bemerkbar. Fast. Sie setzten sie sicherheitshalber trotzdem niemals ein, damit sie im Notfall auch wirklich von niemandem überwacht wurde.

Wo mochte Yelna sein?

Um diese Zeit vermutlich im Bett. Im Gegensatz zu ihren Gästen hatte seine Schwester mehrere Zimmer im Keller, falls es spät wurde und sie es nicht mehr nach Hause in die gemeinsame Wohnung schaffte. Sie waren komfortabel eingerichtet und boten Zugang zu einem weiteren Fluchttunnel. Sie hatte grundsätzlich vorgesorgt.

Er trat auf den Gang, die Tür fiel hinter ihm ins Schloss. Lenyo sog scharf die Luft ein, er hatte nicht aufgepasst. Kurz blieb er stehen und lauschte in die Stille. Sie war vollkommen. Er runzelte die Stirn. Meist war selbst um diese Uhrzeit irgendein Laut zu hören. Schnarchen, ein quietschendes Bett, Stöhnlaute. Doch nichts.

Seltsam.

Er ging langsam weiter, darauf bedacht, keinen Laut von sich zu geben. So erreichte er die Treppe und stieg die Stufen hinab. Auf halbem Weg keuchte er auf. Ein beißender Gestank lag in der Luft.

Blut.

Verwesung!

Nichts davon war ihm fremd, doch hier im *Libertinage* hatte er es nicht erwartet. Was war hier passiert? War Yelna in Ordnung?!

Noch vorsichtiger stieg er hinab, jederzeit auf einen Angriff bedacht. Doch nichts geschah. So erreichte er den Schankraum. Der Schein der Straßenlaternen vor dem Haus tauchte alles in ein Wechselspiel aus Düsterlicht und Schatten. Körper lagen am Boden, die Köpfe fehlten. Das Blut war eingetrocknet. In den Resten der Kadaver bewegten sich Tiere.

Lenyo atmete durch den Mund, beinahe hätte er sich trotzdem übergeben. Vorsichtig ging er näher heran. Er kannte zwei der Toten, regelmäßige Besucher des *Libertinage.* Die armen Schweine.

Er wandte sich um.

Und erstarrte.

Vom Tresen aus starrte ihm Yelna entgegen. Aus toten Augen, für die Ewigkeit in Überraschung erstarrt. Ihr Körper fehlte. Da war nichts weiter als ihr Kopf, die Haut grau und bar jeglichen Lebens.

Lenyo konnte nur zurückstarren.

Er wollte sich nicht bewegen, aus Angst, dass das hier dann Realität werden würde. Es durfte einfach nicht sein.

Er atmete ein.

Und erbrach sich.

Zwischen all den Toten sah niemand seine Tränen.

34. KAPITEL

MAX

Die ersten Strahlen der Morgensonne fanden ihren Weg durch die Laubkronen der Bäume, doch Max fühlte sich nicht bereit, zu den anderen in den dunklen Keller zurückzukehren. Er spürte noch überdeutlich Lenyos Berührungen auf der Haut und die fordernden Küsse auf den Lippen. Gedankenverloren lag er auf dem Diwan und rollte eine der Tränen seiner Großmutter zwischen den Fingern. Eine silberne.

Seltsam, sich vorzustellen, dass jede von ihnen eine Erinnerung enthielt. Was ihm die erste Träne gezeigt hatte, war furchtbar gewesen. Trotzdem konnte er nicht bedauern, Lenyo begegnet zu sein, diese Welt entdeckt zu haben, die so viel bunter und schillernder war als jeder andere Ort, an dem er zuvor Zeit verbracht hatte.

Und blutiger.

»Pass gut im Unterricht auf und lern, soviel du kannst«, hörte er die Stimme seiner Großmutter im Kopf. *»Wissen ist Macht.«*

Das hatte sie ihm eingetrichtert, bevor sie ihn aufs Internat geschickt hatte. Im Licht der jüngsten Ereignisse kam ihm das zynisch vor. Warum nur hatte sie ihm nicht vertraut? Vielleicht fand er die Antwort darauf in der Träne zwischen seinen Fingern. Entschlossen steckte er sie sich in den Mund.

35. KAPITEL

DIE PRINZESSIN

Etwas raschelte hinter ihr im Gebüsch. Imgard versteifte sich und fuhr herum. Doch in der Finsternis konnten selbst ihre Feenaugen wenig erkennen. Als ein Igel sich unter dem Liguster hervorschob, atmete sie erleichtert auf.

Natürlich war es ein Tier gewesen.

Niemand wusste, dass sie hier war.

Und wenn Tamyra ihr nachstellen ließ, nun, die Jäger bewegten sich so lautlos, dass sie sie ohnehin nicht bemerken würde, bis es zu spät war. Sie war keine Kämpferin. Nein, sie musste daran glauben, dass ihre Schwester auch weiterhin annahm, dass sie tot war.

Auf leisen Sohlen huschte Imgard weiter. Sie kam nur nachts auf den Friedhof, zu einer Zeit, in der die meisten Bewohner auf dieser Seite der Grenze in ihren Betten lagen und schliefen. Dann schlich sie sich zwischen den Gräberreihen hindurch, ihr Weg nur beleuchtet vom wenigen Licht der Straßenlaternen, das über die hohe Backsteinmauer fiel, und den Flämmchen in den roten Grablichtern.

Der Friedhof war klein und inmitten eines Häuserviertels gebaut. Imgard war selbst überrascht, wie wohl sie sich hier fühlte. Feenwesen begruben ihre Toten nicht, sondern übergaben sie dem Feuer oder dem Wasser – insofern sie nicht zu jenen finsteren Artgenossen gehörten, die ihre Verstorbenen auffraßen. Auch Jo-hann war dem

Wasser übergeben worden, lag nicht in dem schmalen Grab, das sie mehrmals die Woche besuchte, dann, wenn ihr gemeinsames Kind friedlich in seiner Wiege schlummerte, eingelullt und beschützt von ihren Zaubern.

Sie wusste selbst nicht, warum sie diese Ruhestätte für ihn hatte anlegen lassen, und das, obwohl seine Leiche auf der anderen Seite der Grenze zurückgeblieben war. Vielleicht war der Grund ja gerade, dass der Friedhof mit seinen hohen Trauerweiden und den vom Grünspan überzogenen Engelsstatuen genau das Gegenteil vom Glanz, dem Lärm und der Dekadenz ihrer alten Heimat war.

Hier brauchte sie niemand.

Hier beobachtete sie niemand.

Hier konnte sie trauern um all das, was sie verloren hatte.

Hier … Wieder raschelte es. Diesmal aber über ihrem Kopf und nicht in der Hecke. *Die Weide.* Imgard versteifte sich und tastete mit der Hand nach dem Plauener Schlägel, der in ihrem Stiefel steckte. Gänsehaut bildete sich auf ihrem Rücken, während sie die Ohren spitzte und lauschte.

Jetzt war es wieder still, sah man von dem monotonen Rauschen des Verkehrs ab, das von der nahe gelegenen Stadtautobahn zu ihr schallte. Imgard hätte sich gern eingeredet, ihre Nerven spielten verrückt, aber sie war sich sicher, dass sie nicht allein war. Sie spürte das Brennen eines unsichtbaren Augenpaars zwischen ihren Schulterblättern.

Ihre Fingerspitzen berührten den Kopf des Schlägels. Er war nicht größer als eine Murmel, aber die Spitze, die ihn umspannte, war frisch gewebt. Langsam zog sie ihn aus dem Stiefelschaft und drehte sich um.

Es dauerte eine Weile, bis sie den Baumkobold im Schatten der Weide ausmachte. Zuerst hielt sie ihn für eine Dryade, doch dann erkannte sie im Zwielicht, dass er dafür zu klein und seine Haut nicht borkig genug war.

»Was willst du?«, fragte sie ihn kühl und umklammerte den Schlägel. In ihrer Stimme schwang die Autorität ihres Titels mit, den sie vor über einem Jahr hinter sich gelassen hatte.

»Ich habe dich beobachtet«, antwortete er.

»Das habe ich bemerkt. Warum?«

»Nicht erst heute. Seit ein paar Tagen schon.«

Seine Worte ließen sie erschaudern. Sie hatte nichts bemerkt. Eine Schusswaffe wäre jetzt besser gewesen als ein Miniatur-Schlägel.

»Hat dich jemand beauftragt, mir nachzuspionieren?«

Der Kobold schüttelte den Kopf.

Erleichterung durchströmte Imgard. »Was willst du dann?«

»Was bringt ein Feenwesen dazu, heimlich am Grab eines Menschen zu weinen?«

Imgards Kehle schnürte sich zu. »Das geht dich nichts an.«

Der Kobold löste sich aus den Schatten und trat durch den Weidenvorhang auf sie zu. Imgard hob drohend den Schlägel und ihr Gegenüber hob beschwichtigend die Hände.

»Ich will dir nichts tun«, behauptete er. »Nur reden.«

Sie musterte ihn, senkte den Schlägel jedoch nicht.

»Ich komme von der anderen Seite, wie du«, erklärte er und kam noch einen Schritt näher. »Bin von dort geflohen. Du auch?«

»Warum?«, fragte sie.

Der Kobold verdrehte die Augen und seufzte. »Ich könnte dir hundert Gründe nennen. Die Liebe hat mich vertrieben.«

»Die Liebe?« Imgard spürte, wie sich ihr Herzmuskel schmerzhaft verkrampfte.

»Dich auch, was?« Der Kobold warf einen Blick auf das Grab und fuhr sich mit der Hand durch das lange Haar. Im Mondlicht wirkte es farblos, aber Imgard vermutete, dass es grün wie die Blätter der Weide war. Ob er im Baum lebte? »Drüben geht Seltsames vor.«

»Was meinst du?«, fragte sie alarmiert.

Er musterte sie eindringlich. »Fyoriss, meine Gefährtin, sie gehört zum Widerstand. Wir helfen Flüchtlingen, sich hier ein neues Leben aufzubauen.«

Imgard schluckte.

»Aber vor einem halben Jahr ist sie verschwunden. Und niemand kann sich an sie erinnern.«

Die Nackenhaare stellten sich Imgard auf. Sie ahnte, was das bedeutete. »Was ist geschehen? Was hat sie getan?«

»Sie ist auf die andere Seite gewechselt, um eine junge Sylphenfamilie bei der Flucht zu unterstützen. Irgendetwas ist schiefgegangen. Sie kam nicht zurück. Sie ist immer zurückgekommen. Ich glaube nicht, dass sie tot ist.«

Imgard schluckte. Wahrscheinlich war sie das nicht.

»Ich bin selbst auf die andere Seite gewechselt, aber … nicht nur, dass niemand mir sagen kann, was aus Fyoriss geworden ist. Sie behaupten alle, sie würden sie gar nicht kennen! Als hätte sie nie existiert. Als wäre ich der mit dem verwirrten Geist. Irgendetwas geschieht in unserem alten Zuhause. Und es geht vom Palast aus. Seit Prinzessin Imgard ermordet wurde –«

»Es tut mir leid«, entschlüpfte es ihr. »Ich wollte nicht …« Sie verstummte, doch es war zu spät.

»Du kannst ja nichts dafür«, erwiderte der Kobold,

doch dann weiteten sich seine Augen, und Imgard begriff, dass sie sich selbst verraten hatte.

»Ihr!« Er streckte den Zeigefinger aus und deutete auf sie. »Ihr seid es! Ihr seid nicht tot!«

»Nein«, behauptete sie und schüttelte den Kopf.

»Sagt mir nicht, dass ich mich irre. Ich habe Euch und Eure Schwester auf Dutzenden Paraden durch die Friedrichstraße gesehen. Ein Porträt von Eurer Familie hing bei meiner Tante im Wohnzimmer. Ihr seid Prinzessin Imgard. Wieso glauben alle, Ihr seid tot?«

»Ich … bin geflohen«, murmelte Imgard mit erstickter Stimme, zu überrumpelt, um weiter zu lügen. Ihre Gedanken rasten.

Der Kobold streckte die Hand nach ihr aus. »Ihr müsst mit mir zum Widerstand kommen.«

»Das geht nicht.«

»Ihr müsst! Geht zurück auf die andere Seite. Hier, wir können die hier benutzen.«

Er griff in die Tasche und holte drei funkelnde goldene Tränen hervor. Imgard starrte sie an.

»Seit Euer Tod bekannt wurde, verfolgen die Jäger mit unbarmherziger Härte jeden, der auch nur den leisesten Hauch Systemkritik verkündet. Und Ihr könnt in den Palast. Ihr könnt herausfinden, was mit meiner Fyoriss geschehen ist. Ihr seid selbst geflüchtet, Euch werden sie verstehen. Wenn Ihr –«

»Nein!«, unterbrach sie ihn scharf und er verstummte sofort.

»Nein«, wiederholte sie leiser. »Das werden sie nicht. Verstehst du nicht? Wenn sie auf mich hören würden, denkst du, dann wäre ich geflohen?«

Der Baumkobold schlang die Arme um sich. Aufgeregt ging er vor dem Grab auf und ab. »Ihr müsst uns helfen«, murmelte er stur. »Ihr müsst! Es ist Eure Pflicht. Eure Familie hat geschworen, uns zu beschützen.«

Er tat ihr leid. Sie sah zum Grabstein. »Ich verstehe deinen Schmerz.«

Als er jetzt zu ihr herumfuhr, loderten seine Augen. »Tut Ihr das? Wirklich? Sie fangen uns ein und löschen uns aus – in Eurem Namen. Und Ihr sitzt hier an einem Menschengrab und tut nichts!«

Die Wahrheit in seinen Worten schmeckte bitter wie Galle. Aber so leicht war das nicht. Wenn es nur um ihr Leben gehen würde, vielleicht. Aber inzwischen hatte sie einen Sohn, der sie brauchte, den sie beschützen musste, um jeden Preis.

»Wenn Ihr nicht geht, werde ich wiederkommen. Dann holen wir Euch mit Gewalt. Und dann –«

Sie spürte die Erschütterung des Aufpralls bis in ihre Schulter. Sobald die Spitze des Plauener Schlägels den Kobold an der Schläfe getroffen hatte, verstummte er und stürzte zu Boden. Die drei goldenen Tränen rollten ins Gras.

Imgard betrachtete den Schlägel in ihrer Hand, dann das Gesicht des Kobolds, entspannt, als würde er schlafen. Sanft hob und senkte sich seine Brust.

Einmal mehr wurde ihr klar, dass in diesem Krieg jede Seite gnadenlos war. Der Schmerz des Verlustes erschuf Hass. Jeder im Widerstand hatte seine ganz persönlichen Gründe und dabei war ihnen das Schicksal der hochwohlgeborenen Prinzessin völlig egal. Doch Imgard wollte kein Teil dieses Hasses werden.

Sie wünschte, Jo-hann wäre bei ihr. Mit seiner Hilfe könnte sie den kleinen Wicht vergessen lassen. Sie starrte ihn an. Er würde nicht aufgeben, ebenso wenig wie sie Johann hatte aufgeben können. Einen Weg gab es noch, seinen Geist so zu verwirren, dass er sie und das, was heute Nacht geschehen war, vergaß. Doch dazu brauchte sie die Hilfe einer Dryade.

Während Imgard durch die Dunkelheit zu ihrer kleinen Mietwohnung in der Varziner Straße eilte, wusste sie, dass sie nie mehr hierher zurückkehren durfte. Klytaimnestra, die Dryade, die im Botanischen Garten lebte, hatte ihr tatsächlich geholfen, ohne zu viele Fragen zu stellen. Sie glaubte nicht, dass sie sie erkannt hatte, dazu war ihre neue Illusion zu anders gewesen.

Trotzdem hatte Imgard in dieser Nacht zu viele unverzeihliche Fehler begangen. Selbst als die Wohnungstür längst hinter ihr ins Schloss gefallen war und sie sich versichert hatte, dass Max noch immer friedlich schlief, dauerte es eine ganze Weile, bis sie zu zittern aufhörte. Immer wieder starrte sie auf ihre Hände. Hände, die beinahe getötet hatten.

Weil sie leichtsinnig gewesen war. Eine einfache Illusion war nicht genug. Wenn der Kobold sie erkannt hatte, würden es auch andere tun. Und wenn ihre Schwester erfuhr, dass sie noch am Leben war …

Nein, sie musste schleunigst von hier verschwinden. Wenigstens in einen der Randbezirke, wenn sie es schon nicht über sich brachte, Berlin gänzlich den Rücken zu kehren. Aber eine andere Wohnung allein würde nicht reichen.

Mit klopfendem Herzen ging sie ins Bad. Aus dem Spiegelschrank holte sie die kleine Phiole, die sie über die Grenze geschmuggelt hatte. Ein Verwandlungstrank aus Nachtschatten, Absinth und den getrockneten Wurzeln des Circe-Krautes – das einzige Mittel, um eine Illusion so zu verstärken, dass man selbst mit Pickford-Tinktur nicht durch sie hindurchschauen konnte. Als wäre man ein echter Gestaltwandler. Eigentlich war der Trank für Jo-hann gedacht gewesen.

Mit zitternden Fingern schraubte sie den Verschluss von der Phiole und setzte sie an die Lippen. Das Gebräu schwappte zähflüssig und bitter in ihren Mund. Sie trank es bis zum letzten Tropfen aus.

Dann starrte sie in den Spiegel und zwang ihr Äußeres, sich zu verändern: Ihre Haut wurde runzelig und bekam Altersflecken, ihr Haar wurde kürzer und färbte sich grau. Sie schien ein bisschen zu schrumpfen, die Wangenknochen wurden breiter, die Nase auch.

Augenblicke später sah ihr eine Fremde aus dem Spiegel entgegen, eine um Jahre gealterte Frau. Zufrieden nickte sie sich zu und ging ins Schlafzimmer, um eine Reisetasche zu packen. Nur das Nötigste. Wenn sie hier fertig war, würde ein magisches Feuer diese Wohnung mit allen Spuren darin und jeglichen Hinweisen auf ihre Existenz vernichten.

Im Morgengrauen stieg Imgard mit ihrer Reisetasche und Max auf dem Arm in ein Taxi.

»Wohin soll's gehen?«, fragte der Fahrer freundlich.

»Grunewald«, antwortete sie.

Max lachte glucksend.

Der Taxifahrer warf einen Blick in den Rückspiegel und zwinkerte ihm zu. »Na, kleiner Mann, machst du einen Ausflug mit der Oma ins Grüne?«

Kurz zuckte Imgard zusammen, obwohl sie ja gewusst hatte, dass sie das jetzt für Max sein musste: seine Großmutter.

»Nein«, antwortete sie, nachdem sie sich gefasst hatte. »Wir wohnen dort.«

Der Taxifahrer nickte und fuhr los. Imgard atmete erleichtert auf. Hinter ihr ging das zweite Leben, das sie sich geschaffen hatte, in Flammen auf.

36. KAPITEL

DER ERLKÖNIG

Kalt, dunkel und verlassen lag der Luna-Park vor ihm. Hunderte, ach was, Tausende Feenlichter hätten das weitläufige Gelände am Halensee eigentlich in Farbe tauchen sollen. Stattdessen saß auf den Terrassen zu beiden Seiten der großen Freitreppe niemand. Selbst er wirkte in seinem grauen, hochgeschlossenen Anzug und der Melone auf dem Kopf seltsam deplatziert in dem stillgelegten Freizeitpark.

Auf der Mitte der Brücke, die die Dachterrasse mit dem Wellenbad verband, blieb er stehen und schaute hinüber zu der Seilbahn, die sich über den Park spannte und an der früher Feenwesen entlanggesaust waren. Sie hatten gelacht und gejauchzt wie Kinder. Und er erinnerte sich an die Zweier- und Dreiergrüppchen, die sich ganz unkindlich in die Schatten zurückgezogen hatten, um sich privateren Vergnügen hinzugeben.

Lange war es her.

Emma traf nur wenige Minuten nach ihm ein. Sie trug einen dunkelgrünen Hosenanzug, der mit den Schatten verschmolz. Sie blieb neben ihm stehen und blickte scheinbar gelangweilt hinunter auf die triste Betonfläche, über die früher hohe Wellen gerollt waren.

»Hat dich jemand gesehen?«, fragte er ruhig.

»Natürlich nicht«, antwortete sie sofort.

»Gut.« Er kam gleich auf den Punkt. »Was ist passiert?«

Nach seiner Rückkehr über die Grenze hatte er feststellen müssen, dass der Unterschlupf des Widerstands praktisch ausradiert worden war. Alles war weg. Die Spree hatte das Gelände geflutet, auf das sie die geliehenen Räume gesetzt hatten. Auf einem der Treppenabsätze, die in den Unterschlupf geführt hatten, hatte er einen abgerissenen Arm gefunden. Und bis auf Emma war keine seiner Kontaktpersonen auf den üblichen Wegen erreichbar gewesen.

»Tamyra.« Emma sprach leise, das Wort troff trotzdem vor Gift.

Die Laune des Erlkönigs verfinsterte sich, obwohl die Offenbarung keine Überraschung war.

»Wir mussten das Hauptquartier auflösen«, fuhr Emma flüsternd fort.

Zwar glaubte er nicht, dass sich außer ihnen noch jemand im Park befand, trotzdem war es besser, auf Nummer sicher zu gehen. Der Erlkönig schnippte mit den Fingern und beschwor eine durchsichtige Blase um sie herum, die dafür sorgte, dass sie niemand belauschen konnte – ob auf magische oder physische Weise.

»Das Nebelzimmer und der Tresor?«, fragte er dann.

»In Sicherheit«, antwortete sie schnell. »Allerdings wieder an seinem alten Standort.«

Am Potsdamer Platz, direkt vor der Nase der unwissenden Königsfamilie. Das war nicht gut. Gar nicht gut.

»Verluste?«, fragte er dann.

Blut schoss in Emmas Gesicht und er konnte sehen, dass sie sich beherrschte, ihrer wilden Natur nicht freien Lauf zu lassen.

»Siebzehn«, antwortete sie. »Aber von Tamyras Speichelleckern hat es auch einige erwischt.«

»Jemand aus der Führungsriege?«, erkundigte er sie sich.

Sie schüttelte den Kopf.

»Gut.«

»*Gut?*« Sie schlug mit der flachen Hand so fest gegen das Brückengeländer, dass ein leises Dröhnen zu hören war. »Gar nichts ist gut! Wir müssen etwas tun!«

Er musterte sie. »Es gibt Neuigkeiten. Prinzessin Imgard ist in jener Nacht damals nicht gestorben.«

»Was?!«

»Die Undinen haben sie über die Grenze gebracht.«

»Davon hätten unsere Späher erfahren!«

»Sie hat eine neue Identität angenommen, hat als Mensch drüben gelebt.«

Emma reckte das Kinn. »Wenn sie noch lebt, müssen wir Kontakt zu ihr aufnehmen. Sie –«

»Ist tot«, unterbrach er sie. »Seit ein paar Tagen erst.«

Emmas Nasenflügel bebten. »Was nutzt uns das dann? Haben wir gerade nichts Besseres zu tun? Leute zu rächen, beispielsweise?«

»Emma«, tadelte er sie sanft. »Inzwischen solltest du mich besser kennen.«

»Ich höre.«

»Es ist wichtig, weil sie einen Erben besitzt. Bis vor Kurzem hat er sich für einen Menschen gehalten und nichts über seine wahre Herkunft gewusst. Imgard hat offenbar versucht, alle Fäden zu ihrer Familie und zu unserem Berlin zu kappen.«

Emmas Pupillen leuchteten jetzt so hell, dass sie fast weiß schienen. »Der Sirenenmann?«

»Er hat sie geschwängert.« Genüsslich paffte er an der Zigarre.

Emmas Hände klammerten sich um das Brückengeländer. Sie blickten hinunter auf den leeren, dunklen Rummel. Leben gehörte hierher, Musik, Kinderlachen. Unbeschwert. Frei. So, wie es niemals sein würde, solange die Königsfamilie weiterhin mit eiserner Hand über sie herrschte.

»Imgard hat ihren Erben nach ihrer Großmutter benannt«, sagte er schließlich.

»Königin Maximiliane?«

Er nickte. »Die Gründerin der Spiegelstadt. Und jetzt kann er der Funke werden, der das Feuer der Revolution entzündet. Findest du nicht, das hat etwas Poetisches?«

Ein gefährliches Lächeln stahl sich auf ihr Gesicht. »Hast du Kontakt zu ihm?«

»Ich weiß, wo er sich befindet.«

»Wir müssen ihn zu uns holen, ihn auf unsere Seite ziehen.«

»Es gibt noch mehr, was ich erfahren habe, Emma. Etwas, das alles verändert.«

Skeptisch blickte sie ihn an.

Mit sichtlichem Behagen zog er den Moment in die Länge. »Die *königliche Familie*« – er ließ den Titel klingen, als spräche er von Unrat – »hat einen Blutatlas angelegt.«

»Was soll das sein?«

»Ihre Magie schwindet, Emma, von Generation zu Generation mehr. Sie sind gut darin, es zu vertuschen, aber auch ziemlich verzweifelt. Seit Jahren versuchen sie herauszufinden, wie sie ihre Magie stärken können – dadurch, dass sie Nachkommen mit anderen Feenwesen zeugen.«

Emma ließ das Gelände los und starrte ihn an. »Ein Zuchtprogramm?«

»So könntest du es nennen.« Sein Lächeln wurde breiter. »Nur nutzt es ihnen nichts. Egal, was sie tun, sie erzielen keine Erfolge. Was sie allerdings erfahren haben, ist, dass mächtigere Linien entstehen, wenn sich bestimmte Wesensarten miteinander fortpflanzen.«

Emmas Augen sprühten vor Zorn. »Deshalb haben sie die Paarung unterschiedlicher Spezies unter Todesstrafe gestellt? Dieses Geschwafel davon, uns zu schützen, das war eine Lüge?«

»Begreifst du, was das bedeutet?«, fragte er. »Sie haben Angst! Die königliche Familie hat Angst. Und das bedeutet, unser Moment ist gekommen.« Er griff in die Tasche seines Anzugs und zog ein kleines Silberglöckchen heraus. »Hast du deines bei dir?«

»Immer«, antwortete sie und wurde rot. »In meiner Tasche«, fügte sie dann hinzu und deutete nach hinten. »Heißt das, es ist endlich so weit? Wir werden die alte Ordnung in Feuer verbrennen lassen?«

»Wir werden zuschlagen«, bestätigte er. »Nicht morgen, nicht übermorgen. Heute. Trommle die anderen zusammen, macht euch bereit. Ihr beginnt wie geplant mit der Museumsinsel. Doch wenn ich die Glocke läute, legt ihr los. Lasst Berlins Straßen erzittern.«

37. KAPITEL

MAX

Die Erinnerung zerstob und dieses Mal schreckte Max nicht auf. Er saß einfach nur da und starrte auf den goldenen Nebel, der den Dachgarten umschloss wie eine schützende Sphäre.

Die einstmals leuchtenden Farben der Pflanzen ringsum wirkten stumpf und grau, die Oberfläche des Diwans hart. Sein Körper war ganz im Hier und Jetzt, wie ein Anker aus eiskalter Realität. Euphorie, Sicherheit, die übersatten Farben einer Welt, die Magie und Geheimnisse versprach, waren fort.

»Sie war meine Mutter«, hauchte er.

Wie im Trance erhob er sich, verließ den Garten und stieg die Stufen hinunter. Auf der Mitte der Treppe blieb er stehen. Die andere Seite des Goldschleiers *wirkte* nicht nur grau, sie *war* es auch. Weit entfernt stiegen dicke Rauchwolken in die Höhe. Von einem Schmelzofen? Einem Schornstein?

War der dünne Rußfilm schon immer da gewesen? Er lag auf dem Glas der Fenster und hing irgendwie in der Luft. Und die Leute, die er in der Ferne sah, hasteten mit eingezogenem Kopf durch die Straßen, als fürchteten sie sich vor einem zornigen Gott, der jeden Augenblick seine Faust herabschmettern würde. Eher eine Göttin. Eine, die Angst über alles brachte. Tamyra. Seine Tante.

Bei dem Gedanken kehrte der Säureklumpen in seinem Magen zurück. Seine Mutter hatte ihn belogen. Schwerfällig setzte Max sich wieder in Bewegung. Jede Stufe war eine Hürde, die er nur mühsam hinter sich brachte. Der Aufstieg war ihm leichter erschienen.

Er brauchte Lenyo.

Musste mit ihm reden.

Endlich erreichte er den Keller. Doch Lenyo war noch immer fort. Vermutlich betrat er gerade das *Libertinage* oder nahm bereits lachend einen Drink mit seiner Schwester.

»Ich muss Lenyo sprechen«, sagte Max zu niemand Bestimmten.

Er runzelte die Stirn, als ihm lediglich ein einzelnes Gähnen antwortete. Janus blinzelte. »Lenyo? Ich dachte, der ist bei dir.«

Hinter Max erklangen Schritte. Bevor er sich umdrehen konnte, klatschte eine Hand gegen seinen Hinterkopf. »Mach das ja nicht noch mal, Maximus. Ich renne da draußen wie eine Irre rum und suche dich.«

»Er war auf dem Dach«, sagte Janus und erhob sich gänzlich.

»Hätte mir vielleicht mal jemand sagen können«, blaffte Robin. »Ich wache auf und er ist weg. Bei Lenyo weiß ich ja, wohin er wollte, aber von meinem besten Freund will ich keinen Herzinfarkt zum Frühstück.«

»Wieso hast du mich nicht geweckt?«, fragte Janus. »Vergiss die Frage. Wecke mich niemals vor neun. Wie viel Uhr ist es überhaupt?«

»Acht«, sagte Robin.

»Gute Nacht«, erwiderte Janus und fing Max' Blick auf. »Andersseiter, du siehst aus, als sei dir ein Geist begegnet. Was ist los?«

Ja, was war los? Max fiel es schwer, dass Erlebte in Worte zu fassen, einfach, weil diese dem Erlebnis überhaupt nicht gerecht werden konnte.

Erstmals wirkte auch Kalinda nicht mehr gelangweilt. Sie erhob sich, streckte den Rücken durch und musterte ihn.

»Es ist …«, krächzte er.

Wieso war seine Stimme plötzlich so heiser?

Erwartungsvolle Stille senkte sich herab. Max sog tief die Luft ein, dann ratterte er alles heraus. Von seiner Großmutter, die in Wahrheit seine Mutter gewesen war. Ihre Einsamkeit, ihre Angst vor Tamyras immerwährendem Schatten. Schließlich die Flucht in eine andere Identität. Und während er ihre Panik, ihre Angst, nachvollziehen konnte – er hatte es ja gespürt –, blieb doch die eine Frage, die an ihm fraß.

»Wieso hat sie dir das nicht gesagt?«, fragte auch Robin.

»Du …« Selbst der sonst so schlagfertige Janus wirkte wie aus der Bahn geworfen. »Ist dir eigentlich klar, was du da sagst? Du bist der Kronprinz!«

»Meine Großmutter war meine Mutter und hatte nicht den Mut, mir die Wahrheit zu sagen?!«, brach es aus ihm heraus. »Mein Leben war auf jeder Ebene eine Lüge!«

»Du bist der Kronprinz«, wiederholte Janus beschwörend. »Der Erste in der Erbfolge.«

Robin schnippte. »Ein simpler DNS-Test und du kannst die Bitch mit einem Hüftschwung vom Thron befördern.«

»Also das ist jetzt wirklich …« Janus überdachte die Worte. »Doch, das trifft es ziemlich gut. Eine Blutprüfung mittels Magie müsste das bestätigen, aber danach würde die Macht dir zufallen. Der Kronrat hätte gar keine andere Möglichkeit, als dich auf den Lilienthron zu setzen.« Er starrte sinnierend in die Luft. »Das würde alles verändern. Wir könnten die Herrscherfamilie von innen heraus entmachten. Du könntest die Gesetze ändern, die Grenzen öffnen.«

»Okay, kannst du mal kurz stoppen«, verlangte Max. »Ich bin doch kein König!«

»Irgendwie bist du das wohl doch.« Robin warf ihm einen Mitleidsblick zu und zog ihn in ihre Arme. »König Maximus.«

Er schob sie von sich. »Könnt ihr bitte damit aufhören! Meine Groß… meine Mutter …«

»Ja, ja.« Janus winkte ab. »Sorry, Andersseiter, aber diesmal nicht. Hätte deine Mutter dich nicht auf die andere Seite gebracht, hätte Tamyra dir mit einem Dolch die hübsche Kehle aufgeschlitzt, noch bevor du hättest ›böse Tante‹ sagen können. Hätte sie dir nicht deine Magie gebunden, hättest du vermutlich irgendein Feenwesen aufmerksam gemacht und damit prompt Tamyra auf den Plan gerufen. Und hätte sie dir die Wahrheit gesagt, hättest du dich für diese Seite interessiert und prompt … rate mal: Tamyra aufmerksam gemacht.« Janus schüttelte den Kopf. »Deine Mutter hat ein Leben in Einsamkeit akzeptiert. Sie hat in Kauf genommen, in einem zerbrechlichen Körper gefangen zu sein. Obendrein musste sie alles vor dir geheim halten, was ihr garantiert nicht leichtgefallen ist. *Sie* war diejenige, die Opfer gebracht hat. Und die Tränen« – damit deutete er auf das Etui, das Max noch immer in der Hand hielt – »sind dazu da, dass du genau diese Lücken nun füllen kannst.«

Max schluckte.

Die Wut verschwand wie feiner Nebel, der von der Morgensonne vertrieben wurde. In diesem Fall eine Morgensonne mit verdammt viel Schuldgefühlen im Gepäck.

»Wenn du das so sagst.« Er wiegte den Kopf hin und her. »Ich muss das wohl erst alles verdauen.«

»Verstehe ich vollkommen«, sagte Janus. »Und nimm dir die Zeit. Aber das alles sind gute Nachrichten. Ich spüre es in meinen Eingeweiden, wir bewegen uns in die richtige Richt...« Janus' Worte wurden von einem Gurgeln abgeschnitten.

Der Dschinn sah an sich herunter. Die Spitze eines Dolches ragte aus seiner Brust.

Max starrte auf das Bild und konnte es nicht begreifen.

Janus stöhnte, Blut rann über seine Lippen. Er hustete, Blutsprenkel verteilten sich auf seinem Lager. Wie in Zeitlupe sackte er in sich zusammen.

Hinter ihm hockte eine lächelnde Kalinda, in deren Augen wildes Feuer blitzte. »Endlich hört er auf zu reden.«

»Aber der Ring.« Robin starrte auf Janus, der dem Tod näher war als dem Leben.

»Da muss ich dich enttäuschen, kleine Andersseiterin«, sagte Kalinda und die Wut über ihre Zwangsbindung umgab sie wie ein verzehrendes Feuer. Jedes Wort war ausgespuckte Säure. »Ich habe der Großen Mutter einen Bluteid geschworen, so etwas kann über eine Zwangsbindung nicht auf Dauer neutralisiert werden. Schon gar nicht, wenn ich meiner Herrin wieder näher bin.«

»Tamyra«, hauchte Max.

»Ich werde euch jetzt zu ihr bringen.«

Robin wich zur Seite, ergriff den Plauener Schlägel und stürmte auf Kalinda zu. Die Jägerin sah ihr gelassen entgegen. Mit einer schnellen Handbewegung packte sie den Schlägel, schleuderte Robin herum und verpasste ihr einen Tritt gegen die Brust. Aufkeuchend fiel sie nach hinten, rang japsend nach Luft.

»Robin!« Max warf sich wutentbrannt auf Kalinda. »Wenn du denkst, dass wir einfach so zur Schlachtbank traben, irrst du dich.« Er schlug zu.

Kalinda wich geschickt aus. »Die Schlachtbank ist es wohl lediglich für dich, kleiner Kronprinz.« Sie trat ihm in den Rücken.

Max taumelte nach vorn, hielt sich aber auf den Beinen. Mit einem wütenden Brüllen rannte er auf sie zu.

»Ich habe mir ein wenig Spaß verdient.« Kalinda tänzelte zur Seite, holte aus und rammte Max die Faust in die Rippen.

Nun brach er doch in die Knie, keuchte, blinzelte die Tränen fort.

»Steht wieder auf, Euer Hoheit«, höhnte Kalinda. »Das wird doch nicht schon alles gewesen sein.«

Wut kochte in ihm hoch. Schlimmer noch als durch den Betrug seiner Mutter. Für sie hatte er immerhin Verständnis. Doch für Kalinda verspürte er nur Abscheu. Sie wollte ihn Tamyra ausliefern.

»Wer weiß, vielleicht wird deine kleine Freundin ja auf dem Sklavenmarkt landen«, überlegte die Jägerin. »Als Mätresse für eines der edlen Häuser darf sie dann die Beine mehrmals am Tag breit machen.«

Robin keuchte auf.

Ein Geräusch, das er nie zuvor von ihr gehört hatte. In dem Augenblick erreichte der Hass in seinem Inneren nie geahnte Höhen. Sein Blut bestand aus Säure, sein Gesichtsfeld aus blutigem Rot. Er konnte spüren, wie die Luft dicker wurde, wie er instinktiv nach *etwas* griff. Der Druck wurde stärker.

Max schrie.

Und entfesselte seine Macht.

Eine Explosion aus goldenem Feuer erblühte. Für eine Sekunde hatte er das Gefühl, dass die Luft wie ein Gespinst zerriss und dahinter etwas anderes zum Vorschein kam, etwas Fremdes und dunkler als jedes Schwarz. Die Leere schien nach ihm zu greifen, die Verlorenheit ihn hinabzuziehen in die Ewigkeit.

Eine Uhr tickte unaufhörlich. Ein Zeiger aus Metall glitt über römische Ziffern. Das Schicksal der Welt – dieser und jeder anderen – war untrennbar damit verknüpft.

Woher wusste Max das?

Der Riss wurde größer, gierig wie das alles verschlingende Maul einer Kreatur, die so schrecklich war, dass noch kein Schreiber gewagt hatte, ein Märchen über sie zu verfassen.

Max' Verwirrung wuchs. Woher kamen diese Bilder? Gleichzeitig spürte er die unsägliche Verlorenheit, die von der Wunde ausging. Der Wunde in der Realität.

Wie Verwesung breitete sich etwas aus, ließ Menschen und Feenwesen verfaulen und Berlin zerfallen. Denn die Grenze durfte nicht geöffnet werden. Nicht so. Niemals.

Max konnte seinen Körper nicht mehr bewegen, so sehr verkrampften seine Muskeln.

Lenyo starb. Seine Haut wurde schwarz und zerfiel. Nur Knochen blieben. Kurz darauf gab es gar nichts mehr. Niemanden mehr. Weder auf dieser noch auf der anderen Seite. Die Dunkelheit verschlang alles.

Das Gold verschwand und das Gewebe der Wirklichkeit setzte sich neu zusammen.

Max musste all seine Willenskraft aufbieten, um sich nicht zu übergeben. Sein Körper reagierte noch auf das Echo dessen, was er gesehen hatte.

Kalinda saß mit schreckgeweiteten Augen an der Seite. Sie wirkte entsetzt und … ja, verwirrt. Der Eindruck schwand in der nächsten Sekunde. Die Jägerin kam wieder auf die Füße, schnellte nach vorn und packte Max am Hals. »Ich werde Tamyra bitten, dass ich dich aufschlitzen darf, Andersseiter. Es wird mir eine Freude sein. Aber zuerst wird sie ihren Spaß mit dir haben wollen. Glaub mir, ich habe oft nächtelang die Schreie aus dem Kerker gehört.

Danach kleidet sie sich ganz in Weiß, fährt in ihrem Aufzug nach oben und lässt ein feines Dinner auftischen.«

»Sie ist eine Psychopathin«, krächzte Max und streifte die Angst ab.

»Und was macht das aus dir?« Kalindas Blick schien sich bis in seine Seele zu brennen. »Seid ihr nicht vom gleichen Blut? Was für ein König wärst du? Gerecht und grausam? Würdest du die alte Ordnung zerstören, um eine neue aufzubauen? Und was geschähe mit jenen, die sich nicht einfach unterordnen? Ich werde nicht zulassen, dass das Pendel zur anderen Seite schwingt.«

Max' Luft wurde knapp.

Kalinda winkte Robin zu, die noch am Boden kauerte. »Du hilfst mir, ihn zu tragen.«

Während Robin sich unter Schmerzen aufrichtete, implodierte Max' Gesichtsfeld. Rote Schlieren breiteten sich aus, seine Lunge schrie nach Luft.

Doch er bekam keine.

Sein Denken wurde hinabgezogen in eine gnadenlose Schwärze.

38. KAPITEL

LENYO

Mit dem Daumen wischte Lenyo über das Etikett der Flasche. Sie war bauchig, das Glas verziert. Das Siegel der Brennerei prangte auf braunem Papier.

Diese Flasche war so alt, wie Yelna es gewesen war. Es war ein Brauch in ihrer Familie, bei jedem Neugeborenen eine Flasche Whisky aus ihrer Lieblingsdestillerie zu besorgen.

Doch nicht irgendeine.

Diese hier stammte aus den tiefen Bergen Schottlands, wo Kobolde den Whisky vor der Teilung hergestellt und verkauft hatten. Ein Spritzer Seelenwasser und Blattgold befanden sich darin.

Der Brauch besagte, dass jede Flasche anders schmeckte und erst geöffnet werden durfte, wenn die mit ihr verwobene Person gestorben war. Leider waren beim Tod ihrer Eltern während des großen Aufstands deren Seelen-Whisky-Flaschen verloren gegangen.

Noch einmal betrachtete Lenyo das Etikett.

Seine Tränen waren längst getrocknet, er hatte keine weiteren mehr übrig. Nachdem er sich zweimal übergeben hatte, war beim dritten Mal nur noch Galle über seine Lippen getropft.

Nacheinander hatte er zuerst die herumliegenden Köpfe eingesammelt, dann die Körper. Im Keller hatte er sie alle magisch verbrannt. Nichts durfte zurückbleiben, das wäre zu gefährlich. Es gab Feenwesen, die dunkle Magie beherrschten. Sterbliche Überreste konnten als Waffe genutzt werden.

Lenyo hatte sich selbst dabei zugesehen, wie er das Blut wegwischte. Wie in Trance. Eine Maschine, die in Schluchzen ausbrach und im nächsten Augenblick stoisch weiterarbeitete.

Jetzt sah es so aus, als wäre nie etwas passiert. Das Leben war fort, ausgelöscht. Er wusste, wer hierfür verantwortlich war. Damals hatte er den Einsatz der Guillotine-Kragen mit angesehen. Einmal sogar selbst einen getragen.

Er brach das Siegel der Flasche.

Torfiger Geruch stieg an seine Nase. Er trug wilde Freiheit in sich, Lachen und Durchsetzungsstärke. Lenyo nahm den ersten Schluck direkt aus der Flasche. Bilder blitzten vor seinem inneren Auge auf.

Yelna, die ihn anbrüllte, weil er mal wieder nach einer durchzechten Nacht mit zwei Typen neben sich aufgewacht war, obgleich er eigentlich eine Schicht im *Libertinage* hatte. Die hatte sie dann übernommen.

Yelna, die eine Geburtstagsparty organisierte. Heimlich, still und leise mit Albiert. Sie lachten und tanzten, und er konnte an ihrem Blick sehen, dass sie sich über sein Glück freute.

Yelna, die Lenyo stützte, nachdem Albiert nicht mehr war. Von Tamyra aus dem Leben gerissen. Und während Lenyo in Trauer und Wut versank, in Alkohol und Drogen, ließ sie nicht los; gab ihn nicht auf.

Die Tränen rannen haltlos über seine Wangen, es waren eben doch noch welche übrig.

Der Whisky spülte alles heraus. Das Lachen und die Traurigkeit, die verlorenen Augenblicke und vergangenen Momente. Die Nähe zwischen Geschwistern, wie er sie niemals wieder würde fühlen können.

»Es tut mir so leid.« Er schluchzte laut. »Ich hätte für dich da sein müssen. Hätte dich beschützen müssen.« Sein Blick verlor sich in seinem Abbild im Spiegel hinter der Theke. »Vor Jahren schon hätte ich Tamyra töten müssen. Ich finde sie. Sie wird dafür bezahlen, das schwöre ich.«

Nichts anderes spielte mehr eine Rolle.

Er würde den Palast mit seinen eigenen Händen niederreißen und ihr einen der Kragen umlegen. Sie würde für all das unsägliche Leid bezahlen.

»Und am Ende bleibt nichts außer den Grundmauern«, flüsterte er heiser.

Der Whisky rann durch seine Kehle. Lenyo wollte, dass es niemals mehr aufhörte. Dass die Erinnerung weiterging. Der Schmerz darüber war alles, was ihm noch geblieben war. Doch mit jedem Glas leerte sich die Flasche, jeder Tropfen brauchte das Echo seiner Schwester auf.

Am Ende stand die leere Flasche auf der Theke.

Seltsam, er fühlte sich nicht einmal betrunken. Seine Gedanken waren noch immer klar. Nur der Schmerz hielt seine Seele im Würgegriff. Es war das gleiche Gefühl wie damals bei Albiert.

Wie viele sollte er noch verlieren?

Warum quälte ihn das Schicksal so sehr?

Während er sich langsam auf den geheimen Ausgang im ersten Stock zuschleppte, überfiel Lenyo eine neue Angst. Tamyra wollte Max. Und er hatte ihn allein gelassen. Er erwachte aus seiner Lethargie, sprang förmlich durch den Spiegel, jetzt froh darüber, dass der Whisky keine berauschende Wirkung zeigte. Natürlich musste er auf dem Rückweg vorsichtig sein. Es wäre fatal, würde er Tamyra zum Versteck führen.

Doch sosehr er auch Ausschau hielt, Seitenstraßen benutzte, Unterführungen und Schleichwege – nie kam das Gefühl auf, verfolgt zu werden.

Schließlich erreichte er aufatmend den Keller.

Und blieb schockstarr im Eingang stehen.

Janus lag auf dem Boden. Da war Blut, eine Klinge ragte aus seiner Brust. Von Max, Robin und Kalinda war nichts zu sehen.

»Janus!« Er ging neben dem Dschinn in die Knie.

»D… Dolch«, brachte der hervor. »Zieh raus.« Blutsprenkel benetzten Lenyos Gesicht, als der Dschinn hustete.

Lenyo drehte ihn auf den Bauch, packte das Heft und zog den Dolch aus dem Rücken. Vorsichtig drehte er Janus dann wieder auf die Seite. »Kann ich etwas tun?«

»Warten.«

»Wo sind Max und Robin? Kalinda?«

»Die Jäger-Bitch hat uns reingelegt«, presste er hervor. »Etwas ist nicht in Ordnung. Aber sie hat gelogen.«

Die Worte ergaben keinen Sinn, doch Lenyo hielt sich zurück. In seinem Inneren tobte ein Sturm. Der Verlust von Yelna vermengte sich mit der Angst, dass er als Nächstes den toten Max finden würde. Direkt neben Robin, die ihren besten Freund keine Sekunde überleben würde.

»Yelna ist tot«, entschlüpfte es ihm.

»Oh, Lenyo.« Janus nahm seine Hand. »Es tut mir so leid. War es –«

»Ja.«

»Ich hasse sie.«

»Jeder hasst sie«, sagte Lenyo bitter.

Janus' Wunde schloss sich in Zeitlupe. Der Dschinn registrierte Lenyos Blick. »Ich transferiere, wenn du so willst, die Gesundheit meines anderen Körpers auf diesen hier. Alternativ könnte ich auch überwechseln, aber falls Tamyra mich gefangen hält, wäre das kontraproduktiv.«

»Und dein anderer Körper bekommt dann die Wunde?«

Er nickte. »Aber falls die Gute ihn als Geisel behalten will, muss sie ihn heilen.«

Womit Janus einmal mehr bewies, dass er Schlupflöcher finden und nutzen konnte. Er war der findigste Dschinn, den Lenyo kannte.

»Kalinda hat behauptet, dass der Bindungszauber neutralisiert wurde, weil sie ja auf Tamyra geeicht ist. Über diese Blutschwur-Sache. Und weil Tamyra jetzt wieder so nah ist, hätte sie den Zwang überwunden. Glaube ich aber nicht.«

»Sie hat also Max und Robin?«

»Oh, ja, richtig. Hat mir den Dolch in den Rücken gerammt, den Andersseiter schlafen geschickt und Robin musste dann helfen, ihn zu tragen. Aber …« Janus schluckte. »Lenyo, hier geht mehr vor, als wir dachten. Kalinda hat Max provoziert. Und ab einem gewissen Punkt hat er seine Kräfte eingesetzt.«

»Scheinbar ohne rechten Erfolg.« Lenyo wollte am liebsten losrennen, doch wohin?

»Es war Schöpfungskraft«, sagte Janus bedeutungsschwer. »Max hat die Schleier der Wirklichkeit zerrissen und etwas geöffnet. Da war Dunkelheit und etwas Altes, Verrottendes. Und wenn ich es nicht besser wüsste, dann würde ich sagen, dass unsere Jägerin genau das erreichen wollte.«

»Du glaubst, dass Tamyra Kalinda steuert?«, fragte Lenyo.

Janus schüttelte den Kopf. »Einen so starken Zwang hätte ich bemerkt, als ich unsere Bindung gewoben hatte. Da hat jemand anderes seine Finger im Spiel. Und zwar mit einer ganz eigenen Agenda.«

»Wo sind sie hin?«

»Gib mir den Ring.« Janus streckte die Hand aus.

Lenyo legte das magische Artefakt hinein.

Der Dschinn schloss die Augen. »Kalinda sagte, dass sie beide zum Palast bringen will. Dorthin sind sie auch unterwegs, aber …« Er runzelte die Stirn. »Nein, sie beschreiten einen anderen Weg. Die Dinge verschieben sich.« Janus blinzelte. »Der Bindungszauber funktioniert nicht mehr richtig. Normalerweise müsste ich Kalinda noch immer Befehle übermitteln können, doch es funktioniert nicht. Wohin sie auch gehen, es scheint die Magie zu neutralisieren.«

Lenyo stieß einen Fluch aus und wanderte unruhig auf und ab. »Sie wird Max töten. Ihren eigenen Großneffen.«

»Neffen«, korrigierte Janus.

Verwirrt sah Lenyo ihn an, während der Dschinn hastig berichtete, was sie zwischenzeitlich an Erkenntnissen gewonnen hatten.

»Er ist der *Thronerbe?*«, stieß Lenyo krächzend hervor.

»Hast 'nen guten Fang gemacht.« Janus blinzelte, wurde aber sofort wieder ernst. »Sorry, ist alles gerade ein bisschen viel, was?«

»Ach, denkst du?«

»Gib mir einen Moment«, sagte Janus. »Möglicherweise kann ich die bestehende Bindung trotzdem nutzen, auch ohne Befehle zu geben. Das Band existiert schließlich immer noch. Wenn es uns führen kann, können wir ihnen einfach folgen.«

»Okay, leg los.«

Janus legte den Finger an die Lippen. »Ich benötige Ruhe.«

Erneut lief Lenyo unruhig auf und ab. Unweigerlich dachte er an jenen Augenblick, in dem er das *Libertinage* betreten hatte, erinnerte sich an den Schockmoment. Wenn er blinzelte, wechselte der Kopf und anstelle seiner Schwester war es Max. Nach dem folgenden Blinzeln wieder Yelna. Sein Puls beschleunigte sich, er konnte spüren, wie die Panik langsam stärker wurde. Die Angst.

»Okay«, sagte Janus und riss ihn damit aus seinen Gedanken. »Ich habe die Spur. Aber sie verblasst. Ich verstehe nicht, was da passiert.«

»Aber wir können ihnen folgen?«

»Jap. Streif den Ring über.« Er reichte Lenyo das Artefakt zurück.

Als das Metall seinen Finger berührte, spürte Lenyo ein leichtes Kribbeln. Vor ihm in der Luft erschien ein hauchdünner Faden, als habe gesponnenes Garn sich aus dem Gewebe des Schicksals gelöst.

»Was du siehst, ist die Verbindung«, sagte Janus. »Wir müssen uns allerdings beeilen. Wenn sie verblasst, kehrt sie nie zurück.«

»Und wenn wir zu langsam sind, kehren Max und Robin niemals zurück«, sagte Lenyo. »Schaffst du das? Du wirkst noch etwas bleich.«

»Was einen Dschinn nicht tötet …«

»… tötet ihn nicht«, sagte Lenyo trocken. Ein Spruch, den Janus ständig zum Besten gab.

Sie eilten zur Kellertreppe und verließen den Unterschlupf. Normalerweise wäre Lenyo niemals ein solches Risiko eingegangen, nicht ohne Vorkehrungen zu treffen. Doch Vorsicht war nicht länger angebracht.

Tamyra wusste, dass sie hier waren. Kalinda brachte ihr Max und falls dieses Monster in Feengestalt wusste, dass der ihr Neffe war – der Sohn von Imgard und damit Erbe des Lilienthrons –, würde sie ihn auslöschen. Ohne auch nur mit der Wimper zu zucken.

»Er ist nicht nur der Thronfolger«, sagte Janus, als habe er Lenyos Gedanken gelesen. »Wir wissen vom Blutatlas, dass die Macht der Familie schwindet. Im Falle von Johann und Imgard hat sie aber einen Sprössling hervorgebracht, der *mehr* Macht besitzt. Damit ist Max eine doppelte Gefahr.«

»Wieso besitzt er so viel magische Kraft?«, fragte Lenyo. »Ich dachte, bei einer Paarung zwischen herrschaftlichem Blut und einem anderen Feenwesen kommt weniger dabei heraus.«

»Dein Max hat wohl mehr als ein Geheimnis«, sagte Janus. »Armer Kerl. Alle möglichen Parteien werden ihn loswerden wollen.«

»Nicht, wenn ich es verhindern kann!«

Mit grimmiger Entschlossenheit heftete sich Lenyo an Kalindas Fersen.

Es war ein Rennen gegen die Zeit und er gedachte, es zu gewinnen.

39. KAPITEL

MAX

Max' Kopf dröhnte, als habe ein Schmied ihn als Amboss benutzt. Stöhnend betastete er die Schädeldecke, während er die Augen öffnete und versuchte, im Dämmerlicht um sich herum etwas zu erkennen.

»Du bist wach«, flüsterte Robin und er spürte ihre Hände an seinen Schultern. Sie klang erleichtert und half ihm, sich aufzurichten.

»Was ist passiert?«, fragte er, weil das Hämmern hinter seiner Stirn so schmerzte, dass er keinen klaren Gedanken fassen konnte. Und dieser Geschmack in seinem Mund, war das Blut?

»Hör auf zu jammern.« Kalindas Stimme schnitt sengend wie ein glühender Draht durch sein Gehirn.

»Janus!«, entfuhr es ihm, als die Erinnerung über ihm einschlug. Die Dolchspitze, die aus der Brust des Dschinns ragte. Ihr Freund, der wie tot am Boden lag.

Die zerbrochene Bindung. Die seltsame Macht, die so schmerzhaft durch seinen ganzen Körper gerast war. Kalindas Angriff.

»Tamyra!« Seine Kehle zog sich zusammen, als habe die Jägerin noch ihre Klauen darum gelegt.

»Nur Geduld«, höhnte die. »Sie ist gleich hier. Und jetzt haltet beide die Klappe und macht keine Dummheiten.«

Sie befanden sich mittig in einem großen Raum, der Max an eine antike Arena erinnerte. Überall um sie herum erhoben sich Zuschauerreihen aus wuchtigen Steinquadern. Das diffuse, purpurfarbene Licht stammte von Dutzenden Gaslaternen, die dazwischen aufgestellt waren. Egal, wohin Max blickte, er sah Wände, die aus dem gleichen dunklen Stein errichtet worden waren wie die Tribünen. Aber keinen Ausgang. Sein Magen zog sich zusammen. Kalinda befand sich einige Meter von ihm und Robin entfernt vor einem Holzpodest, auf dem etwas stand, das aussah, als habe es ein verrückter Professor aus dem 19. Jahrhundert gebaut. Die Standuhr war gewiss drei Meter hoch und besaß ein gläsernes Gehäuse. Dutzende, ach was, Hunderte Zahnräder bildeten ihr Innenleben. Manche von ihnen waren nicht größer als der Untersetzer einer Espressotasse, andere hatten den Umfang von Motorradrädern. Goldene Ketten und Schnüre hingen zwischen ihnen. Die unteren Enden waren mit faustgroßen Gewichten beschwert, während die oberen hinter einem Ziffernblatt verschwanden, dessen drei Zeiger so lang wie ausgewachsene Menschen waren. Allerdings standen sie still. Selbst der Sekundenzeiger bewegte sich nicht.

Kalinda hantierte an einem der gläsernen Rohre herum, die aus dem Gehäuse der Uhr sprossen wie Äste aus einem Baumstamm und in der Decke verschwanden. Dunkelrotes Wasser floss durch einige von ihnen, vor allem durch die, an die Ventile und Metallräder angebracht waren.

Der Anblick ließ ihn erschaudern, obwohl er nicht wusste, warum. Etwas Unheimliches ging von der Uhr aus.

»Was *ist* das?«

Kalinda funkelte ihn wütend an. »Ich hab doch gesagt, du sollst still sein!«

Max spürte Robins Finger auf der Haut und ließ zu, dass sie ihre Hand in seine schob.

»Wir müssen hier weg«, hauchte sie so leise wie möglich.

Wie?, formte er mit den Lippen und deutete mit dem Kinn auf die glatten Wände.

Robin zeigte auf ihn.

Es quietschte, als Kalinda versuchte, an einem der Räder zu drehen.

Ich? Max legte seine freie Hand auf die Brust.

Portal, bildete Robin stumm mit dem Mund.

Im Geiste sah Max die goldenen Blitze wieder, die ihn im Luftschutzkeller umzuckt hatten. Den Riss im Gewebe der Welt, hinter dem völlige Schwärze gelauert hatte. Eine Öffnung, die nicht sein durfte, weil sie das Ende von allem einleiten konnte.

Er schüttelte den Kopf.

Robin verstärkte den Druck ihrer Finger.

»Sie hat den Eingang versiegelt«, flüsterte sie. »Du musst es tun. Danach schließen wir es wieder. Oder willst du hier sterben?«

»Ruhe!« Mit einem wütenden Zerren gelang es Kalinda, ein Rad zu lösen, und plätschernd ergoss sich ein dünner Wasserstrahl auf den Boden. Ein intensiver Geruch breitete sich im Raum aus.

Kupfer, schoss es Max zunächst durch den Kopf. *Blut*, begriff er einen Herzschlag später. In den Glasrohren, die zur Riesenuhr führten, floss Blut!

Robin stand auf und zerrte ihn mit sich auf die Füße. »Jetzt, Max.«

»Ihr kommt hier nicht raus«, ließ die Jägerin sie seelenruhig wissen und sah zu, wie sich das Blut auf dem Boden ausbreitete und auf sie zukroch. »Die Ausgänge sind versiegelt.«

»Bitte, Max! Tamyra ist gleich hier«, flehte Robin an seinem Ohr. »Wir öffnen das Portal und stoßen Kalinda hinein.«

Ihr Plan war verrückt! Aber er konnte funktionieren.

Seelenruhig kam die Jägerin auf sie zu. Vom Boden las sie ein Metallrohr auf, das so lang war wie ihr Unterarm und Max verdächtig an einen Schlagstock erinnerte.

Er presste die Lippen zusammen. Wie hatte er die Macht in sich heraufbeschworen? Er war so wütend gewesen, so traurig und so verängstigt und dann … Der Blutgeruch wurde intensiver. Als er nach unten schaute, sah er, dass seine weißen Sneaker sich rot färbten. Das Hämmern in seinem Kopf verstärkte sich. Verdammt. Verzweifelt versuchte er, die Kraft in sich heraufzubeschwören.

Kalinda beschleunigte ihre Schritte. »Lass das!«

»Du schaffst es!«, feuerte Robin ihn gleichzeitig an. »Ich verschaffe uns Zeit.«

Sie stürzte sich auf Kalinda. Ohne Plauener Schlägel. Ohne Waffe. Nur mit den bloßen Händen.

Robin hatte nicht die geringste Chance. Er sah, wie Kalinda mit dem Rohr ausholte, um es gegen ihre Schläfe zu donnern.

»Nein!«, brüllte er und der Schmerz in seinem Kopf explodierte, als hätte er selbst den Schlag abbekommen. Die Knie brachen unter ihm weg und er fiel auf alle viere. Blut spritzte auf, wurde vom Stoff seiner Jeans aufgesaugt und machte seine Finger glitschig.

Egal. Jetzt musste er Robin helfen. Er musste …

Überrascht stellte er fest, dass es seiner besten Freundin gelungen war, unter Kalindas Arm hinwegzutauchen. Dabei war sie gegen die Jägerin geprallt und hatte diese nach hinten gerissen. Für einen Moment sah es so aus, als würden die beiden miteinander ringen, doch schon ein paar Sekunden später hatte Kalinda wieder die Oberhand. Natürlich. Sie pinnte die auf dem Rücken liegende Robin mit den Knien auf den Boden und griff nach dem Rohr.

»Nein!« Trotz der Schmerzen in seinem Kopf kroch Max auf die beiden zu. So langsam. Er war viel zu langsam.

»Max!« Robin versuchte, sich aufzubäumen und ihre Gegnerin abzuschütteln, aber gegen die erfahrene Jägerin hatte sie keinerlei Chance.

Er spürte, wie es in ihm brodelte.

Mit einem fiesen Grinsen auf den Lippen griff Kalinda das Rohr an seinen jeweiligen Enden und drückte es auf Robins Hals. Diese begann zu würgen.

»Aufhören!«, brüllte Max. »Lass sie! Ich …«

Kalinda musterte ihn kühl, während sie Robin ohne Mitleid das Rohr auf die Kehle drückte. »Du bist so erbärmlich, kleiner Nachwuchskönig.«

Er versuchte, sich aufzurappeln, doch da erfasste ihn eine gewaltige Druckwelle und ließ ihn ein paar Schritte nach hinten rutschen. Wie hatte sie das gemacht?!

Die Angst und die Wut in Max' Bauch verbanden sich zu einem glühenden Feuerball. Durch seine Adern pulsierte brennende Lava. Robin, er würde sie nicht im Stich lassen! Er würde sie retten, egal wie. Und wenn er dafür die Welt in Stücke reißen musste, dann war dies eben der Preis.

Max ergab sich dem Feuer in sich und spürte, ließ zu, dass es sich verdichtete, stärker wurde. Er begriff, dass es sich formen ließ. Er konnte es zu einer winzigen Träne zusammenpressen oder zu einer gewaltigen Lanze schmieden. Er konnte damit tun, was er wollte.

Er konnte Robin retten.

Mit einem brachialen Schrei ließ er das Feuer frei und goldene Blitze zuckten durch den Raum, so hell, dass selbst Kalinda überrascht aufschrie.

40. KAPITEL

TAMYRA

»Ich bin jetzt bei der Museumsinsel«, drang Rykards Stimme blechern aus dem Trichter des Grammofons.

Tamyra stellte ihre Porzellantasse auf den Beistelltisch. »Na endlich«, sagte sie. »Warum hat das so lange gedauert?«

»Hast du eine Ahnung, was hier los ist?«, fragte ihr Cousin.

»Nein, deshalb habe ich ja dich geschickt.« Was offenbar ein Fehler gewesen war.

»Das Neue Museum brennt jetzt ebenfalls«, berichtete er.

Tamyra ballte die Hände. »Was sind denn dort für Stümper unterwegs?«

»Deine Mutter steht auf der Schlossbrücke und gibt die Befehle aus«, hallte es aus dem Trichter.

Sie verkniff sich einen weiteren Kommentar. Seit Konstanze sie mit der Nachricht geweckt hatte, dass es auf der Museumsinsel brenne, hatte sie es kommen sehen. Die archäologischen Funde dort waren ihr egal, die meisten davon ohnehin von Menschenhand zusammengerafft. Vor der Erschaffung des neuen Berlins hatte ihre Familie dafür gesorgt, Feenartefakte aus ganz Europa in die Stadt zu bringen. Die wertvollsten befanden sich im Palast und an verborgenen Stellen. Viele der weniger mächtigen Artefakte wurden in Gebäuden auf der Museumsinsel gelagert. Nach der Zerschlagung des Widerstandes hatte sie bereits damit gerechnet, dass einzelne Märtyrer-Gruppen sich auflehnten. Leider deutete alles darauf hin, dass es nicht bei diesem einzelnen Feuer blieb.

»Ich bringe das unter Kontrolle«, versprach Rykard.

»Das will ich doch hoffen«, begann Tamyra. »Denn wenn …«

Ein Zittern wie von einem Erdbeben lief durch den ganzen Palast und brachte den Boden unter ihren Füßen zum Schwanken. Die Porzellantasse mit der Meissener-Magie fiel herab und zerbrach. Tee spritzte in alle Richtungen, und Tamyra musste einen Ausfallschritt machen, um nicht selbst aus dem Gleichgewicht zu geraten.

»Tamyra?«, hörte sie Rykard fragen.

Sie holte Luft, um ihm zu antworten, als sie es *spürte*. Das ganze Gebäude vibrierte – diesmal handelte es sich nicht um ein physisches Beben, sondern um etwas anderes. Etwas sehr viel Schlimmeres.

»Was geht bei dir vor?«, fragte Rykard erneut.

Sie kannte dieses Vibrieren. Sie hatte es schon öfter gespürt, aber nie so stark, nie so *endgültig*. Die Sirenen! Jemand hatte ihre Macht entfesselt. Und da ihr Vater in seinem Stadthaus war und ihre Mutter an der Museumsinsel …

»Es war eine Ablenkung«, flüsterte sie.

»Was? Ich verstehe dich nicht. Du sprichst zu leise.«

»Es geht nicht …« Bevor sie Rykard durch das Grammofon anbrüllen und ihm verraten konnte, was vor sich ging, beherrschte sie sich. Einatmen. Ausatmen. Niemand wusste vom Bastard ihrer Schwester. Noch war alles in bester Ordnung. »Sieh zu, dass du deine Aufgabe erledigst.« Ohne ein weiteres Wort hob sie die Nadel von der Schallplatte und beendete damit die Verbindung.

Entschlossen durchschritt sie den Raum und presste die

flache Hand auf den Wandschrank hinter dem Sofa, um dessen Versiegelung zu lösen. Dann griff sie nach dem schwarzen Handkoffer mit den Guillotine-Kragen und steckte zur Sicherheit eine Walther-Pistole in die Tasche ihres Hosenanzugs.

Mit jedem Stockwerk, den der Aufzug tiefer fuhr, nahm ihre Nervosität zu. Der Griff um den Koffer wurde fester.

Sie betrat die Ebene mit den Kerkerzellen der Sirenen, doch das Vibrieren kam nicht von dort. Tamyra lauschte – und begriff, dass sie weiter nach unten musste. Sie fuhr tiefer hinab, bis der Aufzug sie in einen schmalen Gang entließ, der von purpurfarben brennenden Gaslaternen beleuchtet wurde.

Kalt war es hier unten, doch Tamyras Herz schlug so schnell, dass sie das nicht spürte. Ihre Finger streiften die Pistole in der Hosentasche. Sie schritt den Gang entlang bis zu der ebenmäßigen Wand, die aus dunklem Stein erbaut war. Sie griff nach ihrem Permit-Stein und berührte damit eine Aussparung in der Wand. Vor ihr verwandelte sich der massive Stein in Rauch. Mit erhobenem Kinn betrat sie das *Uhrwerk*.

Auf der ersten Treppenstufe, die zwischen den Sitzreihen hinunter in das Herz des Raums führte, erkannte sie, dass dort zwei Gestalten einander gegenüber auf allen vieren hockten. Ein paar Meter von ihnen entfernt stand Max. Ehe sie sich von ihrem Schock erholen konnte, zuckte ein blendender Blitz aus Gold nur wenige Meter vor ihr durch die Luft. Tamyra wich zurück, doch die Wand hinter ihr hatte sich wieder verfestigt. Erneut blitzte es und die Luft um sie herum knisterte. Sie war elektrisch so stark geladen, dass sich die Härchen auf ihren Armen aufstellten. Was ging hier vor? Ein Keuchen war schwach über das Knistern und Fauchen der Luft zu hören. Es kam von

Max. Ein Riss war über seinem Kopf entstanden, der aussah, als habe man eine Lücke in das bloße Gewebe der Welt geschlagen.

»Was hast du getan?«, flüsterte sie. Sie stellte den Koffer ab und zog die Pistole. Ihr Herz schlug ihr bis zum Hals. Eiskalte Angst breitete sich in ihrem Inneren aus. Was hier geschah, durfte nicht sein. Entschlossen hob sie die Hand und richtete die Waffe auf Max.

»Nicht«, hörte sie da eine weibliche Stimme.

Sie sah kurz nach rechts und erkannte, dass eine ihrer Jägerinnen vor der Großen Uhr stand.

»Schließ den Riss wieder«, sagte sie laut über das Knistern und Fauchen hinweg. »Sofort.«

Max starrte sie an.

Tamyra richtete den Lauf der Pistole genau auf seinen Kopf. »Schließ. Den. Riss!«

Natürlich konnte sie ihn nicht erschießen. Nicht, solange er den Zugang nicht wieder verschlossen hatte. Das war kein Portal, das über ihren Köpfen schwebte und größer und größer wurde. Das war ein Loch. Eine Wunde in der Realität, die es nicht geben durfte. Die alles zerstören würde, wenn er sie nicht heilte. Tamyra spürte die uralte, zersetzende Kraft, die wie ein verwesender Geruch den Raum erfüllte. Eine Dunkelheit, die schwärzer war als jede Nacht. Hoffnungslosigkeit. Sie glaubte, den Gestank von fauligem Fleisch wahrzunehmen. Echos eines Konstrukts, das sich von jenen nährte, die verzweifelt waren.

Wie hatte Max das geschafft? Das Erbe seines Vaters, gewiss, aber solche Macht … Dann sah Tamyra die Blutpfütze, in der der lausige Sohn ihrer Schwester stand. Sirenenblut. Das aus einem Rohr der Großen Uhr plätscherte. Eine kalte Faust griff nach ihrem Herzen. *Diese Idioten!*

Ihr Blick flog hinauf zu den Zeigern der Großen Uhr.

Mit ihrer Hilfe hatten die Sirenen vor fast hundert Jahren den Schöpfungszauber gewoben und das gespiegelte Berlin erschaffen. Seither standen ihre Zeiger auf dreizehn Minuten nach Mitternacht, erstarrt in einer Zeitblase wie ihre neue Heimat selbst.

Noch bewegten sich die Zeiger nicht, aber ohne das Blut der Sirenen würde das nicht so bleiben.

Ihr Blick flog zur Jägerin. »Dreh die Leitung ab!«

Kalinda wankte, bewegte sich jedoch nicht.

»Du warst das«, zischte sie und richtete den Lauf der Pistole neu aus. »Dreh das Ventil ab. Sofort!«

Max rappelte sich auf die Füße und sah ihr wütend entgegen. Einige Schritte und er stand halb zwischen Tamyra und Robin, halb vor Kalinda.

»Aus dem Weg«, befahl sie ihm kalt und beschwor ihre Magie, um ihn dazu zu bringen, zur Seite zu treten.

Seine Augen weiteten sich, er gehorchte ihr jedoch nicht.

Stufe für Stufe trat Tamyra zwischen den Sitzreihen hinunter zur Arena. Neben ihr schlug ein Blitz ein und zertrümmerte die felsige Sitzreihe. Sie lief einfach weiter.

»Wenn wir das alles nicht sofort stoppen, ist das unser Untergang«, warnte sie.

In diesem Augenblick setzte sich der Sekundenzeiger der Großen Uhr mit einem lauten Ticken in Bewegung.

Die Zeit lief ab.

Tamyra zielte und schoss.

41. KAPITEL

LENYO

Das Beben hätte ihn beinahe von den Füßen geworfen. Lenyo stützte sich an der schrundigen Felswand ab. »Was war das?«

Janus blieb stehen und lauschte auf etwas, das nur er hören konnte. »Das Gewebe der Realität schreit auf. Gleich wird es reißen.«

»Ein Portal auf die andere Seite?«

»Das hier ist anders, irgendwie falsch.« Janus runzelte die Stirn. »Wir müssen weiter, schnell.« Der Dschinn rannte durch den Gang.

Berlin schien ins Chaos zu stürzen. Beim Verfolgen der Spur hatte Lenyo die Anspannung in der Stadt gespürt. Kurz darauf waren Flammen über der Museumsinsel aufgetaucht. Dichte Rauchwolken durchzogen die Straßen. Es gab Ansammlungen von Feenwesen. Jäger waren ausgerückt, Männer und Frauen in der dunklen Kleidung von Tamyras Geheimpolizei mischten sich in die Menge. Sie notierten Namen, beobachteten.

Tamyra!

Der Gedanke an sie brachte das Bild von Yelna zurück. Kurz schloss er die Augen. Keine gute Idee in einer fremden Umgebung. Er stolperte, hielt sich aber aufrecht.

Janus stand bereits vor einer Steinwand, die das Ende des Ganges darstellte. Auf den ersten Blick handelte es sich um einfaches schwarzes Gestein. Es gab allerdings eine Aussparung.

Ohne ein weiteres Wort legte der Dschinn einen Permit-Stein in die Aussparung. Die Wand wurde zu Nebel und er trat hindurch.

Lenyo folgte ihm.

Im ersten Augenblick war er sicher, seine letzten Sekunden zu erleben. Goldene Magie explodierte in der Luft. Risse durchzogen den Boden und …

… die Welt.

Schwäre, eingerahmt von Gold. Schmerz und Verlorenheit. Bittere Verwesung. Er roch, fühlte und spürte. Es war nicht echt, eher eine Art Nachhall, der jeden Sinn betraf.

»Was ist das?«, hauchte Lenyo entsetzt.

Janus hatte sich hinter eine steinerne Sitzreihe geduckt, Lenyo tat es ihm gleich. Mit einem Blick nahm er die seltsame Uhr, Max, Robin, Kalinda und Tamyra wahr. Letztere stand an der gegenüberliegenden Steinwand. Sie trug einen weißen Hosenanzug im modernen Schnitt der anderen Seite. In ihrer Hand lag eine Pistole.

»Max«, hauchte Lenyo.

Der Gedanke, auch ihn heute zu verlieren, ließ jeden Muskel in seinem Körper erstarren.

»Aus dem Weg!« Tamyras Stimme knallte wie ein Peitschenhieb durch das Atrium.

Max bewegte sich keinen Zentimeter.

»Sie kann ihn nicht erschießen«, keuchte Janus atemlos. »Der Riss schließt sich erst wieder, wenn Max ihm die Magie entzieht.«

Allein der Gedanke, in diese schwelende Dunkelheit, diesen Pesthauch einzudringen, brachte die Übelkeit in Lenyos Magen zurück.

Mit einem Ticken bewegte sich der Zeiger der Großen Uhr auf dem Podium. Tamyras Miene entgleiste. Das war pure Angst. Sie drückte ab.

»Nein!« Lenyo sprang die Sitzreihen nach unten.

Noch im Lauf bemerkte er, dass Tamyras Schuss Funken schlagend vom Boden abgeprallt war.

»Lenyo!« Max' Miene erhellte sich, obwohl er ziemlich mitgenommen aussah. »Janus.« Verwirrung kam hinzu.

»Totgesagte leben länger«, gab der trocken von sich. »Auch wenn deine Stiefelleckerin das gerne anders gesehen hatte, liebste Oberbitch.«

Tamyra blinzelte. »Ich habe keine Zeit für eure Kindereien. Weg von der Uhr!« Dieses Mal zielte ihr Lauf nicht auf den Boden.

»Hörst du nicht, was deine Herrin sagt, kleines Schoßhündchen?«, rief Janus höhnisch.

Der Riss waberte in der Luft, wurde kleiner und wieder größer. Das Blut am Boden schien von innen heraus zu glühen.

»Da muss ich dich enttäuschen, Dschinn.« Tamyra spuckte die Worte aus. »Kalinda mag mit einem Bluteid an mich gebunden sein, doch ich kann spüren, dass ihr sie versklavt habt. Eine Bindung, wie originell.«

Lenyo näherte sich unauffällig Tamyra. Deren Blick war vollkommen auf das Trio vor der Uhr gerichtet. Wenn er nahe genug herankam, würde er ihr das Genick brechen.

»Sie hat mich auf deinen Befehl hin erstochen«, rief Janus. »Prahlst du nicht normalerweise mit deinen Opfern?«

»Ihr Narren.« Mit einer fließenden Bewegung schob Tamyra die Hand in die Hosentaschen und zog eine Silberträne hervor. Abfällig warf sie sie hinab auf das Podium. »Ein Mitbringsel aus eurem Haus, Neffe. Es ist die letzte Erinnerung meiner Schwester. Ihr Tod. Ich habe das Echo der Träne ausgelesen. Du kannst ihren Mörder darauf erkennen. Es würde aber auch genügen, wenn du einen Blick zur Seite wirfst.«

Max wirkte verwirrt und Lenyo ging es ebenso. Er stoppte kurz, als Tamyra zu ihm blickte, wartete geduldig, bis sie wieder wegsah.

»Kalinda?« Max starrte die Jägerin entsetzt an.

Robin schob ihrerseits die Hand in die Hosentasche. Als sie sie hervorzog, lag ein Glöckchen darin. Sie klingelte damit.

»Was tust du?«, herrschte Tamyra sie an.

»Ich verbrenne das, was von eurem Reich der Angst übrig ist«, sagte Robin. »Bis nur noch Knochen von euch bleiben.«

Lenyo erstarrte. Entsetzt blickte er auf die Andersseiterin hinab, deren Antlitz sich verformte. Max sprang mit einem Schrei zurück. Sekunden später stand ein Mann im Anzug neben Kalinda. Fast glaubte Lenyo, den Zigarrenrauch zu riechen. Der Erlkönig!

»Ich hätte mir denken müssen, dass du eines Tages hierher zurückkehrst«, spie ihm Tamyra entgegen.

»Robin«, hauchte Max. »Was hast du mit ihr gemacht?!«

Der Erlkönig verdrehte die Augen. Sein Antlitz verformte sich erneut und schon war er wieder die Andersseiterin mit dem schulterlangen roten Haar. »Es gibt keine Robin. Sorry wegen deiner Großmutter, Maximus, aber sie hatte ihre Seite gewählt.«

»Du …« Max' Stimme erstarb.

»Ich habe sie umgebracht.« Robin nickte schwer. »In diesem Krieg müssen Opfer gebracht werden.«

Max verlor die Kontrolle und rannte auf seine *Freundin* zu.

»Kalinda«, sagte Robin nur.

Die Jägerin reagierte.

Und Lenyo begriff.

42. KAPITEL

MAX

»Der Bindungszauber!«, brüllte Lenyo in Richtung Janus.

Max knallte in vollem Lauf gegen Kalinda. Er holte aus und rammte ihr die Faust in den Magen. Die Kriegerin lächelte nur milde.

»Schick ihn zu Boden, aber lass ihn am Leben«, befahl Robin.

Der folgende Schlag presste Max die Luft aus den Lungen. Er fiel rücklings auf den kalten Stein. Direkt vor seinem Gesicht lag die Silberträne. Zitternd griff er nach dem Artefakt, betrachtete das sich brechende Licht in den Facetten.

»Du hast sie einfach getötet.« Er schloss die Faust darum.

»Nichts hier ist einfach«, sagte Robin, den Blick auf den Riss gerichtet. »Du und ich unternehmen jetzt eine Reise.«

Max schob die Silberträne in die Hosentasche. Der Riss hatte sich erneut verformt, als würde er pulsieren.

Wieder sah Max die schrecklichen Bilder vor sich. Lenyo, der ihn im Arm hielt. Lenyo, der vor seinen Augen verfaulte und von Schwärze verschlungen wurde.

»Was habe ich getan?« Er spürte ein Lauern hinter dem Riss. Gierige Blicke aus unendlich vielen Augen.

Zugleich konnte er es nicht fassen: Seine beste Freundin, die ihn nach dem Tod seiner Großmutter aufgerichtet hatte, war dafür verantwortlich. Sie hatte ihn manipuliert.

»Jetzt glotz nicht wie ein Hundewelpe«, fuhr sie ihn an. »Es geht nicht immer nur um dich.«

Ein Schrei erklang, gefolgt von einem Keuchen. Lenyo und Tamyra fielen eng umschlungen zu Boden, die Waffe knallte auf eine Stufe darunter. Ein Schuss löste sich und traf den Zeiger der Uhr, surrte als Querschläger durch den Raum.

»Wir sollten wohl langsam verschwinden«, sagte Robin.

Mit steinerner Miene kam Janus herbei.

»Du nicht auch noch.«

»Und ich mochte tatsächlich dein rotes Haar«, sagte der Dschinn. »Hätte mir auffallen sollen, dass du dich als Erste zum Ring gebückt hast. Du hast die Eichung auf dich gezogen.«

»Bravo. Du hast einen Preis verdient. Kalinda, schlitz ihn noch einmal auf.«

Die Jägerin rührte sich nicht.

»Ups«, sagte Janus. »Ach richtig, wer den Bindungszauber webt, kann ihn auch wieder lösen.«

Robin riss die Augen auf. »Was du auch tust, ihr seid mir nicht gewachsen.«

Kalinda sprang mit einem Schrei auf sie zu. Zweifellos um sie zu töten.

Janus rannte zu Max, während Robin und Kalinda sich attackierten.

»Es war die ganze Zeit Robin«, hauchte Max.

»Tut mir leid, Andersseiter. Sieht wohl so aus. Sie hat Kalinda gelenkt, um mich zu erstechen und euch zu entführen.«

»Dann ist Tamyra unschuldig.«

»Eindeutig das falsche Wort für die Oberbitch«, sagte Janus. »Sie hat Yelna geköpft.« Er blickte in die Höhe zu den anderen Kämpfenden. »Aber das wird sie gleich bereuen.« Er wandte sich Max zu. »Wir müssen den Riss schließen. Ich weiß nicht, wohin er führt, aber dieses schreckliche Echo lässt mich nicht an eine Wiese voll rosaroter Einhörner denken. Und wenn er geöffnet bleibt …«

Jede Faser in Max' Körper schrie ihm zu, dem Riss nicht näher zu kommen. »Ich weiß. Ich habe gesehen, wie alles endet. Aber wie schließen wir ihn?«

»Du musst die Magie zurückziehen, die du ausgeschickt hast.«

»Ich kann nicht!« Max hasste den verzweifelten Klang in seiner Stimme. Wie gern hätte er es einfach getan.

»Die einzige andere Möglichkeit besteht darin, dass jemand den Riss durchquert. Das willst du nicht.«

Ein tiefer, gutturaler Schrei erklang. Lenyo kniete auf Tamyra und drückte ihr die Kehle zu. Dieser gelang es, ihre Beine in die Höhe zu ziehen, von hinten um Lenyos Oberkörper zu schlingen und ihn von sich zu katapultieren.

Gleichzeitig drängte Kalinda die falsche Robin immer weiter zurück.

Der Boden erzitterte erneut und die Risse verästelten sich zu Spinnweben im schwarzen Stein.

Max wandte sich dem Spalt in der Realität zu.

»Du hast mich benutzt«, fauchte Kalinda. »Wie eine Sklavin.«

»Als ob es dich gestört hätte, andere zu vermöbeln und zu erledigen!«, sagte die Kreatur.

Kalinda hatte noch nie zuvor in ihrem Leben einen solchen Hass gegenüber einem anderen Wesen verspürt. Ihre Ehre war verletzt, ihre Seele in Ketten gelegt. Tamyra gehörte ihr Schwert, ihr diente sie. Doch sie, Kalinda, war zu einer Verräterin geworden.

Ungewollt.

Aber das spielte keine Rolle.

»Ich töte dich.« Kalinda griff an.

Das Wechselwesen veränderte im letzten Augenblick seine Gestalt und wurde zu einem spindeldürren Mann, der unter Kalindas Arm hindurchtauchte. »Du hast keine Ahnung, wer ich bin.«

»Muss ich nicht wissen, um dich zu töten«, sagte sie kalt.

»Du bist immer so eloquent«, gab das Wesen – jetzt wieder Robin – zurück. »Aber ich habe schon andere überlebt, die weitaus nachdrücklicher versucht haben, mich zu töten.«

»Ich bringe zu Ende, was sie begonnen haben.« Kalinda stieß zu.

Robin tauchte böse grinsend beiseite. »Du machst den gleichen Fehler wie alle anderen.«

»Und der wäre?«

»Fokussiert auf mich, achtest du nicht auf die Umgebung.« In einer flinken Bewegung sprang das Wechselwesen beiseite, bückte sich und kam mit Tamyras Pistole wieder in die Höhe.

Kalinda starrte auf die Waffe. Ihr blieb gerade noch ausreichend Zeit, zu begreifen, dass das Wechselwesen sie durch ständiges Zurückweichen gelenkt hatte.

Dann hallte der Schuss.

Ein stechender Schmerz durchzuckte Kalinda. Die Wucht fegte sie von den Beinen, sie sah Blut, und ihr Körper wurde schwer.

Lenyo wollte nur eins: Tamyra tot sehen. In diesem Augenblick war ihm selbst das Schicksal Berlins, ja der ganzen Welt egal.

Doch Tamyra umschlang seinen Oberkörper mit den Beinen und warf ihn zurück. »Aber Lenyo, so feurig habe ich dich gar nicht in Erinnerung.« Sie glitt wieder auf die Beine. »Beim letzten Mal warst du natürlich gefesselt, blutüberströmt und hast gejammert. Sag mir, ist Max der neue Albiert?«

Die Worte sollten ihn verletzen, doch nach all dem Schmerz war kaum noch etwas in seinem Inneren übrig, was verletzt werden konnte. All seine Gefühle hatten sich zurückgezogen, bis auf eines: Rachedurst.

Ohne ein weiteres Wort rammte er Tamyra die Schulter in die Seite. Sie stürzte auf die Ebene unter ihnen, rollte sich ab und kam wieder auf die Beine. Ihr Blick huschte zur Uhr.

»Ich würde das hier ja wirklich gerne mit Exekutionen beenden«, sagte sie. »Aber mein Neffe hat uns gerade zum Tode verurteilt.«

»Die Stadt ist mir egal.«

»Ich spreche nicht nur von unserem Berlin, ich spreche von *allen.*«

Lenyo sprang ihr hinterher auf die nächste Stufe. »Was habt ihr hier unten getan?«

»Du weißt es doch längst.« Tamyra wich zurück. »Wir haben die Stadt beschützt. Aufständische, subversive Elemente, wir haben sie entfernt.«

Lenyo begriff. »Ihr habt sie in die Schwärze geworfen!«

»Die Schwärze, wie du sie nennst, ist lediglich eine Passage. Sie führt in das dritte Berlin, die Gefängniswelt. Ziemlich kaputte Angelegenheit, aber auf diese Art wurden wir alle los. Ein Zauber sorgte dafür, dass sie aus dem Netz des Schicksals entfernt werden. Sie stehen außerhalb, werden vergessen. Niemand erinnert sich mehr an sie. Und wenn die Erinnerung an sie erlischt, können sie nie wieder aus der Gefängniswelt zurückkehren.« Tamyra lächelte böse. »Was denkst du, wie viele Feenwesen hast du zu ewiger Verdammnis verurteilt, weil du eine goldene Träne benutzt und damit eine silberne zerstört hast?«

Lenyo kochte vor Wut, Rache und Scham. Ein schneller Fausthieb beförderte Tamyra eine weitere Stufe abwärts.

Bebend vor Zorn richtete sie sich auf, wischte sich Blut aus dem Mundwinkel. »Wenn ich gewusst hätte, was für einen Ärger du machst, hätte ich nicht deinen Bruder in die Gefängniswelt geschickt, sondern dich!«

Es dauerte einen Augenblick, bis die Worte ihren Inhalt in Lenyos Geist entfalteten. Wie tausend Giftkapseln sickerten sie ein. »Ich … habe keinen Bruder.«

Tamyra schnippte abfällig. »Ich würde behaupten, dass du dich lediglich nicht mehr an ihn erinnerst.«

»Du lügst!«

»Es gibt ein Archiv voller Silbertränen«, sagte sie, die Lippen zum Lächeln eines Dämons verzogen. »In einem Fach schimmert seine Träne. Sobald ich hier raus bin, werde ich sie benutzen.«

Es war unmöglich. Sie musste lügen. Yelna war seine Schwester, das war's. Mehr Geschwister hatte er nicht. Oder? Irrte er sich? War ein Bruder, von dem er nichts mehr wusste, in die Gefängniswelt geschickt worden?

Der Boden erzitterte erneut.

Irgendwo hallte ein Schuss.

Und Tamyra nutzte ihre Chance.

»Ich kann es nicht schließen«, sagte Max, die Hände vor Anstrengung zu Fäusten geballt.

Er hatte sich noch nie zuvor so erbärmlich gefühlt. Benutzt vom Mörder seiner Mutter, die er für seine Großmutter gehalten hatte. Magie, die er nicht kontrollieren konnte. Und eine beste Freundin, die gar keine war. Er war verantwortlich für unsägliches Leid, falls er den Riss nicht wieder schließen konnte.

Janus kam näher und ergriff seinen Arm. »Du kannst nichts für all das hier. Glaub mir, ich habe schon unzählige Geschichten wie deine erlebt. Magie, Flüche, Blutsbande, zerstörte Seelen, die von anderen benutzt wurden.« Er ließ seine Hand sanft über Max' Wange gleiten.

»Es tut mir leid«, flüsterte Max.

»Das muss es nicht.« Janus lächelte und wandte sich dem Portal zu. »Mir tut es leid. Aber jemand muss in den Riss.«

Immer näher ging der Dschinn auf die bedrohliche Schwärze zu.

»Was tust du?!«, rief Max.

»Berlin wird untergehen. Und nicht nur eines. Am Ende bleibt eine Wunde zurück, die sich über die Welt ausbreitet.« Janus betrachtete ihn mit einem Blick, in dem Schmerz und Selbsthass sich vermengten. »Deshalb hasse ich das Spiel der Mächtigen. Am Ende müssen grausame Entscheidungen getroffen werden. Es gibt nur wenige, die wissen, was vor allem kam. Vor dem, was heute ist. Spürst du die lauernden Blicke? Die Gier?« Er zögerte, schluckte.

Ja, Max spürte das uralte Verderben im Riss. Er hatte ihn geöffnet, hatte sich hereinlegen lassen, war den Weg zur Schlachtbank friedlich dahinspaziert, wie er es immer tat. Er ließ sich führen und andere entscheiden.

Heute nicht!

Max sprang vor, griff den Dschinn an der Schulter und zog ihn zurück.

Irritiert blickte Janus ihn an.

»Sag Lenyo …«, stotterte Max. »Sag ihm …«

»Was meinst du?«

Ein Schuss hallte.

Jemand schrie.

»Leb wohl, Janus«, flüsterte Max und schenkte ihm ein Lächeln.

Und in diesem einen Augenblick spürte er, wie etwas in ihm heilte, sein Weg sich neu ausrichtete. Diese Entscheidung traf er und er allein.

Max sprang.

»Neeeiiin!«, brüllte die falsche Robin.

Sie kam auf ihn zugerannt. Der Riss schloss sich. Max konnte nicht mehr sehen, ob ihr der Sprung gelang. Und war es nicht egal?

Er lächelte.

Du wärst stolz auf mich, Mutter.

Und er ließ gänzlich los.

Was wäre, wenn deine Wut zu einer magischen Kraft wird, die die Welt für immer verändert?

LINA FRISCH

WE WILL GIVE YOU HELL

ROMAN

Es sollte der Sommer ihres Lebens werden: In Schweden wollen die 19-jährige Hellea, genannt Hell, und ihre Freunde vier Wochen lang die urtümlichen Wälder und das malerische Stockholm erkunden. Doch bald wird Hell von unerklärlichen Fieberschüben heimgesucht. Nach einem Anfall nahe einem alten Wikingergrab lernt Hell die mysteriöse Astryd kennen, die ihr eine unglaubliche Geschichte erzählt: Was Hell bislang für Fieber hielt, ist eine uralte Kraft, die das Schicksal der Welt und insbesondere der Frauen in Hells Hände legt.
In den dunklen Wäldern Schwedens entdeckt Hell ihre ureigene weibliche Magie, die sie zwingt, sich zwischen Macht und Gerechtigkeit zu entscheiden.

KNAUR

Teil eins der Jade-Saga!

FONDA LEE

JADE CITY

FAMILIE IST PFLICHT

ROMAN

Seit Jahrhunderten ist die magische Jade das Lebenselixier der Insel Kekon. Ihretwegen wird gekämpft, gestohlen und gemordet, denn sie verleiht den ehrenhaften Kriegern der Green Bones ihre außergewöhnlichen Fähigkeiten. Doch nun ist eine mächtige Droge aufgetaucht, die es auch Fremden ermöglicht, die Jade zu nutzen. Diese neue Bedrohung für Kekon lässt die alte Blutfehde zwischen den rivalisierenden Familien Kaul und Ayt eskalieren. Wem wird es gelingen, den Jademarkt zu beherrschen und die Bezirke unter seinem Schutz zu verteidigen? Der Ausgang des Clan-Krieges wird über das Schicksal von ganz Kekon bestimmen …

»Ein episches Drama, das an die besten klassischen Hongkong-Gangsterfilme erinnert, aber in einer Fantasy-Metropole spielt, die so düster und gut erdacht ist, dass man vergisst, dass man ein Buch liest.«
Fantasy-Autor Ken Liu

KNAUR

Hüte dich vor der Bestie im Moor –
und vor der Nacht in den Herzen der Menschen

BORIS KOCH

MOORLÄUFER

IM REICH DES LETZTEN DRACHEN

ROMAN

Nur in den nebelverhangenen Schwarzmooren ist jener besondere Torf zu finden, der die magischen Feuer der Alchymisten nährt. Jeden Tag riskieren die Torfstecher ihr Leben für das wertvolle Gut, denn im Moor lauert der Tod in Form von wilden Tieren, Irrlichtern und dem sagenumwobenen Nachtwyrm, dem letzten der grausamen Drachen.

Auch die Schwester des jungen Milan fällt der Bestie zum Opfer – einen gestohlenen Moordiamanten des Königs in der Hand. Die Wut über den Diebstahl trifft Milans gesamte Familie.

Getrieben von Schuldgefühlen und Rachegedanken durchstreift Milan auf längst vergessenen Pfaden das Moor – ohne die Wahrheit über sich selbst zu ahnen.

Und der Nachtwyrm ist weiterhin hungrig …

KNAUR